小许的N次抉择

梁志立 著

中国财富出版社

图书在版编目（CIP）数据

小许的N次抉择／梁志立著．—北京：中国财富出版社，2015.5

ISBN 978-7-5047-5590-2

Ⅰ.①小…　Ⅱ.①梁…　Ⅲ.①长篇小说—中国—当代　Ⅳ.①I247.5

中国版本图书馆CIP数据核字（2015）第050105号

策划编辑	张彩霞	**责任印制**	方朋远
责任编辑	张彩霞	**责任校对**	杨小静

出版发行　中国财富出版社

社　　址　北京市丰台区南四环西路188号5区20楼　　**邮政编码**　100070

电　　话　010-52227568（发行部）　　010-52227588转307（总编室）

010-68589540（读者服务部）　　010-52227588转305（质检部）

网　　址　http://www.cfpress.com.cn

经　　销　新华书店

印　　刷　北京京都六环印刷厂

书　　号　ISBN 978-7-5047-5590-2/I·0183

开　　本　710mm×1000mm　1/16　　**版　　次**　2015年5月第1版

印　　张　20.5　　**印　　次**　2015年5月第1次印刷

字　　数　357千字　　**定　　价**　46.00元

目　录

引　子

城郊的空气中还残留着意犹未尽的冬的气息，但春天的脚步已不可阻挡。近旁，路边扭曲盘旋的老白杨和左旋柳的枝干上聚结着细小均匀的苞芽儿，仿佛幼儿园小姑娘头上梳起的细密精致的小辫儿。远处，昔日暗黄干枯的断茎矮草萌生出一层浅浅淡淡、薄如轻烟似的绿纱。

春天是充满希望的季节。在这“草色遥看近却无”的初春，人们似乎已感受到了春天的丝丝生机。

按照计划，西藏拉萨天鹰虫草科技有限公司董事长次仁旺泽组织召开会议，研究部署本公司年度发展规划。会上，50多个中层领导畅所欲言，提出许多意见和建议。会议持续了一个下午，结束时已经是繁星满天了。

次仁旺泽返回办公室送文件，刚要离去，忽然办公桌上的电话“叮铃铃、叮铃铃”地响个不停。次仁旺泽心想：这么晚了，谁打的电话？到底有啥事呢？肯定不是公司的人，公司的人直接拨我手机号就行了，下班时间谁还打座机呢？

次仁旺泽从光滑细腻、能照见人影的红木办公桌上拿起电话筒：“喂，你好！请问你是哪位？”

“我是俄罗斯的巴西维奇·叶夫根尼……”对方几乎是急不可耐地说。

次仁旺泽猛惊，颇感突兀地一愣。但他骤然间想到，莫不是哥哥曾救下的俄罗斯朋友——俄罗斯某钢铁公司董事长巴西维奇·叶夫根尼。次仁旺泽深知，巴西维奇·叶夫根尼是俄罗斯最有实力的“钢铁大王”，当年我哥哥曾救过他一命，我也是在我哥哥许国良的葬礼上见过他。

次仁旺泽思绪游离，有些茫然，准备询问对方有啥事时，话筒里传出了哭泣声，声音由小到大，显然有些失控。“我是俄罗斯的巴西维奇·叶夫根尼，你怎么把我忘了？我们曾在国良的葬礼上见过一面，而且还在一起说过话……你也知道，要不是许国良，我早命丧黄泉了，我很想念我的恩人国良呀。”

次仁旺泽触景生情，哽咽道：“我也很想念他，想念他呀！”

“我想下个月到中国，去拉萨看看国良，祭拜祭拜他，到时候你陪我一起去好吗?”

“好！不过我正好有个想法，准备为我的许国良哥哥举办一个有意义的纪念活动，到时候你正好来参加。”

巴西维奇·叶夫根尼听到要为许国良组织一次纪念活动，抑制住悲伤激动地说：“为许国良举行一次有意义的纪念活动，这太有必要了。至于活动的经费，花多花少都由我出。”

“哪能这样呀！许国良是我的哥哥，说一千道一万，费用都应该我出!”

巴西维奇·叶夫根尼绝不相让，他很有诚意地说：“举办活动的费用都由我出，我给你寄去相当于人民币 10 万元的经费。这几年我的生意是越做越好，可我的心里不好受，我想为国良做点什么。”

次仁旺泽理解巴西维奇·叶夫根尼的心思，说：“咱不要争来争去了，有你这份心我国良哥在天有灵也会得到安慰的。你不要寄钱，费用我出。你是国际友人，到时只管来参加活动就好，有啥话你在陵园对我国良哥说说就行，其他的都由我来安排。”

巴西维奇·叶夫根尼感觉有些失意和遗憾，但很快镇静下来惋惜地说：“我听你的，就这样吧。不过这次纪念活动规格要高，要邀请有关领导、知名人士和部分群众参加，让大家都能了解到国良的高风亮节，记住国良，学习他的精神。”

“这些都在我的考虑之中，我一定把这次纪念活动办得有规模、有品位、有意义。”次仁旺泽的话让巴西维奇·叶夫根尼极感满意，他连声说：“那就好，那就好。对了，到时我的女儿也要到中国来参加这次祭拜活动。我女儿卡琳诺娃是俄罗斯著名翻译家，她到中国时还要带上她的宝贝女儿。你尽快把时间定下来，我们要提前做好准备。”

“清明节快到了，我打算在清明节那天举行纪念活动。不过我还要和我阿妈商量商量。时间确定后，我会立即通知你的。”

“好了，那你就费心了，到时我们中国拉萨见。”

和巴西维奇·叶夫根尼通完电话，次仁旺泽不由得想起了卡琳诺娃姐姐。次仁旺泽隐隐知道，卡琳诺娃一直深深地爱着他的国良哥，甚至为了许国良发誓终身不嫁，最终在她父亲巴西维奇的劝说下才结了婚。许国良曾被四个漂亮女人深爱着，他善良的性格曾使他一度苦恼困惑，但最终他选择了高中时的同学莫君若。记得当次仁旺泽既羡慕又嫉妒地和他的国良哥哥开玩笑时，许国良只说了一句令次仁旺泽似懂非懂的话：“弱水三千我只取一瓢饮。”

是的，许国良不仅赢得了四个美丽女子的芳心，更赢得了许许多多人的钦佩和爱戴。次仁旺泽对许国良的帮助是永怀感激之情的，要不绝不会有他的今天。

如今次仁旺泽是中国规模最大的天鹰虫草科技有限公司的董事长。二十多年前，他白手起家，采集收购冬虫夏草、藏红花等，经过多少年的艰苦创业和奋斗，公司在这片神奇的土地上得到了发展壮大。公司经营的产品都是长在3000米高的严寒地区的野生植物或药材，品质卓越，深受用户的喜爱。他善于经营，诚信为本，公司拥有庞大的收购网络和销售团队，年销售额达两亿元，产品销往沿海、内地和港台地区。现在的次仁旺泽身价不菲。他富裕了，但他每时每刻没忘记自己的汉族哥哥许国良。每当夜阑人静，他常常睁大眼睛看着天花板不能入眠，思念使他剜心般的疼痛。他常想：要是我哥哥许国良如今还活着该多好啊，我要让他到世界各地旅游，品尝人世间的美食，穿最好的衣服，享尽世间的荣华。但这一切都是肥皂泡影、海市蜃楼，他只能把愿望转移到国良哥的家人身上，接济、照看他们，让他们过得滋润一些、幸福一些，这样他心里会好受一点，悲伤和痛苦会减轻一点。

这不，次仁旺泽正驱车行驶在去汉族阿妈家的路上。阿妈在西藏拉萨一个别墅区中居住，这个别墅区是拉萨最有名的“格桑花花园”，是汉、藏两个民族共居的一个居住区。次仁旺泽每月都要到这里看望阿妈几次，尽管阿妈的生活起居有保姆照顾，什么也不缺，但他每次还是带去吃食、生活用品，嘘寒问暖。每次出差，他都不忘购买一些当地的土特产，送给阿妈品尝品尝。他经常对别人说自己从小双亲就不在了，汉族阿妈就是他的亲妈。

近来次仁旺泽不是出差，就是开会，已经半个月没去看望阿妈了，今天他到街上买了一些营养品就来看望阿妈，顺便把为国良哥举行纪念活动的事告诉阿妈，征求一下她老人家的意见。

半个小时以后，次仁旺泽来到了“格桑花花园”。这里布置得休闲别致，设计充满了人性化，凸现了汉藏一家亲的设计理念。这个别墅区占地60亩，有50栋别墅，里面规划有休闲广场，广场因势据形设计有雕塑、假山、喷泉、凉亭、花树、绿地等，是体现汉藏两个民族不同风情又巧妙融合的休闲生活区。特别引人注目的是广场右边的一组汉白玉人物雕塑，神情举止传神，惟妙惟肖，生动地反映了共产党解放西藏把农奴解放出来，军民纵情高歌、载歌载舞的欢乐场景。

花园的大门设计更是别具匠心，雄伟大气，那只振翅欲飞的苍鹰，正蓄势待发，冲向天空。小区住户都很喜欢这个鹰式大门，往来人员也会驻足观看。次仁旺泽每次来看望阿妈时，都要下车瞻望，他仿佛觉得大门上的雄鹰就是哥哥许国良的化身。哥哥许国良不正像不怕艰难险阻、搏击狂风暴雨的雄鹰吗？每次想到哥哥许国良，他就有了战胜困难的勇气和决心，他觉得自己就是西藏的格桑梅朵。“梅朵”是花的意思，“格桑梅朵”，是一种生长在高原上的普通花朵，杆细瓣小，看上去弱不禁风的样子，可风越狂，它身越挺；雨越打，它叶越翠；太阳越曝晒，它开得越灿烂。是哥哥的影响和激励，使他成为了一朵高原上真正的格桑梅朵。

次仁旺泽刚走进大门口，就看到物业管理公司的老李和小王正在用红漆描摹镶嵌在盈门巨石上的两行大字：中华大家庭，汉藏一家亲。小王手提漆桶呈传递状，老李已完成了第一行的描摹，正在描摹第二行的“藏”字的草字头。

次仁旺泽走到跟前说道：“老李，你们正在描字呢？”

老李扭过头一看是次仁旺泽，笑笑说：“漆在太阳下暴晒，时间长就脱落了，我们把这字再漆漆。你又来看望你阿妈呀，你阿妈真有福气。”老李的脸上写满了钦佩和歆羡之意。老李把“藏”字描完了，又在接下来的“一”字上描了一下，扭过头对次仁旺泽说：“你照顾老人正像这个字一样，是天下第一呀！”

次仁旺泽笑了一下回答说：“你太恭维我了，但我的诚心应该是第一，今生今世我要尽最大的努力照顾好老人。”

老李发自内心地说：“董事长，你做得对！你对老人的孝心我们都看到了，我们经常看到你阿妈在广场上散步，脸上挂着笑意，看得出来她感到很幸福，很满足。对了，刚才我还看到她在这里散步呢。”

“是吗？那我到广场及四周看看，不打扰你们了。再见，老李、小王。”

老李和小王几乎异口同声地说：“你快去看望你阿妈吧。”小王感到言犹未尽，又扭头说道，“你阿妈有了你可真幸福呀。”

次仁旺泽找了好几个地方，没有见到阿妈。他就直接来到东边第三排阿妈住的别墅前，按响门铃，保姆董青竹边开门边说：“次仁旺泽叔叔，你来了。”说完忙接过次仁旺泽手里提的营养品。

“阿妈在家吧？”

董青竹把东西放在客厅的矮柜上答道：“大娘散完步刚回来，正在屋里休息呢。”

次仁旺泽不便打扰阿妈就在客厅等候。此时他向保姆打听着阿妈的情况。这个叫董青竹的保姆是次仁旺泽从十几位年龄不同的女性中招聘来照顾阿妈的，次仁旺泽对她对老人的照顾非常满意。

阿妈醒了，次仁旺泽来到床前询问着阿妈的饮食起居，身体状况。阿妈总回答说好着呢，不让他担心。看到阿妈确实气定神闲，次仁旺泽就高兴地说：“这就好，这就好。你身体好，也是我的福分。”

“阿妈，今天我还要跟你说件事。”

“啥事，你说吧。”

“阿妈，我想在清明节给国良哥举办一个纪念活动。”

阿妈推开次仁旺泽的手硬是坐了起来，靠在床头板上说道：“每年清明节你不都去看望国良，给他烧纸烧钱吗？国良泉下有知已经很高兴了。这几年你对我和我们家人够尽心的，不要再破费给国良花钱了。”

次仁旺泽寻思着当年国良哥在家里一贫如洗、非常困难的情况下还时常接济他，给他寄钱寄物供他上学，国良哥吃尽了太多的苦，要不自己还不知道能不能活在这个世上。国良哥是自己最亲近的人，如果没有他更没有自己今天的富裕和成就。他如果活着，就是给他买架飞机自己也愿意，为国良哥他什么都舍得，何况这次纪念活动也花不了多少钱。想到这里次仁旺泽眼里噙着泪水，很悲伤很动情地对阿妈说：“要不举办这次纪念活动，我会一辈子痛苦和内疚的。我要让大家记住许国良大哥，缅怀他，学习他。阿妈，这次活动一定要进行，这样我才觉得对得起死去的国良哥，你就成全我吧！”

阿妈是个非常明白事理的人，她知道这是次仁旺泽的一片苦心，只能支持，绝不能拆台伤了他的心，想到这里，就答复说：“儿呀，你就办吧，国良有你这样的弟弟，是他的福分，只是又让你操心了。”

翌日上午，次仁旺泽来到公司，直接叫来办公室主任和策划部部长，商议有关活动事宜，并成立筹备小组，筹备落实纪念活动的各项计划。

烈士许国良安葬在西藏拉萨的一个烈士陵园内，他的墓地在陵园的西南角，占地两亩。墓的四周种植有各色品种珍贵的耐寒绿色植物，这些都是次仁旺泽多年前投资栽种的，整个陵园看上去肃穆冷清。

纪念活动在清明节这一天如期举行，活动地点设在烈士陵园门外东停车场处。考虑到参加人员多，这里四周还有广场，空间大，就选择这里当主会场。会场设有主席台，通往主席台的主要路口两边摆放着鲜花和人工编织的花环，显得肃穆而安静。

参加此次纪念活动的有拉萨市政府的有关领导、次仁旺泽公司的中层领导和员工100余人、拉萨次仁旺泽汉藏学校的30名学生、俄罗斯大企业家巴西维奇·叶夫根尼以及俄罗斯著名女翻译家卡琳诺娃和她的女儿、许国良的妻子莫君若及儿子、京州日报现任社长兼总编付英俊及3名记者、牡丹日报的记者，国良出生地石磨村的新、老两任支书及国良的姐姐、姐夫，次仁旺泽的藏族亲朋好友及当地自发参加的群众数百人。

纪念活动在隆重、肃穆的氛围中进行，次仁旺泽的悼念词中概括了许国良艰难奋进、悲天悯人、善良正直的一生。按照安排，在广场举行的各项活动结束后，30名学生手持鲜花、花环，喊着“向烈士学习，传承烈士精神”分两列依次走到墓前，把鲜花和花环摆放在墓地的四周，墓地的正前方在鲜花簇拥下摆放了两个大花圈，花圈上写着寄托哀思的挽联。与会人员分次在工作人员的安排下沿着陵园的砖铺小路到墓前向人民记者许国良烈士行三鞠躬礼，然后沿另一条小路离开。

次仁旺泽董事长在学生们献过花环后，走到墓前，泪水滂沱而出。他给哥哥许国良倒了三杯酒，真诚地说道：“国良哥，你安息吧，家里一切都好。阿妈有我照顾，你就放心吧。”

俄罗斯大企业家巴西维奇·叶夫根尼向许国良的墓地三鞠躬：“国良呀，我是……我很想念你呀，很想念你呀……谢谢你了，谢谢你了……”

俄罗斯著名女翻译家卡琳诺娃在这次活动中颇引人注目，虽人到中年，但她皮肤白皙，眼睛深邃，身材曼妙高挺。她身着优雅时尚的绛紫色长套裙，浑身散发出成熟而迷人的光彩。她从随身携带的包内掏出5本她本人翻译的俄罗斯小说（汉语版），用俄语哽咽地深情诉说着什么，然后又用汉语说道：“这是我这些年翻译的小说，送给你。国良你读读吧，要不是你，我不会有今天的成就。”接着，她转过身，拉着她的宝贝女儿向墓地行三鞠躬礼。

京州日报现任社长兼总编付英俊肃立墓前，让两名工作人员展开一幅宽1.5米，长10米的挽幛，上面有记者编辑们的签名以及他们想说的话，它包含着200多名编辑、记者对许国良烈士的一腔深情和无限怀念。“国良，我们来看你了，你看看这些签名和心语。‘你很贫穷，但你很富有。’‘你英年早逝，但你永远活在我们心中。’‘你的一生在苦难中拼搏，在拼搏中进取，永不言弃，毫不畏惧。我们一定以你为楷模，做一名优秀的新闻工作者，为祖国的新闻事业奋斗终生。’……”

许国良的妻子莫君若及儿子与参加纪念活动的人员一一握手告别，之后他们再次来到了国良的墓前。优雅娴静、风韵犹存的君若对国良喃喃说道：“国良，这么多人来看望你，你可以含笑九泉了。你好好休息吧。”国良的儿子上前深深三鞠躬：“爸爸，虽然我记忆中没有你的影子，但从妈妈和次仁旺泽叔叔的口中，我了解到你的很多很多。我懂你，我为有你这样的爸爸而自豪。爸爸，我考上大学了，学的也是新闻专业。去年夏天，我作为实习记者和人民日报的记者一起到抗洪一线采访报道，受到了上级的表彰、奖励。我还准备报考新闻专业研究生，继续深造，毕业后像你一样做一名人民的好记者，你放心吧。”

还有一些亲朋好友伫立墓前久久不愿离去，想和国良多说会儿话。次仁旺泽和3名记者在谈论着国良，巴西维奇和身旁的女儿、外孙女交谈着什么，还有一男一女两名记者正在和君若母子交谈……

次仁旺泽汉藏学校的30名学生献过花环后，又双手高举哈达高喊着“哈达献给你，哈达献给你，哈达献给世界上最亲的人”，缓缓而又庄重地向许国良烈士墓走去。附近的群众和工作人员也受到感染，不约而同地加入到这滚滚洪流声中高喊着“哈达献给你，哈达献给你”，这呼喊声顿时响彻整个墓地的上空，传向拉萨，传向四面八方……

一　英雄救美结良缘，国良出生

要说本书的主人公许国良，得要从他的出生地孟津县说起。

孟津作为黄河上的第一津，它处于北邙腹地，是一块物华天宝的福地。孟津人杰地灵，中国历史上的大文学家贾谊、唐代著名田园诗人王维、一代名相狄仁杰等或出生于孟津，或长期生活、供职于孟津，他们都与孟津有着不解之缘。

相传，明末清初朝廷大员20人中就有10人是孟津人，孟津素有"孟半朝"的说法。当时其他县份的官员，为压倒孟津籍官员，千方百计想对策，打压孟津官员。后来，有人上奏皇上说孟津官员太多，连那里井水中的蝌蚪都长有官帽翅。身在皇宫大院的皇帝，他哪里知道蝌蚪的生长繁殖本来就有"翅"，而皇帝听信谗言，下旨命令当地群众打成铁钉或用生铁片下到河中以压孟津官员。是否压制住了孟津官员不得而知，但从此孟津打铁的人日渐多了起来。许多人学到了手艺，以打铁为生，他们的足迹遍布陕西、甘肃、新疆、青海等十多个省、市。

三四百年后，一个叫许红军的后生也加入到这个打铁大军的队伍，投奔到陕西延安富县刘志刚铁匠处学打铁。刘铁匠，人送绰号"铁三锤"，经他打制的铁具，一经打成，没有回炉，且精巧耐用，使用起来顺手。他靠着过硬的打铁手艺，已在外闯荡20余年。他忠厚实在，从不偷工减料，在方圆左右口碑很好，并很快站住了脚，在这个地方娶妻生子，过着稳定的生活。

一见到许红军，刘师傅拍拍他的肩膀说："好后生，身体怪壮实的，是个打铁的料。"说着嘿嘿笑着，露出了他的大黄牙，"你这个徒弟我收了，咱们那里的人都实在，你好好学，我会把真功夫教给你的。"刘师傅的话掷地有声，许红军感激地说："谢谢师傅，我一定好好学手艺。"

春去秋来，时间过得真快呀，一晃许红军已来延安两年了。许红军是个听话懂事的孩子，他信守诺言，一日三餐撂下碗就到铁业铺叮叮咣咣干起活来，两年来加上送货，才到过街上五六回。师傅看在眼里疼在心里，尽量嘱咐妻子变换花样把饭菜做好，让这个好后生吃好喝好不想家。

许红军是个苦命的孩子，他是家里的独子。他 11 岁那年冬天，父母下红薯窖拾红薯时双双闷死在红薯窖内，他就辍学下田干活，成为生产队最小的劳力，和大人一样靠挣工分养活自己。回家他还得烟熏火燎地做饭，饥一顿饱一顿的，过早地受尽了人间痛苦的煎熬，如今已 30 岁了还是光棍一人。

他跟着师傅打铁这两年，师傅师娘也问过他几次娶妻生子的事，他总是干笑着说："我家只有一孔破窑洞，里面四壁空空，谁家闺女肯往火坑里跳呢?"

说实在的，红军做梦都想娶一房媳妇，哪怕长得丑点，家里穷点，只要是个女的，他都愿意。家里如果有个知冷知热的人，给他生个一男半女，能够延续许家的香火，他就心满意足了。可是就连这最低的要求他也实现不了，他太穷了，谁家姑娘也不敢往这个火坑里跳。

人非草木，孰能无情？许红军不是凡夫俗子，也有七情六欲，可他 30 多岁了还是个处男，从来没有沾过女人身体，晚上躺在被窝里禁不住想起女人来，想得海阔天空。娶不上媳妇，不能跟女人有肌肤之爱，也只有想想的份儿了，这是谁也管不住的。他想着女人的大白屁股，肥大挺挺的乳房，莲藕似的白腿，想着想着身子下面那个东西不禁硬得像个棒槌……

一次刘师傅的老婆给丈夫拆洗被褥，顺便把许红军的被褥也拿来拆洗，惊然发现许红军的被子上面斑斑点点的成了世界地图。

刘师傅的老婆把这个"秘密"告诉了丈夫，他俩都理解红军的处境，更知道红军的所思所想。30 岁的人了，该娶个媳妇了。他俩决定给红军张罗个媳妇。可介绍了几个姑娘，人家不是嫌弃他是孤儿，就是嫌他家里太穷，没有一个姑娘愿跟他处。师傅师母心里很不是滋味，眼瞅着徒弟整天闷闷不乐的，也没有什么办法，只有在生活上照顾好他。

师傅是理解徒弟的，他想让红军排解排解心中的苦闷，愉悦愉悦心情，就在活不太忙时放了他两天假，让他到外散散心。红军第一天到县城逛了逛。县城就是人多，到处充满着诱惑。看到自己的同龄人携妻带子在街上闲逛，看到比自己小得多的20岁左右的青年男女身着漂亮服饰、挽胳膊搭肩漫步，他不禁艳羡地想多看几眼，心想他们多么幸福啊，而自己这么大了，还是光棍一条。在大街上转，自己反而越来越痛苦，还不如到乡村田野间呼吸呼吸新鲜空气呢。

第二天，红军吃过早饭就沿着小路向山坡上的田野走去。放眼望去，初秋的田野是一片绿的世界，绿的海洋，没有了夏的燥热，有的只是秋的凉爽。身处这寂静的大自然中，稍稍舒畅了他一直烦闷的心……他想再干两年攒点钱，将来回到家乡找个带孩子的寡妇也可以，自己毕竟年轻，有的是力气，会把日子过好的。行至节节高的芝麻地边时，他顺手摘下一个芝麻穗掰开倒出芝麻粒含在嘴里咀嚼着，自言自语道："真香呀，真是又嫩又香！"

"救救我呀，有坏人……"隐隐约约听到有个女子在喊叫，仔细听时，又没声音了。一会儿，又连续听到那个女子嘶哑绝望的喊叫声，"救救我呀，救命呀……"声音像是从附近的高粱地里传出来的。许红军意识到事情不妙，就警觉地向高粱地跑去，心想："如果遇到坏人，我一定挺身而出，绝不袖手旁观。"

跑了二三十米就来到了一大片望不到边的红高粱地边，那路边停着一辆小拖拉机。一人多高的高粱株穿着青绿色的外衣笑弯了腰，株首垂着暗红色的穗子，许红军顾不上看眼前的丰收景象，拨开高粱株就向有喊声的地方跑去。

的的确确，在高粱地里正在发生着一场闹剧，因为有人企图强奸一个女人。

此时，高粱地一处空地上铺着一张红色塑料布，两个男的正在挟持一名女青年，欲以强暴。其中一个满脸络腮胡子的高个男子眯着色迷迷的眼睛吆喝着："快脱，快脱，你是主动脱衣服呢，还是让我们亲手帮你脱，别不识抬举。"

女青年哽咽着说："大哥，你们放了我吧，我才22岁，你们不要害我呀。"

一个书生模样的男青年下流地笑着说："哈哈，太好了，我们要的就是嫩的，黄花闺女吧？"说着就动手动脚地搂抱女青年，那双修长的手趁势从女青年的脸上摸捏到胸部，想要解开女子上衣的扣子。女青年挣扎着，但她摆脱不了那强有力的臂膀。书生的劲儿够大了。

40 多岁长满络腮胡须的中年人狂笑着，一步一步逼近女青年，双手撕扯着女青年的衣服，扣子被扯掉了两个。两个坏男人狼狈为奸，把女青年的内衣也撕扯掉了，两只挺挺的小白鸽扑棱一下飞了出来。这两名男子垂涎欲滴，痴呆地盯住这对小白鸽。女青年泪如泉涌，含胸低头，一双手臂交叉着紧紧挡护住乳房，哀求说："放了我吧，让我穿上衣服吧。"

"笑话，敬酒不吃吃罚酒。快把裤子脱掉让哥享受享受。"络腮胡子既像是对女青年说，又像是对书生气的男子说。两男子像丧失了人性的野兽，一人抱住女青年，一人撕拽着扒女青年裤子。女青年挣扎着，反抗着，不停地喊着"放了我吧，救救我吧"。可一个弱女子哪是他们的对手？高过人头的高粱庄稼地不到收获季节哪有人呢？裤子被扒掉了，姑娘带碎花的小裤衩也被扔在一边挂在高粱叶上。

书生模样的青年惊讶地说："太诱人了，我还没见过这么美的女人呢？让哥享受享受!"

络腮胡子男子面目狰狞地狂笑着盯着女青年："哥先享受，我先尝尝黄花姑娘的滋味。"他边说边脱掉自己的衣服。女青年倾着身子用胳膊遮胸双手叠拢着挡住自己的原始森林……眼看着坏人的阴谋就要得逞了，女青年只能用沙哑的嗓子继续哭喊着"救命"，可是没有用。

姑娘被两男子使劲按在红色油布上，络腮胡子男子粗野地搂抱着姑娘，用那丑恶的嘴亲着姑娘……

"快住手，放了她。"老天有眼，在这危急时刻，跑到这里的许红军大喝一声。

毕竟是做坏事，这一声吆喝，把两个男子吓了一跳。待他们镇定下来一看是一个赤手空拳的汉子来搅和他们的好事，就恶狠狠地说："少管闲事，这里没你的事，快走开。"

"大哥，救救我……"女子蜷缩着身子哭喊着。

许红军当仁不让，语气坚定地说："放开她!"同时又机智地补上一句，"我们铁匠铺还有两个人在后面，马上就到。"络腮胡子把裤子穿上，一步步向许红军进逼，顿时他们扭打起来。许红军虽然是打铁的，身板子硬朗，络腮胡子男子也不是绣花枕头。眼见着许红军就要把络腮胡子扳倒在地，白面书生男子趁其不防用钥匙串上的小刀刺伤了红军的右胳膊，络腮胡子男子趁势把许红军摁倒在地，两名男子用脚狠狠地踢踹他，只听“咔嚓”一声，许红军的手软了下去。两个坏人仓皇而逃。

姑娘不知什么时候已穿上了衣服，虽然有的地方被撕破了，但总算遮蔽住了身体。姑娘瑟缩着来到许红军身边，喊着：“大哥，大哥，你受伤了，很痛吧？”许红军睁开眼睛说：“没事，我是打铁的，身子骨硬。”

姑娘流着眼泪搀扶着许红军一步一瘸地离开了高粱地，好在路上遇到了放羊的老头捎信儿，师傅和师娘闻讯赶来把红军送往医院诊断治疗。

诊断结果是右胳膊严重骨折。伤筋动骨一百天，许红军被缚打了石膏，需要住院治疗一段时间。

被救女青年的家人很感激，和姑娘一起到医院看望，感激的话儿说个不停。被救女青年叫沈千秋，是那种小骨头架子，看上去小巧苗条，实际上玲珑圆润、内外兼美的漂亮女孩。那天她去看望生病的外婆，舅舅要骑着自行车送她，她不愿麻烦舅舅，硬是不让。谁能想到被坏人劫持，发生这样的事？是红军救了她，要不被两个男人强暴还怎么活呀？许红军这个男子为她受了伤，她能不感动吗？内心充满着对许红军的歉意与感激，她几乎天天在医院照顾他。同时，她和师娘轮番给红军送饭。稍微好了些后，红军就多次劝说姑娘，不让她来伺候自己，他觉得谁遇到这事都会管，他不想让沈千秋感到愧疚，再说被一个姑娘守着他也感到拘谨。

沈千秋每天依然来照顾他，给他送吃送喝。那天他又劝千秋回去，千秋执意不肯，他那直性子脾气急了，倔强地说：“你要再来，我就出院。”千秋没办法鼓足勇气说出了心里话。

“你救了我的命，我愿用一生来感激你。我听师娘说了，你没有父母，还没成家，我来照顾你咋样？”

红军黑黑的脸一下子红得像个大姑娘，有些迟疑地说：“你还年轻，我怎么行？要啥没啥的……再说，你是好好的，没有被伤害，会找到好人家的。”

“你舍命来救我，你就是好人。我们这个地方闭塞落后，村里人都很封建，谁家姑娘要是受了凌辱，唾沫星子就会淹死你，连家人脸上也没脸面，我父母这几天一直阴沉着脸，一定是别人说闲话了。”姑娘小声述说着，神情很忧伤。

是的，姑娘对自己的小村再熟悉不过了，对村子里发生的事是感触颇深的。她淡淡地讲述着她小时候村子里发生的一件事。

那是多年前的事了。村里的一个姑娘在院子里洗衣服，洗完后把包袱裹在身上，脱下内裤一块洗。那时的人穷得没有换洗的衣服，很多人只有一条内裤，常常是晚上洗了，白天接着穿。如果冬天时一个晚上晾不干，第二天甚至不穿内裤，谁知道呀？（红军知道自己小时候就没穿内裤，有时晚上去同学家借宿，就穿着衣服睡。人穷呀，什么稀奇的事都不稀奇了。）邻居大婶的水桶漏了，偏偏那会儿来敲门借水桶。姑娘开了门，拿桶时不小心踩住了拉在地上的包袱角，瞬间腰上系的包袱嘭的一声散开掉到地上。门口的大婶还没回过神，跟她一块来的两个孩子却吆喝起来："小叶姐姐赤肚肚露屁股，小叶姐姐没穿衣服，羞呀羞呀……"消息不胫而走，在十里八村传得沸沸扬扬。村里村外的人看到她都嘀嘀咕咕的，仿佛她是个不正经的女孩。女孩父母、哥嫂脸上也挂不住，嫂子那天无意间说了句气话"活着给人添乱，不如死了算了"。小叶听了这句话一时想不开，就在一天下午家人去田里干活时吊死在院子里的一棵枣树上。从此，她不再承受痛苦与煎熬，解脱了。那些说她"伤风败俗""没有家教""不正经"的人不吱声了，真是唾沫星子淹死人呀。

千秋的语气淡淡的，红军却听出了恐惧与不安。农村人是善良的，可在这类事上是固执的、封建的，不能通融的。千秋是个受害者，可除了被当做村里人茶余饭后的谈资笑料，谁会真的同情她、关心她呢？

红军心里不是滋味，看着千秋那双忧郁的眼睛，他还能说些什么？红军终于张开了口："千秋，我条件不好对不住你，你是个好姑娘。"他第一次叫出了她的名字，声音包含着怜惜。

"你见过我的身子了，我愿意跟着你，我心意已决，你嫌弃我吗？"他们双目满含深情地互相凝视，紧紧地拥在了一起。

忠厚善良的河南小伙子许红军，这个铮铮铁汉终于找到了自己的意中人。上天对谁都是公平的，它让你受苦，最终也会把最美好的送给你。师母做媒到沈千秋家见千秋的父母哥嫂。家里出了这样不光彩的事，他们正为这事犯愁呢，这样的结合虽不称心，但也只能如此而已，他们家人顺水推舟答应了这门亲事。再说，许红军家里虽一贫如洗，但他毕竟是个靠得住的人呢。

红军的伤痊愈了，但伤着的是胳膊，铁匠是当不成了，他就准备回豫西老家孟津生活。许红军告诉沈千秋，他回老家把家安置停当后就来接她完婚。

沈千秋也对红军表示，就是再穷再苦，她也愿陪他到天涯海角。

许红军回家后，用两年来攒下的血汗钱为结婚做准备。他用麦秸泥把那孔窑洞门面刷得平展展，窑屋里面也重新收拾得齐楚楚，并添置了一些结婚用具。虽然简简单单，但这个家里里外外焕然一新。

在一串鞭炮声中，许红军这位30多岁的河南小伙和陕西姑娘沈千秋拜堂成亲，结为秦晋之好。

一年后，沈千秋生下了一个女孩，取名许国红。女孩长着一双清澈透明的大眼睛，两个小酒窝格外逗人喜爱。女儿三岁时，沈千秋又生下了一个男孩，取名许国良。

许红军从过去的光棍儿一条，转眼变成了丈夫、父亲，他每天看着心灵手巧、俊秀体贴的妻子和一双可爱的儿女，喜不自胜，认为这是老天在眷顾他，他的心里像灌了蜜一样甜。

人有旦夕祸福，不曾料到，灾难正悄悄地降临到这个家。女儿七岁那年哭着说眼疼，家里人不在意，以为是小飞虫迷住了眼睛，就掰开她的眼皮吹了吹，抹了点万金油。女儿每次那样说，他们都这样做，有一次还给她买了点眼药水滴了滴。当有一天女儿哭着说坐在第二排还看不清黑板上的字时，他们才慌了神，带她到乡卫生所检查。医生告诉他们孩子患的是严重的眼疾，若不治疗，很可能有失明的危险。乡卫生所设备简陋，无法检查治疗，医生建议他们到大医院就诊。夫妻俩这才如梦方醒，追悔莫及。他们领女儿到郑州的大医院看病，医生说要治这个病至少得需要2000元钱，这在当时也算天文数字了。为了给女儿治病，他们把家里能卖的东西都卖了，东挪西凑才凑够了第一笔几百元的治疗费。之后他们又先后三次求亲戚告朋友借钱到郑州大医院给女儿看病。由于错过了最佳治疗时机，给女儿看病花了2000元，才保住了小国红的一只眼睛，但视力微弱。

许红军的家成了全村最贫困的家庭，不过他没有绝望，他是不怕吃苦的硬汉，决心用自己的双手和妻子一道努力为这个家奋斗。他们省吃俭用，一点一点地还账。到了国良上学的年龄，他们还是咬咬牙让国良上学，他们不能让孩子和自己一样当个“睁眼瞎”。

在那个所谓的“知识无用论”“张铁生交白卷”的年代，国良所在学校也受到这种思想的冲击。一些学生们上课不认真听讲，课桌上时常会出现泥捏的小猪、小猴，或纸叠的小船、小伞等。国良和这些孩子不一样，他爱学习，也懂得家里供他上学的不易，学习特别认真刻苦。每学期都能捧回张奖状，这是令许红军和妻子在艰难生活中最欣慰的事。红军高兴之余，把奖状整齐地贴在窑屋里最显眼的地方，那橘红色奖状给简陋的屋子增添了不少亮色。

红军夫妻希望国良快快长大，盼望着他将来能有出息，能出人头地，来支撑这个一贫如洗、负债累累的家。

二 拾羊不昧，归还失主

许红军为双目几乎失明的女儿治病已欠下外债2000余元，原打算盖两间土坯房的愿望也泡汤了。此时全家四口人仍住在一孔破窑内。经过风雨长期侵蚀的麦秸泥垒的院墙以及整个院子显得破破烂烂，初看上去，这哪里是一户人家，倒像是一孔废弃多年的破窑洞或烂院子。掐指算来，全村连一间瓦房也盖不起的也就是许红军家了。好在他家院子内长着一棵百年老树——皂荚树，特别是夏秋两季，皂荚树蓊蓊郁郁的，给这个原本贫困的家庭带来了丝丝生机。

一天，吃过午饭稍加休息，许红军扛上锄头去自留地锄地，沈千秋在院子里大皂荚树下纳鞋底儿，国良遵照母亲的安排带着星期天作业到洞子沟放羊。村里距洞子沟二三里路，路两边种着大面积的红薯。今夏雨水好，红薯叶鲜嫩肥硕，在风中摇曳着，馋得羊勾着头扭来扭去，国良就把羊绳牵得短些，让它够不着红薯叶。

行至路南边的北魏孝文帝陵时，国良驻足观看：陵丘、土建、呈圆形，虽经上千年的风剥雨蚀，仍恢宏壮观。北魏孝文帝陵遗址是新中国成立后首批被列为国家重点文物保护的遗址，许国良抬头看了看，牵着羊准备离开。忽然他隐约听到有一种异样的声音，细听那声音来自陵丘侧面。会不会有人在盗窃陵墓？听老人讲北魏孝文帝陵墓地下宫殿富丽堂皇，文物丰富多彩，价值高昂无比，从古到今都是盗墓贼涉猎的范围，国良心里不免惊了一下。

国良把羊[illegible]系在路边的一棵泡桐树干上，蹑手蹑脚地向声音传来的方向走去。到了陵丘后面一看，这里确实有情况，但不是有人在盗墓，原来不知谁家的一头牛正在大口大口地吞噬着红薯秧苗，发出欻拉欻拉的咀嚼声。国良站在那里向四周张望寻找着牛的主人，可四周根本没有人影。随之，国良赶紧抓住牛纼儿，把牛拉拽到离开地边十几步远的一片黄草坡上，把牛鼻绳系在一棵碗口粗细的洋槐树上。他喊了几声“谁家的牛”，但无人应答。在他找人无望不知该怎么办时，猛然听到不知从哪里传来几声隐隐约约的笑声，侧耳循声望去，看到坡下一处低洼的空地里有一破窑洞，那里曾是本地的砖厂，因这里是文物遗址保护区上面下令让它停产，如今变成废窑了。

放牛的人会不会在洞里呢？国良边想边走，很快来到了窑洞口。洞里黑魆魆的，但里面人说的话听得清清楚楚，是一男一女在打情骂俏。

“认识你两年了，从没碰过你的身体，今天才能亲亲你抱抱你，我太幸福了。”一个男人的声音，“我想吃你的小馒头，让我吃一口吧……嗯，啧啧真好吃……”

“你真坏，你真坏，嗯呀……”女人撒娇的声音。

“我爱你，我会好好待你的。你是我的宝贝，我把衣服铺好，你躺在上面，让我要了你吧，我控制不住了……”

“不要这样，抱抱就行了，咱不是快结婚了吗？结了婚再这样。”

“我对不起你，因为家里穷，没房子结婚让你白白等了两年。现在哥哥嫂嫂搬出去腾开了屋子，咱们下个月就可以结婚了。你早晚是我的人，我的好乖乖，来吧……”

国良并不想偷听，但这些话还是硬灌进了他的耳朵里。国良已上初中，虽不懂男女之事，但也对此有点朦胧的意识，他的脸倒自己红起来，总觉得这青年男女做的事不靠谱，自己偷听到也很害臊。

“啊呀，不要这样。”

“我的亲亲，我轻点，我轻点……”接着传来了轻微的呻吟声……

国良不能站在这里，他想反正牛的主人也找到了，牛也吃不到庄稼，就转身离开。谁知匆忙中一脚绊住了半截烂砖，“啊”的一声他摔倒了。

“谁？”洞内传出了男子的声音。片刻男子走出来，后面跟着一个羞答答的女子。

男的有二十多岁，长得很魁梧，国字脸上嵌着一双小眼睛，似乎和他的大脸不大相称。女的二十出头，一米六多点，圆盘盘脸像煮熟的鸡蛋清一样白，身体看上去壮壮实实的，两根粗粗的辫子垂在肩后。这一对男女一看国良是个初中生，惊魂未定的心放松了。女的拿出口袋里的小手绢让男子擦把汗，然后羞答答地说："我先走了，你要想着我。"那声音小得只能让男子听到。

男子深情地看着他心爱的人离开，半晌对站在那边不敢动的国良吆喝道："看你那样子，你来干啥？"

国良心想："你错怪我了，我不是来偷听你们谈恋爱的，你们的事与我有什么关系？你们想怎样怎样，我才不管呢？"国良怕男青年误解，马上指着远处荒坡上的牛对男青年说："我不是来……我是来找牛主人的。"

"你找牛的主人干啥，牛踢你了还是咋的？"

"没有，牛在吃红薯秧，都啃了一大片了。"国良心疼地说。

"那又不是你家的自留地，多管闲事。"国良惊扰了男子的好事，男子有些生气，说起话来充满了火药味，"再说，这是公家的牛。我爷爷是队里的饲养员，非让我牵着牛出来放，这又不是自己的牛。公家的牛吃公家的红薯叶，以公对公，有什么错？"

"关键是牛把红薯秧都吃了，咋长红薯？到分红薯时分的红薯数量少不够吃，你咋结婚？"国良也不知怎么说出了这样的话。听到"结婚"这个词，男青年的气消了，他不好意思地搔搔头说："好了好了，我不怪你了，就让牛在荒坡上吃草吧。"国良的话显然是对的，男子不再无理强占三分，心中的怨气也烟消云散了。

他们从争吵到和解被路过的村支书听到了，村支书到他们跟前批评了放牛的男子。念及男子的爷爷是队里的饲养员，把牲口看得比孩子都亲，男子也认识到了自己的错误，村支书就没和他多计较。

男青年不好意思地离开，村支书用赞赏的目光看着许国良。对国良的表现，支书是看在眼里，喜欢在心窝里。他认为国良这么小的年纪就能关心集体的利益，敢于和不正确的行为作斗争，这孩子将来一定会有所作为的。

支书拍拍国良的肩膀，称赞道："孩子，好样的！"

国良有些害羞地说："大叔，不要夸我，碰到这样的事，谁都会管的。我去放羊了。"然后一溜烟地跑了。

国良牵着羊继续向洞子沟走去，很快就来到了满眼青翠、崖边长满小酸枣的洞子沟。这里的小酸枣红红绿绿地挂满枝头，摘几颗尝尝，那味儿酸酸甜甜的，比五颜六色的糖豆还好吃。洞子沟有四五里长，宽窄不一，有的地方有三十几米宽，窄的地方仅十几米；沟深有二三十米。沟半腰也长满了小酸枣树，里面还夹杂着许多叫不出名字的树木，沟底是各种长得繁茂的荒草，还有两三处泉眼，水不大但泉水一直汩汩地往外涌。满沟青翠中，偶有野鸡、野兔出没，这里是个放牧的好地方。这几年国良经常到这里放牧，每次羊肚子都吃得圆圆的，奶也挤得多。

他顺着一条弯弯曲曲的斜坡小路下到沟底，把羊牵到一个草深叶嫩的地方让它啃食，就掏出课本坐在旁边的一块石头上写作业。国良很快把老师布置的大部分作业完成了，剩下的任务是背诵岳飞的《满江红》，并默写一遍。国良很喜欢这首词，声情并茂地反复朗读，很快就背会了，然后认真看了一遍字形就默写起来："怒发冲冠，凭栏处，潇潇雨歇。抬望眼，仰天长啸，壮怀激烈。三十功名尘与土，八千里路云和月。莫等闲，白了少年头，空悲切……"

"咩咩——，咩咩——"一串沉闷而凄惨的羊叫声打破了这沟里的寂静。国良顺着声音站起身用目光寻找，看到一只羊在半山腰一棵枝枝丫丫的树杈上夹着，羊头向前掣，四脚乱弹腾，它越动被夹得越紧。许国良扯开嗓门向四周吆喝着寻找羊的主人，可任凭他喊破了嗓子也不见羊主人的踪影。他决定先把羊救下再说。

被树杈夹住的羊离沟底还有八九米深，加上地势陡峭，要想从沟底攀爬上去得费很大的力气。国良尽力向沟腰攀爬，遇到特别陡峭的地方，他采取迂回战术走"之"字形路线或左或右抓着树枝揪着草根，一步一步向目标接近，他足足爬了有七八分钟。准备救援时，猛抬头大吃一惊，原来在他左上方的树枝上，有一个碗口大的蜂窝，上面爬着密密麻麻的野蜂，进进出出，嘤嘤嗡嗡。羊在马蜂窝左边的另一丛树杈上夹着，下面是深沟，无法绕过去。

要救下羊，首先得消灭马蜂窝。如果不是事先看到，上千只野蜂飞拥而至，不把自己蜇成个马蜂窝才怪呢？

许国良采用扔掷石块的办法终于将这个碗口大的马蜂窝摘除并深埋在地里，可不幸的是还是有两只马蜂将他的左脸和左胳膊上狠狠地蜇了几下。他忍着疼痛，又攀爬到沟半腰去救这只羊。上坡容易下坡难，因下坡时不慎险些从山半腰掉下来，恰好有一棵小树挡住，才没有使他骨碌下来。他的两条腿与胳膊都擦伤了，但羊还在他的怀里抱着，他忍着疼痛终于把羊救了下来。

此时此刻国良的娘沈千秋正坐在锅台前烧火做饭，树枝"噼噼啪啪"作响，火很旺，很快晚饭做好了，是小米稀饭煮红薯面窝窝头。他们在等国良回来一起吃。这时候隔墙邻居高俊柱来他家串门子。高俊柱跟红军家是几十年的老邻居，虽不是同宗同族，但两家好得比亲戚还亲。经常是谁家做了好吃的，也不忘让对方尝尝鲜；谁家缺少了劳动工具，打声招呼，保证给你送过来；饭做熟了，才发现没有盐，你只管到对方家里拿就行了。许红军和高俊柱还经常互相端着饭碗串门儿，边吃边唠嗑，无拘无束，无话不说。遇到俏皮的玩笑事，他们都禁不住张着嘴哈哈大笑，有时笑得满嘴喷饭，用他们自己的话说，那叫“臭味相投”。不过这几年红军心里不爽，很少那么开心地笑了，倒是高俊柱经常开导他。他们随意地谈着话，高俊柱不时滋滋地吸着旱烟。

这时许国良牵着两只羊走进了家门。他进屋一看高伯伯也在，就很有礼貌地和高伯伯打了声招呼，扭头看了父母一眼说：“爹，妈，我今天捡了一只羊，我把它拴在羊圈里了。”

许红军和高俊柱打着马灯急急忙忙来到羊圈。许红军问道：“这是谁家的羊？”

国良说：“我救下这只羊时天都快黑了，也不知是谁家的羊。”

沈千秋看儿子安全地回了家，赶快把锅里的窝窝头盛了一碗递给国良，心疼地看着儿子说：“饿坏了吧？赶紧吃饭。”国良真是饿了，他接过碗大口大口地吃起来。之后他把救羊的过程给大家说了一遍。

沈千秋听到儿子救羊被马蜂蜇了，就急急忙忙找来几瓣蒜捣碎往国良被马蜂蜇的红肿的伤口上擦，高俊柱回家取了紫药水给国良擦拭被石块、树枝擦伤的地方。

“还疼吗？”沈千秋问。

“过了这么长时间了，不怎么疼了。”国良说。

“你为救羊被马蜂蜇了，身上也擦伤了，孩子你受苦了。”高俊柱有点心痛。

“爹，高伯伯，这只羊我们该怎么处理？”

“你说呢？”俊柱伯伯反问他。

“我想尽快把它还给失主，可我明天还要去上学，怎么找失主呢？”

许红军带着询问的目光，看着身边的高俊柱说：“你高伯伯见多识广，让他给出个主意。”

高俊柱顿了一下，盯着国良说道：“先不说怎么找失主。让我说嘛，我插一句话，羊你们家自己留下。”

国良听到这话，看爹娘都没吱声，就气咻咻地埋怨道：“这怎么能行？又不是咱家的羊。”

在一旁坐听他们说话一直没有吭声的沈千秋，看他们商量不出什么结果，就说：“天这么晚了，明天你爹和高伯伯还要上工呢。大活羊也放不坏，隔日再说吧。”送走了高俊柱，全家人熄灯歇息了。

国良躺在地铺上翻来覆去怎么也睡不着。我救羊是打算还给失主的，不是自家要的，要是打算自家要贪小便宜，那我是绝对不会救这只羊的。对，无论如何我要说服家人归还失主。这样想着，加上白天的过度劳累，国良很快进入了梦乡。

第二天，国良早早起了床，把自家羊牵出来挤奶，然后把奶送到收奶点，回来又分别给两只羊各拿了一捆青草喂上，就背着书包准备去上学。临出门前，他对爹娘说：“我去上学了，如果有人来找羊，把它归还给人家。你们去上工时也打听打听谁家丢了羊。你们不要因为我去上学了，就背着我把羊卖了或送给亲戚家骗我说还给了失主。要是这样我和你们没完，我就不上学了。”

许红军听儿子这么说，哈哈笑了几声说：“儿呀，你放心去上学吧，我们怎能那样去做呢？”

下午放学后，国良去给羊割了两大捆青草背回家，发现邻居高伯伯也在家里坐着吸旱烟。国良知道这是他爹把高伯伯叫来说羊这件事的。

许红军先开口说话，表达来表达去，意思很明显，也就是把羊留下。他对国良说：“高伯伯见多识广，难道还不如你一个小孩子。”

国良的倔劲上来了，跺着脚硬梆梆地撂出一句话：“不是咱的羊凭什么留下，一定要给人家送去。你们大人真是太自私了。”

“国良，我也不情愿这样，谁叫咱们家穷呢？为给你姐看病，咱家还欠有外债，连起码的生活也难以维持。”

“咱家的日子啥样我也知道，但不管怎样也不能打羊的主意。”

“那你说怎么办？”

“我还是那句话，寻找失主把羊还给人家。”

“要是那样人家会笑掉大牙的，说咱们家那么穷还装蒜。”红军叹了一口气说。

“穷，可以挣钱，我也快长大了，长大了好好干会挣到钱的。要是不把羊还上才让人笑掉大牙的。”

“你要理解父母的心情，他们真是太难了呀。”高俊柱手拉小凳子向国良挪了挪，拍了拍国良的肩膀说，“我看出来了，你是一个品德高尚的孩子，很懂事。可咱这只羊一不是偷的，二不是抢的，是你救的，你家里那么困难，留下羊别人知道也不会说什么。你不知道，现在农村丢羊的事时有发生。俺一个亲戚有两只羊好好的拴在羊圈内，晚上羊都被偷走了，俺那亲戚哭得死去活来。偷羊贼是真正的坏人，而你却不同了。羊是你救下的，救羊时你又被马蜂蜇伤，如果你不救这只羊，这羊哪有命呀？”

国良的眼圈红了，他为丢羊户难过，他恨偷羊的人。国良站起来说：“高伯伯，我知道你一直帮俺家，你是好意。可我有切身体会。咱穷人靠挣工分才能有吃的，养只羊为的是换点油盐酱醋钱，为的是给孩子交学费，为的是……说不定丢羊这家和我家一样难，靠养羊卖羊维持生活，给孩子交学费呢。羊丢了这个家就失去了依靠，说不定也会哭得死去活来呢。你们成全我吧，我救羊就是想帮帮别人。”

“儿子呀，我们答应你把羊还给失主。”一直在旁边坐着没有插话的沈千秋终于发话了。“对，国良，咱们把羊还给失主。”许红军和高俊柱也随声附和着说。面对孩子金子般的心，谁能再好意思拒绝呢？其实家长们小时候不也是一样的心地善良、可爱纯真吗？慢慢地长大了，他们变得世俗了、自私了，生活的熏染让他们的内心不再干净、不再纯粹，今天孩子的所作所为又让他们的良心受到了拷问。

是的，在那个年代，一只羊确实是一个家庭的希望，不能因为个人的私欲而去扼杀一个家庭的希望呀。

“这孩子学习好，心眼好，这么坚持正义，长大一定会干一番大事的。”高俊柱由衷地称赞着。是啊！多好的孩子，心胸多么宽广，家长、老师同学及乡亲们都会为你感到骄傲。

国良每天下午放学割的草比以往都多，除了供给两只羊吃的草，他还想多储备点，因为这个星期天他要去找羊的主人无法去放羊。许红军理解儿子后，也尽量在上工之余割一些草来表示对儿子的支持。

星期天早上吃过饭，爹娘要去队里上工，国良就开始出发，踏上了寻找羊主人的征程。临出门前，妈妈让国良带了一个小布袋子，里面放着两个玉米面饼子，怕他路上饿着。他兴致很高，走路连蹦带跳的，他先挨着洞子沟附近的村庄来找。洞子沟附近有五个行政村，十几个自然村，散落在各处，有的几户人家就是一个村，村与村之间还相隔有一定的距离，要想找到羊的主人并非易事。国良出这村到那村，走前路绕后路，遇到锄地的、过路的、蹲在门口吸烟的、玩耍的，无论年长的还是年少的，他都不忘上前打声招呼，问询问询。

不可思议的是，还有人讽刺挖苦好心的国良，他们说国良是傻蛋，哪有捡了羊还到处寻找着要归还失主的。更有甚者说他想出风头，是神经病。国良听到这些议论心里有些难过，但他还是坚持一定要找到失主。

又找了一个村，还是没有线索。看看太阳已经接近中午，国良的肚子也咕咕地叫起来，他沿着一条小路边走边掏出妈妈给自己准备的玉米饼吃起来。不远处看到一位大爷正赶着几只羊朝这边走来，他好生欢喜，心中又增添了一丝希望。大爷走近了，他就向大爷询问起来。大爷也没听说谁丢了羊。接着大爷问道："羊是你捡的?"国良照实回答。

大爷吃惊地看着他说："小伙子，你心眼真好。现在像你这样的人不多了，放羊人知道养一只羊多不容易，那是全家人的指望啊，你好心会有好报的。"

告别大爷，国良继续沿着小路往前走。途中又遇到两个人，也没打听到羊主人的任何消息。他口干舌燥，就准备到附近村里找碗水喝。穿过一片种着棉花的庄稼地，就看到了不远处的山坡上住有两三户人家，都是土窑、土院墙，门前都统一栽种着枣树，树上挂满了红红绿绿的枣子，给这几户农家小院带来了温馨和生机。

许国良顺着一条上坡小路走到这三户人家门前的一大片空地。他先来到一户门前，一看铁将军把门。他叹了口气，朝另外一户人家走去。还没走几步，就听到院内传出打骂的声音。国良快步走过去，在门口看到一对四十多岁的男女正在打架，显然他们是夫妻。女人一手揪着男人的耳朵，一手抡着拳头往男人身上扑打，口中还骂骂咧咧的："不中用的东西，连家都看不住，我回娘家没几天你就把羊弄丢了，你怎么这么窝囊，真是没用的东西。"男人显然是输理了，没怎么动手，但他一把把女人推开，吼道："你嚷嚷几天了，我想让它丢吗?我出去割草，回来一看羊圈里没羊了。我跑断了腿就是没找着，准是让歹人给牵走了。你回娘家咋不带着?"

女人号啕大哭起来："羊就是咱们家的命根子呀，我们哪有钱再买一只羊呢？今后还有啥指望呢？你怎么不把你自己弄丢呢？"

"你们丢的是什么羊？"国良听到他们的对话有些激动，进到院里问道。

"滚，哪里来的臭小子，没看我正烦着呢？没一点眼色。"男人正在气头上，大声吆喝国良。

"我拾了一只羊。"国良没在乎他的态度，掷出了这句话。这句话如平地的惊雷，震得他们夫妻二人张大了嘴巴。"你们家的羊是啥品种？"国良接着询问。

"啊，真的？我们丢的是只绵羊……都是我这不理事的男人把它弄丢了。我们指望着它再长肥点，增加些斤称，到春节时卖了它换点钱，然后再买只小羊来养。孩子的奶奶常年有病药都买不起，养只羊也好给她老人家看病买药。"女人啰里啰唆地说着，男人这时候住嘴一声不吭，可能是觉得刚才呵斥国良理亏了吧。

"你们家的羊绹儿是啥颜色的？"国良问道。

"是红黑两种颜色的布条编成的麻花形绳子。"女人急急地说。

"那就对了。我在洞子沟沟半腰的树杈上救下了这只羊，它现在就在我们家的羊圈里，你们跟我去把它牵回来吧。"

夫妻二人面面相觑，从天而降的好事使他们不敢相信。丢了一星期的羊，失而复得，是天方夜谭吧？

"是真的吗？你可不要骗我们。"女人质疑道。

"是真的，我怎么会骗你们呢？我上个星期天救下的羊，晚上回家已经很晚了。平时要上学，今天才能来找失主，我从早上找到现在，终于找到失主了。"国良诚恳地说。

"我们怎么感谢你？"女人有些迟疑地问。她可能怕敲诈。

"谢什么谢，我拾的是你家的羊，你牵走就行了。给我一碗水喝吧，我有点口渴。"国良直率地说。

"好，好……"女人答应着就进屋倒茶，男人顺手拿起一根竹棍儿走到院前的一棵枣树前打下十几个枣儿，说啥要给国良，国良推辞不过，吃了几颗枣儿。男人硬是把剩余的枣儿塞进国良的口袋里。

国良喝了水，在他们不厌其烦的感谢话中体会到了一只羊对一个家庭来说多么的重要。贫贱夫妻百事哀，也许因为找不到这只羊，他们的家庭战争会愈演愈烈，甚至会走到家庭破裂的边缘。国良用自己的言行让一个家庭重新看到了希望，找回了温暖。

这个丢羊的男人跟随国良一同到国良家去牵羊，当看到国良家住的仅有一孔破破烂烂的窑洞，生活甚至比自己家还要穷困时，心里既难过又感动，他拿出口袋里仅有的五元钱硬要塞给国良，被国良一家人坚决拒绝了。国良说："你的心意我领了，这钱你还是收回去吧，要是打算要你们的东西，当初我是不会救这只羊的，更不会去寻找你们把羊奉还。"

羊失而复得，夫妻俩高兴之余心中不免觉得有些亏欠。为救羊国良被马蜂蜇得身上肿疼，黑夜在乱坟岗受到惊吓，为找失主跑断了腿……男人去牵羊时身上带着家里仅有的五元钱想表示感谢，国良家死活不收。面对这样的好人，他们感慨颇多。

男人和妻子一合计，喊来当教师的内弟给国良所在的学校写了一封感谢信，又写了另外一封信寄给了《牡丹日报》的编辑，他们渴望能有记者来采访采访许国良，表扬表扬这个家里十分贫困仍把羊归还失主的品德高尚的孩子，这样他们不平静的心里才能得到一丝安慰。

三　记者采访，播种梦想

一个戴着黑边眼镜的青年走进牡丹日报社，把自行车放在楼下的车棚，不疾不徐地走到三楼办公室，开始一天的工作。

他叫刘春泽，是这个报社的农经部记者。别看他年纪轻轻、斯斯文文的，他可是报社有身份的大记者。有志不在年高，他采写的新闻棒着呢！刚一上班，收发员就送来了十多封稿件——新闻稿或读者来信。

他一封一封地审阅着这些稿件，目测着它们的新闻价值，对能用的及时放到桌上的铁丝篓，不能用的随手丢进废纸篓。他又拆开了一封信，打开信纸，第一行正中间“请求采访”几个字马上吸引了他，他认真地读着这封信……

编辑记者同志：

你们好！我是一个农民，过去不大相信人间有真爱。我认为人的本性是自私的。可我经历的一件事使我认识到真爱的宝贵，真情的温暖。

这是一个初中生给我的切身感受，他的名字叫许国良，家住孟津县海资公社石磨大队第六生产队，希望你们能采访报道他。

我们家养了一只绵羊，那是我们全家的希望。……当我到他家牵回这只绵羊时，发现他们一家四口住在一孔破窑洞里，屋里只有两张床，国良睡的是地铺。生长在如此贫穷家庭的孩子却能坚守拾“羊”不昧，这不值得我们每个人学习吗？

我们呼唤真善美，活生生的例子摆在了我们面前，这样的榜样希望

你们采访报道，也希望把这种精神发扬光大。顺祝

编安！

孟津县海资公社青石沟大队　冯大川

1978年9月21日

刘春泽看完这封信认真地思考着，眼光又落在“他们一家四口住在一孔破窑洞里……生长在如此贫穷家庭的孩子却能坚守拾‘羊’不昧”这句话上。是的，有些人干什么事首先考虑的是自己，自私地认为“人不为己，天诛地灭”，而如此贫困又经历了重重磨难的这个家的孩子却不为财物所动，真是难能可贵。人之初，性本善。可现实生活中面对金钱的诱惑，有的人往往会冲破心中的道德防线，做出另外的选择。孟子说“贤者能勿丧耳”，古代的贤人和生活中像国良这样的人就是大家学习的榜样，这里面有文章可做，更重要的是它的社会意义值得报道。哪天去采访采访这个现实生活中的典型事迹，说不定还能引起反响呢。

刘春泽记者毕业于中国人民大学，在校学习期间曾在大报上发表过十几篇有分量的新闻。自从他被分到牡丹日报社工作以来，他作为报社农经部记者，经常深入农村调查采访，写出了《爱在折射中闪光》《77高考——中国农家孩子的向往》《时代的播火者》等20多篇震撼人心的长篇通讯，虽然他只有32岁，但在报社已经是最有实力的记者了。报社的重大采访课题和重要稿件也都愿意派他去采访报道，这就是所说的“能者多劳”。

刘春泽是坐着公共汽车来到孟津采访的，这也是他的一贯作风。他来到孟津县教育局说明了采访的有关事宜。教育局领导积极配合说把许国良通知到局里采访，免得刘记者奔波劳累，而刘记者坚持到实地采访，他认为这样才能深入到孩子的内心世界挖掘，采访出更多鲜活的东西。既然刘记者执意要到实地去采访，教育局领导派办公室主任何顺江陪同他前去。当时的孟津县教育局只有一辆半新的吉普车，局长外出开会用着，何主任不好意思地对刘记者说：“小车不在家，也只有让你坐摩托车去采访，只是太委屈你远道而来的贵客了。”

“什么委屈不委屈的，我们平时采访除了坐公共汽车就是骑自行车，你们这地方到国良所在的石磨村没通公共汽车，要不我就不麻烦你们局里，直接到那里采访了。能坐上摩托车已经是很便利的交通工具了，谢谢你们能给我

提供这样好的条件。”

刘记者坐上了何主任开过来的摩托车，就出发了。半个小时后，他们来到了采访目的地——石磨村。

村边田地里高过人头的玉米株向四周均匀地伸出几条像上了浆似的绿绸带，株杆上抱着一个或两个玉米棒子，看来快到收获季节了。地边有一个妇女在割草。刘记者走到这位40多岁的妇女跟前问道：“这位大姐，前面的村子是石磨村吗？”

“就是，就是。”大姐很热情，连声回答说。

“你们村有个叫许国良的孩子，你认识吗？”刘记者接着问。

这位妇女打量着这位气质不凡的刘记者说：“没听说过，不认识。”

“他的父亲叫许红军。”刘记者感觉问一个孩子的名字恐怕大人们不大注意，就补充说道。

“许红军，认识认识。他的孩子叫国良，我们平时喊孩子的名字都不带姓，你说许国良，又是用普通话说的，我脑子一下子没反应过来。”大姐快言快语，唯恐对方误会自己不热情，接着说，“国良的爹在陕西当过铁匠，还娶了个说话蛮蛮的陕西媳妇呢。”

“哦，他还找了个陕西老婆，他家生活怎么样？”

“他家的日子是绳子提豆腐，怎么也提溜不起来……”

“这是怎么说的呢？”

“这都是他闺女患眼疾给闹的，闺女看病把全家值钱的物品能变卖的都变卖了，结果他闺女的眼睛没能治好，家里还欠下很多外债。好在他的儿子学习好，放学后放羊割草什么都干，红军说到他儿子总是抑制不住高兴的样子。不过，他的儿子有点憨傻，死脑筋，不开窍。”

“你刚才不是说他学习好嘛，怎么又说他憨傻，脑子不开窍？”刘记者不解地问。

“不是，你没听明白。国良聪明着呢，哪个学期不得张奖状？他傻是因为不会处事，脑子不转弯。你不知道吧？他去放羊时从沟半腰的树上救下了一只羊，本来没人知道，他自己边打听边询问跑了几十里路去寻找失主，白让人家把羊牵走，坚决不让感谢。你不知道他家有多穷……”

“不要乱说……”何主任站在一边，本来不想插话，既然是报社记者来采访，他不知道自己该说些什么，可听到这位妇女嘴没个把门儿，说起话来喋喋不休，光说不着边际的消极话，就赶紧过来制止。

“你们是来干什么的？”

“这是牡丹日报的记者，是来采访许国良拾‘羊’不昧的先进事迹的，你看你都说了些什么？”何主任有些不满地说。

这位妇女还算精明，听何主任这么一说不觉一愣，后悔刚才说话欠妥，马上摇摇头改口说：“记者同志，我刚才说的话不对，其实国良好着呢，学习好，人品也好。我没文化，你不要笑话我。”

刘记者说没什么，还感谢她让自己了解到了国良家的一些情况，并麻烦她给指了指去国良家的路。在这位妇女的指点下，他们看到前面稍远处一棵大皂荚树，那就是许国良的家。

刘记者和何主任告别了这位妇女向国良家驶去。摩托车行驶到一个不算太陡的土坡前，他们看到一位大爷正拉着一车土吃力地往坡上爬，刘记者和何主任马上停下车跑上前帮大爷推车。

把车推上坡，大爷停下来表示感谢。刘记者和何主任笑笑表示没什么，接着刘记者问：“大爷，你拉土干啥？”大爷说：“垫猪圈攒肥呢。”

刘记者又问：“家里生活怎么样？”大爷回答：“生活嘛，马马虎虎将就着过，虽然吃的是粗粮也能填饱肚子，就是钱紧巴些。”

何主任说：“县里前段时间开会，还研究部署如何让群众脱贫致富呢，以后农民的日子会越过越好的。”

大爷哈哈地笑着，用袄袖擦了擦汗津津的脸说：“那敢情好，那敢情好，我们都盼望着过富裕生活呢。”

告别了大爷，他们走回坡下再次骑上摩托车又上了一个坡向国良家驶去。很快到达了目的地，这家院子里的确有一棵老远就能看到的大皂荚树。走近一看，大门紧闭，他们就坐在门外的石凳上等候，一边随意地谈着，还不时瞅瞅院内的大皂荚树。啊，这棵树可真大，有两层楼那么高，枝繁叶茂，树上还结了很多绿绿的皂荚，树冠的形状恰似一朵大大的蘑菇云。

许红军和妻子下工回家，看到门口坐着两个穿着讲究的陌生人，就好奇地询问来由。当他们得知是教育局的干部陪同牡丹日报社的记者专程来采访国良救羊的事，就赶紧招呼他们到院里，搬出凳子让他俩坐上。许红军忙不迭地说：“贵客呀，贵客呀！不过国良这点小事是他应该做的，惊动你们大老远跑过来，我们过意不去。国良去上学了，晚一会才能回来，你们先坐下来休息一会儿。”

“这是我们的工作。我们接到一封好人好事信，感觉这事做得有价值、有意义，孩子真是好样的。”刘记者边说边站起来到这棵大皂荚树旁，抬头看了看又伸开胳膊绕着树干量着，“啊呀，我还没有见过这么粗的大树呢，真是一棵年代久远的参天古树，有三搂多粗呢!”

许红军说：“对，就是三搂多粗。有很多人来看这棵大树呢，因为这棵树还是一棵英雄树呢!”

刘记者和何主任都好奇地瞪大了眼睛。何主任瞧着这棵树，觉得它更加高大神秘，就迫不及待地问：“啊，这棵树还有一段传奇故事，你能给我们讲讲吗?”

许红军就给客人讲述起有关这棵树的悲壮故事。那是1948年冬，我们石磨村来了一个排的解放军，他们每人身背钢枪和一把锋利的大刀，被视为“大刀排”。他们白天休息，晚上神出鬼没，专袭顽固不化、投降敌人的汉奸叛徒和国民党军官，他们积极地活动到牡丹城周围，先后出色地完成了20多次任务。

这天，他们接到一个任务，处杀一名叫“小胡子”的汉奸。这个汉奸原是解放军的一个侦察连长，叫胡小孬，后被派遣到牡丹城从事地下工作，很多重要情报都是经他手传递的。在一次执行任务中，他被捕了。大家正在想方设法营救他，谁知他竟然是个贪生怕死之徒，为祈求活命背叛了革命，充当了汉奸。最可恶的是，他向敌人出卖了我军的许多情报，我方的四个主要人物因此都被敌人抓住杀害了，我军受到了极大的损失。敌人还准备利用他继续抓捕我党另一名重要人物，如果叛徒不除，我党将会受到更大的损失。

接到任务后，“大刀排”排长李少虎带领五个战士，连夜潜入到胡小孬住处，实施锄奸。因敌人戒备森严，内外设置有许多岗哨，无法进入，他们就杀掉两个哨兵，装在麻袋里抬到一边，然后换上敌人的衣服越墙而入，神不知鬼不觉一刀结束了这个罪恶的叛徒的性命。

国民党军队有个团参谋长叫洪云亮，他和部下经常烧杀劫掠无恶不作，对共产党员大肆屠杀。被抓到的共产党人被实施枪杀后，他们甚至割下这些志士的头颅，血淋淋地挂在城楼上示众，并美其名曰“这是他的上乘之作”。我军早已忍无可忍，先后多次派人暗杀这个罪不可赦的家伙，都未能成功，还白白地搭上了战士的性命。

这个任务自然而然地落到了屡立战功的“大刀排”头上。李少虎和其他三个班长积极研究暗杀方案。当他得知洪云亮经常出城到驻地一个相好处鬼混时，一拍大腿站起来说：“好！这是天赐良机，我们要趁他到那儿的机会干掉他。”大家同意这个方案，只是在行动的细节上又做了进一步的安排部署。

洪云亮也不是省油的灯，要想除掉他也绝非易事。他出城常常带着他的五个“铁杆”警卫守护，晚上他和他的相好睡觉时房前屋后设下不同的暗哨，其中一个还在他住室门口操着一挺机关枪把手，一有什么风吹草动，机枪就会疯狂地开枪射击……

这天傍晚，洪云亮在五个警卫的前呼后拥下，大摇大摆地进了老相好家。几天不见，洪云亮急得像饿狼一样，一进门就饿狼似的扑向打扮得妖冶艳丽的女人，迅速脱光她的衣服。早已在这里埋伏等候的李少虎等人，利用绑在树上的绳子腾云驾雾般跃入院内，采用声东击西各个击破的办法将每个哨兵砍死，最后将怀抱女人的恶棍洪云亮置于死地。

这个“大刀排”在李少虎的带领下出色地完成了一个又一个棘手的暗杀任务，后来听说国民党中一个恶贯满盈的副师长也被“大刀排”暗杀，狠狠地打击了敌人的嚣张气焰和威风。

急红了眼的敌人，伺机报复，派人四处侦察，并派出大量的兵力，企图歼灭“大刀排”。穷凶极恶的敌人想消灭“大刀排”，他们是打错了算盘，李少虎自有他的御敌制胜之策。

为了防止敌人的偷袭，他建议在石磨村这棵最高、隐蔽性最强的大皂荚树上设立岗哨，用木板在大皂荚树上搭建了一个小木屋，虽只能容纳一个人，但站在这儿，四周一览无余，加上望远镜的作用，能看清很远的地方。这个排的战士轮流在这小小的岗哨儿值班放哨，观察敌情。

这天正在哨所值班的战士王峰突然发现几公里外南边沟边有几个人鬼鬼祟祟地在转悠，西边也有，他把这一情况迅速报告李排长，李排长预感到事情不妙，就组织战士和群众向后山转移，刚刚转移不久就发现一个连的敌人像包饺子一样把村子包围。但当他们看到村里空无一人，就开始怀疑是不是内部出了问题，谁告了密。当他们通过盘问、察看，看到这棵皂荚树上的小哨点儿时，一切都明白了。那连长气得嗷嗷叫，命令士兵砍树。一个士兵手举刀柄使出全身力气向树砍去，只听“哐啷”一声，血渍溅了一身，另两个士兵也举刀去砍，也出现了不可思议的一幕，所砍之处树干向外迸溅鲜血，溅了两个士兵满身。所有的士兵都傻了眼，奇了怪了，原来这是一棵神树。莫非自己冲撞了神灵？连长的父亲曾规劝过儿子不要和共产党作对，不要与群众为敌，儿子不听，难道神灵也在指责？这个连长心神不宁地带着士兵逃离了这里。

后来这个“大刀排”接到命令到别的地方驻扎执行任务了，临行前，他们到此向空中鸣枪三响，集体向皂荚树行三鞠躬礼告别。“皂荚树呀皂荚树，你为新中国的解放事业做出了不可磨灭的贡献，我们永远不会忘记你的。”

许红军把故事讲完，他还告诉刘记者说这几年经常有人来此观赏这棵皂荚树，有的还站在树下照相留影。刘记者和何主任相随围着树转了两圈，刘记者用手抚摸着斑驳陆离的树干，对何主任说：“这真是一棵英雄树呀！”

何主任也再次抬头看了看这棵皂荚树附和着说：“是呀，这真是一棵英雄树呀！”

刘记者接着又问起国良救羊的事，许红军领着两位客人拿着凳子、端上茶水到窑屋里就座。

一进窑屋，面前的一幕让刘记者和何主任惊呆了。这怎么住人呢？可这实实在在就是许国良的家。这是一孔普普通通的土窑洞，墙上有些地方掉土太多，显得凸凹不平，有些地方还裸露着搿礓疙瘩。窑屋里间东、西挨墙各有一张床，是妻子沈千秋和女儿晚上睡觉的地方。外间挨着西墙和隔墙的是一个地铺，上面铺着麦秸草和麻包片一样的褥子薄薄的，褥子上的床单每天卷起来覆遮着被子，看不出被子怎样，那麻包片似的褥子和遮盖被子的床单灰头土脸的，补满了补丁，一看就知道这个家多少年没添置过床上用品。红军说这是他和儿子国良晚上睡觉的地方。其他地方摆着几个米面瓦罐、一个破木箱、一张旧桌子以及吃饭用具等杂七杂八的东西，除了过道，能下脚的地方很小，不过屋里也干干净净。东边墙上贴着七八张奖状，那上边的红五星和淡淡的桔红色图案给这简陋的屋子增添了一丝亮色，成为这屋里最耀眼最鲜活的一片天地。

刘记者心想，我当记者有几年了，也到过许多偏远山区，如今哪里还有这么贫困的家庭？如果不是亲眼看见，简直难以相信。他有些心酸地说：“这就是你们生活的地方？”话语中充满着同情。

许红军坐在地铺上对坐在小凳子上的两个客人不置可否地笑笑说："对，其实也没什么，窑屋冬暖夏凉……这麦秸草也挺暖和的，到了冬天它可派上用场了。如果不是给闺女看病，也落不到这地步，肯定也能在院子里盖一间土坯瓦房，国良也不会和我挤着睡地铺。这都是命呀。"

在记者的追问下，许红军把心里的苦水倒了出来，和记者讲起了女儿的事。不过他高兴的是女儿很懂事，儿子国良知道心疼家里，抢着帮家里干活，学习还很用功，这也是他感到稍许欣慰的地方。话题终于又说到国良身上，许红军却吞吞吐吐，不知怎么说好："我没文化，你说采访国良，我不知咋说。"

"就讲讲国良拾'羊'不昧的事。"何主任说道。

"对，你刚才讲的就很好，随便点，把你知道的说出来就行。"刘记者为打消他的顾虑，温和地说。

"我是茶壶里煮饺子，有嘴儿倒不出。从哪讲起呢，国良去洞子沟放羊……"许红军慢慢讲起了国良拾羊和找失主的过程。

"说来惭愧，我连孩子都不如。拾到羊，我心里也很矛盾。在我们这里，一只羊也许就是一个家庭一年的收入，如果我们养着这只绵羊，等年底卖了，就可以改善我们的生活。邻居知道我家条件不好，也劝我把羊留下。咱不是偷的，咱是拾的，这是咱救的羊。可国良说啥也要还。最后说得我们都动心了。"

"国良说了什么话，让你们改变了主意？"刘记者拿起手中的笔，准备接着记。

许红军把那天他们谈论的话向刘记者说了一遍，并且说他现在也非常高兴，知道儿子做了一件好事，希望刘记者不要笑话他最初的想法。

刘记者看着他家徒四壁的屋子，感慨地说："你家里这么艰难，你的想法也不是没有道理。对了，国良能这么做，除了有学校老师的教育，他的思想品德是怎样形成的？作为家长，你和他妈妈平时是怎么教育他的？"

许红军说："我识字不多，思想品德教育什么的我不会讲，我就把他成长中的几件事讲给你们听听，也不知对你有没有用。"

许红军打开了话匣子："国良很懂事的。那年我去公社办事，想到国良不到春节很少吃过肉，就花了五分钱给他买了一个猪尾巴。国良一看到时嘴里就直流口水，但他没有一个人吃，而是用刀把它切成四段，给家里人每人分了一份……”

许红军接着又说：“我咋教育，我不会教育。我只会说咱要做个好人，让他好好学习。这孩子很听话，每天下学回来都一边放羊一边写作业，有时因为割草没有写完，回家后再晚他也要把作业写完了才休息。国良能好好做人，全是学校老师教育的结果，你看看墙上的奖状，没有老师的教育咋行呢？国良爱学习，爱钻研，爱读书，这是老师见我时说的。国良在家也爱读书。书本上有一篇课文《雷锋的故事》，他可喜欢读了，回家还背给我听，他说他要像雷锋同志那样，多做好事。”

许红军正讲着，国良回来了。“爹，咱家来亲戚了？”国良有礼貌地打量着刘记者和何主任。

“不是亲戚，是报社的记者和县教育局的领导来采访你拾羊的事。”

国良有些不好意思地说：“叔叔，那是一件小事，不值得说。没什么的，那是我应该做的。”

“你是大家学习的榜样，教育局准备号召全县学生向你学习呢。”何主任说。

“你的这种行为是真善美的体现，我们一定要弘扬这种精神，让它发扬光大。如果我们社会中每个人都能这样做，那么我们的社会一定会更加和谐。”刘记者拍了拍国良的肩膀说。

刘记者又问国良“你救羊的动机是什么”“当别人劝你自己留下羊时是怎么想的”等问题，国良都给予了回答。他的话语虽然朴朴实实，但有一点是明确的：东西是自己的要，不是自己的，就是给座金山也不能要。刘记者感觉到这个孩子虽然穿着普普通通，甚至还打着补丁，但这怎么也掩盖不住他身上的善良美好的人性光芒。刘记者又问了许国良其他方面的一些问题，许国良都一一做了解释与回答。

时间很快到了中午，盛情难却，他们在国良家简单吃了饭。刘记者和何主任坚决地留下了饭钱，他们有出差补贴。临行前，他们又抬头看了看院内这棵英雄树。准备告辞时，他们还从许红军口中得知这棵大皂荚树还是许国良的干爹呢。下午，刘记者和何主任又到国良所在的学校采访了国良的班主任江琴琴老师以及国良的几个同班同学。江老师反映说，国良是个品学兼优的学生，他还得过全省数学竞赛二等奖，受到了著名数学家华罗庚的接见；他还得过牡丹市作文竞赛一等奖。老师和同学还谈到国良在学校助人为乐，爱护公共财物，修黑板、修桌凳等好多好事。江老师说："这样的学生，真应该宣传报道一下。"

刘记者很满意自己的采访，他像打了一场大胜仗似的感到舒心和惬意。因为在这里他遇到了虽然贫穷，但精神上却是最富有的人家。他在心里想着，一定要把这篇报道写好，以倡导全社会都来理解、尊重、支持、学习这种行为。

四　母卖血，子拔猪毛

当天晚上，刘春泽就摊开稿纸，翻开采访本构思着、谋划着这篇通讯的写作，他对这篇通讯的题目、开头和结尾以及主体部分都做了认真的思考。等一切成竹在胸后，他马上挥笔在稿纸上写下了《洞子沟半山腰有一只白绵羊》的题目，刚写下这个题目，他就意识到这个题目太单调，不甚理想。他准备再起个好题目，毕竟题目是文章的眼睛，有个好的题目更能引起人们的注意力。他反复思考着，想了很多。他想到了许红军给他讲的大皂荚树的故事，想到了当年的“大刀排”在这棵树上站岗放哨，多次化险为夷，为中华民族的解放事业做出贡献的情景。是呀，大皂荚树是英雄树呀，而这棵树恰恰长在好孩子许国良家，这棵树曾激励着许国良，许国良也是在大皂荚树的荫庇下成长，人树竞长，况且这棵大皂荚树还是国良的干爹呢。想到这，他的思路清晰了。他微微地笑了一下，把那张稿纸撕掉，重新写上了《一个农娃，他与英雄的大皂荚树一起成长》的题目。再仔细读一遍觉得这个题目还算可以，就思索着，不时拿起采访本翻看着、写着。有了思路，写起来就顺手，但不免还是写写拉拉画画。困了，他起来伸伸懒腰洗把脸又坐下继续写。还不错，进展得比较顺利，不知不觉中，稿件已完工，足足写了有5000字。他走到窗台前，拉开窗帘，“啊，天已经快亮了？”他就和衣躺在床上眯了一觉，然后匆匆起床洗漱，顾不上吃饭，就来到报社急忙将此稿签上发稿签，送往报社总编室。

三天后，《牡丹日报》刊登了刘春泽这篇朴实感人的长篇通讯《一个农娃，他与英雄的大皂荚树一起成长》。

这篇通讯发表后，在社会上引起了较大的反响，报社也收到许多读者来信，赞扬许国良拾“羊”不昧的精神。国良所在县的教育局领导也上门慰问，并奖给他一支红色钢笔，他们学校也减免了他本学期的学杂费。共青团孟津县委授予他“优秀共青团员”的荣誉称号，并号召全县学生向他学习。

许国良一时成了当地的明星，赞扬声、褒奖话不绝入耳，有人要和他合影留念，有人到他学校参观学习，甚至还有人给他写起了求爱信。国良才上初二呢，他会不会滋生骄傲情绪？不用担心，国良没有被表扬的声浪冲昏头脑，他心中自有分寸，那就是好好学习，将来考上大学，不辜负老师和家长的期望，成为一个对社会有用的人。

这一天，班主任江琴琴老师把他叫到办公室，通知他参加县共青团组织的演讲比赛，这也是县共青团特意点名让他参加的。江琴琴老师告诉他这是全公社唯一的演讲名额，让他把演讲稿写好，准备充分。江老师还提醒他说好马需配好鞍，让他尽量穿一身新衣服，注意演讲中的形象分。国良搔搔头回答说：“谢谢江老师，我一定好好准备，争取拿一个好名次。至于衣服，我家里条件不好，我不能给家里提这要求。我刻苦练习，到时候好好发挥，穿的好坏不会影响成绩吧？”

江琴琴老师说：“你说的也对，演讲靠的是口才，但在一定程度上衣服的作用也是不容忽视的。穿一身合身的新衣服，也能增加自信心，演讲中再加上两个热情有力的动作，肯定会给评委留下好的印象，你的分数自然会高。有人说演讲七分靠的是口才，三分看的是形象，这的确不可小觑。”

“那我回家给家里人商量商量，看能不能买身新衣服。”国良有些迟疑地回答着江老师。

国良回家后，把参加演讲和需要一身新衣服的事告诉了母亲沈千秋，母亲为儿子能参加这次演讲比赛感到高兴，对于儿子来说毕竟是一次展示才华的机会。至于演讲时需要穿新衣服，沈千秋有些为难。眼下家里仅能维持正常的生活，全家节衣缩食省下的钱都用来还账了，哪有闲钱添置衣服？要不去借一件，参加完演讲比赛再还给人家？沈千秋这样寻思着，就用商量的语气对儿子说：“国良，目前咱家钱还有些紧张，给你借件衣服去参加演讲比赛好吧？”

国良没有一丝不高兴地说：“妈，这是个好办法，我知道咱家还欠好多账，哪有钱买衣服，就借一件吧。”虽然得到了儿子的理解，沈千秋还是有些心酸。她觉得真该给孩子添件新衣服了，多少年来，孩子都是捡拾大人穿过不能再穿的衣服改小了穿，还缝缝补补的。

沈千秋开始考虑街坊邻居中谁家的孩子有国良能借的新衣服。那时家家户户都不容易，除了春节，平时谁舍得添件新衣服？突然她想到国良的身高、胖瘦大体上和村妇联主任董桂华的儿子比较接近，前段时间她还看到她儿子穿着一件天蓝色的迪卡布料上衣去照相呢。沈千秋想到这就脚不停息地来到大队部找董桂华借衣服。

她敲了一声门，正在大队部妇联主任室忙着填写表格的董桂华应声道："自己推门进来吧。"一看是沈千秋，就亲切地问，"你找我有啥事？说吧。我知道你是不遇着难事不求人的。"

"真是有事求你了。我孩子国良要参加县里的演讲比赛。"

"这可是好事呀。"

"是好事，只不过……"

"有啥为难事尽管说，能帮得上的我一定帮。"董桂华劝慰着。

"国良演讲，老师让穿一身新衣服，我想借借你家孩子小波的衣服让国良穿两天。"到底是张口借东西，沈千秋说话底气显得不足。

"哦，小波确实有一件新衣服，是蓝色迪卡上衣，恰巧我这表填好了，你就和我一起回家拿吧。"董桂华很爽快地说。

沈千秋跟着桂花来到她家里，董桂华让沈千秋等一会儿，她不知道儿子的衣服放在哪里，得找找看。翻箱倒柜，找来找去找了很长时间也没找到衣服在哪里。董桂华想到近期小波刚照过相，衣服肯定在他自己的屋子里，就和沈千秋一道走进小波的住室。床头有个纸盒，董桂华看到里面有个平放着的、包得严严实实的纸包，打开这包了几层报纸的包，里面就是小波的衣服。董桂华想小波还挺爱惜东西的，就感到很欣慰。

沈千秋拿着董桂华给他重新包好衣服的纸包，向大门口走去，刚好碰见小波从外面回来，他一眼看到这个纸包伸手夺了过来说："你怎么把我的衣服拿走了？"

董桂华示意他说："这是你婶。"

小波瞧了一眼沈千秋说："不管是谁，也不能把我的衣裳拿走。"

"孩子，忘给你说了，你婶家的国良有出息，被指定去参加县里的演讲比赛，把你的衣服借给他穿两天，快把衣服递给你婶。"

"我不，我不借。"小波对董桂华瞪着眼睛很生气地说。

沈千秋说："小波别生气了，你国良弟到县里演讲，只借用两天，演讲完就还给你。"

"不借，不借，这是我找了两个夏天的蝉蜕才换回的衣服，我自己还不舍得穿呢。"

"孩子，咱乡里乡亲的，衣服穿一天也穿不坏，你就让你婶带走，让你国良弟穿两天吧。"董桂华说。

"妈，不是我不借。你知道为买这衣服，我吃了多少苦。天那么热我去找蝉蜕，那次还被蝎子蜇了一下。你舍得给我买衣服？"说着，小波擦着眼泪进屋了。

董桂华抱歉地说："千秋，对不住了，你看这孩子犟牛似的，真拿他没办法。"

"没事，没事。孩子买件衣服也不容易，我到别处再想想办法。"

是的，在那个年月，尤其在偏远山区，谁肯花钱买件新衣？人们穿的大都是补丁摞补丁的。即使添件新衣服，也是到过春节或走亲戚的时候才舍得穿，春节过后又收起来。家庭条件好的，春节时给孩子添件新衣服，一般家庭两三年才给孩子添一件，孩子们平时穿的大都是大人的衣服改小的；有几个孩子的家庭往往是老大的衣服穿小了老二、老三、老四接着穿。那时孩子们都盼着过春节，只有春节孩子们才可以穿新衣服，吃上白面馍馍，沾点腥荤。

沈千秋是过来人，她对小波今天不肯借给她衣服很能理解。一件衣服，自己都舍不得穿，怎肯借给别人呢？要是脏了、烂了可怎么办？何况那是小波一个一个找蝉蜕卖掉换来的钱买的衣服，多么来之不易。

沈千秋思前想后，决定到自己要好的姐妹那儿借点钱，买块布料给孩子做件衣服，孩子演讲比赛耽误不得，再说孩子几年没添过新衣服了。国良每天放学放羊、割草，妈妈做饭时他烧火，他给家里付出了那么多，不该添一件新衣服吗？孩子生在我们家里就该吃糠咽菜，永远穿着别人打着补丁的旧衣服吗？沈千秋的心里很愧疚。

孔雪是邻村的一名中年妇女，爱人是拿工资的公共汽车司机，家里生活殷实。她们两村的地头挨着，自从干活时认识后，经常来往，关系比较好。千秋沿着村东头一条小路来到了孔雪家，孔雪正在院里择菜，看到千秋马上站起来说："大妹子，真是稀客。太阳打西边出来了，你怎么有空来坐坐？"

“几个月没见面了，我就不能来看看你吗?”

“真是多日不见，你快坐，咱们唠唠嗑。”说着，孔雪递给千秋一个小凳子。

千秋接过凳子坐下，看着孔雪那乌黑的辫子说：“你越来越年轻了。”

孔雪指指眼睛说：“年轻什么，看这皱纹爬满眼角了。千秋，你现在过得怎么样，账还完了吗?”

“别提了，日子还是老样子。账还了一部分，没有什么收入，只能一点一点还了。”

“我知道你舍不得工夫来唠嗑。无事不登三宝殿，虽然我家不是三宝殿，但你来一定有事吧?”

沈千秋看孔雪问到还账上，就有些不好意思地说：“我今天就是为钱的事来的。我想向你借点钱，给孩子买块布料做件衣服。孩子要去参加县里的演讲比赛，老师让穿件新衣服。”

孔雪心中打起了小九九，你欠的外债还没还清呢，虽然借的钱不多，可啥时候才能还上呢？村里人都知道你家是个穷坑，躲还躲不及呢，肯定是本村没人借给你，才跑到外村来我家借，我得想办法找个借口来搪塞。

孔雪抱歉而又惋惜地说：“千秋，你来得真不是时候，前几天我娘家亲哥盖房子，向我借了300元，我手头挤了挤不够，还是孩儿他爸出去借了80多元合上才给我哥的。要不是这，你别说借一件衣服的钱，就是多借点我也借给你。咱姊妹俩我是有啥说啥，下个月你来，孩子他爸发了工资我一定借给你。”

话说得很客气，入情入理，可千秋的心里别别扭扭的。本来出来借钱就张不开嘴，被客客气气冠冕堂皇地拒绝了，真是别有一番滋味在心头。

千秋心灰意懒地走在回家的路上，碰上了正挑着茅粪往地里送的同村的一个媳妇李银线。李银线家境不大好，丈夫常年患病指靠不上，好在她粗腿大胖的，有的是力气，日子过得还马马虎虎。看见千秋脸色不好，李银线放下粪桶，手拿扁担关心地问道：“千秋姐，你这是怎么了？遇到啥难事了?”

千秋伤感地说：“是孩子要去参加演讲比赛，我这个当妈的却连一件衣服也给孩子做不起。”

“可怜天下父母心。我知道了，谁会没遇到过难处。我只有一块两毛钱，知道不够，先给你，你想办法再凑凑。刚才在家，孩子发现了我藏钱的地方，我怕他拿，随手放在了口袋里，准备回去趁孩子不在家时再换个地方。现在给你。”说话间，李银线已放下扁担掏出了仅有的一块两毛钱。

千秋知道她家也不容易推辞不接，李银线硬是把钱塞到千秋的口袋里。千秋有一种想哭的冲动，强忍着没让眼泪流出来。

沈千秋家的钱都用手巾包着放在凹形的瓦罐盖子上。她回到家后，从瓦罐盖里取出手巾包解开一枚一枚硬币地数着。有钱人可能体会不到没钱人家的苦衷，那是一分分凑起来的。她数着：两个二毛钱纸币、三个五分硬币，还有两个二分硬币，共五毛九分钱。合上李银线给的一块两毛钱，是一块七毛九，怎么够给国良买衣服呢？况且李银线家里还有个病人，离不了钱，我一时半会儿又还不了她，不能借她的钱呀。

眼看着国良演讲比赛的日期一天天临近，衣服借不来，添置衣服的钱也没有凑够，这可怎么办呀？突然，她的脑子里闪现出一个想法，卖血去！在她还没有出嫁是个姑娘时，在陕西老家她就听说过有的人实在没有办法生活的时候，就是去卖血。只要不经常去卖，是无大碍的。想到这，她心里有了一丝安慰，我可以为儿子弄到买衣服的钱了。孩子苦呀，穿得破破烂烂的学习还那么好，趁着这次演讲比赛的机会，千难万难也要给懂事的儿子添件衣服。

有了想法，她立马就付诸行动。下午，沈千秋就来到了公社卫生院，她向卫生院的医务人员说明她想卖血的想法，化验员告诉她本院没有这种业务，若需要卖血得到县医院去，化验员告诉她一些注意事项，她就回家了。

第二天，沈千秋早早起床，搭乘别人的拖拉机来到县医院。医院是个大院，坐北朝南，最北面是一栋二层楼，楼的大厅门朝南，大厅往东、西各一条走廊，走廊两边对称的是一间一间的门诊室或病房等。大厅东西两侧白色的墙体上分别写着“为人民服务”“救死扶伤是医生的天职”的标语。

沈千秋根据门牌上的标识，寻找到化验室。在临窗对称的两张桌子旁，分别坐着两位医护人员，一位年轻的身穿白大褂的女性在填着表格，检查询问着卖血人的情况，另一位中年医生正在给一个胖胖的男子抽血，男子后面站着一个等候的妇女，已经把袖子捋起来，伸着胳膊做好了准备。沈千秋排着队，等着这位年轻白大褂询问自己情况，谁知这个姑娘无动于衷，丝毫没有让她抽血的意思。

沈千秋问：“姑娘，你给我填表吧，我也要卖血。”

那姑娘站起来伸伸胳膊慢吞吞地说：“你不能填……”

沈千秋急不可耐，提高嗓门说：“我为啥不能填，你咋回事，我也是排着队的。”

她嗓门一高，姑娘不耐烦地白了她一眼：“不能填就是不能填，还咋的？”说着走出了化验室。

沈千秋恼羞成怒，吼叫着说：“为什么不给我填表，为什么不让我抽血？难道我是敌人，是坏人？你们怎么能这样？”说着说着就哭了起来。

验血抽血的中年医生被沈千秋的话逗乐了，抿着嘴笑了笑说：“你的血不能抽，她是向着你哩。”

“什么，看她那态度，怎么会向着我？”沈千秋不解地说。

“你看你身体瘦成啥样了，脸也蜡黄蜡黄的，哪敢抽血，你身体能吃得消？体质差的人不适合抽血。”中年医生说，“我给你量量血压，看血压是否稳定。”

中年医生动作麻利地量完了沈千秋的血压，不免吃了一惊。沈千秋的高压75，低压50。“哎呀，这么低，就你这体质，怎么适合抽血呢？”

沈千秋终于明白，虽然年轻白大褂态度不好，她也没什么恶意，她不再生气。沈千秋开始求这位中年医生，好说歹说，希望她无论如何给她抽血。医生拗不过她，生气地说：“你就是再急着用钱，也不能拿生命做儿戏。看你那面黄肌瘦的样子，成吗？要是出了问题谁负责？”

沈千秋的眼泪再次流了出来，她实在是没办法呀。“医生，你就少抽点吧，家里急着用钱呢。”沈千秋恳求着。也许是中年医生看出了她的难处，劝道：“等你把身体调养好，血压稳定了再来卖血。”

沈千秋明白了血压稳定不是唯一的要求，但血压低肯定卖不了血。血压不是一时半会儿能升起来的，她去外面站了会儿。原打算靠卖点血给国良做件衣服，只恨自己的身体太差，连这点愿望也实现不了，她内心十分沮丧和失落。这该怎么办？让老头子来卖血？不行，他是家里的顶梁柱，要是有个什么闪失怎么办？但不管怎样，今天一定要把血卖掉，要不就把国良的事耽搁了。

这样想着，她又来到刚才抽血的化验室。她把国良的事给这位女医生说了说，想从母亲的角度来打动她，让她帮帮自己。说到伤心处，沈千秋泪流满面。女医生也不知不觉地流下了同情的眼泪。抽吧，怕她身体吃不消；不抽吧，这是把人逼上绝路呀。权衡再三，女医生决定同意她卖血，只不过数量上少些。沈千秋瞒着她爱头晕的毛病，在女医生的帮助下抽了200CC的血。医生再三叮嘱沈千秋回家要补养补养身体，并送给她一包葡萄糖粉。

千秋一手拿着卖血的取款单，一手拿着葡萄糖粉到指定的窗口领了钱。领钱时她遇到了本村开小卖部、领着媳妇来看病的张三娃。张三娃和媳妇知道她来卖血，都吃惊地望着她："你没听说过宁可卖身也不可卖血吗?"千秋很无奈，央求他们回家不要说，她是不得已瞒着家人出来卖血的。离开医院。她撑着自己疲惫虚弱的身体一步一步走向了布匹店，买了块蓝黑色布料，然后和张三娃夫妇一同等着来县城拉东西的拖拉机，乘车回村。

第二天，千秋请本家族的一个年轻手巧的媳妇雪花帮国良裁剪布料，做成衣服。国良终于穿上了一身新衣服，他在雪花婶家的镜子前照照，喜不自胜。参加演讲比赛那天，国良凭借自己的感人事迹和喜欢读书练出的好口才，加上这身合体崭新的衣服和恰当的表情，终于脱颖而出，获得县演讲比赛第一名，并被推荐参加牡丹市共青团组织的演讲比赛。

国良的演讲比赛获得了优异成绩，这里面包含着母亲的一片深情。妈妈为给他买布料做衣服，东借借西借借，很不容易的，妈妈用无私和卑微换来了儿子的自信与尊严。

按正常规律，卖血后需要有一段时间的调养，如吃点鸡蛋，喝点鸡汤什么的滋补滋补、调养调养。可千秋家里生活贫困，每一分钱都要使到刀刃上，卖血的钱除了给国良买衣服，剩余的钱她又还了一点账。欠账人的压力是很大的，每看到借给自己钱的亲戚朋友，她都心怀感激，同时也感到不自在，有低人一等的感觉，毕竟这么多年了欠的账还没有还给人家。千秋本来身体就不好，加之卖血，身体每况愈下，头昏头痛和浑身乏力常常煎熬和折磨着她。国良看在眼里急在心上，时常下学后协助妈妈做家务，诸如做饭、刷碗、打扫卫生。以前他写完作业主要职责是放羊、割草、砍柴，现在他尽量帮家里干更多的活。

这天中午沈千秋做饭，中午准备吃红薯蒜面条。沈千秋在窑屋外搭建的一个小棚子厨房里擀面条，突然头又痛了起来。她痛苦地呻吟着，用手指头按住太阳穴，感觉稍微好点，就强忍着擀了一篦子拍面条，喝了一包头痛粉躺下睡觉了。国良放学回来问她咋了，她说有点累想睡会儿，并让国良去买一毛钱醋，回来捣点蒜汁。

国良到本村的小卖部去买醋。买好醋准备返回时，店主人张三娃拍着国良的肩膀说："国良，你妈不容易呀，你以后要善待你妈呀。"

国良感觉张三娃说起话来怪怪的，就忍不住问道："你怎么这么说呢？我对我妈肯定会孝顺的。"

张三娃说："是呀，我知道你是个好孩子，将来一定要好好待她，你妈不容易，她为了你可真舍得付出呀。"

"你这是话里有话，三娃伯，有啥你就说。你不说，我心里没底。我妈为了我演讲能穿上新衣服，跑东家借西家，我咋不知道呢，我心里也难受，是不是我有什么做得不对的地方？"

"孩子你既然说到这里了，我也就不瞒你。你妈到县医院卖血了。"

"不会的，不会的，她身体本来就不好，怎么会去卖血呢？"

"我和你婶娘亲眼所见还能有假？不信你问狗蛋她娘，那天我和你婶娘去医院看病见到的。你妈卖完血后就去布店给你买了块布料，我们一块乘拖拉机回村的。她还叮嘱我们不让你家人知道。卖血后身体需要补养补养才行，我是好心怕你们不知道，她又不舍得买东西补养，担心她把身体拖垮了才告诉你的。"

张三娃说得有鼻子有眼的，脸上带着既同情又严肃的表情，国良只能信以为真，但他多么希望三娃伯说的不是真的呀。国良急匆匆地返回家中，看妈妈躺在床上，他站在床边哽咽地说："妈，三娃叔已经告诉我了，你怎么能去卖血，我可以不参加演讲比赛，也不愿让你受这苦。"说着说着竟不能自抑，抽泣不止。

沈千秋看着泪流满面的儿子说："孩子，妈没事，你不要哭了。妈只是头有点疼，已经喝过头疼粉，现在不疼了。"

"你本来身体就不好，又去卖血，头肯定会很痛很难受。"国良流着泪说。

沈千秋要坐起来给国良擦眼泪，国良赶紧扶着让她躺下。沈千秋接着说："国良，你知道吗？你学习好，能参加县里、市里的演讲比赛，数学竞赛还拿了省奖，你不知我和你爹有多高兴。这比什么都能让妈高兴，妈和你爹在别人面前也能抬起头。"千秋的眼睛湿润润的，她有国良这懂事的、学习好的儿子，她感到很知足。

国良想起刚才买醋时三娃伯告诉他的，卖血的人要吃好点补养补养。可他看了看家徒四壁的窑屋，哪里有能补养身子的食物呢。唯一的一只老母鸡，下蛋也不匀实，几天下一个蛋，妈妈也都攒起来卖了，换做几个钱维持生活。国良不再找了，他知道在这个贫困的家庭多年来是没有这种食物的，如果偶尔有，母亲也早已分给自己和姐姐了。姐姐患眼疾以来，家里的日子雪上加霜，一直过得苦涩涩的。

记得那是一个大雪纷飞的傍晚，母亲去串亲戚带回来四个柿饼，回到家给父亲一个，把他姐弟俩叫到跟前一人发了一个。这东西太好吃了，姐弟俩狼吞虎咽一会儿就把柿饼报销了。姐姐又问母亲还有吗，母亲答应着又把自己的那个掰开给他们姐弟俩一人一份。为了这个家母亲从来没有为自己考虑过，丈夫面前是贤妻，儿女面前是良母，她精心地照顾着这个家。有一年春节，家里没有那么多白面，她只包了两篦子拍饺子，怕全家人不够吃，自己就躲在旮旯里吃煮红薯片。因为春节时还要招待亲戚，母亲能省就省点。

国良从没忘记母亲对他们全家的爱，他心想，将来一定考上大学，报答父母的养育之恩。如今，母亲为了自己去卖血，身体支撑不住，自己该怎么办？我要利用星期天找个什么事干干，挣点钱给母亲买些好吃的补补身子。长这么大了，平时只顾着学习、放羊、拾柴火，还从没有对母亲尽过一次孝心呢。无论如何，我一定做到，母亲身体太虚弱了，她急需补养品。这样想着，国良就开始筹划怎样去做。

国良利用课余时间做完作业。他性情好，又乐于助人，小伙伴们也乐意帮他的忙。星期天一大早，他把羊牵给同村的好朋友长乐，让长乐放羊时捎着自家的羊一块放，然后他就来到附近的集镇，看是否能找个临时性的活干。

瞧，集镇上还真热闹。一街两行摆满了临时摊位，各种卖品琳琅满目，应接不暇。有卖鸡蛋的、大绿豆的、香蕉苹果的，还有卖草绳、碗盘等生活用品的。稍远看去，那边还有人卖衣服、鞋袜等，真是应有尽有，无所不有，中间还夹杂着此起彼伏的叫卖声、吵闹声。

经营处门口一个木头案子上摆放了一大堆猪尾巴，案子左边腿脚处放着一个纸牌，上写：招临时工十名，拔猪毛。

这是国良今上午看到的最令他高兴的事。他马上走上前，向正在卖猪尾巴的师傅说明了自己想当拔毛工的想法。这位师傅看国良还是个学生，嫌国良年龄太小，不愿收。在国良好说歹说下，他让国良到经营处院内问问王主任，他做不了主。

国良走进经营处院内，看到一排房子前的走廊上坐着一个胖胖的中年人。这位中年人左腿跷在右腿上，右手拍着膝盖在哼唱着："红星闪闪，放光彩；红星闪闪，暖胸怀……"

"大叔，你唱得真好听，"许国良走上前说道。这位中年人的脸上顿时露出了一丝笑意，国良接着问道，"请问王主任在哪儿上班?"

这位中年人把左腿从右腿上收回来，不解地瞅着国良说："小孩，你有什么事，我姓王，是这里的负责人。"

那个年代，能在经营处上班是很让人眼热的，可这位王主任完全不像人们想象的那样端着架子，摆着傲气，也许是国良的礼貌和懂事打动了他，他态度和蔼地和国良说着话。

"啊，你就是王主任。我看到牌子上写着你们收拔毛工。"

"对，我们正在收拔毛工，十名。"

"我想当个拔毛工。"

"不行，你还是个孩子，这活你干不了。"

"我能干，我力气大着哩。"说完，国良退到院内一棵桐树旁扭转身，伸出手摆出架势向这棵桐树猛击几下，又用身子扛了扛树，树几乎纹丝不动。

王主任被眼前这个孩子的举动逗乐了，但装着一本正经地说："我没看到树动呀。"

国良搔搔头，不好意思地咧嘴笑笑说："树太粗，我真的很有力气。我整天在家干活，能干得了，王叔叔，你就收下我吧。"国良看王主任还没点头同意，就随手捡起墙边的几个废弃的破烂瓦片，摞在一起，然后一拳向这三个瓦片打去，只听"咔嚓"声响，三个瓦片都从中间断裂了。"你看我真的有力气，让我干吧。"国良央求道。

王主任寻思国良一定是遇到了什么难处，才一门心思要干这活，就疑惑地询问这孩子想做临时拔毛工的原委。当国良把事情的原委向王主任和盘托出，王主任当即决定领国良去拔猪毛，只不过工钱比成年人稍少些。他也有自己的孩子，面对如此懂事、能体谅家人苦衷的孩子，他怎么能忍心拒绝。

据王主任介绍，经营处和一个皮鞋厂签订了供应一百张猪皮的供货合同。按照协议规定，供货方必须将每张猪皮大致处理一下，拔掉部分猪鬃、猪毛。

为了能尽快完成任务，就临时招收十人参与此项工作。

王主任领国良到一间大房子内，这里已有十多人，每人分到一张猪皮正在忙忙碌碌地拔着猪毛。拔猪毛没有什么难操作的，主要得用土方法：用一根钢丝套在长猪毛或猪鬃上，一次套几根用力猛速，猪毛就拔掉了。王主任操作了一下，国良很快掌握了要领，得心应手地拔着，不一会已拔掉了许多猪毛。王主任不放心地来看了两次，毕竟国良是孩子，怕他吃不消。当他看到国良拔得又快又好，满意地点了点头。

国良用心地干着，他是个聪明灵巧的孩子，学什么学得都很快。难的是干了一会儿就胳膊肩膀酸痛，但好不容易找到了这份差事，他坚持着努力做好，他不能让王主任因自己做不好而把自己赶跑。想到妈妈为自己的付出，自己受点累又怕什么？慢慢地他就适应了。

中午经营处管饭，不扣钱，这是天大的好事。吃过饭，国良和这些工人们一起又开始拔猪毛。大约干了一个小时后，王主任急匆匆地走到国良跟前说：“你跟我来一趟。”

正在干活的国良看了看王主任担心地说：“王叔叔，我没有偷奸耍滑，一直都在好好干。不信你问问他们。你是不是不让我干了？”

“到了你就知道了。”王主任说。

国良跟着王主任来到了一间屋子前，王主任开锁推门进屋，“进来吧，孩子。”王主任招呼着。国良走进屋内，顿时惊呆了，一间普通、简陋的屋子里，堆着一大堆猪骨头，像小山似的那么大。国良知道这是卖熟肉时剔下来的骨头，有猪头骨、前腿骨、后腿骨以及叫不出名字的猪骨头。

王主任从门口的一堆骨头上拿起一根说：“孩子，这一堆是新剔的骨头，你啃吧，上面还有肉呢。给你十几分钟时间，这一堆骨头你随便啃。这里还有一个小塑料袋，你衬着拿骨头，免得弄脏你的手……啃完后你接着去拔猪毛，记得出去时把门锁上。”

王主任走后，国良翻拣着，看哪根骨头粘连的肉多就拿哪根，啃骨头前他把能用手撕拽下来的一点点肉积累起来，放在小塑料袋里，他要给妈妈带回去。国良挑拣着，啃着，手上嘴上都是油乎乎的。啃着啃着，“呼啦”一声响，那边的一大堆骨头从顶部滑落下来，几只老鼠吓得四处逃窜，钻到墙边的洞中去了。过了一会儿，老鼠又悄悄跑出来钻进骨头堆里享受美餐。老鼠啊老鼠，这么多骨头，咱们井水不犯河水，你吃你的，我啃我的，如果不是时间限制，我一定把你们赶跑，把你们的洞堵死。

这么多骨头，如果我的家人都能来这里啃一次就好了，国良心里想着。每年只有过春节时，家里才买来一半斤肉，包顿饺子，招待招待客人。如果买的是带骨肉，爹就用刀把肉和骨头分隔开来，骨头舍不得扔掉，在锅里多次煮。用骨头汤下面，感觉好吃着呢。像今天这等好事，他还是第一次遇到。他找到一块猪头骨，就想方设法从破裂处掏着里面的猪脑子吃，听说这可以补脑子，让人变得聪明。国良感到能遇到王叔叔这么个好人，真是自己的幸运。王叔叔不仅给自己找了份拔猪毛能挣钱的活，还让自己来啃骨头，国良在心里很是感激。这样想着，他就拿起放了一点点碎肉的塑料袋系好把它放在口袋里，锁门离开了屋子。他不能消耗太多的时间，他要去拔猪毛了，他不能对不起王叔叔。

十几分钟后，国良擦了擦油乎乎的嘴，出现在拔猪毛的工作室。大家都用异样的眼光看着他。和他座位紧挨着、正在拔猪毛的冯师傅，是经营处的正式工人，他抬头看了看国良又羡慕又戏谑地说道：“小子，你刚才是不是去啃骨头了？看嘴都是油乎乎的。”

国良不好意思地笑笑：“是的。”

“一大堆骨头呢，你小子可吃美了。”其他几个也跟着说道。

“真是解了馋了。”国良回答说。

“那个屋子里存放的骨头，过一段时间都有专人来收购。刚剔下的骨头，不一定剔得很净，我们也想到那里啃骨头。可我们经营处有规定，谁也不能去。以前我们也去啃过骨头，但没去的人不愿意，争来争去的，闹出了矛盾，最后规定谁也不许去啃。听说这两年，只有公社一位副书记的儿子和县武装部一位科长的儿子到那里啃过骨头。你今天可真幸运。”冯师傅说完，国良咧咧嘴开心地笑了。

今天的任务完成了，明天还可以接着拔。国良因明天还要上学，就到王主任那里结算了一天的工钱，这是按件算钱的，他共挣了一元八角钱。临走时，王主任又让国良到放骨头的那个屋里拿了两根粗骨头，让他带回去给母亲熬汤喝。国良眼眶湿湿的，真诚地感谢着：“王叔叔，谢谢你能让我在母亲面前尽尽孝心。”

“小伙子，为什么帮你，因为你是个孝顺的孩子。我想起了自己小时候，谁也不容易呀，好好珍惜。”

虽然他的话说得不很明白，但国良明白一点，那就是做个有孝心的孩子。走出经营处，天已快黑了。他到集镇卖蛋糕的地方给妈妈买了几个蛋糕，又到卖鸡蛋的地方买了几个鸡蛋，然后拿着东西就往家返去。

就在即将离开集镇走到回家的那条路时，国良一抬头看到一个老大爷拄着拐杖在捡破烂。老大爷衣衫褴褛，手里提着一个脏兮兮的编织袋。国良盯着看时，只见老大爷放下袋子，弯腰拾起地上一个爬有蚂蚁，沾着灰尘的苹果疙瘩，在衣服上擦了一下就放进嘴里吃起来。

国良上前一步，忙说："脏呀，老大爷。"

大爷没理睬他。国良知道大爷一定是饿了，就拿起一块蛋糕递给大爷："大爷，你家远不远？吃块蛋糕吧。"

大爷看着这个穿着朴素的善良孩子说："不远，就在前边。孩子，谁家也不容易，你走吧，我不能要你的蛋糕。"

"吃吧，大爷，我还有呢。"说着，国良把蛋糕塞进大爷的手中。

"你真是个好孩子，大爷谢谢你了。天快黑了，又阴得重，快要下雨了，你赶快回家吧。"大爷很感动地说。

告别了大爷，国良沿着回家的路快步走着。晴天走这路没啥，都习惯了，如果下雨，还真不好走。山坡梯田小道，窄小弯曲，下雨满脚泥泞，行走起来会非常困难。他走了没多远，霎时电闪雷鸣，大雨已经噼里啪啦地落了下来。雨越下越大，国良深一脚浅一脚的、合脚带鞋从泥洼洼里吃力拔脚，最后干脆脱了鞋走。好不容易走到了一棵大柿树下避了一会儿雨，又提着鸡蛋、骨头往前走。他怕把蛋糕淋湿，就解开上衣扣子把盛蛋糕的塑料袋放在贴身衣服里。他吃力地从泥泞中拔脚，艰难行走。走到上坡拐弯处，一不小心滑了一跤，手里提的骨头和鸡蛋掉在了路边的水壕里。他徒劳无益地流下了眼泪，这是给妈妈熬汤用的补品呀，老天爷，你快停止下雨吧，你不要难为我了。他蹲下身子在沟壕里捞取，终于捞出了系着绳子的骨头和塑料袋里的几个鸡蛋。好在鸡蛋虽蹭破了皮，蛋清还没有流出来。他把袋子里的水倒掉，把盛鸡蛋的塑料袋也放在衣服里层，拿着骨头依旧艰难地往家走。这次爬坡时为了避免栽倒，他手脚并用。他双手抓按着地，迈脚一步步艰难前行。一想到可以给母亲补养身体，他觉得不那么累了。

终于国良浑身湿透地走进家门，他提着骨头，兴奋地喊道："爹，妈，姐，我回来了。"喊声未落，他已走进了窑屋。

沈千秋坐在床上抱怨着："国良，这一天你都去哪里了？现在才回来。"

父亲许红军也有些不满地说："你把羊给长乐放，也没有割草，你到底去哪里了？"

国良提起手中的东西递给爹，高兴地说："快看，快看，我今天出去挣了钱，给妈买了补品，还有肉呢。"说着，一双手解开扣子掏出了藏在衣服里的几个塑料袋，里面分别装着数量不多的鸡蛋、蛋糕和从骨头上剔下来的肉。

"你去挣钱了？你干了啥？"许红军睁大眼睛疑惑地问。

国良把事情的来龙去脉说了一遍。许红军心里不好受，儿子为这个家学会担当了，自己竟然不知道妻子千秋去卖血，那可是他最爱的人呀。许红军从儿子口中得知妻子去卖血的事担心地责怪她，沈千秋却说："你不要担心我了，我心里有数，身体能吃得消。"然后沈千秋吩咐道，"孩他爹，孩子懂事，我们应该高兴才是。国良，你快把湿漉漉的衣服脱下来，用毛巾把身子擦干，钻进被窝暖暖。孩他爹，你去烧火熬骨头汤，今晚咱全家都解解馋。"

"爹，记得给我妈煮一个鸡蛋。爹、妈、姐，你们先尝点这熟肉，香着呢，剩下点给妈，让她明天吃。鸡蛋和蛋糕都留给妈吃。"国良说着拧干衣服晾在绳上，擦干了身子，钻进了被窝。

许红军往锅里添了几瓢水，往灶炉里面放了几根烧柴点燃，他拉几下风箱，火旺旺地燃着，然后他去清洗骨头。拎着骨头，他就满心喜悦地说："这可是好东西，砸开骨头里面有很多骨髓，熬汤营养高着呢。"说着已把用斧头砸裂的骨头清洗干净放进汤锅熬去了。阵阵香气飘来，姐姐忍不住说："好香呢，咱家多长时间没闻过肉香了，真好闻。"

"多亏了国良。"沈千秋说。

"不能这样说。爹妈天天去地里干活，姐姐除了纳鞋底、上鞋，还去馍店帮忙揉馒头赚钱，咱家就我干活少，还得上学花钱……"

"国良，你上学是正事，你是咱家的希望，以后可不许再这样说了，咱今天就高高兴兴喝骨头汤吧。"沈千秋打断了国良的话。

一个小时后，骨头汤熬好了，红军往汤里放了盐和自家种的香菜，他们每人喝了一碗，暖暖和和的，香香美美的。

国良看着全家喝汤的高兴劲儿，一天的疲劳顿时一扫而空，他感到非常开心，非常幸福。“哪个星期天没什么事，我还要找点活干，能多少挣点钱帮帮家里尽点孝心，我就很高兴了。”这样想着，国良很快进入了梦乡。

在人生的旅途中，国良确实这样做了。不论上高中、上大学还是后来参加工作，他心里始终装着家人，不忘关心别人。

后来，这两根大骨头又熬了许多回汤，他们还吃了一次大骨手擀汤面，那种带着孝心的美味让千秋多年后仍念念不忘。

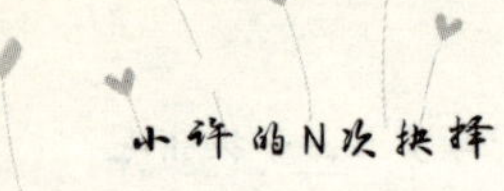

五　卖小米，巧遇初恋女友

时光荏苒，不知不觉国良初中毕业了。参加中招考试，他不负众望考上了孟津县第一高级中学。这所学校是全县教学质量最高的学校，招收的全是学习成绩最优、品质最好的学生。孟津人都知道，进入了一高，就好比跨进了大学校门一步。跨进了大学校门，就等于端上了铁饭碗，有了一份令人羡慕的正式工作。

国良考上孟津一高的消息不胫而走，全村人一下子都知道了。不仅本村，就连附近村子的人也拿国良来教育自己的孩子。毕竟在这穷乡僻壤的地方，多少年没能有人考上县一高，国良是他们村第一个考上县一高的学生。从接到录取通知书那天起，父亲许红军和母亲沈千秋就乐得合不拢嘴，那是一种发自内心的掩饰不住的喜悦。村里人见了他们夫妇俩也赞个不停："你家娃有出息，将来考上大学有了工作你们当父母的可要享清福了。""我家娃要是有你家娃一半好就是烧高香了……"诸如此类的话让他们夫妇俩心里美滋滋的，这也是这个贫困的家庭最值得骄傲的事，最让人扬眉吐气的事。农村人看事看得远，他们往往从一家一户的子女身上看到这个家的未来和希望，再也没人敢小觑这个家了。

每当听到人们的赞扬声，许红军和沈千秋心里就暖暖的、甜甜的，可当他们坐在家里，看着录取通知书上需交的学杂费、住宿费时，不免犯起愁来。出外上学，除了眼下的学杂费和住宿费没有着落，平时的生活费也是一大困难。怎么办呢？许红军陷入了痛苦的煎熬之中，沈千秋也一筹莫展。但有一点，无论如何困难他们也不会放弃让国良上学，他们要想尽一切办法让国良上高中。国良懂事、学习又好，他是这个贫困之家唯一的希望了。

“娃他爹，你也不要太着急，活人咋能让尿憋死，咱们总会有办法的。”沈千秋安慰着丈夫。

许红军拿着烟袋锅在院里走了一圈，站在大皂荚树下想办法，很快他有了主意。他对千秋说：“娃他娘，咱把羊卖了吧，除了给娃交上高中的学费，还能多少还点账。”

“这是个办法，我也想到了。问题是咱家靠挤羊奶来维持日常生活，卖了羊平时买个油呀、盐呀、醋呀就没了指望。羊不能卖。”

“不卖，娃的学费怎么办?”

“咱有地，好好种，就能解决。”农村这个时候家家户户刚分了责任田，沈千秋觉得有奔头。

“可远水解不了近渴，国良 9 月 1 日就要开学了，庄稼不是一时半会儿就能看到结果的。”

“娃他爹，能不能想办法借点钱?”

“旧账还没还完，哪好意思再出去借？你去卖血不是因为借不到钱吗？咱家这情况，没人敢借。不是因为别人太吝啬，如今谁家也不容易呀，人家急用时咱还不了，谁敢借?”

沈千秋想想也是，钱就是不认亲。如果人家借给你，你还不了，人家急用时怎么办？咱去地里锄一天草也锄不出一分钱来？思前想后，沈千秋终于同意了丈夫的想法，“那按你说的，把羊卖了吧。孩子前程要紧，不能迟疑。况且国良一上高中，咱俩地里的农活还干不完，谁去放羊、割草?”

“现在责任田已分到户，我们有自己的土地，咱们好好干，把庄稼养得肥肥的，就不愁没有好收成，到时候咱可以卖粮食换钱。咱们再种点西瓜，邙山岭上的西瓜甜，好卖，慢慢地咱们的日子会好起来的。眼下就这样吧。”许红军憧憬着美好的日子。

第二天清晨，红军牵羊就到集镇上去了。国良暑假这些天隔三差五地去王叔叔那里干活，虽说拔猪毛赚不了几个钱，但挣点总比不挣好，况且也不是天天有活干，没活时就同家人一起去地里干活，顺便放羊割草。这天王叔叔那里没活干，国良起床后就去羊圈牵羊，谁知不见羊的踪影。他问母亲，才知道父亲牵着羊到集镇上去卖羊了。国良气不打一处来地说道：“羊是咱家的命根子，哪敢卖?”

千秋听到儿子的抱怨声，平静地劝说道：“家里也是没有办法，你上学要交学费，另外卖了还能还点账。我和你爹商量了，你去上学，也没人放羊了。以后手头有钱时买个小猪娃，养大了也能卖钱。”国良知道情况不到万不得已，家里是不会卖羊的，这样做还不是为了自己？他不再抱怨，赶紧往集镇上跑去，他想劝爹不要卖羊，学费他来想办法。国良的想法是天真的，生活哪有那么容易的事，如果有，许红军早就去做了。

国良气喘吁吁地来到集镇的牲口市场。这里嵌在地上有许多木桩，分门别类地拴着牛、驴、骡子、马、羊等牲畜。羊都拴在西南角，那里已聚集了一些卖主和买主。国良直接来到羊市场，整个羊市谈话声、吆喝声、羊叫声不绝于耳。国良看到两个人手伸到衣袖里面做着动作，可能就是人们所说的和经纪人在讨价还价吧。转着看了两圈，还是没找到在卖羊的父亲。最后他在附近的一条小街上看到父亲在一个水煎包子摊前买了包子拎着准备离开。国良跑到爹跟前说：“咱家奶羊呢?”

“卖了。国良，赶紧趁热吃个水煎包子。”

“爹，我就是来找你的，羊不能卖，咱去牵回来吧。卖了以后咱家就没有一点生活来源了。我这个暑假出去干活赚钱凑学费。”国良很着急，但他没生气，他知道家人所做这一切都是为了自己。

“孩子，钱哪有那么好赚的，如果好赚我早就去赚了。你知道全村人包括外村人都在羡慕你考上了一高，将来你考上大学参加工作每个月都能领到工资，就不差钱了。现在咱将就将就日子也就过了，卖了羊我和你妈才能一条心种庄稼。咱有地了，想种啥种啥。我想种点西瓜，到时候也能卖些钱。再说羊人家买主已牵走了，咱不能出尔反尔。你就记着到高中好好学习考上大学就行。”许红军向国良解释着。国良不再说什么，他还能说些什么。父亲买了水煎包自己一个也舍不得吃，就想捎回去给他和姐姐享用。卑微的父亲，可怜的父亲，最亲的父亲，我怎么不理解你呀，我以后赚了钱一定让你过上不缺钱的好日子。国良强忍着辛酸和难过对父亲说，“爹，那咱回家吧。”

许国良继续干着拔猪毛的活，可这活儿太不匀实了，有时连着五六天没有活干。国良决定再试着找点别的活干干。他先后到了几个地方也没有找到合适的事做。这天他又走在去集镇的路上，看到有个人拉着一车煤正在吃力地爬坡。这山岭上很少有平平坦坦的路，不是上坡就是下坡，空车子不觉得累，拉一车煤上个缓坡可不那么容易，且这里的坡往往很长很长。国良帮这人把车推上一个大坡，这人拿出五毛钱要感谢国良，国良说什么也不肯接。

这人诚恳地说："你帮我推车，这是劳动所得，是你应得的报酬，你要不推车我还不给你这五毛钱呢。这么长的坡谁愿推，就是给人家钱人家也不愿推呢。"国良推辞不过，就收下了这五毛钱，他觉得这个人说的话有一定的道理。他心想，反正是劳动所得，就在这里推推车也能挣个一块两块的，这也是个挣钱的办法。于是他决定在这里推车挣钱。这天他推了三次车，挣了一块五毛钱。以前他没注意过这条路，他去上学或放羊都不走这条路，只是去集镇的路上走过几次。现在他才知道这是从煤矿到集镇，也就是到外界去的必经之路。这条路往西通往孟津县西边的一个煤矿，这条路上经常有拉煤的拖拉机或架子车通过，道路看起来都黑黢黢的。

第二天，他又来到这里，等了快一个上午，才见到一对中年夫妇拉着车在坡下歇脚擦汗、喝水。国良问他们需不需要推车，拉车的妇女问推车价钱。当国良告诉他五角钱时，这位妇女摇摇头说太贵了，便宜些才让推车。说着右手伸出了两个指头，示意推一次车两毛钱。

国良说这个坡足有两里路长，自己使出浑身的力气把车推到坡上腿僵得都迈不动了，坐下来休息好长时间才能走下坡去推第二次车，两毛钱太少了。不过国良想着一上午好不容易就碰到这一辆拉煤的车，错过了一分钱也挣不到，就退了一步，讨价还价中双方商定推这次车给三毛钱。这对夫妇让国良在车前拉，国良把绑在车辕上的绳子放在肩头，双手用力拽拉着绳子这端躬身一步一步往前走，绳子在他的肩头挤压着、挤压着。汗水湿透了他的头发和衣服，终于他们三人步履维艰地把这车煤拉上了土坡。驾辕的妇女看着这个一点也不会投机取巧、实实在在拼尽全力拉车、汗珠子扑嗒扑嗒往下掉的小伙子，忙扭头取过毛巾让国良擦汗，并把瓶子里的水递给国良喝。国良接过水表示感谢。这位妇女打量着这位朴实厚道长得又俊朗的小伙子怜惜地问："你这么小，是个学生吧，怎么干这活？又苦又累的能挣几个钱?"

国良回答说自己考上了县一高，要交学杂费、住宿费需要好多钱，为此家里人把羊都卖了，他想利用假期干点活，减轻些家人的负担。找了好多地方，人家都嫌他年龄小，他找不到合适的活干，就来这里推起了车。这位善良的妇女听着国良的话眼泪不自觉地流了出来，同情地说："苦命的孩子，你能设身处地为家人着想真懂事，你做得对。穷人的孩子早当家，只是太苦了你。这两元钱你收下。"说着，她掏出两元钱要递给国良。

国良推让着坚决不要，他说："咱说好了是三角，我一分钱也不能多收。"

国良执意按说好的价钱收了三毛钱。这位妇女怔怔地看着国良远去的背影，自言自语地说："这小伙子学习好，干活肯卖力，讲诚信不怕吃亏，将来肯定是条好汉子。"

国良就这样起早贪黑地在这条山坡上帮人推车拉车，他没有把此事告诉家人，家人以为他还在拔猪毛呢。国良推车时，有时在架子车两边推，有时在车子正后面推，大多数情况下是在驾辕人侧前方拉绳。由于次数多了，国良的肩膀上磨出了一条条血道，加之天气炎热，汗湿浸染，有一处伤口溃烂出脓了，再拉绳子时有一种撕心裂肺般的疼痛，疼得连夜里都睡不好觉。家人看他经常满脸疲倦的样子，劝他拔猪毛时不要太用力，毕竟是按数量算钱的，少挣点算了，国良总是搪塞过去不愿让父母操心。这天国良推（拉）车次数比往日都多，感觉很乏力，回到家不想吃饭躺下就睡了。饭做好了，千秋喊国良吃饭他也没听到。沈千秋就来窑屋叫他。窑屋冬暖夏凉，国良盖着一个小褥子，肩膀裸露着。沈千秋本来想推国良一下，让他起来吃饭，谁知竟看到了国良溃烂的肩膀，她吃惊地说："国良，你的肩膀怎么烂成这样，是跟人打架了吗？"

国良被惊醒了，一看母亲在跟前，连忙说："妈，没事。我怎么会跟人打架呢？"

"那这里是咋烂的？是不是谁把你打成这样你不敢说？"千秋抚摸着国良肿烂的肩膀说。

"没人打，你不要问了，没事。"

"国良，到底怎么回事？你说呀，不要再让我们提心吊胆了。"许红军走过来追问道。

事已至此，如果不把实情告诉家人就有点太说不过去了。国良就一五一十地把自己如何开始去推车拉车的经过说给父母听。

沈千秋由震惊到平静，满眼含泪地说："国良呀，你还是个孩子，就开始为这个家操心了，爹妈对不起你呀。"

许红军这时候已从邻居高俊柱家借来了紫药水，用棉签轻轻地拭着国良溃烂的肩膀，说："孩子，难为你了，马上要开学了，你以后不要去了。我和你妈会把咱家的责任田种好，让全家的日子好起来。"

国良看看深爱着自己的父母动情地说："你们养我这么大，我是个男子汉干点活没啥。妈身体不好，爹的胳膊以前也受过伤不能干重体力活，现在又要供我上高中，我真该为这个家分担一些责任了。”

第二天，国良用自己拔猪毛与推车挣的钱到集镇上给家里买了一头小猪娃。他听爹妈说过以后要养一头猪，等养大了下了猪崽儿，卖了就能赚些钱，他没跟家里说就这样做了。爹娘看到国良给家里买了一头小猪娃，别提有多高兴了。

许国良又坚持背着家人推了一星期的煤车后，也就到了开学的时间。开学了，国良到孟津县第一高级中学报了到，开始了住校生的生涯。看到偌大的校园，崭新的教室和面孔一新的师生，国良心里别提有多高兴了。更高兴的是学校有好几个阅报栏，他课外没事时可以去读报。学校还有图书馆，可以借阅许多好书来读。

转眼国良在一高已上了一个月的课。第一次月考，国良出人意料考了全班第一名，全级第三名。班主任以及任课老师，还有班上的男生、女生都开始对这个穿着旧衣布鞋、土里土气的学生刮目相看。班上的男女生还常跑到国良座位前问一些听不懂的数学、理化题，国良都耐心细致地给他们讲解。

国良的同桌孙阳光是位局长的儿子，初中时学习一直都是班上的第一名。这次国良拿了第一名，他既羡慕又佩服。共同的求知欲和良好的品行，使他们很快成了没有隔阂的好朋友。这天课间孙阳光问国良：“你在哪上的初中?”国良回答说：“石凹初中。”

“一般农村学校的师资力量都比较薄弱，你怎么学习这么好？听说你还拿过全省数学竞赛第二名，是真的吗?”

“只要自己努力学，在哪里都一样。我们那里是山区，比较贫穷落后，公办教师都不愿到那里去，我们学校只有一个公办教师，其余都是民办教师，但每个老师都很敬业。那次我数学竞赛确实得了奖，还是数学家华罗庚给颁的奖呢。我很感谢我的数学老师，她给我一本数学资料书，对我可有用了。”

孙阳光说：“你真了不起，今后在学习上特别是数学上你要帮帮我。对了国良，我家是县城的，你家那么远，要是有什么困难需要帮助告诉一声，我一定帮你。”

国良瞧了瞧这个像他的名字一样帅气阳光的男生说：“当然好了，咱们以后互相帮助，共同进步。”从此，国良和阳光成了谁也离不开谁的好朋友。

就这样，国良在县一高师生的注目中充实着，成长着。

天有不测风云，一朵不祥之云笼罩着许国良这个本来就贫困的家。真是屋漏偏逢连夜雨，国良的父亲在地里出红薯时突然晕倒，被沈千秋和高俊柱送到了县医院急诊室，初步诊断为重度脑血栓，生命垂危。得到消息后国良急急忙忙赶到医院，看到父亲在病床上躺着，一个医生拿着一张单子递给沈千秋说："快去办住院手续，先预交五百元。"

沈千秋为难地说："孩他爹患的是急病，我们还没有来得及准备钱呢，你们先抢救，我们一定想办法把钱送来。"

"不行，这是医院的规定，是制度，先交钱后看病。"医生的语气毋庸置疑。

高俊柱说："我们只带了 230 元，剩余的明天再交，你们先给病人治疗要紧。"

国良恳切地说："阿姨，你快救救我爹吧，剩余的钱我明天一定补齐。"医生看着病人家属恳求的目光，就勉强同意了，再说人家已经交了 200 多元。办完了手续，医生们开始为许红军实施抢救措施，测血压、抽血、化验、输液……

沈千秋很感激高俊柱夫妇，以前闺女看病借别人家的钱基本都还完了，就差高大哥家的钱还没还呢。平时再困难他们也不向高大哥张口，这次高大哥又主动把 200 多元拿出来替他们交了住院费，沈千秋心里又歉疚又感动。送走了高俊柱夫妇，沈千秋和国良商量该怎么办，她急得不得了。

国良宽慰妈妈说："妈，剩下的钱我去想办法，你在这里照顾好爹就行。"他到街上转转看看有没有什么活可干，他想利用星期天赚点钱。可临时的短期工没人要，他没有找到活，又回到了医院。他寻思着剩下的住院费该怎么办？忽然他想到了同学孙阳光，想让他帮帮这个忙。

第二天一大早等医生给父亲输上液，国良就回学校找到孙阳光把父亲生病住院急需要交住院费的事给他说了，他心里很没底，毕竟这钱的数目太大了。谁知善良的孙阳光不打折扣当即就答应了。他二话没说，向老师请了半节课的假骑着自行车就去父亲单位找他要钱。孙阳光的父亲是县林业局局长，从不摆官架子。他家家风严谨，子女们教育得好。他也是从农村走出来的苦孩子，对于像国良这类勤奋好学、踏实肯干的孩子是非常喜欢且愿意帮忙的。孙阳光很快就拿到了 270 元钱交给国良。

国良非常感激地说："阳光，谢谢你帮了我大忙。我争取春节还你一部分，明年暑假我打工后把钱还完。"

孙阳光说："你快给大伯看病吧，钱的事以后再说，再说我们家父母都挣钱，花销也不大。反正上高中这三年你也跑不掉，怕啥?"

国良补交了住院费，请假在医院照料父亲，夜深人静时他坐在走廊的躺椅上看书，自学落下的课程。经过十多天的治疗，父亲的命总算保住了。医生告诉他像他父亲这样的病能保住命就算不错了，其他方面要看是否会有奇迹发生。出了院，父亲躺在床上几乎没有知觉，嘴里咿咿呀呀像哑语一样，大小便失禁，吃饭穿衣都需要人照顾，还需要喂药维持着，这可苦坏了沈千秋。好在姐姐经人介绍到一家馒头店给人家揉馒头，多少挣些钱补贴父亲的医药钱。

国良深知家里的困难，从没乱花过一分钱，尽最大努力俭省着。在学校国良的一日三餐生活水平是最低的：一般同学早上买两个馒头一份素菜一碗汤，他只要两个馒头就着咸菜喝碗白开水就算一顿早饭了；中午别人吃面条或米饭，他依旧是蒸馍开水，一周之中吃一两次面条就算不错了；晚上还是馒头咸菜外加一碗汤。学校有时改善生活，有荤菜、肉丝面或荤素包子，他从没买过一次。就这样日子一天天过去了，他入学前推（拉）车挣的少量的钱，除了买猪娃已所剩无几，但他还是维持了这么长时间的生活，他已经完全没有生活费了。星期天回家他没有张开口要钱。他心里很清楚家里给父亲看病借了那么多钱，现在连给父亲买药的钱几乎都没有，哪里还有余钱给他做生活费呢？临去学校时母亲对他说："孩子，你几个月没要过生活费了，一定没钱了。钱咱家暂时还拿不出，你把瓦罐里的小米和缸里的麦子各带一二十斤，给学校说说换点饭票和菜票用吧。"母亲说着掂着布袋盛了两少半袋小米和麦子。

村里的拖拉机把国良捎到县城十字街口，国良肩上扛着手里掂着向学校走去，他没进宿舍就径直到后勤处交麦子换饭票。已经有同学在交麦子，国良依次排在队伍后面。等到他时，后勤处工作人员给麦子过了磅，开了票，他可以拿着票据去换饭票。这时国良让工作人员把小米也过过磅，看能不能换点菜票，工作人员告诉他学校不收小米，只能用钱买菜票。

三五天没有菜票可以凑合，如果一直没有怎么行。对，干脆上街把米卖了，再购买菜票吧。一晃一周过去了，又到了星期天。这天上午，国良提着米来到商业街，那里有一家挨一家的固定性门面，也有一些零星的临时摊位随意地摆着，比如卖浆面条的、卖火烧馍的、卖胡辣汤的、卖牛肉汤的、卖茶鸡蛋的……国良挨着这些摊位找个空隙处摆放，蹲在那里眼睛盯着过往的行人吆喝着：“卖小米，卖小米，金黄的小米。”国良的喊声不大，也没有商人那地道的吆喝声，但还是有人来看他的小米。这不，一位大伯走了过来。国良赶紧打招呼说：“大伯，买点小米吧。”这位大伯从米袋里抓了一把米，看了看说，“是新鲜的小米，金黄金黄的，挺不错的。不过我家还有，等吃完了再来买。”说完问了问价钱就走了。

一位大娘拄着拐棍走过来，看了看也走开了。这时，一位中年妇女走过来，国良满怀希望地打着招呼，谁知这位妇女一过来就盛气凌人地质问他：“这是你的小米？”

“是的，阿姨，你买吗？我可以便宜点。”

“什么便宜不便宜的，你摆在我店门口我咋做生意？把你的东西挪过去。”国良扭头看看，自己在她店门口偏旁，没挡住她做生意，就说，“阿姨，这儿离你的店还很远，你就让我在这摆吧。”

这位妇女气势汹汹地再走近一步踢着米袋指着左边说：“往那边挪，往那边挪。”脸上带着一副不讲理的模样。

国良不想和她一般见识，就往那边挪挪，出门在外他想息事宁人。

直到半上午一直是看的人多，没有一个人肯买。这当儿，国良看到一位富态的大妈走到他的米袋前，她弯下腰一手抓起一把米，用另一只手的大拇指和二拇指捻了捻说：“好米，好米。”问清价钱后经过一番讨价还价她买了5斤小米。国良心里别提有多高兴了，卖了米，下周的菜票有着落了。他正暗自高兴，等待着下一个买米主顾的到来，这时走上前一男一女劈头就说：“怎么在这儿卖米，有手续吗？”

国良看这两人都戴着红袖章，就赶紧解释说：“我第一次来卖米，临时卖的，就卖这一次换点生活费，以后就不来了。”

“哪能这样说，如果每个人都和你一样，那不乱套了？我们工商局有规定，乱摆摊位罚款5元，来，交钱。”说着就要开发票。

“阿姨，不要罚款，我是学生，为了换取生活费才来卖米的，我这就走行吗？”国良祈求着，他卖的米钱还不到5元呢。

“一次也得办手续，摆摊的谁都说自己是第一次摆，谁信呢？”戴红袖章的男子说道。

旁边一位穿着讲究的老大爷对工商人员说：“我看这孩子怪可怜的，也不像个做生意的人，肯定是遇到难处了，你们就手下留情吧。”

女工商人员瞅了大爷一眼，又看看国良说：“小伙子，看在有人给你求情的面上，就罚3元吧，我们也是按章办事。再不交就把你的米没收了。”

恰在此时一个十六七岁、穿着一套水红色运动衣的女孩从这里路过，她听到人群中有一个声音好熟悉，就走近一步看个究竟。哎哟，怎么是工商人员和同班同学许国良在争论什么，她穿过人群来到国良面前问：“许国良，你怎么在这里？我路过，听到有个声音好熟悉，就过来看看，原来是你在这儿呀。”国良看着这位课间经常向自己问物理题的女孩有些不自在，小声说，“我来卖点小米，他们要罚款。”

那位女工商人员惊喜地叫道：“君若，你怎么来这里了？”

君若一看原来是爸爸单位的王阿姨。王阿姨和她家都住在县委大院，平时一点也不生疏，君若看了眼许国良扭头对这位王阿姨说：“王阿姨，他是我同学，一直考我们班第一名。一定是遇到难处了才来卖米，他又不是长期摆摊的个体户，一定要罚款吗？请王阿姨通融通融。”

王阿姨忙说：“这孩子一看就是个好孩子，刚才还有一位老大爷替他说情呢。既然大家都说他是临时摆摊卖米的，那就不罚了，不过以后可不许这样啊。我们到别的摊位看看，君若，代问莫局长好！”

君若看他们走过去了，小声对国良说：“我爸是工商局局长，他们都是我爸单位的人。对了，你怎么来卖米？”

国良把家里的情况对莫君若大致说了一下，诚恳地道谢：“谢谢你，莫君若，要不我真不知该怎么办了。”

“你学习那么好，家庭条件却这么苦。快吃午饭了，我家就在前面的大院内，到我家吃顿午饭吧？我让我爸爸再买几个菜，我平时经常问你物理题，这也算我请客。”君若真诚地说。

“谢谢你，你赶紧回家吧。我还要把剩下的米卖掉，不麻烦你了。”

君若看国良不愿去她家吃饭，就大大方方地挥手说了声再见。

莫君若是个独生女，她爸爸名叫莫宏彬，曾参加过辽沈战役，当时已经是营长了。后来在组织的关照下和一位沈阳姑娘结了婚，生下了君若。1970年莫宏彬转业到县政府办任副主任，1975年到县工商局任局长。莫宏彬只有君若这一个宝贝女儿，从小到大不想让她受一点委屈。他和妻子无论谁出差都不会忘记给女儿买个玩具、衣服什么的，女儿也非常懂事，总是甜甜地喊着“谢谢爸爸、妈妈”之类的话。君若如今出落成一个如花似玉的大姑娘了，爸爸妈妈看在眼里喜在心头。

“君若回来了，快吃饭吧，妈妈今天给你包了羊肉馅儿饺子。”妈妈站在窗口，远远看到女儿回来了就赶紧往锅里下饺子，等君若一进门，她就说道。

君若坐在饭桌前用筷子夹了一个饺子，咬了一口又放在碗里，有点吃不下，她的脑海中不知怎么仍摆脱不掉许国良可怜巴巴卖米的情景。自己整天过着衣食无忧的生活，许国良学习那么优秀，竟然靠卖米来换取菜票，为生活奔波。现在不知他把米卖完了吗？想到这些，她匆匆吃了饭给妈妈说声有事就出去了。

一些商贩端着碗在吃饭，国良还在这条街上蹲着等候买米的顾客。君若来到国良面前问：“许国良，你吃饭了吗？”国良立马站起回答说：“我不饿，等饿了再吃。”

“你是不是没钱，我给你买碗羊肉汤吧？”说着，君若就向对面的羊肉汤馆走去。国良立刻跑到君若跟前挡住她的去路红着脸说：“我卖了一半的米，口袋有钱，我真的不饿，不想吃饭。”

君若没有和他争执，她知道他们这个年龄的人脸皮薄要面子，自尊心特强。君若眼里写满了关心，却故作轻松地说：“不让买饭算了，我帮你把米卖了总算行吧？就算我感谢你为我讲了那么多物理难题。”

得到国良的默许，她领着国良来到了十字街口一位正在卖浆面条的大娘的摊位前。君若对大娘说：“大娘，忙着呢，我来问问你看有没有人要小米，我的同学有小米要卖，可好了，你看看。”

大娘抓了一把在鼻子前闻了闻说道：“这米确实不错。这卖米的是你家亲戚？”

“不是，他是我的同班同学。他要把米卖了换点生活费，可他毕竟不是做生意的，不会卖，也没时间。”

“没关系，我帮他卖。前几天我隔壁的老太太还央我给她买点小米熬粥喝，我这摊子虽然小却离不开人，也没能遇到卖米的。这米大概有十来斤吧？我和我隔壁的老太太一人要一半。咱按市场价算，谁也不吃亏。”大娘看着君若和国良说。“谢谢大娘。”君若和国良几乎异口同声地说。

大娘说：“回家向你爸问好，我一个老婆子家能摆上这个浆面条摊位，还多亏你爸帮忙，你爸真是一个好局长呀。”

国良怎么也没想到他的小米在君若的帮助下一下子就卖完了。他把钱装在口袋里心里感到无比轻松，随即又把钱掏出来拿出一元钱说：“君若，真的谢谢你，我给你买点什么表示感谢吧，我也不知买什么好，给你买个笔记本吧?”

“买什么买，我家的笔记本好几本呢，都是我爸爸给我买的。你的钱来之不易，况且我也是举手之劳，不要客气。你还没吃饭呢，赶紧去买碗饭吃，我走了。”君若不想让国良为难，她知道他舍不得买好吃的，她离开后国良会随便买点吃的，先不饿着再说。

国良看着君若远去的背影，心里暗暗地想：“多么可爱的女孩，清纯美丽，温柔善良……”

六　砖厂打工与两百万块砖

君若帮国良卖了米，他有了生活保障。他计划着花这钱，像以前一样能俭省尽量俭省。他打算从这数量不多的钱中挤出一点给患病的父亲买药，上星期离家时就听母亲说父亲治偏瘫的一种药快用完了。姐姐上个月领的钱除了买盐等生活必需品，剩余的全给父亲买药了，现在还不到这个月领钱的时间。国良预算着自己每周的生活费，剩出三周生活费的钱，其余的都给父亲买了药。这天早上过了饭点五六分钟，国良像平时一样向学生食堂走去，他老远就闻到一股香气飘来，馋得他的五脏六腑都动荡起来，顿时觉得特别饿。也有些晚来的同学陆陆续续到餐厅窗口买饭。学校一周改善一次生活，同学们大都把握住这机会美餐一顿解解馋，可是国良不能。国良强迫自己不去想那熬得香浓的漂着油花、葱花的牛肉汤，径直走到另一个窗口买了两个馒头，然后去茶炉房接了一碗开水，拿出自己家腌制的咸菜丝就开饭了。他大口大口地吃着，仿佛这样就变得好吃些似的。他知道一碗牛肉汤的价钱可以是他一周的生活费，况且三周之后生活费还得另行打算。

这时孙阳光来到了餐厅，孙阳光向他打个招呼，就走到餐厅窗口买饭去了。孙阳光很少在学校吃饭，他家离学校不远，只有他爸妈都不在家时他才来学校吃一两顿。孙阳光买了一碗牛肉汤，端过来坐在国良对面。平时他们在一块学习，一起讨论问题，没有隔阂，关系亲密，但今天坐在一起两人都感到不自在。这就好比听说的一个故事：两个老年人一块在澡堂洗澡，他们谈得很投机有种相见恨晚的感觉，结果洗完澡、穿上衣服一看，一个穿名牌服装高档皮鞋，一个穿工作服旧布鞋一样尴尬。孙阳光把牛肉汤推到国良面前说："国良，你喝吧，我请客。能交到你这种志同道合的朋友，我很高兴。"

国良把牛肉汤推过去，执意说："你要这样我可走了。咱们是君子之交淡如水。要说请客，我理当请你，我父亲患病时你借给我那么多钱，我至今还没还一点。我从心底里感激你。"

孙阳光看那样反而会伤了和气，就不再推让。反过来想想如果国良看到改善生活就买好吃的他也许还看不起他呢，他应该尊重国良，国良是个有志气的孩子。这时他们的关系又恢复了自然与平静。国良接着说，"阳光，我借你的钱等过了暑假再还行吗？暑假我去打工，平时在学校没时间找事做。"

听国良这样一说，孙阳光感到有些伤感，就笑了笑对国良说："看你急的，我回家已经给我爸爸说了你的情况，我爸还夸你呢。他说他小时候家里也是特别困难，靠别人的帮助才上了大学，说起来眼圈都红了。他说这钱不让你还了，他就喜欢你这样有志气的孩子。以后有什么困难尽管说。"

国良的眼里涌动着泪水没让它流下来："谢谢叔叔，谢谢你们全家人！你们的好我会永远记在心里的，到暑假我找点事做，一定还上。欠账还钱是天经地义的，能让我晚点还钱我已经感激不尽了。"

日子就这样一天天地过去了。许国良的生活费也快用完了，他利用这个星期天出去找事做，免得三周后断了生活费。他觉得自己是个十七八岁的小伙子，完全可以自食其力并为家里分担些忧愁，自己一定要挑起家里的大梁才行。父亲生病，母亲身体不大好，除了照顾父亲还要种地，姐姐身体有障碍还得外出给人家揉馒头挣钱，自己是堂堂的男子汉，一定得想想办法多挣些钱，除用于自己的生活费外，还要帮帮家里，让母亲少受点苦。

来到街上人生地不熟的上哪里找工作，不是没处招工而是差不多都不收短期工，一周干一天，谁要呢？快到中午时依然没找到工作，他在街上漫无目的地走着。有心栽柳柳不成，无心插柳柳成荫。一上午都在找工作，连厕所都没顾上去。他想去解手，苦于找不到厕所。问一个路人，人家告诉他在某条小街的拐角处有一个公共厕所。他快步往那里走去，等他解完手出来，发现一个老汉正拉着一车大粪往城外的一条路走去，路的坡度不大，但一个车子轱辘陷在路边的泥坑里上不来。没有人愿意帮忙，因为太臭了，过路的人都掩着鼻子躲开。国良见状二话没说走过去两手错开推着车框边躬身用力，车猛地一拐上来了，里面的粪溅了出来，国良赶紧往旁边躲了几步，还好大粪没溅到身上。拉粪老汉很感激他，他顺便问大伯在哪里可以找到活干，累点脏点没什么，只要能赚钱就行。这一问问到点子上了，大伯问他愿不愿意拉粪，钱还不少呢，许国良不假思索就答应了。

从此，在每个苍茫夜色中、周日熹微的晨光中，人们经常看到一个老人和一个年轻孩子忙碌的身影。国良跟大伯干到了暑假，不仅给自己挣得了生活费，还为瘫痪在床的父亲买了药。

就这样，国良瞒着母亲一直干到暑假。国良积攒了40元钱，加上母亲和姐姐节省下来的10元钱，凑了50元还给了孙阳光。国良向孙阳光承诺暑假期间自己去打工，尽快将剩余的钱还完。

放假的前一天，国良和他的同学们都领取了通知书。班主任在班里公布了期末考试成绩，国良的总成绩是全班第二名，全级第九名。虽然和以前的成绩相比稍有退步，但他一边上学一边打工，能考出这样的成绩已经是非常不错了。班主任老师称赞他说："国良，你是好样的。面对困难你能想办法克服，把困难当作垫脚石，勇于挑战，你将来一定会考上一所理想的大学。"

国良在自己的座位上整理书籍，莫君若走了过来，首先祝贺他取得的骄人成绩，接着问他愿不愿意暑假出去游玩。莫君若向国良介绍着孟津的景点，什么龙马负图寺、汉光武帝陵、小浪底风景区、王铎故居、黄河滩等，国良一个地方也没去过。如果不是上高中，如果不是参加竞赛，他连县城也很少走到，农村人哪有钱去旅游呢，他根本没有这个想法。君若体会不到这些，但她也理解国良没钱的难处，说自己有参观券，可以邀请国良一起去。国良当即就回绝了。他心里知道莫君若对他好，经常帮助他，但他还要利用暑假的时间打工赚钱呢。他谢绝了君若的好意，不过想求君若帮个忙，就说道："君若，我想利用暑假一边打工，一边看书，你能不能帮我借几本书？"

"能行，我的好多朋友喜欢看书，我可以给你借。我家书架上还有好多书呢，我爸爸也喜欢买书。你喜欢看些什么书？"

"我想看一些文学名著，能催人奋进、给人以启迪的好书。"

"我向你推荐一本法国大作家、获得过诺贝尔文学奖的罗曼·罗兰写的长篇小说《约翰·克利斯朵夫》，讲述的是一个饱受苦难的人克服种种困难，成为音乐家的故事，非常震撼人心。"

"行，太好了。你看过这本书？"

"没有，只随便翻了几页，但感觉还是蛮好的。我的好朋友有一本，她看完了讲给我听的。我很想看，但书太厚，最终还是没能静下心来读。我家书架上还有罗曼·罗兰的《名人传》，你看的话一块儿给你。"

“你的朋友愿意借给我吗?”

“我们关系好着呢，我一说她准借。下午我给你带来，保证你这次放假回家能带上这两本书。你就听我的好消息吧。”

“君若，真的很感谢你。”

“你怎么这么客气，咱们是同学呀，谁还不帮谁点忙?”

下午全校师生开会，之后就放假了。这样，国良带着君若借给他的两本书离开学校，回到了家里。

国良计划暑假打工偿还欠下的债款，他四处打听想找份工作，人家不是嫌他年龄小就是嫌他不能长期干。三天过去了，打工的事没有一点着落。国良想如果再过两天还找不到合适的活，他就继续去县城拉粪。只是进入夏天以来拉粪的大伯身体不适已经不再干了，他要是想干的话可以借大伯的工具用用，不过他一个人也干不了这活，得找个帮手才行。

他正愁着找不到什么活干时，隔壁邻居高俊柱大伯得知这个情况，就给他表弟写了一封信介绍国良到他表弟的砖厂打工。国良提着他那破旧的铺盖卷当天就动身去了砖厂，他把信交给了高俊柱的表弟孔峰。孔峰看着信心里有些不情愿，他的砖厂不缺人手，就是缺也要收个身强力壮的，哪能收个腰细膀窄、文文气气的学生蛋子！但既然是表哥介绍的，人家还带着铺盖卷来了，也只能收下。就让他试试吧，干不好再让他走人，给表哥也好有个交代。孔峰说：“本来我的砖厂是不缺人手的，既然你是我表哥介绍的，我也不能不接收你了，你就干装砖的活儿吧。前几天有个装砖工不好好干，我把他辞退了，要不连这个位置也没有。这活是很苦的，你要做好吃苦的准备。”

对于国良来说，再苦再累他也情愿干，他也知道在窑场干活工资高。国良感激地说：“谢谢叔叔能让我在砖厂干活，我一定卖力干。”

孔峰看国良这孩子挺懂事，心里也不再不痛快，但还是给他讲明了制度：“你一天工资五块五，干得好的话奖励五毛。如果偷奸要滑不好好干要罚款，如果嫌活重干不了，就卷铺盖走人。如果干得好，我也不会亏待你。”

吃过午饭，国良就开始上工。当地驻军部队盖营房，和这个砖厂签订了购二百万块砖的合同。按协议规定，部队的解放牌军车来拉砖时，砖厂得负责将砖装到车上，卸时由部队自行解决。

国良每天都和其他几位装砖工早早地来到这里装砖，一块两块，一摞两摞……车装满了，又来一辆，他和工友们重复着上一车的机械动作。一天，两天，他的两只胳膊肿胀起来，手心被砖头磨得露出了血肉。晚上睡觉时他的胳膊疼得不敢碰触，只能轻轻地放在粗糙的褥子上，上面覆盖着自家织的粗布单子。他只能仰着睡，不能左右侧身。好在国良上学期间时常打工，特别是拉大粪期间身体的磨炼，让他在干这繁重劳累的装砖活时一周后就适应了。他胳膊的肿胀开始消减，不像刚开始那般酸痛，手上也慢慢磨出了茧子，没有那种锥心般的疼痛了。砖厂老板孔峰也对国良另眼相看，他想不到一个嫩学生能把这活支撑着干下来，人真的不可貌相。

暑假结束了，他靠自己的辛苦努力挣了210元，妈妈又把家里卖麦子的50元拿出来，加上卖篦子拍的20元，共计280元。这段时间姐姐赚的钱都给爹买了药，不够的妈都给添上了。国良和家人合计着先还清欠同班同学孙阳光的220元，剩余的60元钱留12元补贴家用和给父亲买药，又用8元钱作为自己上学的生活费，余下的30元还给了邻居高俊柱伯伯。需要补充说一点，许国良在学校品学兼优，学校减免了他的学杂费和住宿费。国良对高伯伯说，等明年暑假打工再还余下的欠款。

在这个暑假里，国良没有浪费一点时间。他白天装砖，晚上看书，坚持看完了《名人传》和《约翰·克利斯朵夫》两本厚重的名著。他用自己的双手和母亲、姐姐一起努力还清了孙阳光的债款，支撑起了这个贫困的家。

七 “英雄树”会说话，就学文科吧

暑假已过，国良升入高二年级。第一天上课，班主任老师在讲堂上讲道：按照学校的安排，近几天要分文理科，希望同学们根据自己的兴趣、爱好、特长等确定自己是学文还是学理。自己考虑好后，还要征求一下家长的意见再填报。

这些天一到课间，班上就像炸开了锅，同学们你一言我一语地在商讨着这人生的一大抉择。其实同学们在假期里已做了充分的思考，但当这一刻到来时又显得犹疑不决。一些偏科的学生很明显已做了决定，他们有的学科很欠缺，毋庸置疑必须选不落或少落自己总分的科类。而各科成绩比较均衡的同学，就显得难以抉择。选了文科，往往会后悔自己喜欢的理科中的某一科目不能再学了；选了理科，又遗憾自己很感兴趣的文科中某一科被丢弃了。未选择的往往让他（她）揪心放不下，选择了的又患得患失。到底是学理还是学文?

纵观那些在某一行业或领域有所建树的名人、学者，他们当年的选择决定了他们人生的奋斗轨迹以及后来所取得的成绩。钱学森学的是理科，最终被誉为中国的导弹之父，科学泰斗；茅以升学的是理科，成为中国的桥梁专家；钱三强，学的是理科，成为研制中国导弹的领军人物。

伟大领袖毛泽东，在湖南师范学院读书时不嗜数理，但他却有着卓越的军事才能，更不用说他的诗、词、新闻和书法了，谁人能比？钱钟书，不擅长理科，他是学文的典范。他文科很有优势，特别是英语满分，被清华大学破格录取，写出了长篇小说《围城》。还有郁达夫、徐志摩等。

同学们争论着，仿佛他们选了文科或理科就会成为钱学森、毛泽东式的人物。班主任老师走过来加入了他们讨论的行列。“其实文理是不分家的，现在分科是给你们减轻负担，也为你们擅长的学科提供了发展的空间，并不是绝对分家。钱学森中学时父亲让他学理科，但在寒暑假让他学画画、学乐器、学书法。钱老本人也说：‘我不仅喜欢科学，也喜欢艺术，包括艺术理论。’我们分科是暂时的，考上大学之后你也可接着钻研你没选的喜欢的学科……”

国良是知道这些道理的。他的文理科成绩都很好，尤其理科更为出色，每次考试他的数理化基本都是满分，数学竞赛还获得过省奖。对他来说，选择理科更为合适，但国良却选择了文科。因为当年牡丹日报的记者刘春泽对他的采访报道在他心里刻下了深深的烙印，他曾不止一次地考虑着自己今后的发展方向——选择学文科，当一名像刘春泽那样的记者，深入到农村、厂矿采访调查，弘扬正气，鞭挞丑恶，讴歌生活中的真善美。他并不是想出名，他觉得那样更有意义。

面对他的选择学校有些不可理解，甚至是吃惊：全年级的理科状元，怎么要学文科？国良是学校的数学尖子，曾给学校争得过荣誉，今后要是还有什么数理化竞赛还需要他为班级和学校争光呢。他学了文科，就意味着学校的奖杯将会少一枚或几枚，那荣誉的光环将会因此失去一丝光彩，不再那么熠熠生辉。更重要的是老师也为国良的前途考虑，选择理科将来的发展空间更大。别的学生老师们不怎么关注，毕竟要尊重人家的选择。可国良选了文科，校长就坐不住了，派教导副主任王春梅亲自去给国良做工作，说服他学理科。

王春梅是一位善于做学生思想工作的人，她很有亲和力，说服学生时往往动之以情晓之以理，学生们都很佩服她。王春梅是国良的政治老师，她和国良本来很熟识的，国良也很尊重她。王春梅推心置腹地对国良说：“我知道你选择了文科，挺高兴的。因为我也是文科出身，上的是政教系，毕业后教你们的政治。但是从你自身发展的优势看，你还是上理科好。你的数理化成绩优异，竞赛经常拿奖。上文科的学生一般是理科有瘸腿科才做出的无奈选择，如果将来你作为理科生考上了名牌大学，上大学期间就有很多研究项目，它的经费很高，你的理科这么好将来搞科研说不定还能出成果呢，到时候如果你成为了科学家，老师和母校也为你自豪呀。况且理科毕业生就业路子更广，机会更多。你知道吗，很多国家领导人都是高校的理科毕业的，他们办事条理清晰，思维更缜密。你选择了理科，课余时间还可以积累学习你喜欢的文史知识呀，你若学了文科，你不可能课余时间去做物理、数学题吧？我是为你打算才来劝你，你再考虑考虑该怎样选择?”王春梅轻轻地拍拍国良的肩膀，传递着友好、善意的关怀。

“谢谢王主任。现在社会上流行一句话‘学会数理化，走遍天下都不怕’，确实说的有道理，但也带有一定的功利性。大多数人都去选择将来能给自己带来更大好处的理科，那中华民族千百年来博大精深的文化谁来传承。你上课时向我们介绍过一些默默无闻研究国学的老教授，我想我们国家需要研究高科技的科研人才，也同样需要弘扬传统道德文化、塑造崇高灵魂、启迪智慧的文人贤士。我想做一名记者，发现和讴歌生活中的真善美，引领人们确立更高的道德水准，让忠诚、孝心、宽容、坚韧、不屈、奋斗等成为中华民族的精神支柱。”国良不卑不亢，实实在在的想法打动了王春梅老师，她没有想到国良的内心世界这么丰富、这么纯净、这么美好。

王主任来到校长办公室，正在写毛笔字的校长放下毛笔站起身来询问劝说的结果。王春梅把国良的想法都向校长汇报了。她虽然不能劝校长尊重国良的选择，但她心里明白人各有志不能强求，而且王春梅甚至被国良纯正的思想感动了。

校长又让班主任通知家长，让家长再做做孩子的思想工作，希望孩子能做出正确的选择。星期天国良一回到家，妈妈沈千秋就开始劝国良选理科。沈千秋虽然没什么文化，但她相信老师是好意，老师的话肯定是对的。

沈千秋的劝说没能让国良回心转意。她对国良说：“国良，妈不大懂到底该如何选择，你爹也不能帮你拿主意，我看咱就让隔墙邻居高伯伯帮你拿个主意吧，他一直很照顾咱这个家的，况且他见多识广。”

国良和妈妈一起到高俊柱家。沈千秋说：“大哥，国良现在上高二了，要分文理科。国良要上文科班，我也不懂，你看选择什么合适?”

“我也不懂这些，”高俊柱吸了两口烟，思谋了一阵子，眼睛看着国良问：“国良，你打算学啥呀?”

“他想报文科，老师捎信让家里做做工作希望他选学理科，你见识多，给孩子说说。”沈千秋看着国良抢过话头说。

高俊柱把自卷的纸烟卷放到桌子角上说：“咱是农村孩子，学文科不如学理科。理科在生活中用处广，作用大，更实用。不说别的科目，就物理学得好，即使考不上大学，将来当个电工，修理工什么的，照样吃香的喝辣的，不仅方便自己，还能挣钱养家。学文科，就是将来考上大学又能分配到什么好工作？咱农村人又没什么后门儿，你学文科大学毕业后无非就是当个老师或者到乡政府写个材料，我看还是学理科吧。”

“国良，你高伯伯说的很在理，咱还是学理科吧。”沈千秋看着国良说。

国良有些生气，带着埋怨的口气对妈妈说：“我能考上大学，我要学文科。”

高俊柱觉得两家关系再好，这毕竟是人家的私事，不能把自己的意见强加于人，就和气地说：“国良，你回家和你妈再商量商量，至于报什么还得你自己拿主意。不管怎样要慎重考虑，报好报坏，会影响你一辈子的，若选错了，世上是没有卖后悔药的。”

国良是个懂事的孩子，他不想让高伯伯认为自己固执己见，认为自己是对高伯伯有意见而产生误会。面对高伯伯和妈妈的劝说，国良对他们说起了那件事：“那年我拾羊不昧的事迹被刊登在《牡丹日报》，很多人看了报纸都发自内心地称赞我，不知怎么那时我的心中涌起一种感动，好久好久都泯灭不了。我不是爱让宣传的人，但刘春泽记者的文章是对我的做法的一种肯定，最重要的是他们点名让我参加县里组织的演讲比赛，通过演讲比赛，全县掀起了一股学雷锋做好事、人人争当好少年的热潮，很多正在成长中的孩子受到了教益，无形中提升了自己的品德修养。从那时起我就一直憧憬着有朝一日能做一名光荣的记者，对社会做出有益的事。”

国良诚恳的话语让高俊柱想起了当年他和沈千秋夫妇劝说国良把捡到的羊留给自家的事，国良没有为财物所动，把羊归还给失主。国良的选择无疑是对的。他觉得不能拿这孩子和一般的孩子比，不能拿一般人的想法去强求孩子，国良有自己的思想，将来应该是干大事的。高俊柱就对沈千秋说：“我看还是尊重孩子的想法吧，学校都说服不了他，也许国良是正确的。说归说，你们回家再商量商量。”

离开了高伯伯家，国良和妈妈回到院中。国良对妈妈说：“不管选什么，将来考上大学都是为国家做贡献，都能挣钱养家。我喜欢读书，对文科更感兴趣，我不是有意气你，你就让我选文科吧。”

国良是个听话、懂事、孝顺的孩子，可在有些事情上犟得像头驴。家里条件差，生活费接济不上，他拉大粪自己赚钱养活自己，还给父亲买药，并节省一些钱还账；为了偿还父亲生病时欠下的外债，他起早贪黑到砖厂打工。

沈千秋感到孩子之所以这么犟肯定有自己的考虑，毕竟孩子这么大了该有自己的主见。她又担心他选错了科，那就是入错了行，影响一生该怎么办？她思谋来思谋去，还是犹疑未决。

抬起头看看眼前的大皂荚树，沈千秋突然兴奋地说：“国良，你过来，问问你干爹看你学啥更合适？”

国良忍不住嘿嘿笑起来：“妈，别人的干妈干爹会给孩子发压岁钱，会给孩子煮个红皮鸡蛋吃，我的干爹会吗？我的干爹是皂荚树，不会说话，可我还是喜欢他。夏天他给我们家带来浓浓的绿荫，我在绿荫下写作业，春天我们用皂角芽儿包菜火烧吃，秋天我们用扁扁长长的皂荚洗头洗衣服，最重要的他还是一棵英雄树。可是我再喜欢他，他会说话吗？”

沈千秋说：“他会的。你干爹是英雄树，他会告诉你的。”

“妈，你这是封建迷信。”

“管他迷信不迷信，我就是信。要不我的心里不安，我怕你选错。”

国良不想让妈妈心里难受，就说：“那依你，妈。你叫我干爹告诉我吧。”

“现在没有风，皂荚树安安稳稳站着，如果皂荚树树梢动了，你就学文科。否则，你就得学理科。”说完沈千秋回窑屋取了一根红绳把皂荚树围着缠了一圈，就让国良许愿。国良拗不过妈妈，就想先许许愿，等会儿母亲心平气和时再劝说母亲，母亲最爱儿子，她最终会同意自己学文科的。

国良对着皂荚树喃喃自语：“皂荚树，皂荚树，大家都知你是有名的英雄树，我和你的名字都上过《牡丹日报》，你一定要帮帮我。我想学文科，妈妈说你的树梢动了就是你点头同意了。你挥挥手点点头吧。”之后他出声说：“皂荚树，皂荚树，挥挥手，点点头。”

沈千秋和国良都沉默不语，不大一会儿，一阵风刮了过来，安安静静的大皂荚树树枝晃动着，真的挥了挥手，点了点头。“莫非这是天意让国良学文科？”也许是天意，也许是巧合，总之有点迷信的沈千秋内心不再纠结，她同意国良选择文科。

国良如愿以偿地成为了文科班的学生。分班后的第一节课，班主任老师讲了一些欢迎同学们选择文科班的话，又宣布了校纪班规，开始点名，被点到的同学站起来答“到”然后坐下，大家彼此有一点点印象。他听到老师喊莫君若的名字时，扭过头冲她笑了一下，想不到自己又和莫君若分到了一个班。

下课了，同学们出去活动或去上厕所，国良坐在位置上看书，莫君若走过来说：“真巧，咱们又分到一个班了。”

国良看着这位家庭条件优越，温柔、可爱、善良，浑身散发出一种说不出来的特有的气质的县城女孩，内心里有一种隐隐的羡慕，如果她是自己的妹妹该多好。国良说：“分到一个班，我可以向你借书了。暑假期间你借给我的两本书看完了，真的谢谢你。我正要准备找你还书呢，恰巧咱们又分到了一个班。”说着从抽屉里取出了这两本书说，“我先看了《名人传》，而后看了《约翰·克利斯朵夫》，两本书我都仔细看完了，看完后感触很深，增进了在逆境中奋进的勇气，好书给予人的不仅仅是文字上的收获，更重要的是精神的力量。”

君若随手翻开了《约翰·克利斯朵夫》，不由得被扉页上的几行字吸引，不自觉地读了出来：“献给世界各国受苦受难、英勇斗争取得胜利的自由心灵！”她继续翻看着对国良说，“既然这么好，我也打算读读。”

“对，咱文科班的学生，就得多读些书。不过高二学习忙，你要合理安排时间，每天看二十分钟，贵在坚持。”

“嗯。你还想看什么书，我给你借。”

“还真得麻烦你再给我借两本。咱们学校图书馆的一些散文，比如朱自清、郁达夫的，我都借阅了，有的书也很好但被别人借走了。”

两个月过去了，君若借给他的加上他在校图书馆借阅的，国良陆陆续续读了《海底两万里》《骆驼祥子》《三国演义》《红旗谱》《四世同堂》等书。有时候人们会感到不可思议，那些大部头的书哪有时间读，怎样才能读完呢？国良自有他的读书秘诀，那就是每天坚持读一个小时，课间读，中午读，晚自习放学后再读。他不断挤时间，就像饥饿的人扑在面包上一样汲取着文学作品里的营养，他的内心也变得足够强大起来。

在这一阶段的考试中，国良综合成绩全班第一。难能可贵的是他的作文竟然得了满分。老师让他在班里谈了十几分钟的写作体会，他自始至终贯穿着一条主线，那就是“多读书，读好书，勤思考，多练笔”，这就是他读书的法宝、取胜的秘诀。

他的心中埋下了一颗当记者的种子，对课本上学习的新闻作品更是情有独钟。他反复研读全文，细心琢磨，精心地把握作品的时代背景和精神实质。课文中精彩的段落，他用钢笔一画，背得滚瓜烂熟。关于老师或课后提出的问题，他不厌其烦，反复体会。国良的理想是当一名人民的好记者。他总认为早些接触些新闻采访和写作技巧总比晚接触好些。课外他每天坚持到学校的报刊栏阅读报纸，细心地研读着，不断地观察着生活，捕捉有价值的新闻线索。

这个星期天，他给自家的猪割草时，发现邻村有一个叫冯青通的农民五年来坚持治理荒坡，精心培育果树发家致富的事迹后，积极深入实地调查采访，写成了一篇《荒坡变成“聚宝盆”》的消息稿，寄给当年采访过他的牡丹日报记者刘春泽，并附一封信告诉刘记者自己写了一篇新闻稿，看能否采用和刊登。他还在信中说以后要多写些新闻稿投寄报纸，说明了自己想当一名记者的愿望。他还告诉刘记者对自己的影响，自己现在在文科班学习，准备报考大学新闻系，实现自己的记者梦。

几天后，《牡丹日报》第二版社会版的显著位置刊登了许国良采写的新闻消息。

许国良还收到刘春泽记者寄来的一封信，信拆开后他惊叹不已，峻拔刚劲的钢笔字疏密有致地排列着。他心想刘记者不愧是名牌大学培养的人才，别的不说，这字就让人敬佩三分。他高兴地读着这封刘记者给他寄予了希望的来信：

许国良同学：

你好！你的来信收悉，谢谢你对我的信任！

你写的新闻稿有一定的新闻价值，我修改后已在报上发表了，请查阅。

你告诉我说，将来想报考大学新闻系，毕业后从事记者工作。我很高兴我们将来能成为同行。说实在的，自从我那年采访报道你后，尽管咱们只有短短的接触，但你却给我留下了深刻的印象。你有着豪爽质朴的性格，有着悲天悯人的情怀。面对经济拮据、困难重重的家境，你毅然选择将羊还给失主。当时你还是个孩子，这是你们那个年龄段的人很难做到的，但你做到了。从你身上表现出来的宝贵的思想品质，正是我们新闻工作者确确实实应该具备的基本素质，所以我赞成你选择记者作为自己终生为之奋斗的职业。我们新闻工作者正需要大批像你一样思想品德高尚、素质高的人加入这个行业。

你现在写新闻稿的热情是好的。可我认为高中时期还是以学好课程、打好基础为好。课余时间多阅读中外名著，常阅读报纸，也可做做读书笔记练练笔，关注社会人生，不要一味地慌着给报社投稿。考上大学后，可以边学边实践，再给报社投稿。我当年就是这样一步一步走过来的，当然了这只是我的个人浅见，不妥之处敬请谅解。

祝

学习进步，生活快乐！

刘春泽

1984年11月2日

许国良认真地读着这封来信，沉浸在无比的喜悦和兴奋之中。刘记者的话春风化雨般温暖着他的心田。他更坚定了自己的信念，也明白了现在是储藏知识不断丰富积累的阶段。他决定按照刘记者的话去做，为将来当一名人民记者打下良好的基础。

第二天上午课间莫君若瞧见国良去锅炉房打开水，就走到国良面前莞尔一笑说："国良，请客吧。"

国良愣了一下说："请啥客？"

"你是揣着明白装糊涂。你的大作见报了还不请客？"

"哦，你说的是那篇新闻？"

"对呀，那篇新闻我看了，写得不错。我们家里订有《牡丹日报》，平时我很少看，我爸看到告诉我的，我爸每天坚持看报。我以前对他说过你的情况，他知道你爱看书。他看到你的名字问我是不是你写的，我一看报道的是你们海资公社的事，就确定说是你写的。我爸还夸你是个人才呢。"

国良听到君若说她爸爸夸自己，有点受宠若惊地说："我哪是什么人才呀，这篇小稿件不值得提，再说改动挺大的，是编辑记者改得好。"

君若钦佩地看着国良说："咱班发表过文章的就你，再挑不出第二个了，你应该感到骄傲才对。对了国良，你为啥对新闻这么执迷？"

"我将来想上大学新闻系，毕业后当记者。"

君若眉眼一挑说："你学习那么好，凭你的成绩能考上更好的大学、更好的专业，为啥非要选择记者职业呢？"

"我喜欢这个职业，我想当一名记者。"

“记者工作，风险很大。我爸爸曾是个军人，参加过战斗。他说在一次战役中，一名记者采访一队侦察兵，返回驻地时被敌人抓获。敌人对他严刑拷打，要他说出有关侦察兵的秘密，他宁死不屈。最后敌人残忍地把他活埋了。”君若瞧了瞧国良接着说，“我爸还给我讲过在抗美援朝时期，有两名军事记者采访报道志愿军战士的英雄事迹。有一天他们又到一个炮兵阵地采访突遇敌机偷袭、轰炸，两位记者的尸体都炸飞了，找不到他们的尸骸……”

许国良的表情伤感中带着严肃，慢慢说道：“我知道干记者有风险，但这也是一项事业，总得有人干。我既然甘心选择这个职业，就不怕风险，不怕打击报复，我会拿起笔来，歌颂真善美，鞭挞邪恶与丑陋，弘扬好的社会风气，做一名合格的新闻工作者。”

莫君若听着国良发自肺腑的表述更佩服国良了。以前只知道他家境不好，他能面对压力不动摇，聪明勤奋踏实肯学，想不到他还有这么大的胸怀和追求。虽然他家里贫穷，可我一点也不嫌弃，我喜欢和他在一起。想到这里，君若的脸不由得红了，她冲国良笑了一下，掩饰着内心的情感波动说：“许国良，你这么优秀，一定能考上一所名牌大学，实现自己的记者梦。等你成为一名大记者时，别忘了我们这些老同学呀。”

君若的话也让国良内心暖融融的，国良客气地说：“谢谢鼓励，我们都会考上理想的大学，实现自己的人生理想。”

生活就是这样，它让你的精神生活无比充实，却让你囊中羞涩、捉襟见肘。又到了吃了上顿没下顿的日子，国良喝着刚打来的白开水，吃着硬梆梆的馒头，心里盘算着下一步的生活费该怎么解决，还有父亲买药的费用单靠姐姐挣的钱是不够的。前几个星期天，因回家协助母亲干了一些农活未能继续打工赚钱，他明白地里的农活单靠母亲单薄的身子是扛不起的，有重活时国良常回家帮着干干。其实国良上周回家返回县城时已到街上转了一圈，可是没遇到可以干的活。现在国良的手里只剩下八毛钱，他又想到了拉粪的大伯。星期天一大早国良就急匆匆地来到了大伯家。国良敲门后推门进屋，看到大伯正躺在床上，从大娘嘴里得知，大伯患了脑出血，是往地里送粪时突然摔倒的，他们为治病花去很多钱，把拉粪的工具都转卖了。国良听着心酸，生活呀，你怎么这么无情，你为什么让没有依靠的大伯生病呢？国良把仅有的八毛钱留下三毛以备急用，剩余的五毛钱给大娘让她给大伯买点吃的。

国良离开了大伯家，心里呼唤着希望大伯快点好起来吧。他的心里很不是滋味，在街上漫无目的地走着，路过一个收购铺时看到两个人在装废品，他就问这里的负责人希望自己能在此打工。这位负责人说他们收购铺每周都要把收到的废品运送到更大的收购铺或废品加工厂、回收站，他们人手不够，正需要再找个人装卸废品。不过这里的活又脏又累，得看许国良能否干得了。许国良把自己曾在砖厂打过工的经历告诉了这位负责人，这位负责人爽快地答应了国良在这里当装卸工的要求。

就这样在收购铺当装卸工，国良每星期都能挣到五元钱，并且中午这里还管顿饭。国良踏实肯干，不惜力，师傅很信任他，他在这个收购铺干活一直持续到他高中毕业。

八　女友送大学通知书，双双旅游去

两天来国良紧张地参加完了高考。语、数、英、史、地、政六门学科，他感觉考得都还算可以，发挥出了应有的水平。看来考上大学是没有问题的，但能否上一所理想的大学就很难说了。

按当时的惯例，分数没下来前，学校组织学生估分、报考志愿。学生们在老师的指导下回顾着自己的答题情况，估算着自己的各科分数，诚惶诚恐的，唯恐估算得不准，影响自己填报志愿。

国良相对幸运些，他平时做题准确率高，对自己的考卷答题情况分寸感强，估分应该很准确。另外老师很重视他，因为优秀学生考上名牌大学事关学校的声誉。老师也慎重地了解了一些名牌大学的招生名额及分数线，帮助国良填报志愿。国良估分相当高，他确定自己估的分数不会出什么差错，就在老师的协助下填报了一所全国重点大学。

填报志愿结束后，离真正公布高考成绩和发放大学录取通知书的时间还有一段时间，国良就回到家中。有的考生在等待中坐卧不宁，寝食不安，国良没有。对广大的农村孩子来说，考上大学无疑是跳出了龙门，他非常兴奋，为自己将要成为一名大学生而自豪，也为自己离自己的梦想——当一名记者又近了一步而欣慰。不过高兴之余，他还真愁了起来，他知道上大学需要一笔不小的费用，这是一个贫困之家无论如何也拿不出的。他知道母亲会想办法给自己借的，但他不愿让母亲过多地操心，他在思考着如何办。高二那年他利用暑假打工还清了邻居高伯伯家的欠款，现在家里已经不欠账了。这次他要出去打工，为的是赚取一部分学费和生活费，剩余部分能少转借就少转借些，等上了大学自己继续打工来还。

真正找到一份合适的工作是很难的，国良又想到了去砖厂打工。由于工作性质决定，砖厂里没有什么轻活，都是比较繁重的体力活，虽然干这些活辛苦劳累些，但工钱和其他行业相比却高得多。国良心甘情愿到砖厂打工，一来自己干过轻车熟路，二来能挣更多的钱。国良高一、高二的暑假在孔峰开办的砖厂打了整个暑假的工，今年暑假他打算再到那里干。孔峰经过几年的打拼，他的砖厂配有制砖机，形成了相当的规模。孔厂长为人和善，工钱发放及时，从不克扣民工工钱，国良还是想到这个砖厂打工。不巧的是孔厂长出差了，别人做不了主。国良的假期时间太有限，耽搁不起，无奈又找了两个砖厂。人家都婉言拒绝，多收一个人就要多开一份工资，况且人家厂子不缺人手。

第二天一早，他又来到了一家砖厂，这家砖厂规模小，至今还没有一部制砖机，什么都靠手工操作。当他向厂长说明自己想找活干时，厂长打量起他，有些不满意。当他说明自己两个暑假都是在砖厂打工，经过磨炼不怕吃苦时，厂长决定留下他。这里确实需要人手，厂长让他当个和泥工，他满口答应了。只要人家收留自己，哪能挑肥拣瘦的。

和泥工没有什么技术含量，是比较容易操作的。它主要是把拉过来的一堆土摊开，把土坷垃打碎，再用铁锨细致地翻匀，然后倒上水，掌握好比例，依靠双脚赤脚站在和好的泥里踹、踩，踩匀后就变成做砖坯子的原料——泥巴。

脚是非常敏感的，踩踹泥巴踩到小石子就把它拣出来，若拣不出来做成砖坯子，烧成的砖就会崩口儿，影响砖的质量和耐压性。国良不辞辛苦地踩踏着泥巴，每天需要踩匀几十堆土，仅拣出的小石子、撂礓疙瘩就上百个，真是腰酸背痛腿发困。但他从不马虎，干起活来细致入微。这种活干起就停不下来，时间长了他的双腿双脚肿胀疼痛难忍，但他每天都咬咬牙坚持下来，完成做砖坯子的泥巴。他不厌其烦地踩踹着，拣拾着混在土里的小石子和撂礓疙瘩儿，保证了做砖坯的泥巴的质量。

和泥这活儿，看起来不太重，但每天一个动作重复成千上万次太不容易了。不说每次弯腰拣拾泥巴里小石子的累人，单单一脚一脚从泥巴里提脚就很费力，那黏乎乎的软泥裹着双脚掣拽着不让你抬脚，每一次都在和你较劲儿。由于脚长时间泡在泥里，脚泡得白胀，甚至起皮掉皮，为此砖厂的和泥工经常换人，那些人往往干一阵子受不了这份煎熬就辞去不干了。厂长也说了，下半年添置一架搅拌机和制砖机，一切就好办了。

国良干什么从不轻言放弃。他不怕被困难吓到，再苦再累也要坚持下去，找份钱来得快的活容易吗？就是不为自己也要为躺在病床上的父亲考虑考虑，更何况他要交的是上大学的学费，那可不是一笔小数目。他孤注一掷要干满这个暑假。好在有时下雨可以歇一两天，他疲惫的身体也得以调整。

国良已坚持在这个砖厂干了半个多月了。这天他和往常一样脱掉鞋子，穿着大裤衩赤脚跳进泥巴里踩踏和泥。一堆堆泥巴和好了，做砖工把泥巴装在木模子里打着砖坯，国良抡着耙子、拿着铁锹在拢泥堆……

"许国良，我可找到你了。"听到声音国良不由得扭过头去，看到手里拿着遮阳帽的莫君若正站在一棵桐树下朝这里张望。

"莫君若，你怎么来了?"国良惊奇地问道，之后他觉得浑身都不对劲。确实，他赤着脊梁穿个大裤衩太不雅观了。他膝盖以下全是泥巴，身上还有斑斑点点的泥点。他忙转过身说"你等我一下"，说着就从泥巴中抽出双脚迈开大步向砖厂的大水池走去。他洗净身上的泥巴换上衣服，然后来到莫君若身旁。

两个砖坯工不时地抬头往这边张望，窃窃私语着什么。这很正常，一个县城长大的姑娘来到这穷乡僻壤真有一种鹤立鸡群的感觉，何况还是个漂亮的姑娘。

许国良和莫君若是熟识的同学，在一起就没什么别扭了。国良领君若走到一棵大槐树下，那里有两个大石墩，他们坐在那里说话。

"国良，祝贺你，你被京州大学新闻系录取了，我是给你送录取通知书的。"

"啊？我被京州大学录取了。我真的很高兴，谢谢你君若，谢谢你能给我带来这个好消息。你怎么找到这里的?"

"我坐公共汽车到海资公社站，搭乘一辆三轮车到了你家，我还见到了你妈妈，你妈妈得知这个消息可高兴了。她告诉我你在砖厂干活，然后我又搭乘那辆三轮车来到了这里。前些天分数线都下了，昨天我听说录取通知书来了，就去学校查看，一到学校就听别人说你考上了京州大学。我想让你早点知道这个消息，就帮你领了通知书。本来学校是不让代领录取通知书的，是我找班主任帮忙学校才让我代领你的通知书，班主任正准备找人捎信通知你呢。咱们学校门口还贴着红榜，上面有你的大名，你考上这么好的大学，也为学校争光了。”君若既羡慕又佩服地说。

“对了君若，对不起。我只顾着自己高兴，忘了问你的情况。你考上什么学校了?”国良关切地问道。

“我差两分才能考上大专，名落孙山了。”君若两颊泛起红云，用一种伤心、遗憾的语气说道。

“那太遗憾了，二分之差。你打算怎么办？准备再复读一年吗？你复读一年肯定能考上，而且会考上更好的大学呢。”国良安慰道。

“我不打算复读了，我爸说让我去参加他单位的招工考试，反正大学毕业还得参加工作。他就我一个女儿，不想让我离开家到很远的地方工作。”

“内部招工？这么说你可以在工商部门工作，那也挺好呀。”

“是的。我打算边工作边参加自学考试，报考电大工商管理专业继续学习。”

听说君若以二分之差没能考上大学，国良心里也为她难过；当听到君若能通过招工考试进工商部门工作，国良由衷地为她高兴。

“谢谢你，君若。天这么热你给我送通知，辛苦你了。”国良望着君若感激地说。国良真是打心眼里感激这位漂亮优雅、心地善良的县城姑娘。君若冒着烈日酷暑大老远给自己送通知，可他们这个地方连让君若喝茶的干净杯子都没有。快中午了，他决定请君若简单吃顿午饭，君若没有推辞。

国良去向厂长请了假，说下午可能会稍晚点回来。当厂长和砖厂的工人们听说国良考上了重点大学——京州大学时，一个个都惊呆了，他们不知道身边干活踏踏实实的小伙子考上了大学，而且是名牌大学。他们刚才还猜测，这么穷的小伙子怎么让一个气质高雅的城市姑娘来找，觉得不可思议，现在他们才知道国良是多么有出息。像他们这个穷乡僻壤的地方，十里八村每年能考上大学的寥寥无几，何况国良是这些年来这个地方第一个考上名牌大学的大学生。他们觉得认识国良是一种荣幸，这个人将来就是干部，端铁饭碗的，不可小看。厂长当即表示同意他请假，并先给他发 10 元钱。厂长想等明儿这消息传开，他的砖厂也出名了。他们十里八村考上京州大学的许国良是在他们砖厂打工，他也真有眼光，收留了一个大学生来打工。旁边的工人中立马有人说愿意先替国良和泥，不过自己的孩子暑假做作业遇到难题时请国良帮助辅导辅导，国良当然满口答应。还有一个年轻人把自己的自行车借给国良骑，让国良骑车带着君若去街上吃饭。幸亏国良在收购铺干活时学会了骑自行车，要不还得让君若和他走着去呢。

君若看出了国良的诚意，没有推让着自己掏钱。他们选定的饭食是物美价廉，适合大热天吃的美味小吃。一个动作麻利的中年妇女和她的女儿在街边的一棵大树下摆了个小摊，吃饭的人不少，小桌子擦得干干净净，饭菜的颜色鲜亮勾人食欲。国良和君若坐在一张小桌子前要了两碗凉调凉粉，国良又给君若要了一瓶汽水，一个鸡蛋。至于他自己，一碗凉粉肯定不够吃，他心里清楚他们砖厂的馒头可以尽饱吃，回去饿了随时可以取馒头充饥。

吃过了饭，国良要送君若去搭乘回县城的公共汽车，君若对国良说："你请我吃了饭，哪天我请你去旅游吧？"

国良腼腆地望着君若说："你帮我卖米，借书给我看，又大老远过来给我送通知，你请我？我好意思让你请我？再说我们农村人谁去旅游，你和你家人去吧。"

君若笑笑说："我就不能请你吗？你考上重点大学了，我有这样的同学也感到很荣幸，看不起我了是不是？你是怕我花钱吧？其实不用花钱。我爸给他的两个外地战友买了两张去王铎故居的门票，谁知他的战友临时有事来不了。我爸去过这两个地方好多次，他就把这票给我，让我和同学一块去玩。哪天我们去吧，要不这票就作废了。你不知道，这个景点平时旅游的人可多了，天南地北的人都来过，连国家领导人、外国朋友也到此参观呢。"

话说到这份上，见君若这么诚心邀请，怎能辜负她的好意？国良就答应下来。"说实在的，我们农村人平时想的就是吃饱穿暖，有钱花，哪敢奢望去旅游呢？不怕你笑话，我长这么大，不是上一高很少来到县城。牡丹市和省城郑州就去过一次，还是因参加竞赛或领奖才到过的。咱是孟津人，如果上大学同学问起孟津的景点我真是汗颜，我仅在书本上看到过，其实也真的想去参观参观孟津的名胜古迹。谢谢你的邀请，过两天正好我休息，咱们去看看孟津的名胜古迹，也让我这个乡巴佬开阔开阔眼界。"

国良趁着歇假这一天，跟莫君若一块到王铎故居这个景点参观。王铎故居是明末清初大书法家王铎的宅院，为省级文物保护单位。王铎，字觉斯，官至礼部尚书，在诗、书、画诸多方面都有极深的造诣，他的书法成就最高，在中国书法史上享有盛誉，人们称他为"神笔王铎"。书画大师吴昌硕，首肯王铎在史书上的地位，赞曰"文安健笔蟠蛟璃，有明书法推第一"；启功先生赞曰"觉斯笔力能扛鼎，五百年来无此君"。

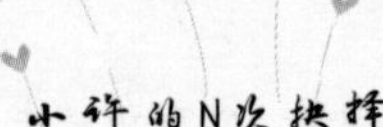

他们饶有兴致地游览完王铎故居后，又穿过宅居后面的一条大路，向王铎故居的后花园走去。

这是一座古典园林建筑，因园中生长有两株灵芝，王铎为之取名“再芝园”。其建筑布局以泓涟碧水为中心，曲径回环，倚景而造。全园湖光旖旎，叠石参差，花木扶疏，小桥卧波，真是美不胜收。

国良和君若深深陶醉在后花园的景致中，他们坐在垂柳掩映下的圆形小桌旁的石凳上，凝视着眼前蓝盈盈的一池湖水。片片荷叶轻摇着绿绿的伞盖，轻轻托起一朵朵或淡粉或洁白或粉红的莲花，仿佛舞蹈演员手持荷伞在轻歌曼舞，美得人心醉。不远处，两只红顶大白鹅在水中嬉戏，荡起一圈圈的涟漪……

君若轻声说道：“置身于这样的环境，真想吟诵一首诗，可惜我没文采。国良你吟首诗吧。”她的声音此时听上去格外柔美动人。

国良站起身来说：“好，那我就学着吟一首吧，你不要见笑……”

一天的旅程结束了，国良和君若乘车回了县城。在车站即将分开时，国良很感激地对君若说道：“君若，谢谢你给了我这次愉快的旅行，将来我大学毕业参加工作后一定也请你旅游。”

君若笑笑说：“说话算数，那我可就盼着这一天了。对了国良，你离家去上大学那天，我去车站送你，好吗？”

国良腼腆地说：“不用，怎么能麻烦你呢？”

第二天早上，国良返回砖厂继续干活，还当他的和泥工。

自从君若把国良考上京州大学的消息告诉沈千秋，千秋亲眼看到了录取通知书，心里的石头才落了地。看到需交的学费，她确实犯愁。但她平时就预感到儿子肯定能考上大学，在照顾丈夫，做农活的空闲时间见缝插针做篦子拍，让人捎到集市上去卖，积少成多，零零碎碎积攒着孩子上学的学费。不过靠手工赚的钱毕竟是太微不足道了。除了平时花销和丈夫买药，所剩无几，加上国良在砖厂赚的钱，离上大学所需的学费和生活费还有缺口。眼看着大学开学的日子一天天逼近，这可怎么办？她在思量着去谁家借钱。

就在她愁眉不展、困惑无措的时候，村支书代表村里人送来了300元钱，解了燃眉之急。王支书对沈千秋说：“国良是我们村第一个大学生，为村里争了光，这钱是村两委干部为孩子上学的一点心意。”国良是本村第一个大学生，且是县里的文科状元，考的是一流的大学。这消息像插了翅膀不到三天传遍了全村，就连外村很多人都知道，都夸国良有出息，有志气。

农村人淳朴善良，虽自己识不了几个字，但对有文化的人看得很高。当他们得知国良的学费还有缺口时，也纷纷最大限度地伸出了援助之手，来帮衬国良一把。他们这家十元，那家五元，给国良凑齐了学费。

国良考上好大学，为本村开了个好头，村里人用自己的方式来表示庆贺。村西头的王大爷看国良就要开学了，就把自家种的苹果摘了一兜送来让国良吃；村东头的李大婶把煮好的一手巾兜红皮鸡蛋送给国良；邻居高伯伯全家还特意包了顿饺子让国良吃……

国良的学费凑够了，沈千秋全家万分激动，她深深感受到乡亲们宽广的胸怀和无私的爱，禁不住一次又一次流下了感动的泪水："多谢你们，多谢乡亲们，是你们圆了俺儿子国良的大学梦，等俺孩子大学毕业分配工作了，一定报答父老乡亲们。"

转眼到了开学报到的时间。沈千秋整理着国良上大学的必需品，该包的包，该装的装，一切准备停当后，她给孩子做了两碗鸡蛋韭菜馅饺子。吃过饭，母子俩就提着行李到大皂荚树下等候刘大山送他们去县汽车站。不长时间，刘大山开着手扶拖拉机来到了国良家门口。这是全村唯一的一辆拖拉机，刘大山主动提出送国良上大学的，他还风趣地说："我这是想沾沾名牌大学生的福气呢。"

刘大山载着国良母子俩开车出发。刚走到村半道，就听到村口传来一阵阵锣鼓声，刘大山和沈千秋都有些纳闷儿，这不过年不过节的，谁家有什么喜事敲锣打鼓的。他们说话的工夫，车已经向村口驶去。刘大山准备把车挂到快挡上，这瞬间一抬头看到村口路两边的山冈上站满了男女老少，其中两个妇女举着一幅红底黑字的横幅，上面写着"欢送许国良上大学"八个大字。横幅下站着几个人，正使出浑身的力气用夸张的动作在敲锣打鼓，时不时把目光投向许国良和沈千秋。围观的人羡慕的目光也聚焦在他们母子俩身上。这是多么欢乐喜庆、有意义的欢送场面啊！

母子俩被这突如其来的欢送场面震慑住了，满脸通红有些不自在地看着乡亲们，不知如何是好。一片锣鼓声后，王支书笑呵呵地走到拖拉机旁，拉着沈千秋的手说："谢谢你沈大嫂！你培养出了国良这样的好后生。多少年来我们村就出了这一个大学生，还是全县的文科状元，不欢送欢送怎么行呢?"说着转身面向大家说："国良考上大学是全村的光荣。咱们村也出大学生了，并且是名牌大学，真是为我们村争光了。听说有的富村还为村里考上大学的孩子放电影呢，咱们村穷，就敲锣打鼓庆贺庆贺。以后谁家孩子考上大学，咱都敲锣打鼓欢送，好不好？”

大家一齐吆喝着：“好，好！愿我们村多出大学生……”

国良感激万分地对王支书说：“大叔，谢谢你！我上大学让你费了不少心。如果不是你和乡亲们给我凑学费，我哪能去上大学？你们还为我举行这样好的欢送仪式，我一定牢记在心，到了大学好好学习报答你们的恩情。”

沈千秋听国良这么一说也感动地流出了泪水。

王支书摇摇头说：“国良，咱们乡里乡亲的不用你报答。我只想告诉你，咱是农村孩子，不能怕吃苦，学习上要比别人更卖力才行。毕业后你准备干什么，有打算没有？”

“我会记住你的话，一定好好学习。毕业后我准备当记者。”

王支书是一名复员军人，当过六七年兵，也是见过世面的。听到国良说准备从事记者工作，就称赞道：“好，记者工作好呀。将来希望你能成为一名好记者，再为我们村争光。”

告别了欢送的人群，国良和母亲坐着刘大山的拖拉机来到了孟津县汽车站。因为沈千秋要回家照料病床上的丈夫，同时也不想让好心的刘大山耽搁太多的时间，沈千秋和刘大山没多停留，把国良送上孟津开往牡丹市的公共汽车就返回村里。

许国良提着行李来到了牡丹市火车站，他抬头看了看车站广场上的大表，离发车时间还有一个钟头，就在候车室找个位置坐下候车。他从口袋里拿出邻居高大伯提前来给自己买好的火车票再次验证了发车时间，把车票装好，取出书包里携带的一本高尔基的《母亲》这本世界名著读着。

候车室的光线有些昏暗，他看了一会儿眼睛涩涩的，就抬头寻找离窗口近的座位，准备到那明亮的地方坐着继续看书。这一抬头正好看到了一个熟悉的身影，瞬间那身影又在来来往往的人群中消失了。他下意识地睁大眼睛，不一会儿他又看到了那身影，那是君若用追寻的目光看着过往的旅客。他马上提着行李跑过去冲君若喊道：“君若，你怎么在这里？”这一刻他的内心很温暖，想不到在到处都是生面孔的候车厅遇到了自己的好朋友——莫君若。

君若看到国良，这才顾得上拿出小手帕擦着额头上的细密汗粒，说道：“我找你的。知道你这两天要走，我住到了我小姨家。她家就在车站附近不远，我已经在这里找你几次了，唯恐找不到你。”

“君若，有啥事吗?”国良感到丈二和尚——摸不着头脑，可问后就感到自己太愚笨了，忙接着说：“谢谢你君若，谢谢你能来送我。”

君若从随身携带的粉红色人造革皮包里掏出一本淡蓝色塑料皮笔记本递给国良说：“我送给你一个笔记本做个留念。”

国良接过笔记本翻开，看到扉页上写着的一行娟秀的字：“赠给最好的朋友许国良”，后面没写落款。国良看着有些羞涩，满含柔情地看着君若真心地说道：“谢谢!”

“开往京州方向的列车就要启动了，请旅客们带好行李进站上车……”国良提着行李走进了检票口。他回头看着向他挥手致意的君若，有一种怅然若失的感觉。他在心里默念着：“君若，你是一个好姑娘，如果这一生要我选择一个喜欢的人的话，那个人一定是你。只可惜我的家境贫困，我怕不能给你幸福，我怕自己没资格喜欢你。”

九　参观记者展览馆，路遇藏族小阿弟

国良到大学报到后，按照辅导员老师发的住宿条找到了学生公寓二楼自己的宿舍，铺好了床铺把一切安顿停当后，和同宿舍的同学互相介绍认识了。之后上一届的学哥学姐们领大家熟悉了餐厅、图书馆、操场，最后领他们到新闻系的教室，即阶梯教学楼三楼东侧的一个大教室。

坐在新教室，系主任和辅导员老师做了欢迎新生的致辞，然后辅导员老师让大家谈谈来到大学的初步感受并自荐或推荐班委。看来就是不一样，风华正茂的大学生们几乎没有高中时的拘谨，个个带着自信的神情和青春的朝气展示着自己的与众不同，述说着自己对新学校的第一印象和深切感受。很多同学在高中都是班干部，跃跃欲试愿意担当班委，承担一份责任，也更好地锻炼自己。

自荐与老师事先了解的情况相结合，他们产生出了新的班委以及每个寝室的室长，分配了责任。一上午就结束了。下午，系主任向大家介绍了学科老师及学年课程分配情况，剩余的时间让大家自由活动。毕竟刚到一个新环境，大家可以到校园走走，去办借书证呀，到阅览室看书呀，去买没带全的生活用品呀，见见老乡呀，等等。

第二天上午，系主任和辅导员老师领着新闻系的新生到他们新闻系的展览馆参观。展览馆是一座古典建筑，青砖红瓦，古朴典雅。馆前东边种着一片翠竹，给人一种清凉和舒爽的感觉；馆前右边种着几棵名贵的银杏树，每片叶子像镶了金边的小扇子，又像一只只振翅欲飞的花蝴蝶。

同学们走进了一个展厅内，展厅的四壁悬挂着十几幅装潢精美的版面，图文并茂地展示着一些新闻人物的事迹或名言警句。辅导员老师标准的普通话带有一种磁性的魅力兼具柔和之美，声声缓缓入耳。

“你们看，这就是邹韬奋和范长江。”辅导员右手指着一幅版面介绍着，“同学们，邹韬奋、范长江都是我们的新闻前辈。在那血雨腥风的白色恐怖时期，他们创办报纸及新闻刊物，并采访报道了一大批为新中国的建立立下汗马功劳的英雄事迹。他们是我们新闻事业的开拓者……”

辅导员老师讲到这儿，扶了扶鼻梁上的金丝边眼镜接着说道：“你们都是学新闻的，要以这两位新闻前辈为榜样，珍惜在校的学习时光，学好新闻知识，将来更好地服务于社会。”

接着辅导员老师领着大家参观荣誉室。他又给同学们介绍说：“现在大家将要看到的是烈士的荣誉室。这位烈士牺牲在朝鲜战场上，他曾是我们学校的一位讲师。”

同学们都现出惊讶的神情，纳闷地看着老师：“学校的老师怎么牺牲在抗美援朝的前线?”

说话间，他们已走到了荣誉室门口。老师让大家看门匾上醒目的大字：“张青松烈士荣誉室”，然后大家相跟着走进了荣誉室。这里布置得简单精致，四周的墙壁上依次挂着烈士在小学、中学和大学等不同时期的照片。照片上的张青松青少年时期戴着红领巾或戴着团徽，眼睛里绽放着光芒。其余的是成年之后的照片，成熟中透着坚定。盈门的墙壁上是介绍烈士事迹的版面，屋子中间摆有一个长条形玻璃展柜，里面陈列着烈士生前的书信、大学毕业证书，以及在报刊上发表的新闻作品……

同学们不放过任何一个细节地看着，显然受到了感染，有的同学眼睛红红的，满眼含泪地说：“作为战地记者，张青松尽到了自己的职责。作为校友和新闻前辈，我们更应该向他学习，学习他不怕牺牲、忠于党的新闻事业的高贵品质。”

辅导员老师又说道：“刚才有些同学可能从烈士的事迹介绍和书信中了解到张青松是在湖南一个偏僻农村长大的，他刻苦勤奋，凭着优异的成绩考入了我们京州大学新闻系。在校学习期间，还经常发表新闻稿件和学术论文。1950 年，他毕业留校刚参加工作一年就积极报名参加中国人民志愿军，到抗美援朝的战场上当了一名战地记者。他把个人的生死置之度外，经常冒着枪林弹雨在战壕里采访，写出了《一个志愿军战士的一天》《血染的日记　美好的心灵》《啊，这里有一群中国士兵》等充满深情又富于感召力的通讯，热情讴歌了志愿军战士的国际主义精神以及保家卫国的赤胆忠心。”

辅导员老师看了看正在悉心听讲的学生们，提出了一个极简单的问题：“你们知道特级英雄黄继光吗?”

“知道！小学课本上学过，我们从小就知道黄继光是牺牲在朝鲜战场上的。”同学们七嘴八舌地回答。

“那你们知道他是怎么牺牲的?”

“知道。他是用自己的胸膛堵敌人的枪眼而牺牲的，他死得很壮烈。”看来孩子们的心中是铭记英雄的，英雄活在孩子们的心中。

“对，你们说得很对。但你们知道他的事迹是谁报道出去的吗?”

这个问题难住了大家，大家面面相觑，没人能回答出这个问题。

辅导老师走了几步，右手下意识地扶了扶金丝边眼镜，眼光定了定说：“黄继光的英雄事迹就是张青松报道出去的。原来黄继光的事迹不被人知道，那天张青松到前线阵地采访，了解到黄继光用胸膛堵枪眼而争取到了总攻时间的事迹后，就深入实地采访，和黄继光朝夕相处的战友们座谈了解，写出了反映黄继光事迹的《在这一瞬间，他用胸膛挺了上来》的长篇通讯。这篇通讯在《志愿军报》上发表后，黄继光堵机关枪眼的壮举迅速传遍了整个朝鲜战场，极大地鼓舞了广大志愿军战士的杀敌报国决心和士气。彭德怀总司令看了报道后，不住地称赞报道得太及时了，说我们志愿军就需要这样有感染力和震慑力的新闻通讯。”

“张青松认为新闻记者就要哪里危险到哪里去，这样才能掌握第一手材料，才能写出有血有肉、真正打动读者的新闻通讯。他是这样说的，也是这样做的。他积极深入到战壕中采访，不幸被枪弹击中，牺牲时年仅27岁，被志愿军部队追认为革命烈士，记二等功。”

“张青松是从我们学校毕业当了讲师后又参加志愿军的，我们开办这个‘烈士张青松事迹荣誉室’就是为了让我们新闻系的一届届学生都能继承烈士遗志，让青春年华绚丽绽放，这已成为我们京州大学新闻系长期的系史教育。”

听完了张青松的事迹，同学们内心受到了很大的震撼，久久不愿离开，有的学生还拿出随手携带的笔记本抄写烈士的书信内容或事迹简介或他的新闻作品。

辅导老师看了看表对同学们说：“现在还有些时间，大家可自由活动，11

点整在展览室门口集中。”

有些同学已经下楼到展览馆门口等候，有的同学跑到自己喜欢的展厅观看……国良在抄写张青松的有关新闻作品。由于作品太多，他也只好择取自己感兴趣的作品提纲挈领地摘抄些……

同学们三三两两地离开展览室到大门口集中了。11 点整，辅导员老师点名，唯独缺少许国良同学，让同学到展览厅去找，果然国良还在投入地抄着什么，听到同学喊他，这才慌忙起身说道：“我忘记了时间，真不好意思，让你来找我，让大家等我。”

下午正式上课，辅导员韩超凡老师向同学们逐一介绍了新闻系的任课老师及他们的特点和授课情况。文质彬彬的辅导员老师习惯性地扶了扶他的金丝边眼镜，很有涵养很有兴致地讲道：“同学们，你们能上京州大学新闻系是你们的幸运。这里有最高水平的师资队伍，给你们授课的老师大都是新闻方面的专家、学者，他们中好多人出版了新闻学术论著，被《人民日报》、新华社聘为高级顾问、特约编辑或记者……我们新闻系培养出来的学生有头脑，有能力，有实力，有的进了国家部委、省委省政府、地区党委政府工作；有的在中央、省、地报社当了编辑、记者；有的主动放弃大城市的优越生活条件回到家乡偏僻的农村教书育人；有的申请报名到西藏、新疆等地支援边疆地区发展建设，做出自己的贡献。”

“我们新闻系的主要任务，就是为国家培养社会所需的各种新闻人才。希望你们珍惜在校的大好时光，认真学好新闻理论及采访、写作技巧，为将来做好新闻工作打下良好的基础。”

韩超凡老师又深情地看了看同学们说：“大家都是来自不同的地方，这两天也有了初步的认识。咱们通过竞选班干部、介绍任课教师和参观展览馆，同学们也许对自己、对自己所学的专业会有新的认识。现在请同学们依次进行自我介绍，让大家尽快熟悉，以便团结起来把我们新闻系八六级打造成我们学校最优秀的班级，将来同学们走入社会都能成为有用之才。”

老师话音刚落，第一排的第一个同学就站起来自我介绍然后坐下。大家有秩有序地介绍着，辅导员老师频频点头，同学们也不时爆出热烈的掌声。轮到第三排一个扎着长辫子的姑娘介绍时，这位女同学向大家颔首微笑致意，然后说：“我叫胡晓静，来自甘肃偏僻的农村。我们家乡是山区，非常贫困，师资力量非常缺乏，许多学校连一名公办教师都没有。我大学毕业后准备回家乡当一名教师，教书育人，让更多的山里娃走出大山，学到知识回报家乡。有的同学可能会问我为什么不报考师范专业？我想当教师的同时，做一名业余记者，写出好的新闻稿件，让更多的人关注贫困山区的教育事业，改变那里贫穷落后的状况。”胡晓静的发言赢得大家阵阵热烈的掌声，同学们看到了不同服饰、不同口音的兄弟姐妹们不平凡的内心和宽广的胸怀。

辅导员老师也赞不绝口：“说得好，说得太好了。这种精神是难能可贵的!”

同学们陆续地做着自我介绍，同样也感染着许国良。他想起了莫君若曾给他讲的在解放战争时期一个记者被敌人活埋和一个记者去炮兵阵地采访被飞机上扔下的炸弹炸死连尸体都没找到的悲壮事迹，还有刚刚了解到的烈士张青松的事迹……他想正是因为有这些不怕牺牲的新闻记者，在紧要关头才发挥出了重要的作用。虽然现在是和平年代，但像洪水险情、地震灾害、突如其来的火灾、有毒气体不慎泄漏等重大灾害也的的确确会发生，少不了记者亲临现场采访报道。哪里危险去哪里，这是记者工作的职业性质决定的，记者的工作有很大的风险性。但既然选择新闻系，毕业后就要坚定地从事记者工作，因为这也是自己一直崇尚、追求的职业。

挨到许国良介绍了，他站起来目视着大家说：“我叫许国良，家是河南孟津的。我上初、高中时，数理化学科几乎每次考试都是满分，数学竞赛获得过省奖，受到过华罗庚教授的接见。学校老师、家长都让我报理科，但我毅然选择了文科，因为我的理想就是报考大学新闻系，毕业后当一名合格的记者。今天我如愿以偿地上了我们学校的新闻系，离梦想又靠近了一步，我在这里一定努力学习，学到真知，毕业后做一名称职的新闻记者……”接着许国良把君若告诉他的有关战地记者牺牲的事迹和大家都知道的张青松的事迹简单做了介绍，然后说，“记者是风险性很大的职业。当然我们要善于发现生活中的真善美，弘扬中华民族的传统美德，让我们的社会更加和谐、进步。但生活中也隐藏有不可预知的险情灾祸磨难，这就需要我们经得住考验，彰显出记者的责任，不怕困难，勇于接受生活的挑战。假如登山运动员在攀登珠穆朗玛峰，随行的记者突然生病了，要再派一名记者前往，我会毫不犹豫地做替补。假如有人被围困在四周水流湍急的孤岛上，我会主动请缨和救援人员一起去抢救被困的生命。假如有执迷不悟的暴徒挟持人质，我会和公安人员一起突破他的心理防线解救人质。我们新闻记者哪里危险，哪里就有我们。当然在学校我们要好好学习，除了学习新闻理论和采访写作技巧外，很多其他方面的知识我们也要懂得，这就需要我们坚持大量阅读课外书籍，扩大自己的知识容量，为将来做一名复合型的新闻记者做准备……”

国良的话说完了，教室里异常安静。辅导员老师由衷地赞叹说：“讲得太好了，许国良同学的话讲出了记者的崇高责任和使命。许国良是好样的，他能执着于自己的理想，我相信他毕业后干了记者这一行，一定会成为一名优秀的新闻记者。”

韩超凡老师激动地说：“按常理我们大学新闻系主要是培养新闻人才的。我希望大家能抓紧在校的宝贵时间，认真学习新闻理论和采访艺术，为当一名合格的记者奠定基础。愿同学们都能实现自己的梦想，成为名副其实的人民记者。”

国良和同学们开始了按部就班的大学学习生活。国良深知，愿望再真，说得再好，都必须落到实处，那就是惜时如金，发奋苦学。课堂上他悉心倾听老师的每一句话，掌握老师讲课的全部内容。他被教授们渊博的知识、雄辩的口才、充满哲理而又深入浅出的授课风格所吸引，深入理解教授们所讲的每一个知识点，每一句话、每一个字的意思和内涵，细致揣摩所学科目的特点，融会贯通所学的各科知识。同时他还经常到图书馆借阅中外文学名著，坚持不懈地阅读，为将来做一名好记者打下扎实的文字基础。

他利用课余时间和星期天到学校食堂打工，帮助择菜、刷碗、打扫卫生，赚取微薄的生活费用。国良常说穷人的孩子是不怕困难的，他也时常想起支书在欢送自己上大学时对自己说的话，当他面对困难时咬咬牙就挺过去了。

转眼间国良已在京州大学上了三个月的课。他在学习上得心应手，从不懈怠，常常受到老师和同学们的赞扬鼓励，这天他高高兴兴领到了自己辛辛苦苦打工赚来的50元钱。

他打算到大街上为自己买双鞋。北方的天气实在有些寒冷，进入12月，第一场雪悄然降临。国良来学时穿了一双，带了一双布鞋。其中一双已经磨烂了，千疮百孔，无法修补，另一双还能凑合着穿。说实在的，穿单鞋确实冷得有点受不了。他的钱都是有计划地花，他打算给自己买一双不超过8元的棉鞋，只要暖和，外观是否好看他觉得都无所谓，只要耐穿、便宜就行。可他跑了两个鞋店，连最便宜的棉鞋也得10元。国良嫌贵了点，准备再找找，看有没有更便宜的棉鞋出售。

悄然而降的雪花这时已纷纷扬扬飘落，国良穿着单鞋微微缩着脖颈沿着一条小街继续寻找，背街小巷的鞋子可能会便宜些吧。走到一个路口，迎面看到一个男孩子蜷缩在一间门面房的前檐下，垂着头，两只脏兮兮的手捂着脸颊，在冷风中瑟缩着，他的头发乱蓬蓬、灰蒙蒙，左腿打着灰白色的绷带，面前放着一个掉了瓷的茶缸，不时抬起头来眼巴巴地看着过往不多的行人。有一两个人往他的茶缸里投进两个硬币，随着“咣当”的声响，他叽哩哇啦地表示着感谢。许国良看到比自己难得多的这个男孩，不由得停下脚步走上前去，往他面前的茶缸里放了五毛钱。这个男孩把两手移开，腮上还挂着泪珠，望着国良又叽哩哇啦地用不标准的汉语说道：“谢谢，扎西达拉。谢谢，扎西达拉。”

国良准备离开，听他汉语夹杂着藏语的话，犹豫了一下问道：“你是西藏人？”

男孩用衣袖擦了擦眼泪说道：“我是西藏人，我的藏服穿破了，是个好心人送给我的衣服。”说着，他用脏兮兮的手指着身上同样脏兮兮的衣服。

“西藏到这儿路途那么遥远，你是怎么来到这里的？”

“我已在外几个月了，起初偷爬上拉货大卡车到了一个地方，然后趁人不备又爬上一列载重火车到了另一个地方。我也是看到什么车坐什么车，逃票坐过来的，听我们那里人说内地城市容易赚到钱。”他声音低低地说道。

“你怎么会说汉语？说得还不错！”

“我上了好几年学，在学校学会的。最主要的是在我的邻居家租房的一个支边教师是汉人，他在我们那里工作了两年，他下班后没事常和我说话，打听些有关西藏的情况，我也问他一些内地的事。通过交流慢慢地我说汉语就顺溜了。”

“我看你年纪轻轻的，怎么干这个？”

“大哥哥，我不是来要钱的，我是想赚点钱养活自己，可我找不到事做，他们都嫌我年龄小，我也是迫于无奈才乞讨的。”

“那你家人不管吗？”

问到家人，男孩悲伤地摇摇头说：“我没有家人。我七岁那年阿妈就不在了。前年阿爸患病又去世了。”

“你上了几年学？”国良问道。

“我上初一时，父亲去世了。我靠着家里剩余的粮食和学校的救济上到初二。本来我的学习成绩还是很好的，我想坚持上学将来考内地的大学，毕业后再回西藏工作。可是阿爸死后，我干体力活时又伤了腿，没法再继续上学了。我想来内地找份工作，我也十二岁了，该赚钱养活自己了。”

听男孩这么一说，国良感到男孩的命运比自己差远了，顿时心中生出一股怜悯之情，自己找工作处处碰壁的情景清晰地出现在眼前。谁愿意乞讨呢，这还不都是生活逼的？他非常同情男孩，决定帮衬他一把。可回头一想，自己还是仅仅能吃饱饭而已，连双棉鞋都买不起，怎么帮助他呢？他摇摇头准备离开，眼睛的余光瞥见男孩那让人疼惜、失望无助的脸，他的内心受到震动，不由得想起了刘春泽、莫君若、孙阳光、高伯伯、拉粪老伯、村支书等这些人对自己的帮助，面对这个男孩，他怎能无动于衷？

他回头走到男孩身边蹲下拉着男孩冰冷的手说：“小弟弟，你起来和我一起到我们学校，我给你买碗饭吃。”说着把男孩拉起。雪不知什么时候已经停了，男孩一路跟着国良向学校餐厅走去。国良知道，学校的餐厅饭菜比外面小摊便宜又实惠，他打算让这位藏族小弟弟在这里吃一顿饱饭。

国良先把男孩领到茶炉房，用塑料脸盆接了冷水兑好热水让男孩洗手洗脸，一看还是个挺俊俏的小男生。接着国良给男孩买了一碗热乎乎的炸酱面，国良平时还舍不得吃呢，他要让西藏的小弟弟尝尝内地的特色面食。之后，国良领男孩到校医务室看了腿，校医务室的药钱便宜。恰巧校医务室的一位年轻医生会骨科，医术挺高的，同学们上体育课或其他情况下不小心摔伤了，经他一看准好。年轻医生检查了男孩的伤势，说是骨头错位了，没什么大毛病，就给他扶正。虽然扶正那一瞬间男孩感到钻心的疼，可很快就感觉舒服多了。他又送给男孩两贴膏药，让他粘贴肌肉损伤部位，并说这两贴膏药是他自己根据学到的医学知识配置的。听说国良是好心帮助西藏男孩的，他坚持不收钱。

国良把这个男孩领回自己的宿舍，问这个藏族男孩说：“我还不知道你叫什么名字呢？能告诉我吗？”

藏族男孩说：“我叫次仁旺泽。谢谢你，大哥哥。”男孩再次表示感谢。

“你有什么打算？”

“我想让你给我找个事做。”

这可难住了国良，哪里收童工呢？如果暂时在学校的餐厅打打工也许还可以，但毕竟不是长久之计。

“你还想上学吗?”

“想，我就是想来大城市打工赚钱，将来再回去上学的。”

听到这话，国良感到次仁旺泽真是一个有志气、有上进心的孩子，想到自己的遭遇，他决心帮助男孩圆这个上学梦。这虽然不是说说那么简单，但国良相信，只要他愿意做，一定能做到。

他决定给次仁旺泽买张火车票，让他回西藏念书。等他学到了知识，也许就能改变自己的命运。国良决定去找份挣钱多的工作，好支助次仁旺泽上学。他把这个想法给次仁旺泽说了说，次仁旺泽非常感激。

同宿舍的同学听说国良要把次仁旺泽送回家让他继续念书，都纷纷伸出了援助之手。但对于将来一直支助次仁旺泽上学的事，国良对谁都没说。国良的室友中只有一人家境条件很好，其他人家里都很普通，但他们都能从自己的生活费中拿出两元、五元来帮助次仁旺泽，国良心里非常高兴。国良拿出了35元，他要用剩余的钱买双棉鞋，至于生活费他会重新去赚。家里条件最好的室友慷慨解囊拿出了20元钱并把自己不穿的旧衣服找给次仁旺泽。室友们还领次仁旺泽去学校的浴池洗了澡。国良去车站给次仁旺泽买了发往成都的火车票，次仁旺泽说到成都他可以搭顺车回拉萨。第二天，国良送次仁旺泽去火车站，次仁旺泽坐上了开往成都的火车。临上车前，次仁旺泽站在那里再也抑制不住自己的感情，眼泪狂奔而下，他拉着国良的胳膊说：“大哥哥，我今生今世不会忘记你的。我一定好好学习考上大学。”

火车渐行渐远，次仁旺泽和他坐的这列火车很快消失在了远方。

十　爹死　娘吃搿礓　儿卖血

国良上了大学，沈千秋一直沉浸在幸福之中。她清楚地知道孩子大学毕业后就能安排工作，成为公家人。那个年月的公家人每月领着工资，可吃香了。

说实在的，国良能上大学，多亏了乡亲们。要不是他们的支助，国良还真上不了大学。沈千秋打心眼里感激父老乡亲们，但她同时也感到供给一个大学生的艰难。好在国良懂事，总是在勤工俭学，一般不向家里伸手要钱。沈千秋觉得自己应该把地种好，等庄稼收获时好卖些粮食供孩子上学和补贴家用。

为了把地种好，她买不起化肥，就经常起早贪黑挑大粪来养活庄稼。她根据季节的不同，往地里浇进农家肥，期望来年有个好收成。她指望着粮食满仓，稻谷满场，好卖了粮食，能为儿子上学做点什么。与此同时，她还继续做篦子拍，以增加家庭收入。

这天天气晴好，恰巧是集镇的会场日。沈千秋早早地起床，让眼睛几乎失明的女儿许国红照料父亲，就带着两个窝窝头背着二十多个篦子拍和鞋垫来到集市上。许国红原来在馍店做帮工，现在馍店老板转行做别的生意了，她就在家帮助照顾父亲，纳些鞋垫。

沈千秋去赶集走后，许国红就坐在父亲的病床前纳着鞋垫，寸步不离地守候着父亲。许红军突然咳嗽起来，一阵阵急促地喘息。许国红赶紧黑摸着倒了一碗水，端来让父亲喝。她一手端着碗，另一只手臂托住父亲的脖子想让父亲身子稍微挺高点便于喝水。“爹，喝点水就不咳嗽了，爹，喝点水吧?”

以前只要是喂药或喂饭，打声招呼他就会“嗯”一声做出反应，可这次喊了两声父亲没有答应，又叫了两声还是没有反应，许国红去托父亲，父亲也没一点反应。许国红吓得哭起来，“爹呀，你这是咋了?”她意识到父亲的病情不妙，就走出窑屋，隔着墙壁大喊：“高伯伯，你快过来一下看看我爹。”她带着哭腔的喊叫声惊动了隔墙邻居，高俊柱听到喊声赶紧放下手中的活过来，看时许红军已经昏迷不醒。他感觉到情况很危险，就快步跑向大队卫生室，想让医生先稳定住许红军的病情再往县医院送。几乎没耽搁一点时间，医生气喘吁吁跑来了，当医生诊断病情时发现病人没有了脉搏跳动，已经离世了。

许国红大声拍打着父亲，哭喊着：“爹，你醒醒呀，你醒醒呀……”高俊柱劝许国红不要哭，问清她妈妈沈千秋的去向，就赶忙派人把沈千秋找了回来。

沈千秋看到丈夫已经去世，也忍不住失声痛哭。她的哭声引发了国红的悲伤，本来已经停止哭泣的国红也跟着号啕大哭起来，这哭声和那悲伤的神态让听到、看到的人怎么也忍不住落泪。本家族的两个妇女抹着眼泪劝说道：“你们要节哀顺变，要想想以后的事，不要哭坏了身子。千秋，你要挺住，得为孩子们考虑。你哭坏了身子，孩子们怎么办呢。你这一辈子对得起红军了，他走了也少遭点罪，不要哭了。”

是呀，人死不能复生，眼下要赶快商量怎样料理安葬的事。沈千秋从肆意发泄内心悲伤的放声大哭到泣不成声再到渐渐回复了平静。她怎能一下子平静自己的内心？那是把自己从陕西娶到孟津的她这辈子最亲的人呀，他疼爱自己，呵护自己，无怨无悔地照顾着这个家。他病了躺在床上生活不能自理，但沈千秋情愿伺候，侍奉他就会想起往日的温情，生活就会充满希望的。没有他，以后喊“孩子他爹”谁应呀！但为了孩子，她让自己暂时平静下来，接下来还有好多事要办呀。

沈千秋听从了大家的劝解，停止了哭泣，开始和高俊柱以及本家族的管事者商量丈夫的安葬事宜。

高俊柱安排人给国良发了电报，让他快速回家办妥父亲的后事。国良回到家中，一下扑到躺在两条长凳支起的木板上的父亲身上痛哭流涕：“爹呀，我回来晚了，你睁开眼看看我呀，我是国良呀。咱俩说好了，等我大学毕业有了工作，我要好好伺候你，你受了一辈子苦，没有享一天福呀。爹，你怎么走得这么早，怎么不给我机会，不孝儿不能报答你了，你叫我怎么心安呢……”

国良喉咙都哭哑了，真是悲恸欲绝，几个人都没能劝住。高俊柱说，让他哭吧，哭哭心里会好受些。

沈千秋买了办丧事需要的东西回来，看到儿子伤心欲绝的样子，就忍不住心疼地劝说儿子：“国良，你回来了。你不要哭了，咱得赶快商量给你爹办丧事，好早点让你爹入土为安。咱家现在没钱，得准备准备棺材钱和打墓费用。”

国良听到这里，停止了哭泣。是啊，自己光顾着悲伤，怎么没考虑这一家要靠自己和妈妈来处理事务。他赶忙拉着妈妈的手宽慰道：“妈，我能想到办法，我去高中同学家借钱，你在家招呼着办事。”

沈千秋对儿子说：“国良啊，你甭去了，干脆把咱家的粮食卖到粮管所，这样差不多就够了。就是欠点，让你俊柱伯想想办法。”

权宜之下，这是目前最好的办法。家里这些年接二连三借钱，他们真不愿再张口去借，再说谁家不是紧巴巴的，怎能开口难为别人。商量通后，他们就把仅有的不多的小麦全卖了，算算钱还不够，沈千秋决定把剩余的几十斤玉米也卖了。国良看到家里的粮食仅剩这几十斤玉米，把玉米卖了母亲和姐姐吃什么呢。他看了看正在往布袋里挖玉米的母亲劝道：“妈妈，玉米留下吧。咱借不了多少钱，我去上学后打点工就能把它还了。你把粮食全卖了，你和姐姐吃什么呀？”

沈千秋下定了决心把粮食卖完，她不想让儿子打工还钱，孩子不往家要生活费她就感到很对不起儿子了，还要儿子替家里还钱，她有些于心难安。沈千秋对国良说，“孩子，安葬你爹要紧，至于以后吃什么我可以借点粮食，粮食每年都有收获，别人知道掉不到沟底，谁都愿意借给咱。三年自然灾害时期，人们吃了上顿没下顿，很多人饿得全身浮肿不都挺过来了吗，今年冬天多少借点粮食，明年春上挖野菜怎样都能过，眼下先让你爹入土为安吧。”

国良看母亲心意已决，也不再说什么。他们把粮食全卖完后所需费用还差二十几元。国良和母亲商量办法时早在边上察看能否帮上忙的隔墙邻居高俊柱接过话茬说：“这所差的二十几元钱，我拿出来，你们不要操心了。我和红军这些年相处得这么好，比亲兄弟还亲，不让我帮点忙我心里过意不去。”远亲不如近邻，每次遇到困难，高俊柱都伸出了援助之手，怎能不令沈千秋一家感动。

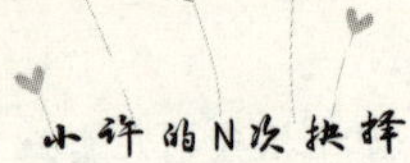

沈千秋在大家的协助下很顺利地把许红军的丧事办妥了。处理完父亲的后事之后，许国良返回学校上课。

由于安葬丈夫，沈千秋几乎把家里所有的粮食都卖掉了。家里除了上次磨面余下的，已没有几颗粮食了。她家一日三餐能凑合就凑合着，把喂猪用的麦麸掺和着一点点的麦子面、玉米面做成馒头、窝窝，虽然难以下咽但总算能填饱肚子。过了一段时间，连麦麸和仅有的面粉都几乎吃完了。沈千秋想着自己不到万不得已不能轻易去借粮食，自己得想想办法。三年自然灾害时期人们挖野菜，熬南瓜汤，刮榆树皮熬熬充饥，现在是天寒地冻的时节，哪里有野菜呢？为了生计她还是来到了村外的洞子沟，希望能寻到吃食。站在沟顶往洞子沟望去，满沟一片荒凉。她预料到自己可能会失望而归，不过她还是走到沟底去碰碰运气。从这头走往那头，走了好长一段路，仍然是一无所获。她心灰意懒，准备回家。一抬头，突然看到山上没封冻时从泉眼处流下的水沟里，有一些奇形怪状的石头，虽然在风沙下布满了灰尘，但也掩盖不住它的洁白。走到近处一看，原来是礓礓疙瘩。由于水的长期冲洗、浸泡，礓礓疙瘩变得洁白如玉。她心里想，三年自然灾害时期，人们还刮榆树皮吃，这礓礓疙瘩这么白，用石磨碾碎，肯定会比小麦面粉还白，不知是否能吃，拿回去试试吧，或许真能充饥呢。她把这白生生的礓礓疙瘩一块块拾在篮子里，上边盖了些干草拿回家。这礓礓经过水的长期侵蚀，用手一拜就能掰开，放在碾上推磨，很轻易就被碾碎了，真是比面粉还白。

沈千秋把礓礓粉和剩下的一点点面粉、麦麸掺和起来蒸了一锅馍馍，看起来这馍馍也白生生的，尝一口也甜丝丝的。发现了这个秘密，沈千秋喜出望外。这种原料多的是，过几天再去捡些回来不省得去借粮了吗？她每次都是自己吃，蒸馍时每次给国红另外蒸一点麦麸馒头，她知道自己蒸的白馍馍毕竟是礓礓粉做成的，自己吃下去充充饥算了，不能害了闺女。说得没错，问题马上出现了。真是好吃难消化，这些掺和着礓礓粉做成的馒头吃下后，解大便遇到了麻烦，怎么也解不下来，有时只好用手去抠。

她食用这些礓礓馒头，不想让别人知道，她想再坚持几天，想想别的办法。不巧的是本村一个妇女到她家借用篦子拍，说自己扎好了再还。说话间那个妇女喝了冷风不停地咳嗽，让她给掰块馍吃压压咳嗽，她本不想让别人知道她家里蒸的是礓礓馒头，可那妇女看到千秋家的篦子拍上放着一个白馒头，她能不让那妇女吃吗？她无奈给她掰了一小块。谁知那妇女咬了一口呸呸吐了出来，说碜牙。再三追问之下，沈千秋才说出了事情的真相。

那位妇女对支书说了沈千秋家的情况，支书和村长研究了一下，接济了她家30斤小麦，20斤玉米，总算解决了她家的吃饭问题。

国良给家里写信每次都是信先到村委，然后让别人捎给沈千秋。这次支书按着信封上国良的地址给国良写了封信，说了说他家的情况。大意是让他放心，村里已经接济了他家一些粮食，另一层意思是让他好好学习将来要好好孝敬母亲。

国良接到信后难过得掉下眼泪。面对这封信，他心里有一种说不出的滋味，一种难言的悲伤。国良难过之余，决定尽快帮帮家里。可自己在校餐厅打工至少得一个月结算一次工资，眼下怎么办？虽然村里接济了他家，但粮食吃完怎么办？家里分文全无，有点头痛脑热什么的连买包头疼粉都拿不出钱该怎么办？另外他承诺过次仁旺泽要支助他上学，上次次仁旺泽回家时带的钱也快花完了吧？他不能言而无信，让看到一点点希望的次仁旺泽伤心绝望。

可自己毕竟是个学生，就是现在去找份挣钱多的工作，钱哪能来得那么快？钱对他来说太重要了，怎么办呢？他脑海中突然闪现出为给自己买演讲比赛的布料母亲去卖血的事。母亲为自己去卖血，自己怎么不能为母亲去卖血呢？再说自己还需要给次仁旺泽寄钱供他上学呢。

星期天，国良把在学校餐厅需要做的活干完，就急匆匆来到医院卖血。他打听了好几个人才找到了卖血地点，看到已有几个人在那里等候了。他们中有的是彪形大汉，有的是瘦骨嶙峋，国良尾随其后排队。他前面的一个人扭头说："小伙子，你这么年轻也来卖血？"

国良勾着头在寻思着什么，听到问话，急忙抬起头瞧着问话人说："家里条件不好，急需用钱。"国良知道来卖血的一般都是遇到了无法解决的困难，也不再避讳，反正出去后谁也不认识谁，不怕别人知道。

旁边看病的人循声也扭过头打量着国良说："这么小就来卖血，家里人也不想想办法。你是大学生吧？是哪个学校的？"

国良不想回答，别人知道自己卖血无所谓，反正谁也不认识谁。可他不想让别人知道他是京州大学的学生，不想让别人议论纷纷。但还是有人看到了他戴的校徽，说道："这小伙子还是京州大学的学生呢，肯定家里出了问题。"

国良不愿说，别人也不再问，只是大家都带着同情的目光看着他。一位妇女从口袋里掏出5元钱硬要递给国良，国良把妇女的手推回去，说啥也不要。他很有礼貌地说：“谢谢！阿姨，我不能要你的钱，我卖了血就有钱了。”

轮着国良了，他伸出胳膊做好准备。验血处穿白大褂的女医务人员看了看国良问道：“你这么小的年纪也要卖血?”

国良赶紧说：“家里有点急事，急着用钱呢。”

医生手里拿着一个血袋，扭头瞧了瞧国良说：“你脸有点黄，不会有什么疾病吧？按说得先化验化验血，合格了才能卖血。前面的人都是化验过血的。”

国良满脸焦急，低声求着这位医生：“我是学生，前段时间学校检查身体，我什么疾病都没有，身体一切正常。我父亲刚去世，母亲为了给我父亲办后事，把家里的粮食全卖了。我要帮帮家里，请医生帮帮我这个忙吧。”

看着满眼含泪硬是忍着没让眼泪掉下来的学生娃子，听着他哀婉恳切的话语，这位女医生点了点头说：“好，你做好准备，不要紧张，一会儿就好了。”人心都是肉长的，医生用他的爱心成全了国良的心愿。抽过血，国良领取了50元卖血钱，谢过医生，没往学校拐，就高高兴兴地直接来到邮电所，填写了两张汇款单，在收款人栏内分别工工整整地写下了“沈千秋”和“次仁旺泽”的名字，各寄去了25元。同时，他还专门给次仁旺泽寄去一封信，鼓励他好好上学，并向他表达了自己无论怎么艰难也要支助他上学的一片深情。

国良在学校餐厅打工时对方管饭，不干活时自己买饭，这也让他省了些生活费。虽然眼下能对付过去，但卖一次血也只能一时救救急，不能从根本上解决问题。父亲去世了，他是家里唯一的男人，是这个家的顶梁柱，他要照顾母亲和姐姐，不能让她们生活无依。国良既要照顾家里，还要援助西藏男孩次仁旺泽上学，钱对他来说就特别有用处。本来在学校餐厅勤工俭学挺好的，这是学校帮助贫困学生的一种方式，他非常感激，但在那里挣的钱仅能维持自己的生活而已。

国良打算再找一个挣钱多的门路。他利用星期天的空闲时间到大街上的店铺挨个询问，看是否能找份工资高点的活，结果是处处碰壁。他心里很不是滋味，路过一家建筑工地，看到几个人正在和灰，还有几名工人在搬砖。他想自己何不去找个活干干，想着抬脚就进了工地。他问搬砖的几个人道：

“我能来你们这里搬砖吗?”

这几人瞧了瞧他没吭声，过了片刻其中一个穿着黑蓝色烂棉袄的中年男人回答说：“我们也是干活的，你得和老板说。”说着，这个中年男人指了指正在从远处走过来的叼着烟卷的工地老板说：“那就是老板，你去问问。”

国良三步并作两步走到这位老板跟前说：“老板叔，我想在你们这里找个活干，行吗?”

老板觉得他的称呼有点好笑，再看国良的外表穿得不咋样但显得文质彬彬，觉得肯定是刚从学校走出来的书呆子，没什么力气，就摇摇头干脆地说：“我这儿现在不需要人。”

国良知道自己找不到活就会失信于次仁旺泽，就会对不起妈妈和姐姐。想到这里，国良就用几乎是哀求的声调说：“老板叔，让我在你这儿干活吧，我会很卖力的。”

老板的态度有些冷淡径直往前走去，国良尾随其后紧跟着他。老板有些不耐烦，没好气地说道：“小伙子，这些活都很累人的，我让你干，你能干得了吗?”

“能，我不怕出力，也不怕累，我上高中时还在砖厂打过工。”

“那你现在为啥不在砖厂干了，在这里干活和砖厂一样累，甚至更累，你能受得了吗?”

“我现在在这里上大学，不能在家乡的砖场干了。我想利用星期天和课余时间干，赚取点生活费，接济接济家里。”

“啊，你是大学生呀，你家就那么困难吗?”这个老板，也是从农村走出来的，是一步步从小工干成大老板的。看到国良这么急切地想找到工作，也许是想到了自己创业的艰难，他的语气不再那么盛气凌人。

“我父亲去世了，家里就剩下我妈妈和双眼几乎失明的姐姐。为办父亲的后事，妈妈把家里的粮食都卖了，吃糠咽菜都吃不起，还把水沟里浸泡过的搭礓碾碎当粮食吃。我不找活干能对得起死去的父亲和生我养我的母亲吗?”

国良的话不知触动了老板的哪根神经，他终于吐口儿答应了。“孩子，主要是搬砖，运送砖。我们工地在赶进度，晚上干到很晚，你星期天和下午放学后都可以来干活，搬砖和和灰哪里需要你去哪里干。我按小工给你开工资，每天五元。”国良和老板算了算每天他从下午 5 点放学到晚上 9 点能干 4 个小时的活，星期天干 8 个小时的活，除了每周二他要到学校阅览室读书，他每星期能干五个半天和一个全天的工。这样每个月能赚到六七十元钱，国良总算松了一口气。把一切说好后，老板把国良交代给一个负责记工的领班，国良就这样开始了新的打工生涯。

这个建筑工地正在建一栋五层的办公大楼，整栋楼的造型设计挺漂亮的。工地上搬砖的、和灰的、垒墙的、握钢筋的、上楼板的等建筑工人可真不少，足有好几十人。国良也成了这支队伍中的一员，他像一头不辞辛苦的小牛在工地上穿梭着，隆冬季节也时常浑身出汗，干得热火朝天。

夜很深了，工地才开始收工。许国良坚持在这个工地干了好几个星期。加上他在学校获得的奖学金，他已经攒了一百多元。就要放寒假了，他给自己留下10元生活费，给母亲寄了60元钱，其中20元还俊柱伯，剩余的40元让母亲准备过春节用。然后他又给次仁旺泽寄了60元，除了让次仁旺泽春节添件衣服，置办些年货，还得剩够下学期的学费。

这个寒假国良不准备回家了，他能省下一些车费钱。最关键的是，他要利用这段时间继续打工，他要为自己赚取下学期的学费钱。

十一　副市长女儿暗送爱情诗

次仁旺泽正在拉萨一个偏远的小村庄的家里烟熏火燎地做饭。

“谁叫次仁旺泽?”邮递员把自行车推上离他家不远处的一个土坡吆喝着。

次仁旺泽听到呼喊声，急匆匆地跑到门外，望着站在土坡上的邮递员说：“你找我?”

邮递员拿着汇款单在手里摇晃着说：“你是次仁旺泽吗？我们原来的邮递员认识你，他调到别处工作了，我来接替他，他告诉我说次仁旺泽家就在这个村的土坡附近。我是问了很多人才找到这里的。”

次仁旺泽很感激地说：“谢谢你，邮递员。我就是次仁旺泽。”然后签收了汇款单回到家中。看到许国良大哥哥给自己寄的钱数以及汇款单留言栏内的嘱咐，次仁旺泽坐在床边忍不住哭了起来，国良哥哥的这份温暖感动了他，他流着泪自语道：“国良大哥，我一定好好学习，将来考上大学，不辜负你的期望。”

第二天次仁旺泽到邮政所领取了汇款。他换了一身干净的衣服，到本地初中学校负责人那里再次表达了自己想上学的愿望。从国良那里回来后，次仁旺泽找到学校的负责人表达了自己想上学的愿望，学校负责人不愿中途招收这样一名学生，怕他跟不上课。在次仁旺泽的再三恳求下学校答应他暂为一名旁听生的身份借读两个月，如果跟不上课下学期就不要再来了。次仁旺泽学习非常刻苦，他要通过自己的努力给自己创造一个机会。当他再次来到学校，学校负责人的脸上露出了笑意，因为次仁旺泽不仅学习跟得上，而且成绩位于班级前列。

学校同意了他继续上学，他领取了通知书，把下学期需要交的学费准备好放在自己平时藏东西的隐秘地方，剩余的钱计划着如何生活。次仁旺泽被迫辍学后可以重新回到校园学习，他多么高兴啊！他抑制不住内心的激动，马上给自己的恩人——许国良大哥哥写了一封回信。

几天后，许国良收到了次仁旺泽的回信。他展开了信笺看起来。

许国良大哥：

你好！近来一切都好吧?

我在漫天雪花中认识了本来素不相识的你，但你却向我伸出了温暖的手，一次次地帮助我。当你得知我想上学的愿望，你本是个家庭贫困的在校学生，却答应帮助我上学。半年来我收到了你两次汇款，学费有了着落，生活也有了保证。

许国良大哥，如果没有你的帮助，我现在可能还过着流落街头、没有尊严、吃了上顿没下顿的乞讨生活，是你挽救了我，让我重返校园，圆了上学梦。从你身上，我也学到了很多东西，我一定把你的恩情牢记在心，无论将来怎样我都要报答你。

祝许大哥快乐幸福!

次仁旺泽

许国良看完信，不由得欣慰地笑了。自己力所能及地帮助别人，内心感到很快乐。无论如何，他都要坚持帮助次仁旺泽，这点帮助在别人看来也许微不足道，但给予对方的却是对生活的希望。他已习惯了省吃俭用，也习惯了打零工挣钱。建筑工地、商店、货场等处都留下了他打工的足迹。至于赚的钱，除了给自己留很少的生活费，他每两个月都按时给母亲和次仁旺泽寄去，有时挣得稍多一点，他都积攒起来以备急用。

转眼间国良来京州大学已经快一年了。他牢牢记着牡丹日报编辑、记者刘春泽曾写信告诉他的话，即上大学期间除了学习课程，要经常写写稿，练练笔。不管是在学校还是回老家，不管是走在大街上还是在建筑工地，他经常寻找新闻线索写稿投稿。他曾先后向报社投寄十多篇稿件，可一段时间过后都石沉大海，杳无音信。他请教任课老师，老师告诉他除了写好稿，还要注意一点，也就是要认真研究报纸，因为每一份报纸都有其办报思想和办报特色，要想投稿尤其要多研究掌握报纸的设置栏目和办报特点，这样写稿、投稿就有针对性，发表的几率也就会更高。

国良铭记老师的教诲，寻找《京州日报》细细研读，他对每张报纸琢磨来琢磨去，一段时间以来果然受益匪浅，发现有价值的新闻敏感性越来越高，从写稿的角度与针对性方面也越来越强。

这一天国良穿过大街到货运市场去干活，在市花园路忽然看到了令人惊诧和心酸的一幕，他突然想到《京州日报》设置的“酸枣刺”栏目比较适合此篇新闻的刊登。这个栏目每周刊登一篇，鞭挞丑恶，弘扬正气。每刊登一篇，报社还让美编配上插图，让人茶余饭后笑声连连之余，还能悟到一点什么。国良下工后顾不上吃饭，赶忙写下了这篇稿件，寄给京州日报社。一星期后，这篇稿件就刊登了。

同是青年人　泾渭何分明

2月19日上午，一个白发苍苍的老人拄着拐杖，在京州市花园路邮电局门前不慎跌倒。

“哈哈，哈哈，真有意思。”“走，咱到跟前看看。”两个20岁左右的青年边笑边说边朝老人走去。

“小青年，帮帮忙吧。我腿摔得很疼，起不来，帮俺拉起来吧。”老人痛苦地说。但两个小青年好像没听到似的。

“老大爷，摔着了没有，我送送你吧！”一位过路的青年扶起了大爷。

“哼，还真孝顺呢。扶一个老家伙，值得吗?”两个青年望着这位青年，小声议论着。

“小伙子看着倒还精明，其实真傻。一个老××那么脏……”这俩人望着远去的老人和男青年，再一次哈哈地笑了起来。

同是青年人，语言行为竟是如此不同……

这篇稿件发表后，国良仍然仔细地观察社会，过了没几天，又写了一篇稿件发往“酸枣刺”栏目，很快又发表了。

无理要“躬”一小伙

时间：2月26日

地点：在市图书馆门前大路上

一个年轻的小伙子骑着自行车飞也似的在人群中穿过。

“小青年骑慢点，人多危险。”一个中年人说道。说话间，小青年连人带车摔倒了。小青年站起身来用白眼珠瞪着中年人："你不要走，不是你说，我还不会摔倒哩！"

"你看你这小同志，你自己摔倒了，怎么能怨我呢！"

小伙子稍停片刻，说："不管怎么说，那你不能走。"

"这位老同志，既然这样，你就和他一起到医院看看伤着没有，也算做一件好事吧！"站在一旁的一个人说道。

中年人说："好吧，我跟你一块上医院去。""我没伤，不去医院。""那我就没事了。"中年人说着就准备走。这个青年人却说："你一说，我才摔倒了。我摔倒了，多不好看，你得陪我脸面损失，给我鞠三个躬。"

"父母是怎样教育你的，真不像话，撵他走！"围观群众气不平了，小青年只好没趣地骑上自行车灰溜溜地走开了。

国良连续发表了两篇稿件，加之在前一段时间考试中成绩又一次名列前茅，班里的男女同学开始关注起这个穿戴普普通通甚至有些寒碜的同学了。国良虽然长得英俊，但一直没有像样的衣服穿，虽然大学生一般没有明显地以貌取人，但在同学们的眼里他还是"乡巴佬"。考试成绩的优异以及发表文章后，班上的帅男俊女自然就把心中的天平倾斜于一直默默无闻的国良了。班上几位所谓的班花、才女也时不时地拿着课本来向他请教一番，有的还和他一起探讨人生理想、如何写稿等问题，有两位气质高雅的美女同学还大大咧咧地问他有没有女朋友。

班上一位叫兰雅欣的女同学，长得像薛宝钗似的珠圆玉润，知书达理，很懂得人情世故。据说她是个杭州姑娘，她的爸爸还是杭州市的副市长，家庭条件非常优越，是父母的掌上明珠。

兰雅欣从小到大学习成绩一直都很优秀，在班里常常是第一名。现在上了大学，每次考试国良的成绩总排在她前面，再加上国良发的两篇稿件和老师们对他的高度评价，她不再认为国良是个书呆子。她觉得国良有定力，有毅力，有内涵，暗暗地佩服起国良来，平时也不止一次地装作若无其事地向国良偷偷瞟上几眼。

这个星期天，国良早早吃过早饭准备去打工。刚刚走到大门口，被早已在此等候的兰雅欣叫住。兰雅欣向国良询问几句如何写好新闻稿的方法后，就把自己精心抄写在一张湖蓝色的信笺上的一首诗送给国良说："这是我最喜欢读的一首诗，希望你也喜欢。”说完她面如荷花白里透粉，迈着盈盈碎步离开了。

国良展开这张湖蓝色的信笺看时，不禁愣了一下，原来这信笺上写的是一首著名的爱情诗：世界上最遥远的距离/不是生与死的距离/而是我就站在你的面前/你却不知道我爱你……

国良看完这首爱情诗，不由得脸红心跳。他一边往打工地点赶，一边寻思着兰雅欣送这首诗的动机与目的，莫非她喜欢上了自己，但他觉得这是不可能的。她家条件那么好，一定是开玩笑的。她是市长的女儿，我是农民的儿子，她不可能喜欢一个乡巴佬的，国良自嘲地为自己开脱。可转念一想，七仙女还爱上董永呢。这到底是咋回事，国良心里也不甚清楚。不过有一点是肯定的，如果她是开玩笑也就算了，假若她是真的喜欢自己，就要委婉地拒绝她的心意。

他在寻找着拒绝的最好方式，突然国良想到了莫君若。如果兰雅欣真有此意想和自己好，他就干脆说自己有女朋友，也就是高中同学莫君若。国良这样说也自有他的一番理由。

当国良和君若在火车站告别后，君若很快就被内招安排到县工商局下属的一个工商所工作。莫君若参加工作后报考了夜大经济管理专业，她坚持一边工作一边学习，争取通过业余学习拿到大专文凭。

自从参加工作以来，君若时常想起上高中期间自己向国良请教问题时的情景，想起帮国良借书的情景，特别是想起她和国良一起游览王铎故居在湖边柳荫下朗诵诗歌的情景，想起国良面容倦怠在街上卖米自己想办法帮他卖米的情景……

一段时间以来，君若常常失眠，已经到了不能抑制的地步，只要是业余时间，她每时每刻都想起和国良在一起的点点滴滴。她是个纯洁、善良的好姑娘，很长时间以来就悄悄地喜欢着国良。凭她的条件，什么样的男朋友找不到，她偏偏喜欢上了国良。单位里有人想把她介绍给自己的亲戚，探探她的口气，她都推说自己不想这么早找朋友。可她内心对国良的情感已从微波荡漾到波涛汹涌了。她一定要向国良表达自己的心思，国良现在是名牌大学的大学生，即使被拒绝也比这样受煎熬要好。她铺开稿纸给国良写了一封长信，把自己的想法和美好的愿望告知国良。

国良接信后，一口气读完了。他的内心被一种说不出的温暖包围着，悸动着……到了这个年龄，心中喜爱的姑娘向自己诉衷情表爱慕，怎能不感动？他不是不喜欢君若，不是太不主动，是他内心对君若充满着歉意，觉得自己配不上喜欢这么好的姑娘。如今家庭条件优越、美丽善良又明白事理的姑娘没有居高临下，没有嫌贫爱富，而是用一片真心来和国良进行心灵的沟通、感情的交付，这多么让人感动。

对于君若的示爱，国良不能置之不理，不能以任何理由推诿，因为那是伤害，是对感情的不负责任。君若是打着灯笼也难找的好姑娘，他打心眼里喜欢她。如果在交往中君若嫌弃自己家里穷，他不会说什么，但是现在他一定写一封回信，表明自己的心意，让君若安心工作。他在思量着怎样把这封信写好，偏偏在这当口出现了兰雅欣给自己爱情诗的这一幕。

国良不是榆木疙瘩，他明白兰雅欣对自己的那份特殊的喜欢和心意，他在内心感谢兰雅欣的同时，一直想找个机会向她表明自己已经有女朋友的打算。他知道作为一个人要对喜欢自己的异性心怀感激，但绝不能伤害到对方。他一直想找一个和兰雅欣单独见面的机会。学生们都很敏感，他不想让第三个人知道这件事。如果自己处理不好，就会闹得沸沸扬扬，让别人看笑话。可他一直没有找到合适的机会。

这一天中午，他打老远看到兰雅欣拐到学校的商店买东西，就加快步子往这里走，临近商店时他装作漫不经心的样子在兰雅欣回宿舍的必经之路上等候，片刻间看到兰雅欣拿着盛满食品的塑料袋走出了商店。他越想装得轻松越紧张，竟然和兰雅欣撞了个满怀。他们互相望了一下都心知肚明，可国良却傻愣愣地站着，还是兰雅欣打破了这种僵局说："我正要找你呢，没想到在这里遇见你。"

国良望着兰雅欣说："我也正要找你呢。我……"

国良还没把话说完，兰雅欣就用嗔怪的语气说道："我给你的诗，你看了吗？"像兰雅欣这样的干部子女，人漂亮又有才气，班里的哪个男孩子不想靠近她，向她献殷勤，可几天了国良连点反应都没有。

"我看了，这首诗写得真是太好了，听说这首诗是朗诵群中最受大家欢迎的诗歌之一。"

"你就只感到它写得好？"兰雅欣不悦地反问道。

国良搔搔头吞吞吐吐地说："你能给我推荐好诗看，我很感激你，只是大学阶段不能有别的想法……"

“谁规定上大学只能学习？我爸爸是杭州市副市长，如果我们能成为好朋友，你将来可以到杭州日报当记者，也可在政界干一番大事业。我是看你有才气，人又厚道才愿意和你接触，是不是你觉得我配不上你？”兰雅欣幽怨地看着国良直截了当地说。

国良的脑子一片空白，听到兰雅欣这一番话，忙不迭地说道：“对不起，我让你失望了。我生长在贫困的小山村，是个地地道道的农民的后代，我和你有天壤之别，我从来不敢有非分之想，我配不上你，最重要的是我已有女朋友了，她是我高中的同学。”国良一股脑儿地把想说的话都说了出来，免得引起更多的误会。

“你有女朋友了，是高中同学，现在在哪里上大学？”兰雅欣瞪大眼睛疑惑地看着国良问道。

“她是我家乡的，叫莫君若，高中毕业后通过内招考试在工商局工作。”

兰雅欣听了国良的话，先是吃惊，继而冷静下来，用淡淡的口气说：“许国良，祝贺你找到了自己的意中人。再见。”说完，转过身头也不回急匆匆地离开了。

许国良没有看清兰雅欣离开时的表情，他很无奈，他觉得不管怎么说自己还是伤了兰雅欣的心。他心里也感到不是滋味，只有在心里默默地祝福着：“兰雅欣，希望你能找一个和你一样优秀、门当户对的男朋友。”

到了这个年龄，面对心仪的异性谁都可能会情思萌动，这也是一种美好的情感，也许是藏在自己心里，也许会让对方知晓。他觉得自己心中珍藏的女孩是君若，既然君若不嫌弃他的家庭状况，又写信明明白白地告诉他她对他的一片真情、那难以割舍的情怀，他不能辜负她。这时候拒绝就是一种深深的伤害，何况他真的喜欢君若。但如果有一天君若眼光高了，对自己或自己的家境失望了，他也会尊重君若的选择。他明白喜欢一个人就有责任给她幸福，如果自己不能给予，她情愿君若离开他去寻找人生的幸福。他要写一封长信给君若，来表达此时此刻他的心情，也把自己对君若的爱慕和思念真心倾诉。

十二　阿弟圆梦上学，国良有望留校

光阴荏苒，不知不觉间藏族小伙子次仁旺泽在学校上课已经一年多了。

在许国良的资助下，藏族孤儿次仁旺泽又重新走进了学校的大门，他学习非常刻苦努力。他在家自己做饭洗衣服，每天早早起床读书，晚上把老师布置的作业认认真真地完成；课堂上专心听讲，全神贯注；课余时间虚心请教老师和同学。功夫不负有心人，虽然次仁旺泽辍学了几个月，但期中考试时他取得了优良的成绩。同学们也都对他刮目相看，都惊讶一个曾经的辍学生进步真是太惊人了。

班主任老师教语文，这天上课时他特意让次仁旺泽谈谈学习体会，以便在班上形成浓厚的学习气氛。次仁旺泽大大方方地站起来用目光扫视着全班同学说道：如果大家认为我的学习取得了一定的进步，这功劳应该归功于我的汉族大哥许国良，他就是我学习的动力。如果没有他无私的帮助，就不可能有我的今天，更不可能有我今天的成绩。

教室内鸦雀无声，同学们都在静静地听着次仁旺泽的发言。次仁旺泽停了片刻，又继续讲道：“同学们，你们可能不知道，我从小阿妈就病故了。我和阿爸相依为命，阿爸把我送到学校读书，我读到初中一年级时阿爸也患病去世了。家里失去了顶梁柱，哪能再继续上学读书？于是我辍学了。为了挣钱维持生活，我扒车跑往内地的大城市想找份活干，可是人家根本不收童工，我又没有技术，只能沦落街头过着乞讨的生活，经受着寒冷和饥饿之苦。”

“有一天我又流落到一个城市的街头，天空中纷纷扬扬地下着大雪，我蜷缩在屋檐下向过路人乞讨。就是在这一天，我遇到了许国良大哥。谈话中我知道他是个大学生，也没有收入，但他看到我后把我带到他们学校，让我吃了热腾腾的饭菜，带我去澡堂洗了澡，并给我买了回西藏的车票，让我回家好好上学，他让我明白了一个人要自尊，自爱，自强。他每月都给我寄来生活费，每学期都给我寄学杂费，他说要一直资助我上学，如果我不努力怎能对得起他？我发誓一定好好学习，将来考上大学，回报许国良大哥。这就是我学习进步的原因。”

次仁旺泽情真意切的发言感动了同学们，大家都为次仁旺泽不幸的遭遇而难过，更为与次仁旺泽萍水相逢的汉族大哥许国良的慷慨解囊、倾心相助而感动。

次仁旺泽的命运是悲惨的，但他又是幸运的。因为在许国良的帮助下，次仁旺泽不仅上了学，而且成绩也越来越好。这天下课后班主任老师问他：“次仁旺泽，再过两个月就要考高中了，你有什么打算？”次仁旺泽说：“我初中毕业不准备上高中了。”

班主任老师有些吃惊地问：“为啥不上高中了？你原来不是说将来还要考上大学吗？凭你的学习成绩，一定能考上高中和大学的。”次仁旺泽诚恳地说：“我想提前进入社会，早一些打工养活自己。许国良大哥初中、高中都是边打工边上学，他资助我上学的生活费和学杂费都是他打工赚来的，我不想再连累他。”

班主任老师虽然感到遗憾，但看到次仁旺泽态度坚决，说得也在理，就不再劝阻。说实在的，次仁旺泽能上到初中毕业已经在他们村里的同龄人中是很不错了，很多人初中都没毕业就辍学了。次仁旺泽从内心深处想上高中，他感谢老师的关怀。可一想到上学就要拖累许国良大哥，他的心里就不是滋味。这一年多，许大哥为自己不知操了多少心，受了多少累，他不能再让国良哥供自己上高中了。

打定了主意，次仁旺泽把自己不准备上高中的想法写信告诉了许国良大哥。许国良来信劝次仁旺泽一定要考高中，如果考不上高中早点走入社会学一技之长也可，但若能考上一定继续上高中，因为知识能改变一个人的命运。至于学费和生活费他一定会想办法解决的，他愿意帮助次仁旺泽一直读到大学毕业，请次仁旺泽放心。

次仁旺泽听取了许国良大哥的劝阻，报名参加了高中升学考试，他所在的班级有十八人考上高中，他是其中的一名幸运者。高兴之余，准备把喜讯告诉许大哥，但他经过冷静思考之后，还是决定先不告诉许国良大哥，他怕许大哥知道后为他的学费担心，就毅然利用暑假找了份体力活，打了一个暑假的工，他赚的钱和以前许大哥寄给自己舍不得花留存下来的钱合在一起总算凑够了高中一年级第一学期的学费。

与此同时，许国良也利用暑假再一次到建筑工地打工，赚取着上大三的学费。经过一个暑假的打拼，他的手磨出了茧子，皮肤晒得黝黑黝黑，看上去真是一个标准的农民工。令人感到欣慰的是，他自己赚的钱和他平时寄给母亲、母亲又省吃俭用省出的钱和纳鞋底扎篦子拍赚的钱合起来，总算交齐了大三一年的学杂费。

他还惦记着次仁旺泽的学费，准备想办法为他解决，这时他收到了次仁旺泽的来信。从信中得知，次仁旺泽已经考上高中，并在暑假打工赚取了一部分高一新学期的学费，国良平时给他的生活费他能节俭就节俭，也攒了一部分，合起来够交学费了。得知这些情况，国良心里很高兴，不单单是次仁旺泽的学费有了着落，更重要的是次仁旺泽敢于面对困难、战胜困难的勇气实在可嘉。他给次仁旺泽写了封回信，告诉他自己对他的所作所为很感动，说他们都是穷苦人家的孩子，应该学会面对困难，并要学会在逆境中奋进。国良还鼓励次仁旺泽要好好学习，自己会按时给他寄生活费的，同时还鼓励次仁旺泽考上大学，将来用自己所学的知识来建设家乡，改变自己的命运。许国良大哥的这份情、这份关怀，不止一次让次仁旺泽眼含热泪，感动不已，次仁旺泽在心里一直默念着：国良哥，在这个世界上你是我最亲近的人，我会永远永远记住你，我以后一定会报答你。

是的，国良给予次仁旺泽的不仅仅是生活中的帮助，更主要的还有精神上的鼓励，心灵的慰藉。

新的学期，国良已经是大三的学生了，功课又增加了两门，学习也越来越忙。国良除认真学好各门课程之外，还不忘忙里偷闲写稿投稿，他先后有两篇新闻稿被校报和京州市人民广播电台采用。就像国良自己常说的，经常练练笔，对自己今后的发展是有好处的。

国良经常写稿投稿的习惯也感染了班里的其他同学，同宿舍的张文斌和赵晓峰也经常坚持练笔，并且都被校报采用过两篇。曾经对国良有过好感并送给他一首手抄爱情诗的杭州女孩兰雅欣也暗暗和国良较劲，她写的一篇新闻稿被《京州日报》采用。班里共有十多名同学写稿投稿，这种浓厚的写稿投稿氛围被新闻系主任知道后，系主任经常在大会小会上表扬他们，许国良的班主任脸上也很有光彩。班主任老师经常和同事们谈论："我任教十几年了，只有这个班的学习气氛最浓厚，学生发表文章最多。这都是我班的许国良带的好头，这个领头雁领得好呢，榜样的力量真是无穷的。"

为了促进新闻事业的健康快速发展，京州市新闻学会及记者学会联合举办了"春光杯"新闻论文大赛活动，要求全市报社、电视台、广播电台、各行政事业单位从事新闻的工作人员以及新闻系在校大学生参加，当然也大力欢迎社会各地新闻爱好者参赛。消息发出后，相应单位和个人都非常重视，他们中不乏有影响力的专业新闻记者，也不乏长期奋战在新闻战线上的老兵，他们都想在此次新闻论文大赛中一显身手，脱颖而出。

此次大赛对各个大学的新闻系在校大学生来说也是一次展示自己水平和才华的机会，如果能获个大奖，对自己的毕业分配也将会起到不可估量的作用。许国良和许多在校大学生一样参加了这次大赛，结果他撰写的5000字的《当代大学生怎样处理在校学习与写稿关系之我见》的新闻学术论文在大量的作品中脱颖而出荣获二等奖（二等奖3名），一等奖被京州日报的著名记者摘取。

说实在的，一个在校大学生能在众多不乏专业人士参赛的新闻大赛中获得二等奖，实属不易。他给学校争了光，扬了名，学校按照参加重大活动的奖励机制给他奖了一百元。

紧接着期中考试中，他的各科成绩依然名列前茅。在一个晴朗的下午，他早早上完课准备回寝室休息一下，以便晚上有更好的体力去货场临时卸一车货，这时遇到迎面走来的班主任孔老师。孔老师面带微笑对国良说："你真是喜事连连，刚获得全市新闻大奖，期中考试成绩又获全班第二名。有你这样优秀的学生，我们当老师的也感到荣光、幸福。"

许国良在各方面都表现不错，就是在面对女孩子深情款款的目光和老师热情洋溢的表扬时手足无措，面对孔老师的赞美之词，他摸着头发腼腆地说："孔老师，你过奖了。你们辛辛苦苦把丰富的知识教给我们，教法灵活严谨，思路清晰有条理，我们不努力就对不起老师们的苦心和期望。"

班主任孔青老师今年50多岁，副教授级别，主要讲授《中国新闻史》，他穿着比较讲究，授课方法和本人都很有个性，平时一脸严肃的表情，不轻易露出笑容，偶尔一笑显得特别大方、得体、可爱。同学们非常喜欢他，称他为可爱的老头。

孔青老师接着说："你们这届学生特别懂事，我可不是随便夸人的。对了，咱们学校的薛主任找你，你现在去他办公室一趟。"说完孔老师点点头走了。

"薛主任找我干什么呢？"国良心里想着。反正不是自己违反了校规校纪，但他的心里还是有点忐忑。他知道薛主任在学校位高权重，他是学校的领导之一，也教他们新闻系一门课程。他猜不出薛主任找自己谈话的内容。

国良来到薛主任办公室门前，小心翼翼地敲门，得到允许后轻轻推开门进入薛主任办公室。

薛主任正在办公桌前捧着一本厚厚的书在阅读，看到国良进来，当即把书放下站起身来说："国良同学，请坐请坐。"然后拿起一个白色的一次性杯子去给国良倒了一杯茶说："小伙子，喝点茶，不要拘谨。我想和你谈谈。"

国良接过茶杯看了薛主任一眼回答说："好的。"

薛主任和蔼可亲地说："国良同学，你这次论文获得了全市二等奖，让新闻界看到了咱们学校的实力，这次期中考试又考了全班第二名。我还知道你家境不好，靠勤工俭学上大学。作为老师，谁不喜欢自己的学生品质好又有出息呢？"

本来拘谨的国良听了薛主任温和的话语心里不再紧张，顿时心情变得轻松起来。薛主任接着说："听说你家里很困难是吗？"

国良回答说："我父亲去世了，姐姐的眼睛几乎失明，妈妈身体也不太好。咱们学校给了我勤工俭学的岗位，我很感激。我之所以干了一段时间不再干，是因为要照顾家里，就又找了几份挣钱多的体力活干了。我是农村孩子，身体强壮，能吃得消。"

薛主任听完国良的简单介绍说："有志者事竟成。你有毅力、有志气，能靠打工养活自己和家人，学习又一直很好，我们社会就需要像你这样的有志青年。"

"你今后有什么打算？毕业后准备从事什么工作？"薛主任接着问道。

国良不假思索地回答："我毕业后准备当一名新闻记者。"

薛主任说："当一名记者好，我们学校的新闻系主要任务就是为了培养和造就一大批德才兼备的新闻记者。可往往是新闻系毕业的学生有的人怕吃苦进了行政机关，有的进了学校当起了教师，当然大多数人还是选择了与自己专业最相关的工作，做编辑、记者。但不管今后干什么工作都是为社会做贡献嘛。国良同学，实话跟你说吧，我们学校两年有一个留校指标，凭你的成绩、你的才干、你的品质毕业后留校比较合适，我们新闻系也需要像你这样的人才。你可以考虑考虑。”

薛主任停顿了一下接着又说：“不过这也是很难的，指标只有一个，争的人却很多，我们的宗旨是留下最优秀的学生，你如果有这个想法，除了你自己努力外，我们系里也会努力向学校反映你的情况，推荐你作为留校生。”

许国良对薛主任的关怀很感激，他诚恳地对薛主任说：“这样的机会真是可遇而不可求的。我从内心深处很感动，很感激系里愿意推荐我，谢谢老师们。但在留校与做记者之间，我还是倾向于选择记者工作，因为这是我上初中时就有的愿望，为了它，我上高中选择了文科，放弃了我非常喜欢的物理、化学课程。”

国良有些惶惶不安，他觉得自己不选择留校是不是显得不识抬举，是不是会伤了薛主任的心。其实他错了。薛主任听了他的话，反而打心眼里更喜欢这个农村来的淳朴、直爽、为自己的信仰执着追求的小伙子。薛主任拍拍国良的肩膀说：“我们从事新闻教学工作的，谁不希望自己教出的学生成为名记者呢。我尊重你的选择，你这么热爱记者这个职业，愿为之奋斗，将来一定会成功的。对了，你除了多研究现在的报纸，也要多看看新闻前辈邹韬奋、范长江的作品，咱们图书馆就有，这样会受益匪浅的。”

许国良说：“邹韬奋、范长江两位新闻前辈的作品我已经看了不少，咱们学校的图书馆藏书丰富，真方便。我还看了魏巍的这篇写得特别精彩的战地通讯《谁是最可爱的人》。下一步我打算再看一看新华社高级记者、社长穆青的一些作品，特别是他的《县委书记的榜样——焦裕禄》这篇长篇通讯，我一定要好好琢磨琢磨……”

“许国良同学，你真的是当记者的料，是可塑之材，我的眼光不会错的。你今后一定会像那些新闻前辈一样成为知名记者、著名记者、人民的好记者的。你会为母校争光的，我们学校的师生也会因你而自豪，希望你矢志不移地坚持下去……”

最后，薛主任告诉国良新闻系分了三名奖学金的名额，主要是奖励品学兼优的学生的，系里已经研究过了，许国良是应该拿到奖学金的最有资格的学生之一。薛主任把抽屉抽开，拿出200元交给了许国良。

许国良感激地接过这沉甸甸的200元钱，告别薛主任，向宿舍走去。他心里异常高兴，他要把这个喜讯写信告诉妈妈、姐姐和次仁旺泽弟弟，他还要把这些钱拿出一部分寄给他们。

十三　与女友宾馆缱绻约会

莫君若在上高中时就偷偷喜欢上了国良，自从上次写信向国良倾诉情感得到回应，她心里一直甜滋滋的。

国良是贫困家庭出身，但他经过自己的努力考上了大学。她庆幸自己是很有眼光的，没有看走眼。在信中她敞开心扉向国良表达了自己的爱慕之意，她害怕有别的女孩喜欢国良。一个干部家庭出身、善良有涵养、花一般的女孩想把自己的终身大事托付给自己，除了汗颜他怎么会不答应呢？国良用朴实的语言表达了自己的心意、心情，他的海誓山盟总回响在君若的耳边：我是个农村孩子，你知道我的家底，却不嫌弃我，我谢谢你。我会非常珍惜和你的情感，我真的喜欢你。不过在求学阶段我们还是不要过多地谈论儿女私情，等我毕业分配工作后，我会去找你的。你也刚上班不久，一定要把工作做好，保重身体。

人逢喜事精神爽。自从和国良私下确立恋爱关系后，君若做什么事都是开开心心的，她像一棵初次开花的小树，在爱的春天里绽放着美丽与生机。工作上她得心应手，好评如潮。单位同事们对她称赞之外，都羡慕莫局长好福气，培养出了一个人见人爱的好姑娘。

君若和国良确立恋爱关系的事还没有告诉家人。父母看到女儿脸上整天放着光彩，做起事情来信心十足，高兴之余就有些纳闷，前段时间还情绪低沉，闷闷不乐，怎么几天时间女儿像换了个人似的。

这一天刚吃过午饭，君若妈妈上街去了，只有莫局长和君若在家。莫局长就问君若：“看到你这段时间很开心，莫非遇到了什么大好事，说出来也让爸爸高兴高兴。”

君若梳理着自己柔顺的长发说："天机不可泄露，这是秘密。"爸爸说话风趣，爱逗君若玩，君若和爸爸之间没有隔阂。

莫局长好奇地说："你是我的宝贝女儿，有啥事好隐瞒爸爸的?"

君若放下梳子俏皮地说："不说就是不说，你猜猜看，猜对了我点点头。"

莫局长眯缝着眼，把身子往后一靠，头枕在沙发的靠背上沉思了一会儿说："让我猜猜，我的宝贝女儿是不是有心上人了？连爸妈都不闻不问的。"

君若顿时吃了一惊，羞红了脸说："爸爸真坏。爸爸，我问你，我从来没说过，你怎么猜到的?"

"知女莫若父，谁叫我是你爸爸呢。爸爸是过来人，你那点小九九爸还能不知道。快给爸爸说说，你的意中人是谁，爸爸是很开通的，只要女儿愿意，爸爸一般不会干涉的。"

"好吧，女儿就给你和盘托出。只是我妈妈那里，你先不要告诉她。"

莫君若一五一十地把自己和许国良从相识到相恋的过程给爸爸说了说。父亲听了后说："许国良就是你高中时的同学呀，你过去还借书给他看。"君若说："爸，就是他，他现在正在京州大学上大学呢，在学校还得了奖学金，可棒了。就是他家里很穷，我妈是拜金主义者，我怕妈妈不同意。"

莫局长笑道："真是不知羞耻，还夸上男朋友，贬损起自己的妈妈了。不过，君若，京州大学可是名牌大学，能考上可不简单。爸爸相信你的眼光，尊重你的选择。至于你妈妈，她可是有点势利眼，你要好好做做你妈的工作，最终她也会同意的。"

父女俩正说着话，君若母亲推门进来。她冷冷地看着丈夫和女儿，上去就给丈夫一巴掌："女儿都让你给惯坏了，女儿的婚姻大事岂能随随便便。"然后她气呼呼地走到女儿面前，怒气冲冲地指着君若说，"啥眼光，找个乡巴佬，穷山沟里出来的孩子有啥能耐，让别人笑掉大牙了。君若，婚姻大事怎能草率，实话给你说，我在门外站了好久了，你们父女俩的悄悄话我全听到了，我就是势利眼，拜金主义者，我是为你好，怕你将来吃苦。这门亲事，我绝不同意。"莫局长别看人前很威风，颇受人尊重，但在家里是怕老婆的。妻子正在气头上，他不想也不敢火上浇油，就没再吱声，听君若妈妈继续唠叨。

"闺女呀，我就那么势利眼吗？我知道你帮他卖过米，他家穷得都揭不开锅了。他就是上再好的大学也改变不了他那穷根，他怎么有资格做我女儿的男朋友，你当时帮他卖米我还听别人说闲话呢。你没听说过‘龙生龙，凤生凤，老鼠生来会打洞’，他们家什么出身，生成的蒜臼长不成缸，你赶快和他断了。”

莫局长本来忍着不敢吭声，但他听到妻子对农村人的偏见与贬损，就生气地埋怨道：“农村人怎么了，要不是农村人种地，我们到什么地方买粮食吃，喝西北风啊？”他一般不发脾气，对妻子经常是容忍，娇宠着。

妻子怪声怪气地说：“老莫，你也太纵容女儿了吧。女儿的终身大事岂能儿戏？人家的女儿找的是县长的儿子、局长的儿子，要啥有啥，我们的女儿比谁家的差，要找个农村的，家里还有个瞎眼的姐姐拖累着，会幸福吗？至少女儿也要找个门当户对的。咱不能把女儿往火坑里推呀。”说着说着就坐在地上哭了起来。

君若本来生气地想跑出去，可听到妈妈哭个不停就只好打消了跑出去的念头。老莫看到妻子确实哭得伤心，想到她就是再不好也是为女儿着想，就不再和她计较，劝道：“咱们好好商量商量，你不要哭了。”

君若也急忙上前拉起母亲：“妈，你不要哭了，是女儿惹你生气了。我也不是随便拿自己的婚姻开玩笑，也是经过深思熟虑的。我认识他时间比较长，对他也比较了解。他虽是农村人，可聪明好学不怕吃苦，上的是好大学，将来也能分配个好工作，选择这样的人有什么不好？”

君若妈妈的哭声更大了，扯着嗓子嚷道：“君若，你真是气死我了。你长这么大，妈打过你一下吗？我还不是为你好，我走过的桥比你走过的路还多，婚姻对于人来说只有一次，选错了是会后悔一辈子的，我不同意你和他来往。”

父女俩不再吭声，君若妈妈感觉到自己的苦口婆心没有起到作用，干脆“扑通”一声跪到女儿面前鼻涕一把泪一把地说：“你要不和这小子一刀两断，我就跪死在你面前。”

站在旁边的老莫傻了眼，急忙蹲下身子去扶妻子：“你这是何苦呢？快起来。”

君若也赶紧拉着妈妈的胳膊说：“你这是折煞女儿呀，快起来，我千不该万不该惹你生气，我听你的还不行吗？”君若哭着和爸爸一起把妈妈拉了起来。

“你说话要当真，一定和他断绝关系。我是为你好。”君若妈妈坐在沙发上缓和了一下情绪说。

“好，我说话当真。”说完君若径直走进了自己的屋子随手关上了门。

从此这个家庭失去了欢声笑语。父母的掌上明珠君若再也没有了光彩照人的笑脸，代之以沉闷不语、情绪低落。上班下班，每天按部就班，像机器一样机械地运转着。回到家，吃过饭就钻进自己的房间里，和家人无话可说，有时候一整天也懒得说上一句话。

父母原以为过几天就没事了，谁知君若越来越打不起精神，像泄了气的皮球瘪了下去，模样也日渐憔悴。

两个多月了，老莫想着办法让君若好起来，但一切都无济于事。看到女儿日渐消瘦的脸庞，老莫着急了。女儿向来是自己的宝贝，每当看到女儿他所有的疲劳和烦恼就会一消而散，现在的女儿只会令自己心痛。星期天女儿是大门不出二门不迈的，再没走出过家这个门槛，其实那是心的门槛。这样下去非毁了女儿不可，得想办法解决。老莫知道，心病还得心药医，救命稻草就掌握在自己妻子的手中。

这天晚上，老莫伤感地对妻子说：“你看咱女儿都变成啥样了？”说着眼圈就有些红红的，但他压抑住自己伤感的情绪。妻子何尝不是如此，但她一贯不会示弱，况且她觉得自己的确是为女儿好，就对老莫说：“我怎么会害女儿，是那个穷小子害了女儿。女儿是我身上掉下来的肉，我比谁都心疼，老莫，你说我们该怎么办？”

老莫说：“这不是明摆着的吗？你只要同意君若跟国良来往，事情就解决了。你嫌弃国良是农村出身，可这孩子有志气。高考时考了全县文科第一名，现在是重点大学的学生，君若跟着他不会受苦的，听说这孩子长得还挺英俊的。”见妻子还不吭声，老莫接着说：“女儿的脾气还不是像你，别看她表面上不惹人生气，骨子里主意正着呢，你不同意她和国良相处，她就会一直不找男朋友。当初你嫁给我的时候，我是农村出身，年龄又比你大，你家里人同意吗？想想女儿是不是像你，她会回心转意吗？再说咱们的日子就是靠咱俩奋斗的，国良这孩子有才气，有志气，说不定将来会干大事的。”

老莫的这一番话说到了妻子的心窝里，是呀，穷是可以改变的。只要国良靠得住，对君若好就行。也许刚结婚时他们的生活会困难些，但慢慢就会好的，再说我们就这一个女儿，我们也可以帮衬帮衬他们。想到这里，妻子对老莫说：“我同意女儿和国良相处，你和女儿说吧，我拉不下面子。”

中午，女儿下班一进家门，老莫就把妻子同意女儿和国良交往的事对女儿说了。君若暗淡无光的眼睛顿时亮了起来，不过很快暗淡下来，她以为爸爸是在安慰自己。看到女儿迟疑的反应，老莫声音放大对正在厨房做饭的妻子喊道："老婆，你不是同意了君若和国良相处吗？"

"嗯，为了女儿我同意。"

"妈，你真的同意？"君若喊着快速走进厨房，"你不会骗我吧？"

"傻女儿，妈怎么会骗你呢？既然你和你爸都认为国良好，我只有同意了。他以后敢对你不好，我可饶不了他。"说话间，麻利的妈妈和女儿已把饭菜端上了餐桌。

君若感动地流下了眼泪，深情地望着妈妈说："妈，你真好，我知道你最疼我了。谢谢妈。"

"不要贫嘴了，快吃饭吧。"

"爸，妈，咱们都快坐下吃饭吧。"君若答应着把筷子分别递给爸爸和妈妈。

长久气氛沉闷的家里终于又有了欢声笑语。

自从国良上大学后，君若和国良还没有见过一次面，因为国良假期在外打工没有时间在家里待，就那次父亲去世回家待的时间长些，也是办完父亲的后事就匆匆返校了。他通常暑、寒假回家看望看望母亲和姐姐，三两天就返回城里打工了，有的假期甚至没有回家。他和君若仅仅是通过写信联系。

自从君若和国良两人挑明了关系，他们就由过去的朋友关系一下子变成了恋人关系，君若看着国良的信甜蜜中带着思念的煎熬，淡淡的幸福伴着不能相见的忧伤。每当夜深人静之时正是她思念国良的时候，她只有通过书信来倾诉心中的浓浓思念，来排遣内心想见而无法见面的愁思。倚窗而望，只能寄愁心与明月，托明月清风捎去对国良的一片深情。

君若多么想变成一颗小星星，白天隐藏起来，晚上透过窗口眨着眼睛不停地看着国良。如果她请假去看国良，对单位无法交代，国良也不希望她这样。怎么办呢？

她盼来盼去这一天终于来到了。事很凑巧，县工商局分配给君若所在的工商所一名到京州市培训学习的名额，本来是让单位的业务精英去的，可这个所的业务精英老高母亲有病在医院住院，无法脱身，就借故说机会还是留给年轻人吧。莫君若年轻，虽然在单位干了一年多，但工作相当出色，就自然而然地顶替了这个培训学习的名额。这真是天赐良机，她可以在美丽的京州市和国良相见了。

去京州市学习的前两天，君若买了许多食品去看望了国良的母亲。如今都已二十世纪八十年代了，国良家人还是住着那一孔破旧的窑洞，烧水做饭还是靠往土灶台里放柴火。此情此景，君若心里很不是滋味。本来她是向国良家人说一声她去京州市出差，看有没有什么东西需要捎给国良的，结果看到了国良家生活如此艰辛，就决心尽点微薄之力。她从口袋里掏出50元钱，递给国良的母亲说："家里苦成这样，这些钱补贴家用吧。"国良母亲推辞着不肯收："农村嘛，都是这样，有吃有喝已经不错了。国良时常寄回些钱来，我扎箆子拍也能卖钱，日子能过得去。俺不能接你的钱。"君若和国良的交往还没公开，君若只好诚恳地说："婶子，我是国良的高中同学，上学时经常问国良题，国良学习可好了，经常帮助我。我现在上班了，能挣钱了，我给你的钱也是感谢国良曾经对我的帮助，你一定要收下。"君若说着又把钱塞给国良妈妈。国良妈妈看这姑娘这么诚心诚意要给，推辞不得，只好收下了，说，"姑娘，你心眼真好！"心里不禁想着，国良将来要能找个这样的媳妇她就满足了，但看这姑娘穿着打扮、举手投足不一般，就又摇了摇头。

君若看到大婶不置可否的表情，有点想笑又止住了。君若笑着说："我明天到京州市出差，有什么给国良捎的没有？"国良妈妈想了一下说："有，家里有点花生。我种的花生卖了一部分，特意剩下了一点给国良吃，别的也没有什么好吃的。"说着去取来了两个手工缝制的有枕头一半大小的布袋，把提篮里的花生装在了两个袋子里，封好口说，"姑娘，这两小袋花生，你一袋，给国良捎一袋。"

"大婶，我的就不要了，家里留着自己吃吧。"

"姑娘，自家地里长的，没啥稀罕的，你捎上，别嫌弃。"君若看出这是国良妈妈的心意，不再推辞就收下了。

第二天上午，君若提着花生，又在火车站附近给国良买了些食品，和工商局的另一位同志一起坐上了开往京州市的列车。

行驶了一天一夜，火车顺利到达京州市。莫君若和那位一起去培训学习的同志到培训地点附近的宾馆登记了住处，把行李放到住室内，就赶到培训处签了到。经过两天紧张的培训学习，他们学到了很多新的理念和知识。按照日程安排，第三天是自由活动时间，君若和同行的同志打过招呼，就独自一人搭乘公共汽车来到京州大学。

君若按照信封上的地址，找到了许国良所在的82级新闻系二班，班内空无一人，经打听，原来他们班在操场上体育课。莫君若遵照一位同学的指点绕过两座教学楼来到了大操场。大学的操场可真大，这真让君若开了眼界。操场上一角是一个班的篮球课，另一角是一个班在上剑术课，排球场上一个班在上排球课。看到一个同学从操场上走过来，君若赶紧过去询问，原来这个同学正好是和国良一个班的，他们在上排球课，他去取气针给排球充气。

君若走到排球场附近远远地看同学们打球，她在一群同学中搜寻国良的身影。她的心“咚咚”直跳，她一眼看到了国良的身影。过了一会儿，去取气针的同学回来了，他拍拍国良的肩膀说：“你女朋友来了，也不去打个招呼?”国良愣了一下回头一看，怎么是君若，真的是君若，他马上向君若快速走去，走了几步，又赶紧转身跟体育老师请了个假，然后急急忙忙向君若走去。

同学们纷纷议论着：“藏的够深的”；“真是深藏不露”；“这小子学习上需要我们学习，交女朋友也值得我们学习，看他的女朋友多有气质，真漂亮，我们嫉妒呀”；“哈哈哈，学习好榜样，咱也找个漂亮的女朋友”……老师也笑了起来。

“君若，你怎么来了？来时也不打个招呼，让我去接你。”国良的脸不知是打球热的还是见了君若害羞，脸红红的。以前见面是同学，好朋友，现在摇身一变成了恋人，国良和君若都有些不好意思，不过很快就被这重逢的喜悦代替了。

“我出差学习，顺便来看看你。”君若的理由堂而皇之，那双看似含情又若无情的眼睛看得国良心里毛毛的。

“你走了一路，手里还拿着东西，肯定累了，到我宿舍喝点水，休息一会儿。”国良接过君若手中沉甸甸的东西，他们肩并肩一起向宿舍走去。

“国良，太不够意思了。找了个女朋友还藏着掖着，一会儿请客。”一个长辫子女同学大声喊着，其他人也跟着起哄：“请客，请客……”

国良转过身来说：“你们不要耍贫嘴。”其他人继续再起哄。君若拿过国良手中的包取出里面的一袋糖说：“我带了好多食品，这一包水果糖你分给大家吃吧。”君若在原地等着，国良回转身把水果糖分给了大家，大家吃着糖笑嘻嘻地说：“够意思，够意思，赶紧去照顾你的女朋友吧。”“真有福气，女朋友长得像电影演员陈冲。”“不，我看她最像《庐山恋》中的女主角扮演者张瑜。”大家七嘴八舌地议论着。

莫君若听到大家的议论，扭过头笑了笑，那笑容既妩媚又优雅，既自然又得体，然后回转身对国良说：“你们班的同学可真逗，说得我都不好意思了，我真有那么好吗?”

“你真的很美，比他们说的还好。有时我想我一个农村孩子能和你交朋友，真是高攀了。我觉得我很幸运。”国良真诚地说道。

“其实是我高攀了你。你那么聪明，那么淳朴善良，考上了重点大学，真让我羡慕。我害怕你在大学里被别的女孩子抢走，你们大学里漂亮女孩真多，还有才华。”君若也道出了真心话。

他们边说边走不知不觉来到国良的宿舍，国良给君若倒了杯白开水凉好，递给君若。君若忙把他带给国良的东西都拿出来让国良吃、让国良看，她的脸神采奕奕，温柔的眼睛放着光彩。

“国良，咱们已经有一年多没见过面了，你现在看上去比过去更有精神了。”

“我倒没觉得长精神，不过来到大学确实是长见识了。”

君若拿起手提袋里的一袋花生递给国良说：“刚才那些东西是我给你带的，这袋花生是大婶让给你捎的。我来京州前，去你家里看了看大婶，她让给你捎了这些花生。”君若没说给大婶50元的事。国良拉起君若的手说：“君若，谢谢你，让你受累了，让你操心了。”

君若深情地看着国良：“别这么说了，咱们都这关系了，还用说谢吗?”此时他们的心又贴近了一步。

君若告诉国良她只能待一天时间，明天早上就要坐车返回家乡了，和她一起来的同事把票都已买好。君若还问了国良的学习和其他一些情况，当她得知国良成绩还是班里数一数二时，就忍不住地夸道：“国良，我知道你是最优秀的。我的选择太对了，你是我的骄傲。”

“我哪有你说的那么好。”国良笑笑说。

“你们的校园这么大，环境这么优美，真遗憾我没能考上大学。”君若怅然若失地说。

“我领着你到校园四处看看，就好比你在这里上过大学一样。然后我们到京州市区玩玩。恰好今天下午我们是自习，老师让我们到图书馆查资料写论文，我提前已经找好了资料，明天抽时间写好，不耽搁下周一交作业的。”国良提议道。

他们一道在校园转悠参观，国良一一给君若做着介绍。京州大学坐落于京州市大学路，是解放前创办的。经过几十年的发展壮大已成为一所多学科、多专业、文理兼收的综合性大学，分东、西、南三大校区，拥有全市最大的图书馆，校园北边有保存完好的明清时期的古居，校园南区有碧波荡漾的万清湖……

国良向君若介绍说学校除了研究学问方面成绩突出，最有看点的是明清古居和万清湖。有道是不看明清古居和万清湖就枉来京州大学一趟。国良领着君若沿着两边栽种着法国梧桐的林荫大道往前行走，眼睛不时赏阅着林荫道两边的错落有致的草坪、花木植被以及静立在这优雅环境中的一幢幢雄伟古朴的教学楼、实验楼等建筑。不长时间，他们就来到了这富有特色的古民居院落。

君若顿时被眼前这所古民居吸引了。呈现在他们面前的是20余间明清古居建筑，青瓦漫顶，雕梁画栋，实木门窗。每个窗户都雕刻着二龙戏珠、凤栖梧桐、凤戏牡丹等不同的图案，还有很多叫不出名字的雕刻，种类繁多，寄予着种种美好的愿望，雕工精细，显得古朴玲珑雅致。每间屋子门前两旁的石门墩上都栩栩如生地雕刻着一条大鲤鱼，寓意鲤鱼跳龙门；每对红漆木门上分别雕刻有两朵莲花，让人不免想到连连及第以及“花中君子”莲的品性……

君若不由得感叹道：“我还从没有见过这样的古建筑，真是精美绝伦……”

“是呀，来这里的人没有不赞美的，很多专家还用相机照下来回去研究呢。”国良和君若虽不懂建筑，但这种蕴含着古文化的古朴自然之美还是让他们不由自主地赞不绝口。正说着，从左边第三间古民居内走出一个50多岁的男人，看到国良和君若疑惑的目光，他告诉他们他是这里的仓库管理员，这间屋子内存放的是一些古书资料性质的东西。

看到国良和君若确实对这古民居产生了兴趣，他就用手指了指这些建筑对他们说：“这些建筑的门窗都是价值昂贵的紫檀木做成的，门两边的门墩都是汉白玉雕刻的。”

“这些东西能保存下来不容易呀。当年为保护这些古建筑还有些血雨腥风呢！"

国良瞪大眼睛看了看他惊讶地说："大叔，什么血雨腥风，你能给我们讲讲吗？"

莫君若也说："大叔，你给我们讲讲吧。"

这位中年男子瞧着国良与君若急不可耐的样子就说："你们要有兴趣，我给你们讲讲。这件事发生在抗日战争时期，离京州大学20余里的刘家寨村驻扎着一个中队的日本鬼子，为首的中队长叫秀机臣大，中尉军衔，他是日本东京大学历史系毕业，尤其嗜好中国文化。别看他面白齿齐，可是个狼心狗肺、歹毒奸诈的家伙。只要是遇到的中文古籍，书画、瓷瓶、铜器等，见什么要什么，凡是看到的一并收取。你要是主动交出还罢，若藏起来不交，他就抽出军刀砍死对方，抢回文物。为此，死到他手下的中国人已有十人之多。他把搜刮到的文物都运往日本收藏。"

"有一次，他得知京州丝绸店老板藏有明朝大画家唐伯虎的一张仕女图，价值不菲，就几次三番上门索要，丝绸店老板说自己没有这幅名画，即使有也不卖，卖也要卖给中国人，因为这是中国文化。秀机臣大恼羞成怒，带领十几个日本兵夜袭丝绸店，这家六口人以及雇用的四名帮工都死于日本人的大刀之下，画作被抢走了。京州市一个农民有一口从祖辈几代人手中传下来的小肚圆形花瓶，是古代官窑名品，他得知消息后，杀害了这位农民把宝瓶占为己有……"

"他得知京州大学有一处古民居，就带着随从到学校察看。当他看到红漆门上雕刻得栩栩如生的莲花和窗户上不同种类的镂空窗雕以及汉白玉门墩上形态各异的鲤鱼雕塑时，就顿生歹意，向学校提出要购买这些木门窗以及门墩，遭到校方严词拒绝。这是中国古建筑的一个整体，岂能毁坏？为保护这些古建筑不被日本人抢夺，学校特抽出5人日夜巡护。遭到拒绝的秀机臣大，撕下了购买的伪善面目，带着二十多个日本兵带着铁锹、绳子、棍棒等工具，腰挎战刀，荷枪实弹，坐着卡车向学校驶去。看护人员誓死保护，被他们砍死一人，打伤两人。他们先搬运门墩然后准备拆卸门窗。一些师生闻讯赶来，高喊着'爱我中华，保护文物'的口号，越来越多的人跑过来，最后全校师生用自己的身体筑成城墙，他们用生命保护着古民居。双方形成了对峙，敌人用枪瞄向广大师生，形势危在旦夕。在这千钧一发之刻，学校中的党员联系到了抗日部队，他们向空中鸣枪。敌人听到枪声知道抗日部队马上就到，丢下工具坐上卡车仓皇而逃，文物总算被保住了。京州大学的师生们又把这些门墩放回原位，确保了它的完整性。以后学校的巡逻队和抗日部队经常取得联系，更加严密地防守着古民居。”

中年人讲完了，又补充了一句：“这些古民居遗址能保存完好到现在确实不容易呀。”国良和君若觉得今天的参观真是不虚此行。

告别了中年人，离开了这所院落，他们又来到了风景秀丽的万清湖附近。

万清湖位于学校的南区，全长1000多米，当年建设者们主要是靠它天然的葫芦形状建造的，因此这个碧波荡漾的万清湖又名宝葫芦湖。湖中零零星星种植着荷花，给广阔的湖面增添了妩媚风情，波光粼粼的水面上，偶尔还有几只鸭子在戏水，几个学生在划船，真是一幅美丽的、生机勃勃的图画。湖边整齐错落地栽种了一排垂柳和一排黄杨，隔一段距离有一个石桌，石桌四围是四个石凳，课余时间学生们三三两两坐在湖边谈心、看风景，早上有的同学或坐或站在湖边朗诵美文，或进行英语会话……

国良和君若坐在垂柳依依下的石凳上，心情格外好。君若看着眼前伞盖似的亭亭的荷叶和那轻风中娇羞矜持、微微颔首的荷花，动情地说：“这里太美了，国良，能和你一起看这美景真是一种享受。”他们站起来不自觉地手拉着手。国良的朗诵瘾又来了，情不自禁地朗诵起朱自清的《荷塘月色》：“曲曲折折的荷塘上面弥望的是田田的叶子，叶子出水很高，像亭亭的舞女的裙，层层叶子中间……有羞涩的打着朵儿的……”

国良与君若陶醉于这万清湖的美景，他们恋恋不舍地在这里徘徊了很久，不知不觉已到中午，才离开了这里。

来到街上，他们在一家小吃店要了两碗馄饨，一笼包子。这次是国良掏的钱，他用自己的奖学金给君若买的馄饨，他心里很高兴。

吃过饭后，国良陪君若上街转了转。他们逛了几家商场、一家书店。京州市毕竟是大城市，君若看到这里的服装很漂亮，心里痒痒的就很想买一件，试穿后她买了一件连衣裙。她买衣服时特意把国良支出去，让国良去给自己买饮料喝，她不想让国良为难。国良回来后，君若反而拉着国良的手执意要给他买件衬衣，说自己参加工作了，挣钱了，一定给国良买点什么。国良拗不过，就依了她。最后，君若给国良买了一件衬衣和一条牛皮皮带。

君若看到国良很想给自己买点什么表表心意，就在一个小商品铺子选中了一个精致漂亮的发卡和一块素雅大方的手帕。君若拿起这两样东西细致爱抚地端详着，国良看到她爱不释手的样子，果真为她买了这两样她喜欢而又不贵的东西。

天慢慢黑下来了，他们在小吃街简单吃了晚饭，国良就送君若回宾馆。到了君若居住的房间门口，君若从包里掏出钥匙开门进屋，国良跟随着君若进去。打开吊灯，国良看到屋里的布置与摆设，惊讶宾馆的设施如此齐全。进门左手边一扇小小的推拉玻璃门里是盥洗间，紧贴着盥洗室的右墙体、贴着素雅花纹墙壁的是一对真皮沙发，沙发中间是一个精巧的红色实木矮柜。对着沙发的是一张横放的双人床，上边铺着洁白的床单，床单上摆放着一套白色的枕套和豆绿色的毛巾被。正对着床铺的长条形桌子上摆放着一台电视机。床的另一面是大大的玻璃窗，上面垂着淡绿色的镶着薄绉纱的窗帘。君若把包放在床头柜上，把床头的壁灯打开，让国良坐在沙发上。

国良坐在这里有一种昏昏欲睡的感觉，也许是转了一天有些累了，就对君若说："玩了一天了，你一定累了吧。你休息吧，我明天早上过来，送你到火车站坐车。"说着，国良站起身准备离开。

君若急忙走到门口把吊灯关掉，拦住国良说："再坐会儿吧，咱们有一年多都没见过面了。今天在商场你去给我买饮料时我挑选了一条裙子，我去洗个澡换上裙子，你帮我看看这条裙子穿上怎么样，好吗?"面对君若的不舍，国良笑笑默许似的坐下。君若递给国良一本杂志，就去盥洗室洗澡了。

君若把盥洗室的门拉好，插上插销，脱掉衣服调好水温，让淋浴龙头的水冲洗着全身，她用毛巾擦拭着每一寸肌肤，浑身感到清清爽爽的舒服。冲洗好后，她用沐浴露轻抚全身，对隐私部分也用上沐浴露反复揉洗，然后用清水冲洗，直至全身都润滑洁净。接着她用毛巾把脸擦干，又用卫生纸把盥洗室墙壁上镶嵌的镜子上蒙的一层雾气擦去，镜子中出现了完全裸露的自己。她审视着自己的身体，雪白的肌肤上闪着水珠，仿佛荷花上的露珠，一对乳房像精致的小馒头挺立在胸部，那乳头像红豆卧在白白的馒头上。她看得不好意思了，她还从没有这样审视过自己的身体，她又看了两眼光滑白嫩的大腿以及藏在大腿根部那一小片黑色草地遮盖下的隐私神秘部位，马上感到有种羞耻感，她赶快转身用毛巾把身上的水珠拭干，穿上镶有花边的内裤和淡粉色的薄纱胸罩，用浴巾裹好身体走了出来。

国良看着杂志，听着盥洗室里传出的哗哗的冲洗声，心里不免想到了君若的身体。君若走出来，他盯着君若的脸，君若的脸白里透粉，简直就是桃花瓣一般娇艳美丽。君若被他的眼神看得不好意思，就说转过身去，自己要换上新裙子让国良看看是否合身。国良转过了身，君若穿着拖鞋向床边走去。谁知一不小心一只脚被另一只脚绊了一下，差点摔倒，情急之下她去扶床，国良赶紧转过身来拉她。这一拉不要紧，君若的浴巾掉在地上，她直挺挺地站在国良面前。国良第一次看到了女人的身体，那雪白的、光滑的肌肤，那挺挺的、若隐若现露着乳沟的诱人的胸脯，那镶花边的内裤掩盖着神秘部位以及白藕似的光洁的大腿……这就是他的女友。国良这个老实淳朴的小伙子情不自禁地揽住了君若的纤纤细腰，越抱越紧，嗅着君若身上散发出的好闻的香气。

君若配合着他的爱抚，慢慢地他们倒在了铺着白床单的双人床上。国良的脸亲吻着君若的额头、脸，双手不由自主扯开君若的胸罩，抚摸着，揉搓着，把脸贴在这对挺拔的小馒头上。君若柔声柔气地叫着："国良，国良，你留下吧……"说着用手去解国良的扣子。

国良把衣服脱掉，陶醉在这柔情蜜意的拥抱中，他的下身也不听使唤，君若早已褪下了内裤，他们最隐私的部分亲密地贴在一起。国良亲吻着君若，君若全身瘫软，呻吟着："国良，我是你的，我好想你，你要了我吧……"国良正准备再进入一步，听到这话，猛然一惊，他痛苦地抑制住自己把君若紧紧抱了两下，起身坐起来穿好衣服。

君若的眼泪一下子涌了出来："我不好吗？你怎么了？"

"君若，我们不能这样。你是来学习的，我正上着大学，怎么可以这样？再说咱们双方老人还没见过面。我家不用说了，你的父母要是反对了怎么办，我不是害了你吗？"

"我妈最初不同意，最终在我的努力说服下同意了。咱们把生米做成熟饭，他们想变卦也没门了。你嫌弃我吗？"

"君若，我疼你还来不及呢，哪会嫌弃？我觉得男人得有责任感，我现在没毕业没工作，没有能力给你带来幸福，等毕业后我一有工作咱们就在一起。我会对你好的。"国良真挚地说，"君若，看到你，不知道我有多高兴。咱们已经有肌肤之亲了，你那么美，能遇到你，我真有福气，穿上你的裙子让我看看，你一定是最美的。"说着，国良拉起君若的手贴在自己的脸上。

君若想想也是，这样做确实太草率了，如果出了事，自己父母的脸上也没光彩，就擦干眼泪，换上新裙子。

“君若，你真是太美了，比大城市的姑娘还漂亮。”国良由衷地赞美着。

他们又说了会儿话，国良起身要走。这次国良主动上前拥抱着君若说：“你早点休息，明早我来送你。我会想着你的，回去后好好工作，我也会好好学习。两情若是久长时，又岂在朝朝暮暮？好好休息。”说完，他不舍地松开了拥抱着君若的手臂，往后退了一步，推开房门离开了。

十四　启蒙记者殉职

时光飞逝如电。

进入大三，转眼已快到了实习时间。京州大学的学生和全国其他大学的学生同样面临着实习这一重要的阶段。选择好了实习单位，对自己所学的专业是一种磨炼和提升，对自己的就业或多或少将会产生积极的影响。往年有的学生因为在实习单位表现突出而被留在用人单位工作的也大有人在。家长们都希望自己的孩子能够到好一些的单位实习，即使将来留不到实习单位，也可以在人才济济、业务水平高的单位学到很多实用的东西。

为了能联系到一个好的实习单位，一些家长不惜使出浑身解数去活动，争取给子女联系到最好的实习单位，进而为子女们的就业创造条件。仅就新闻单位而言，去年就有人活动到新华社、中央电视台、人民日报社等地方，让子女到那里实习。

许国良作为土生土长的农民的儿子，从没想到过到国家级的新闻媒体实习。对于实习，他实实在在的想法就是到家乡的牡丹日报社实习。自己的家乡，相对比较熟悉，若能到那里实习，他会最大限度地发挥自己的特长，表现好的话，实习结束后最好能留在这个报社工作，这是他最大的梦想。忽然他想到了前几年曾采访过自己而又相当熟悉的牡丹日报的著名记者刘春泽。对，让他把自己介绍到牡丹日报社实习。

他马上给刘春泽去了一封信，表达了自己大学即将毕业马上要进入实习阶段，想请刘春泽把自己介绍到牡丹日报实习。信寄出已经十天了，算算时间也该收到回信了。刘记者可能忙没有时间回信，眼看着已过了两周了，还是杳无音信。信会不会丢失，或者因为种种原因刘记者根本没看到信，或者刘记者看到信后有难言之隐不愿帮助介绍呢？

国良准备再给刘记者写一封信，表达自己的愿望，同时还特意在书信里说明如果联系不成也没什么，请回信告知一声。这封信还没来得及发出，他就收到了上次自己给刘记者寄的那封信，因“查无此人”被退回。国良又仔细看了看自己写的地址准确无误，心中不免猜疑。怎么查无此人呢？上大二时我还给刘记者去过信，他在回信中还用热情洋溢的话语鼓励我写稿呢，也就是一年多的时间，怎么会查无此人呢？他会不会调到别的单位不当记者了？或者是提升为领导有架子了。他思来想去觉得刘记者不是那样的人。刘记者会不会有什么事？国良开始担心起来。他寻思着怎样才能找到刘记者的线索，对，找一找一年来的《牡丹日报》看有没有刘记者刊登的稿件，一切不都很清楚了吗？

于是，许国良来到学校的阅览室查询，结果学校的阅览室没有订阅《牡丹日报》，他又跑到市图书馆的阅览室去寻找，图书管理员告诉他这个图书馆就有，是作为资料性质保存起来的。他们每个月把这份报纸装订整理成册，存放在另一间屋子里。当国良告诉管理员他找这份报纸的原因，管理员就找出几沓最新的《牡丹日报》让国良看。国良先看最新月份的，奇怪，刘春泽是本报的著名记者，以前几乎每份报纸上都刊登有他的不止一篇的稿件，怎么接连几天的报纸上都看不到他的稿子呢？再往前翻看，一张张，一份份，国良寻找着……

看完一沓又一沓，当国良看到第五沓报纸的一半时，他突然看到了刘春泽记者写的稿子。他喜不自胜，终于有刘记者的线索了。他继续往下翻看，忽然一行醒目的黑色标题映入眼帘“本报著名记者刘春泽因公殉职……”他的心里“咯噔”一下，吃惊而难过地再看一遍标题，确认自己确实没有看错，就艰难地读起这条消息：“本报著名记者刘春泽昨天因抢救落水儿童英勇牺牲。刘春泽，现年35岁，中国人民大学新闻系毕业后分配到本报工作。他曾写出了许多有价值的新闻通讯稿，有几篇还获得了省级和地方的特别奖。昨天下午，他到吉利区农村采访，顺便到黄河滩采风，看到一名儿童在黄河边玩耍时掉进水中，听到大人在旁边嘶哑地叫喊着‘救命呀，救命呀’的呼喊声后，他顾不上脱掉衣服就跑过去跳进水中抱起正在挣扎的孩子，递给了旁边焦急的大人，等其他的救援人员赶来时，他在挣扎中随着脚下的晃沙沉入了水底，献出了自己年轻的生命……”

国良顿觉全身绵软，好像力气都被拔尽了一般。他和图书管理员匆匆道了别，拖着疲惫无力的身体离开了市图书馆。回到宿舍已经是中午，同宿舍的人都去学校餐厅吃饭了。他没有一点食欲，翻出刘春泽以前给自己写的几封回信，失神地翻来覆去地看着。之后，他拿出日记本写道：

今天心情十分沉痛，因为我认识的刘春泽记者牺牲了。他那么年轻，那么有才华，那样的敬业，怎么一下子就消失了呢？

我从没忘记我上初中时的那天中午，我因拾羊他到我家采访的情景。他采访完我父母后，又问了我几个问题，临行前抚摸着我的头鼓励我好好学习，将来做一个对社会有用的人。没几天后，刘记者采访我的《他与英雄的大皂荚树一起成长》的通讯刊登在了《牡丹日报》上，从此鲜花和掌声让我感受到了帮助别人的快乐和意义……

对，将来我也当一名记者，就像他叮嘱我的一样，做一个对社会有用的人。那时我的心里就埋下了一颗理想的种子。他给了我一个记者梦，让我有了自己的理想，并一步步为之奋斗。于是，上高中我选择了文科，上大学选择的是新闻专业，我想毕业后和他奋战在同一条战线上，做一个名副其实的人民记者。

写到这里，他翻了一页，又在日记本上写道：

刘记者，你无声无息地离开了我，但你却给我留下了极其宝贵的精神财富。你对新闻事业的执着追求，你的无私无畏、善于助人的高贵品质将永远激励着我。你是丰碑，永远镌刻在我的心中；你是灯塔，将照耀我前进的方向；你是勇士，将指引我在新闻事业上，不怕牺牲，阔步向前。

许国良写完日记，把刘记者给他写的几封回信夹在日记本里一同放在宿舍的小柜子里面。国良没有流泪，但他的心在流血。

写完了日记，他的内心不再那么气闷沉重，但仍有些忧郁。吃午饭的室友们陆陆续续回来了。最先回到宿舍的秦刚看到国良呆坐着就问道：“你怎么没去吃饭，是不舒服吗？”国良好像没听到秦刚的话似的，依然发着呆没有回应。秦刚又说：“怎么了，谁惹你生气了，告诉我，让哥儿们帮你出出这口气。”

许国良有些不耐烦地说：“嚷什么嚷，怎么没完没了，烦不烦呀?”

秦刚气愤地说：“看你平时人模人样的，好心关心你，竟然不知好歹。真是狗咬吕洞宾，不识好人心。”

秦刚说完气呼呼地上到二层床铺，铺开毛巾被盖在自己身上，半躺半就在床上拿起一本书看着。

王兴元回宿舍看到秦刚在看书，一把夺过来，一看是《骆驼祥子》就劝道：“啥时候了还看书，再看你也会落得像骆驼祥子一样的悲惨命运。”

秦刚坐起身睁着疑惑的眼睛接过话头说：“你这是什么意思？话里有话呀?”

王兴元正要回答，扭头看见国良傻愣愣地坐在床边，就说道：“国良，上午没见你人影，中午也没见你吃饭……”这时秦刚探着身子伸着胳膊推了一下王兴元，使了个眼色小声说：“你不要问了，他今天不知怎么了一直沉默着。我问他吃饭了没有，他说话像吃了冲药似的，说他正烦着呢，简直和平时判若两人。”

王兴元听秦刚这么一说，再看一看国良，他的脸色确实不对，就悄悄对秦刚说：“肯定是没找到实习单位。”说着把刚才从秦刚手中夺过的《骆驼祥子》一书又递给秦刚说：“这也是我刚才没给你说完的话。你们知道吗？咱们新闻系许多人都联系到实习单位了。据说还有家长见到了新华通讯社的穆青社长，让他的孩子到新华社实习。”

秦刚惊讶地说：“穆青，高级记者，他写的《县委书记的榜样——焦裕禄》打动了多少人呀，有的家长真是神通广大，有能耐，为孩子实习竟然托到了穆青社长，了不起，了不起。”

王兴元走到许国良跟前：“听说你想回家乡牡丹日报社实习，那里你认识一个记者，是不是你请他帮忙时碰了钉子，你才闷闷不乐的?”

“你认识的牡丹日报的记者真的不帮你忙吗？名记者台神大，也不是什么好鸟，他们能轻易帮助一个无名之辈吗?”秦刚快言快语地接道。

国良腾地一下站起来说：“你们把嘴放干净些，我认识的刘记者可不是那样的人，你们错怪他了，他是非常好的一个人。”

“那你为啥闷闷不乐，好像和谁怀着深仇大恨似的。”

“刘记者为救落水儿童牺牲了。”他泣不成声地说。得知刘记者牺牲的消息时许国良的心在流血，通过写日记他排遣着内心的抑郁，现在终于哭出来了。哭吧哭吧，哭出来心里也许会好受些。

秦刚和王兴元呆若木鸡地看着国良，几乎异口同声地说："对不起，国良。"秦刚接着说道："刘记者是一位舍己救人的英雄，他牺牲得很光荣。我们都要向他学习将来当一名好记者，来告慰刘记者的在天之灵。"

……

经过学校的牵线搭桥和一些家长的努力，大多数学生都联系到了实习单位。据悉，有的联系在中央媒体实习，有的联系到了省级新闻单位，有的联系到了市县新闻媒体实习。许国良的好友秦刚联系到所在家乡的广播电台实习，同宿舍的王兴元等人也联系到了实习单位。

实习阶段开始了，京州大学校园内一片忙忙碌碌的景象，大学生们告别系里的老师和同学要到新的岗位去了，他们一个个内心有点惶恐有点激动，又有点信心满怀。这无疑是他们人生一个不小的选择，是学校通往社会的一个桥梁。

这天国良到火车站送好友秦刚回家乡实习，返回途中远远看到曾给自己送过一首手抄爱情诗的杭州姑娘兰雅欣。兰雅欣是回家乡的杭州日报实习的。许国良看到她后上前帮她提着行李又往火车站走去。许国良真心地说道："祝贺你能到杭州日报实习。"

兰雅欣笑笑说："有什么好祝贺的，咱们系还有人到人民日报社和中央电视台实习呢！一想到他们能和著名记者穆青、著名播音员赵忠祥在一起工作，我好羡慕。谢谢你能来送我。"

"杭州那么美的地方你还不满足，再说是你的家乡，你应该高兴才对。"

"说的也是，人总是这山望着那山高，永远不知满足。我能回家乡实习就是打算实习结束后在杭州日报当记者，像我这样的优秀人才就应该为家乡做贡献。国良，你联系到了什么实习单位?"兰雅欣一半是戏谑一半是真诚地说道。

国良摇摇头说："本打算到家乡的牡丹日报社实习，中间出了点意外没联系好，这两天再联系一下别的实习单位吧。"

"你文采那么高，又在京州日报发表过那么多文章，你拿着自己的剪贴本去京州日报社试试，我想他们没有理由不接收你的。"

"兰雅欣，谢谢你的提醒，眼下只能这么做了。"

进站的时间到了，许国良把兰雅欣送到进站口，目送兰雅欣走进站台后就离开了。

第二天上午，许国良带着剪贴本来到了京州日报社。虽说已在京州市上了两年多大学，但他还从未到过这个报社，他只是在公共汽车上远远地看到过几次。

京州日报社坐落于京州市比较繁华的地段，是一座三层楼的现代建筑，楼层正面中间的砖壁上镶嵌有著名书法家启功书写的“京州日报社”五个大字，气势恢宏，格外醒目。

许国良给门卫打了声招呼，沿着两边栽植着冬青树的宽道走向大楼。上了两个台阶，刚走到大厅前准备推拉玻璃门进去，门缓缓地自然打开，进去之后门又自然闭合。他第一次见到这样的自动化玻璃门，心中不免惊叹不已。

进了大厅内，他不知道该去找谁。正在他犹豫着不知怎么办时，一个看上去颇有修养的中年人也恰巧走进了大厅。许国良问这位中年人说：“同志，我是京州大学的学生，想来报社实习，请问我应该找哪个部门?”

这个中年人站住，迟疑了一下说：“你来实习，恐怕不太好说吧？不过你既然来了，到总编室找一找叶主任，看他怎么说。”

“谢谢，谢谢你!”国良说完，按照门牌上的标识，终于在二楼找到了总编室。他轻轻地敲门，听到里面传出“请进”，就小心地推门进去说，“我想找叶主任。”

“我就是，你找我有什么事?”叶主任的桌子上放了厚厚的一沓稿子，他正手拿钢笔在审阅稿子，听到有人敲门进来，就把手中的笔放下说道。

“我是京州大学新闻系的学生，想到咱们报社实习，希望你能通融通融给个方便。”国良腼腆地说。

叶主任有些为难地说：“小伙子，原来你是来联系实习的。不太容易，你还是到别的新闻单位看看吧。”

“叶主任，你就帮帮我，让我到你们这里实习吧。”国良用央求的口气说。

“不是我不帮你，想来报社实习的人太多。我们已经接收了十几个人，现在还有人托亲靠友要来实习，我们都没答应。你还是趁早想想别的办法吧。”叶主任语气由温和变得严肃起来，又拿起笔改起了稿子。

“我不能这么轻易地走掉，要是那样我就更没有机会了。我要把剪贴本拿出来，让叶主任看后再走。”想到这里，许国良上前两步诚恳地说，“叶主任，我再打扰你三分钟时间，如果不行我就走。”

叶主任看着他点了点头。许国良迅速掏出剪贴本摊开，双手放到叶主任面前说：“我热爱新闻事业，想当一名记者。高中时我的数理化获得过几次省奖，就因为我的理想是当一名记者，我才选择了文科。这些是我大学期间在《京州日报》《牡丹日报》及校报上发表过的稿件，我希望你能给我一次实习的机会，我不怕吃苦，会好好实习的。”

叶主任拿起剪贴本仔细地翻看着，他看了有七八分钟时间，然后站起身语气平和地说：“许国良同学，你的这些新闻稿写得都很好，能以小见大。你很有才华嘛。你写的《同是青年人 泾渭何分明》《无理要‘躬’一小伙》等五六篇新闻稿还是我审发的。”说完冲许国良笑了笑，“小伙子，我们报社就喜欢有才华的人。至于说实习嘛，本来报社都来了十几个实习生了，多你一个也不多嘛。不过我还得征求一下王总编的意见，你先等一会儿。”说完叶主任拿着剪贴本出去了。

“如果王总编不同意我来实习怎么办？已有十多个实习生在报社实习了，人家不接收也很正常。如若不行，我还得尽快到别的新闻媒体去试试。”许国良心里想到。

过了七八分钟，叶主任又返回了自己的办公室，瞧着国良说：“许国良同学，我征求了王总编的意见，他同意你到报社实习。希望你严格要求自己，认真听实习老师的话，做出成绩来。”

“谢谢叶主任！谢谢你与王总编给我这次实习机会，我会好好表现，出色地完成各项实习任务的。”许国良惊喜地说。

叶主任拍了拍国良的肩膀说：“你写稿的基础不错，记住，只要好好实习你会有发展前途的。好了，我还要忙着审稿，今天是周五，你下周一上午来报到实习上班就是了。”

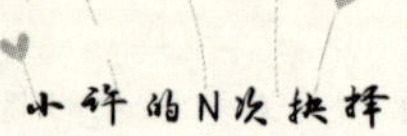

十五　报社实习

实习阶段大学不能再住宿了，许国良在市郊城中村一个偏僻的村子租了一间阴暗、潮湿但价钱便宜的房子，他把生活安排妥当，周一早上就早早地到报社报到上班了。

他被报社分到了社会工交部实习。这个部的主要职责是负责全市工矿企业、交通及社会性服务行业方面的采访和宣传报道。同时负责全市工矿企业通讯员的来稿及编辑工作。

想到自己将要和在报纸上经常发稿、只知其名而素未谋面的记者们一起工作，国良抑制不住内心的喜悦。他恭恭敬敬地敲门进去，十几个身着各色服装的男女编辑、记者正在桌子挨桌子的办公桌前埋头忙碌着，他们大都是中年人，也有几个是青年人。一个陌生人的突然来访，有几个记者或编辑不觉抬起头看了一眼。许国良一下看到许多人看自己就有些怵，他还没有反应过来，一个三十多岁的中年女记者首先问道："小伙子，你有啥事?"

"我是来报到实习的，"他看了看大家又补充说，"总编室叶主任让我来社会工交部报到的。"

"魏主任在屋内，你去问问。"那位女记者指了指一个开着门的套间说道，然后冲许国良友好地笑了笑。

许国良来到套间，向魏主任说明了实习报到的事。魏主任听后对许国良说："星期天我值班时接到了你来我部实习的通知，工交部有许多有经验的编辑记者，希望你虚心向他们学习，珍惜在报社实习的时光，遵守各项规章制度，圆满完成实习任务。"

"我一定会记住您的教诲，好好向编辑记者们学习的。"许国良向魏主任表达了自己的决心。

魏主任介绍许国良让大家认识，然后又把部里的胡颖、张青华、费景春、赵晓涛、李信通等十几个编辑记者一一介绍给许国良，同时也介绍了刚分到部里已实习一周的荆远峰、何晓晓两名实习生。

报社规定一个记者带一名实习生，魏主任安排许国良跟随张青华记者实习。他嘱咐张记者说："许国良就交给你了，你要当好师傅，做好传帮带工作，多启发，多诱导，让他能学到采访艺术和写稿经验。"

"恭敬不如从命。魏主任，你放心吧，我会做好传帮带工作的。"张青华笑笑说。张青华记者是1977年恢复高考后的首批大学生，他从河南大学中文系毕业后起初是分配到京州市搪瓷有限公司宣传科工作的。由于他经常挖掘有价值的新闻素材，每年在省、市级报刊发表新闻、通讯100余篇，其中一篇新闻还被评为全国新闻三等奖，报社注重人才，慧眼识宝，才把他调入京州日报担任记者。他是报社的多产记者，每年发表的头版头条新闻有50余篇，新闻通讯30余篇，报社有什么重要或重大的新闻采访活动也经常派张记者参加，他是报社名副其实的"名牌记者"。

许国良心想，张青华记者是个才华横溢的实力派记者，他采访经验丰富，又有亲和力，能师从这样的老师学习，一定能学到很多书本上不曾学到的东西。

魏主任安排国良坐在张记者的对面。作为见习记者没有交通工具是不行的，部里给他配备了一辆半旧自行车。中午下班时间到了，三个实习生一起往外走，同为实习生，他们感到分外亲切，互相问候着对方。

中等个子、一脸严肃表情的荆远峰自我介绍说："我是湖南大学新闻系毕业的，家是豫西牡丹市区。"许国良睁大了眼睛说："啊呀，咱俩是老乡，我是牡丹市孟津县人。想不到在这么远的地方我们能同在一个屋檐下实习，是巧合更是缘分呀。"

"那当然了，老乡见老乡本来就够亲了，况且以后我们能朝夕相处互相帮助，真的是缘分，也是福分。"荆远峰严肃的脸上出现了笑意。

何晓晓个头一米六五左右，身材属于瘦削形，苗条中透着干练，她望着正在说话的他们俩埋怨道："你们张口闭口老乡，老乡观念挺强的，是不是不是老乡就不能在一起实习了？不是老乡就不能互相关照了？"说话时何晓晓的嘴巴、眼睛、眉毛都在动，表情动人又显得咄咄逼人，样子很可爱。

“我们两个老乡会照顾女同胞的，不过看起来你比我们还强势。”

“能和美女一起实习，我们肯定会干劲十足。美女相伴，效率过半。”荆远峰也附和着说。

何晓晓扑哧一下笑出声来：“你们俩好坏呀，欺负我一个弱女子……”她用妩媚的眼神嗔怪地瞟了他俩两眼，但心里却像喝了蜜一样甜丝丝的。

“好了，咱们彼此关照共同进步吧。明天见。”“再见。”到了报社门口，他们彼此打着招呼离开了。

第二天上午，按照预先的约定，张青华带着许国良到十几里外市郊一家油脂化工厂采访。这家化工厂是一个主要生产润滑油的中型企业，共有职工600余人，其生产的化工产品远销十多个省市自治区，产品一直供不应求。

张青华和许国良骑着自行车上路了。由于路途遥远，加之还有三四个上坡路，走到一半路时他们都已经汗流浃背了。张记者对许国良说：“我们歇歇吧。”国良说：“好。”他们把自行车放在路边支好，张记者拿出一张报纸从中间撕开，递给许国良说：“我们坐在路边的高疙瘩上休息会儿。”张记者坐下，许国良跟着把报纸垫在土疙瘩上坐在他的身边。

张记者掏出手绢擦擦脸上的汗说道：“外人看我们当记者的风风光光，其实我们有时是很辛苦的，但经过我们辛苦采访撰写的作品见了报，能在社会上引起反响，起到些鼓舞作用时，我们心里感觉还是挺幸福的。也有些学生到报社实习后，吃不了这个苦，实习结束后，就改选了职业。小许，你实习结束后准备干什么？”

“当然是当记者，这是我中学时代就立下的目标。”

张记者拍了拍许国良的肩膀，满意地点了点头。然后用手摸着下巴瞧着国良说：“咱们今天跑这么远，这么辛苦，必须得抓一条大鱼不可。”

“什么大鱼？”许国良一愣，莫非还要去捉鱼？

“抓条大鱼就是要采写出头版头条新闻。在京州日报，我们都这么说。”张记者看许国良不明白什么意思，就补充说道。

“原来头条新闻就是大鱼啊！”许国良豁然开朗。

“报社什么稿都不缺，就缺少能登在头版头条的新闻。报社还分有任务，除了完成分给的任务外，谁采写出了头条新闻会给予一定的物质奖励。我们很多记者，一年连一篇头题稿件也没发表。有些记者想入非非，甚至期盼军委主席邓小平莅临京州，这样他们就能写出一篇头版头条新闻了，有的幻想运载火箭能够在京州发射等类似的事。其实，除此之外，许许多多的头条新闻都是隐藏在平凡的生活中的，主要看你有没有新闻嗅觉，有没有沙里澄金的能力。”张记者深有体会地说。

张记者和许国良在路边一边歇息一边说了会儿话，又骑上自行车往化工厂赶去。

五十多分钟后，他俩终于到了化工厂。他们来到厂办公室，亮了亮记者证，说明来意，迎接他们的李主任哈哈大笑说：“稀客！稀客！”说着忙给张记者和许国良每人倒了一杯茶水，放在他们面前的桌子上介绍说，“我们厂的新闻可多了，最近厂里又招收了十多个工人，购买了两个油罐。对了，还有一个车间星期天不休息，加班加点搞生产。”

“麻烦你带我们到实地看看吧。”张记者站起来对李主任说。

李主任笑笑说：“好呀，我现在就带你们到实地看看，请。”然后他用手做了一个请的动作，就带领张记者和许国良到车间察看。他们看到了新添置的两个油罐，又了解了加班加点牺牲星期天休息时间的班组情况。出门时张记者无意中看到离自己站的位置七八米远的拐角处，一个中年妇女拿着一个油渍斑斑的铁桶正蹲在下水道边用一个葫芦做的瓢在一点一点地撇着漂浮的油花。张记者和这位妇女通过几句简单的对话，又了解了一些情况。然后他俩又看了其他几个生产车间，寻找着有价值的新闻线索。

之后，张记者胸有成竹地说：“今天收获不小，能抓一条大鱼了。”又回头看着国良说，“今天咱们看了不少，也了解到了很多情况。你认为你看到的哪个最有新闻价值值得报道，或者哪一个最不值得报道。”

许国良想了想说：“最有价值的是牺牲自己的节假日时间加班加点搞生产这个班组，我认为他们的精神最值得报道。”

“为什么？”

“因为他们有主人翁意识，有团队精神，有奉献牺牲精神。”

“工人加班加点牺牲自己的业余时间叫敬业奉献，纯属好人好事范围。此类稿件国际劳动节时报道较好，现在报道价值不是很大，被采用的几率也不是很高。”

许国良寻思着，如果牺牲自己的休息日加班加点的这个班组报道价值不大，那就是增添两个油罐的设备的事最有报道的价值，他把这个意思对张记者说了。张记者看着许国良动着脑子想来想去的样子说：“真的没有发现更有价值的新闻了吗？那你看没看到一个中年女职工在下水道边撇油？”

“当然看到了，这应该是一件鸡毛蒜皮的小事，和刚才我说的两方面相比根本没有什么新闻价值。”许国良坦诚地说道。

张记者摇摇头又问道：“你观察到那个中年女职工拿的油渍斑斑的铁桶了吗？看来他们这样做是有些年头了，这里面大有文章可做……”

张记者和许国良细致地采访了这个事，原来该厂成立了一个七人废油回收组，不辞辛苦回收废油已达十年。于是他们又仔仔细细地找当事人进行了采访……

张记者和许国良回到报社后，两人趁热打铁商量了一番，由许国良执笔把稿件写了出来，张记者进行了反复推敲修改，形成了一篇题为《京州市油脂化工厂点点滴滴收废油》的新闻稿件。

几天后，此篇稿件刊登在《京州日报》头版头条的位置，报社还特意加了编后语，号召全市人民以这个油脂化工厂的做法为借鉴，各行各业都要开展勤俭节约的活动，真正做到点点滴滴搞节约，节节俭俭过日子。

此篇新闻发表后，许国良着实激动了一阵子，他也得到了一次锻炼和提升。他一直寻思着，自己和张记者同样去采访，接触的是同样的事物，看到的是同样的采访对象，而张记者却慧眼识珠，从油渍斑斑的铁桶发现一条重要的新闻线索，可见自己光有书本上的理论知识是远远不够的。而自己在实际采访中被束缚了手脚，看来自己特别缺乏新闻的嗅觉，无论怎样，自己一定要在新闻的敏感性等方面下些苦功夫不可。这都需要静下心来，踏踏实实地跟着张记者以及其他记者学习，不仅需要学习他们的采访艺术，还要学习他们抓新闻的角度与方法，学以致用，同时还要学习他们对新闻事业执着追求的精神，让自己对新闻事业的热爱融进自己的血液中去。

十六　练就新闻眼，向杭州美女借书

不知不觉，许国良来报社实习已半个多月了。

张记者是个非常有责任心的人，自从许国良师从他实习以来，他毫无保留地把自己的采访经验及个人体会传授给了许国良。他一方面把自己从不外借的一个专门总结新闻写作体会的笔记本交给国良让他阅读，另一方面带领许国良深入厂矿企业，手帮手采访，启发诱导找思路、抓大鱼。

许国良感到自己像是进入了一片生机盎然的桃花林，尤其是读了张记者凝聚多年心血写的新闻写作体会时，更是获益匪浅。加之张记者的现场点拨，许国良明白了许多书本上根本无法学到的东西。许国良不止一次感激地对张记者说："谢谢张记者，为了我你真是用心良苦，我一定会好好跟你实习的。"

这天上午，张记者又带许国良到一个工厂采访，又和过去一样采访结束后问许国良哪些最有新闻价值写，哪些没什么价值写。对于发现新闻许国良还是老看走眼，他心里不免着急。他知道作为一个新闻记者，在每天发生的万事万物中，没有沙里澄金的能力、发现不了新闻，确实是记者的致命伤。看了张记者笔记本中对发现重大新闻的体会，读后好像确实是明白了，可真正到实际采访中又傻了眼，分辨不出来。他发现的新闻往往是可写也可不写的表面东西，对于隐藏在深处的重要的新闻老是发现不了。他头脑昏沉沉的，甚至怀疑自己是不是端新闻这碗饭的料，要不为什么有的人一抓一个准，在平凡之中抓了一条又一条的大鱼，一年刊登好几十个头条重点新闻，而有的人一年忙到头也登了不少稿件，但都是好人好事类的稿件，甚至重点性的新闻稿件就那一两篇甚至连一篇也没有？

莫非自己选错了路，入错了行？早知如此当初说什么也不能选择从事新闻事业这条路。他心里非常痛苦，以至于整天坐在那里发呆，失去了刚来报社时的欢喜劲，尤其是和张记者外出采访时，也变得死气沉沉，没有了当初的热情和乐和劲儿。

他的这种变化张记者看在眼里，总想找机会和他谈谈，又怕他失了自尊，就一直没找他谈。可一天、两天、三天过去了，他还是那样。张记者不得不找他谈了。

这个星期天天气晴好，张记者和许国良共同商量把一篇稿件写好后，张记者说："国良，你跟我实习也十多天了，咱们整天忙忙碌碌的，也没让你到家里吃过一顿饭。趁今天是星期天，到家让你嫂子给咱们包顿饺子吃。"许国良抬起头非常不好意思地看着张记者："张记者，你在写稿上对我够关心了，我应该请你吃一顿饭，你却让我到你家吃饺子，这样不合适吧。"

"有啥不合适的，我还有事，记得到我家吃饺子，我还有话对你说。"说完张记者就骑着自行车走了。许国良感到盛情难却，再加上张记者还有话给自己说，若不去就显得太不礼貌了。刚到报社实习时，他和张记者外出采访时顺路去过张记者家一次，这次去就熟门熟路了。快中午时他骑着自行车赶到了张记者家。

许国良很有礼貌地向张记者及其爱人问过好后，张记者的爱人给丈夫和国良分别端上了热气腾腾的饺子，他们边吃边随便地谈着话。吃过饺子后，许国良问："张记者，你有话跟我说，你说吧。是不是家里要拉蜂窝煤，咱去拉吧。"

"不用拉蜂窝煤，前段时间我们家已经拉过了。我今天让你来也没什么事，只是想和你随便聊聊。"许国良不解地望着张记者，张记者接着又说，"国良，你跟我学习十多天了，我还不知道你家里的情况。"许国良把自己家里的情况毫无隐瞒地向张记者说了，张记者听国良家里比较困难，父亲早已去世多年，还有一个双目几近失明的姐姐，也感到心里很不好受，心想国良这段时间闷闷不乐，肯定与家里的贫困有关。

"怪不得你这段时间情绪不好，原来是担心家里生活和自己面临的困境。"

许国良摇摇头，心事重重地说："我不是担心家里，我也不是害怕自己面临的困难。生活的困难是压不倒我的，从上高中到上大学我都外出做兼职，打工赚钱，除自己生活外，节余的钱还能接济家里。在物质上的困难面前我一直是很坚强的。"

张记者疑惑地望了望许国良："不是生活中的困难，你这段时间怎么老是闷闷不乐？你刚来实习时采访写稿的积极性哪里去了？"

"我挺恨我自己的……"许国良懊恼地说。

张记者更加疑惑了，有些不满地说："恨自己什么？你把话说明白些。"

"我恨自己不是当记者的料。"

"怎么能这样讲，到底怎么回事？"

"我太笨了。你带了我十多天了，我还没有发现一条重要的新闻线索。每次都是你点拨之后，我才恍然大悟。看看报社的实习生，有两三个人都已在头版头条发表了新闻。我不是非要发头版头条新闻，我是怀疑自己的能力，怀疑自己是不是当记者的料，我心里着急。"国良沮丧地说。

"啊，原来你是为这呀。那你不必慌张，也没有必要着急。"张记者又恢复了最初的亲切笑意对许国良说，"你才实习十多天，也没到过工厂几次，时间太短。你主要还是不熟悉工厂生活，等你磨合一段时间熟悉工厂生活了，你就能发现有价值的而且能上头版头条的新闻了。头版头条展示的是你的新闻嗅觉，其他稿件也不可小觑，它能锻炼人，也是必不可少的。至于说其他实习生写出了头版头条新闻，或许是因为他们过去的生活跟某个领域比较接近，相对比较熟悉采访对象，有了生活体验，才写出了好新闻。当然了，只靠熟悉生活还不够，还要眼观六路耳听八方，把书本知识融合到实践中，这样时间长了，你的新闻嗅觉会越来越敏锐，发现有价值新闻的能力也会越来越高。"

听张记者这么一说，许国良心里舒坦多了。但他还是有些顾虑，小声地问："张记者，你看我真的能行吗？"

"你真的能行。通过这段时间咱俩的接触，我也看出你是一个不怕吃苦、追求上进的人，好好坚持下去，你一定会有光辉的前景。我过去带过一个学生，刚来报社时专业知识和文字基础及吃苦耐劳精神都不如你，后来经过努力，发表了多篇有影响力的稿件，现在在一家省报当记者。"张记者肯定地说。

张记者的话让许国良从对自己的怀疑、失望到正视自己、重拾信心，他坚定了信念，诚恳地对张记者说："听你这么一说，我就放心了。不管怎样我要尽快提高自己的新闻嗅觉，写出几篇像样的新闻来。"

"这就对了，有啥困难对我说，我会对你负责的。对了，你下一步要多看我们记者、编辑们是怎样修改通讯员的稿件的，这对你锤炼新闻语言是有很大帮助的。”想想也确实是这样，许国良感到自己的新闻语言不太精炼，每次写的稿件上报时改动较大，经常是七八百字的稿件改得只剩四五百字，包括自己在大学期间发表的十多篇文章也都有此种现象。

“谢谢张记者，今天你和嫂子让我吃了一顿饺子，更让我吃了一顿学习新闻的大餐。我会记住你的话，好好磨炼自己的。”

许国良辞别了张记者，就利用星期天下午的时间回到报社工交部办公室，找出张记者对通讯员的稿件修改后准备发往总编室的稿件，一份一份地仔细翻阅着。

工交部的记者按报社的规定都是双重身份，他们既是记者又是编辑。他们除自己采访写稿外，还承担着自己口儿内通讯员来稿的修改和编发工作。若能采用的稿件用红笔修改后签上京州日报的发稿签，标明版次、题目、字数、采用理由发往总编室，再由总编室审核刊登。

第二天早上，许国良早早地来到工交部办公室。办公室只有女记者胡颖一个人在修改稿件。她身前左边的铁丝框内已放了十多篇修改过的通讯员稿件。胡记者是报社的一名出色记者，她修改的稿件必定是很有水平的，许国良想看看她是怎样修改的，以提高自己的写稿水平。

许国良恭恭敬敬地对她说：“胡记者，你今天来得这么早，你在改稿吧？我能不能看看你修改的稿件？”

看上去温文尔雅、办事干脆利落的胡记者抬起头来莞尔一笑：“你这是……”

“我想看看你修改的稿件，提高一下自己的文字水平。”

“哦，当然可以，你还挺用心的。”说着她站起身来拿起修改好的稿件放到许国良面前，“你看吧，我以后放在框内修改过的稿件，你需要看，不用打招呼尽管看，看后按顺序放好就行。”

“谢谢胡记者。”许国良拿起一篇篇稿子细心地看着。他看了几篇，忍不住对胡记者说：“你修改的稿件真有水平，有些地方改得真巧妙，你们当记者的水平就是高。”

“我的水平一般般。水平高与不高，主要靠勤学苦练。我观察到你实习挺用心和卖力的，你今后肯定会成为一名出色的记者的。”

“差远了，我来了这么久，还没有能独立完成一篇像样的新闻，真有些心灰意懒，昨天张记者还开导我，我才重新有了信心。”

胡记者说：“我看你行，我想我不会看错人的。写新闻嘛，也没什么，只要你用心观察，不断磨炼自己，时间长了就会发现好的新闻素材的。譬如说‘狗咬人’不是新闻，‘人咬狗’才是新闻。可是往往我们的通讯员写出的都是‘狗咬人’式的新闻，不能突出‘新’字，也没有深度。因为狗具有咬人的本性……而人不具备咬狗的本性，一旦人咬了狗自然会吸引读者的眼球，这就是新闻了。当然还要注意新闻积极意义的要素构成和影响力……”

许国良心中又豁然理解了什么，对胡记者说：“你讲得真好，听你这么一说，我好像突然明白了许多。”

“当记者就要有识别好新闻的火眼金睛，一抓一个准，稍不留神，潜藏在身边的重要新闻线索就会悄然逝去。当记者以来，这样的损失还是很多的。有一次，我去采访一个歌星，就错过了一条重要的写稿机会。内地一个著名歌星被邀请随一个歌舞团到京州市演出，预先海报都发了出去，大力宣传这个歌星届时参加的预期轰动效应。人民日报驻京州记者站以及省报、省电视台、广播电台都派出记者到现场等候采访。京州日报派我前去采访，这位歌星是最后一个压轴节目，可前面一个个节目都演出完了，最后上场的是另一个歌星，好在这位歌星的实力和名声都和预先要请的明星实力相当，观众也买账，要不就出事了。演出结束后记者们看不到预先邀请的明星，纷纷转换思路准备重点报道真正出场的明星，写一则消息就打道回府，我也向单位说明了情况写了篇小报道。第二天，《人民日报》刊登了《赴京州演出的歌星离奇死去》，从这篇报道中得知这位歌星一丝不挂地死在她下榻的一家宾馆的浴盆中，浴盆的水中漂着一些玫瑰花瓣，歌星脸部朝下，两条腿直伸着，盆边放着一束玫瑰花和一个空安眠药瓶……原来那天我们其他记者都回家了，只有人民日报的记者没有走，他认为事先商定好的演员演出突然变卦，如果这个女歌星有事不能来为什么不提前打电话通知，这里面肯定有蹊跷。夜里歌舞团的人去宾馆查看，才发现她死在浴池内，然后报了警。这个人民日报的记者连夜随公安干警到实地采访，第二天独家报道了女歌星之死的消息。”

胡记者讲完了这番话，微笑着对许国良说：“人民日报的记者就是不一般，希望你好好实习，干出成绩，将来也能到中央级的新闻媒体工作，那里条件好待遇又高……”

许国良摆摆手说：“胡记者，你太抬举我了，我哪能到级别那么高的地方去工作，我将来如果能到你们京州日报当正式记者就已经是很高的奢望了。”

“好好干，只要提升了写作水平，会有人赏识你的。”胡记者鼓励他说。

听胡记者这么一说，许国良在心里不免嘀咕着。是呀，当一名记者尽管是自己梦寐以求的愿望，可实习结束后自己也大学毕业了，将来到哪里工作确实是个实实在在的问题。自己祖祖辈辈都是农民，又没有当干部的亲戚可以托付和依靠，只有靠张记者和胡记者给我指点的方法努力实习，写出一些优秀作品，干出一番成绩，成绩摆出来了，何愁没地方要呢？说不定京州日报赏识自己，同意将自己安排到此工作呢。

许国良边想边望了望胡记者，他心里充满了感激之情。从胡记者口中，他又明白了一点新闻写作的知识与技巧，也明白了作为一名记者的敬业精神。他给胡记者端了一杯茶，毕恭毕敬地站在她面前说：“真的很感谢你胡记者。你这么忙，还放下手头的工作给我讲了这么多，我一定向你和张记者学习，为将来做一名出色的记者打下扎实的基础。”

胡记者站起来握着许国良的手点点头说：“你不要客气，以后有什么问题尽管说。我相信你会实现自己的理想，成为一名优秀的记者的。”

这时报社的其他记者已经陆续来到了办公室上班。实习生何晓晓和荆远峰也来了。

何晓晓是跟着胡颖记者实习的。看到何晓晓，胡记者就冲着她说：“何晓晓你现在才来，人家许国良可是提前上班半个小时了，还认真地琢磨我们修改过的稿子。”

何晓晓听胡颖记者这么一说，有点突兀，旋即挺了挺苗条的身子，眉毛一挑，粲然一笑说道：“确实如此，我也看出来了，许国良比我和荆远峰刻苦。我们以后会向许国良学习的，不过胡记者，我是你带的实习生，你得多给我指导，不能偏向他。我给你捶捶背。”说着走到胡记者身后，抡起小拳头为胡记者捶起背来。胡记者挺喜欢何晓晓的，忍俊不禁地说：“好了好了，你的拳头捶得我好舒服，我以后多偏向你。”说完她俩都哈哈地笑了起来。

站在一旁的荆远峰凑到许国良跟前说：“国良，我们不甘落后，向你看齐。”

何晓晓也走到许国良跟前，拿起他正在看的修改稿，又看了看荆远峰，最后把佩服的眼神停留在许国良脸上说：“今后我和荆远峰也会像你一样，做个有心人。”但她心里还有些不服气，暗暗地说，咱们骑驴看唱本走着瞧吧。

我现在正在采写一篇重要新闻，等我把这篇新闻发表了，会让你大吃一惊的。你是吃苦耐劳型人才，我是聪明灵秀型人才，想必你们男孩子也不一定有我的胆量和勇气。

自从张青华记者、胡颖记者和自己谈话后，许国良像换了一个人似的，实习采访写稿更加积极主动了。天刚蒙蒙亮他就起床，匆匆吃过早饭赶到报社看记者老师们修改的稿件，因为这些稿件大都是记者老师们每天采访结束后，趁下午下班或晚上时间加班修改的，第二天上班时间就要送到总编室编发稿件。许国良经常利用早上这个空闲时间，一篇篇地看着张青华、胡颖记者以及其他记者的修改稿，有时有十几篇，有时有二十余篇，他都一篇一篇仔细地琢磨，反复地思考着为什么这里要删去一句话，那里又添上几个字；为什么这篇1000多字的稿件压缩到了300字；为什么有些稿子被淘汰丢进了废纸篓里……

一天过去了，两天过去了，三天过去了……许国良一直坚持品赏着这些记者经过心血而浇灌出来的果实，许国良的新闻语言也渐渐变得简洁和精练了。他写的稿件见报后，改动越来越少，有的甚至只改了两三个字。难怪张记者夸耀说："我带的实习生许国良写的稿件可以免检了。"

至于说发现新闻的能力，尽管和张记者一起到厂矿采访有所提高，但仍是捉襟见肘。他相信张记者的话，心急吃不了热豆腐，练就这种一抓就准的新闻眼光仍需要一段时间的磨炼，他不再刻意为此烦恼。一方面他勤奋刻苦，多观察，多熟悉这个口儿的生活；另一方面他决定买几本书读读来充实自己。有关记者建议他读读《全国优秀好新闻选》《新闻采访与写作ABC》《新闻的发现与挖掘》这三本书，这些都是他大学时没有学习过的。若将这几本书好好钻研钻研必然大有裨益。

他当天就利用业余时间到市新华书店购买，只买到《新闻采访与写作ABC》一书，其他两本他跑了几个书店也没能买到，因为这两本书出版时间太早，早已售罄。他向部里的记者借阅，可问了几个人都说没有，有的记者的书是送给以前的实习生了。如何是好呢？这时他忽然想起正在杭州日报实习的大学同班同学兰雅欣，看她能不能帮自己买到或借到这两本书。他回到住处立刻给大学同学兰雅欣写了封信。

信发出几天后，许国良就收到了兰雅欣寄来的书籍，同时她还给国良写了封回信。

收到了寄来的书籍，又看了兰雅欣写给自己的回信，他真的很感激这位女同学，关键时刻还是她帮助了自己，看来高中、大学时期同学间的友情的确是纯真无私的。

从此，许国良白天深入厂矿企业采访、写稿，晚上坐在他租赁的一间阴暗潮湿的房屋内读书，他天天坚持读书读到下半夜。由于租房时说好不交电费水费，房东大娘心疼消耗的电，每晚8点钟就将电闸关掉，无奈他只好坚持在昏暗的煤油灯下看书。一本本砖头厚的书在他的手下一遍遍翻阅着，他凝神屏气，苦思冥想，钻进了新闻的世界。他研读着每一篇稿件的标题、开头、结尾及主体部分，琢磨着它们别具一格的写作角度与写作技巧，领悟着它们平凡而又深邃的思想内涵，学习着它们的文脉结构和表现手法……

他如饥似渴地读着。人世间的事就是这样，当你付出了辛勤和努力，不知不觉中自然也会得到回报。这天他带着采访本骑着自行车辗转两家工厂也没有发现什么特别的新闻线索，当他来到市空分厂附近时，偶尔听到两个女青年你一言我一语地说着什么招聘的事，他好奇地停下车来询问，一个身着天蓝色西服套装、头发扎成马尾巴、脸型圆圆的女青年扭过头看着他指了指空分厂的大门说："这个厂正在招工，我们是来应聘的。"

许国良听这个女青年一说，也跟随着去实地想看个究竟。他走进空分厂大门，看到大门左边一个活动场子里人来来往往不断，热闹非凡。十几张整齐、厚实的枣红色油漆桌子一字排开，每张桌子前都站着三三两两的男女青年在咨询情况或填写报名登记表。

许国良问了两个工作人员有关招聘的情况，从他们口中得知，这个工厂以前需要哪一方面的人员或人才，都是打电话经别人推荐或采取本场职工介绍亲戚朋友等形式招聘员工。像现在这样大规模招聘员工的事还是第一次。"第一次？"国良的脑海中不断地浮现着这个概念，他忽然意识到这是一个不错的新闻，于是他更加细致地采访了几个工作人员，又采访了主管人事的副厂长，连夜写出了《招聘会开在了家门口》的稿子，三天后，这篇新闻刊发于《京州日报》头版头条。

工交部的记者看到许国良发表的这篇新闻时，赞不绝口。胡颖记者说："国良写的这篇稿件，角度新颖，构思独特，字字句句透露出新信息，好就好在'开在了家门口'。这篇新闻稿为别的厂子在招聘工人时提供了借鉴，也为广大的应聘者打开了一扇求职之门。以前工厂招工都是靠亲戚靠朋友打电话去别处联系，往往造成收来的人都是亲戚圈，不好管理不说，真正敬业、有一技之长的人才很难招到。现在工厂通过散发宣传单、报纸刊登、工人及家属口头宣传等形式广泛宣传，让大家都知道了招聘这件事，各种人才便踊跃报名，然后工厂公开选拔，真正把一些爱厂敬业、有一技之长的人吸收在厂内。这篇新闻确实新，实效性强。”

“对，这篇稿件很有启发性。工厂能根据用人所需为社会提供一批岗位，招聘公开透明，避免了走后门的不正之风。这样的稿件理所当然应上头版头条。”

“这篇稿件反映的招聘之事属于新生事物，它能引领和带动其他一些部门、厂子汲取有用的、合适的人才，它也昭示着工矿企业人事制度改革势在必行。”记者们纷纷发表自己的看法。

“张记者，许国良是你带的实习生，你给他开小灶了吧？”一个记者开玩笑地问张青华记者道。

张青华记者听着大家的谈论，有些沾沾自喜，点了点头戏谑地说：“这就叫名师出高徒呀！”然后回头看着国良说，“国良，你说我说的对吗？”

许国良急忙起身走到张记者面前，用带着羞涩的天真的脸看着他说：“确实是这样，要不是张记者掏心掏肺诚诚恳恳地启发诱导帮助，我不可能有进步。”

张记者摸摸下巴望着大家不好意思地说：“我刚才说着玩的，国良马上就上纲上线了。我有那么脸皮厚把别人的功劳说成自己的吗？我谦虚着呢。大家有目共睹，许国良的进步都是他自己努力的结果。关于国良发的稿件咱们也认真地讨论了，我刚才故意逗逗大家让大家笑笑轻松一下。咱们搞新闻工作的整天脑子里绷着一根弦，费力伤神，轻松一下，对大家有好处。好了，咱们继续自己的工作，我相信国良不会像我一样沾沾自喜，他会百尺竿头更进一步的。”说完看着国良，国良也冲大家点点头。

人都是不愿服输的，在这样的团队，记者们敬业刻苦，实习生们也绝不敢松懈；实习生们上进努力，师傅们更不会散漫懈怠。他们教学相长，难怪报社的工交部好事连连。

实习生何晓晓和荆远峰表现也都不错。表情丰富、样子可爱的女孩何晓晓在《京州日报》二版头题发表了一篇新闻，见报后记者们也是佩服得赞不绝口。有的说：“一个美女学生能写出这样的新闻真是让人想不到。”有的说：

"何晓晓真有气魄和胆识，完全打破了我们心中的那种花瓶和柔弱的美女形象，那是飒爽中带着娇柔，干练中带着妩媚，是铿锵玫瑰。"

原来何晓晓冒着不怕打击报复的危险多次深入企业采访调查，费劲艰难地查明了问题，证实了真伪，终于完成了一篇揭短亮丑的稿件。它的题目是《京州市洗衣粉厂生产的假冒伪劣产品欺诈消费者》。当然了，鞭挞丑恶、惩恶扬善是新闻记者义不容辞的责任和义务，可在现实生活中往往是表扬称颂方面的稿件多，当面锣对面鼓、真刀真枪揭露矛盾的稿件少。在媒体宣传中，歌功颂德、好人好事方面的稿件应该多点，它能在潜移默化中引导人们见贤思齐，弘扬美德；但清一色的称颂赞美稿件中也要适时穿插一些揭露丑恶，鞭挞恶行的报道，通过舆论导向使人们发现并学习生活中的真善美，厌恶排斥生活中的假恶丑，真正的弃恶扬善，让我们的生活更加美好。

据新闻媒体报道，新闻记者报道不良事件遭到人身攻击或伤亡的事件屡屡发生：

一个年轻的女记者因报道制造、销售假农药的窝点，被推搡摔倒在地，撕破了衣服，撕碎了报道稿子和相关证据。

一个中年男性摄影记者因拍摄到一个工厂利用半夜人们休息时间偷偷在污水出水口排泄有毒的化工污水，被强行销毁胶卷，摔毁相机……

一个青年男记者因报道一个乡村村民强行毁林乱占土地，遭到四五个人的强烈围攻，谩骂，拳打脚踢，结果致使该记者左眼被打伤，右腿骨折。

诸如此类事件的发生，让我们明白报道危害社会行为的记者可能会遭到打击报复，这也是很多记者不愿报道负面新闻的原因。

实习生何晓晓能写出这样的新闻，作为同行不能不佩服她的胆识和勇气。何晓晓是一个哈尔滨姑娘，出生在军人家庭，也可能是从小在军营中耳濡目染的缘故，她的性格干练中透出豪爽、勇敢中藏着睿智。上初中时同班的一个女生受到一个男同学欺负，致使该女生不敢来上学，何晓晓闻知后，直面这位男同学："你要再敢欺负同学，我就报告公安局。"并捋起袖子，摆开步子，准备和这位挑衅的男生交手，结果这男生一看她动了真格，反而害怕了，嘟囔了一句"好男不跟女斗"溜之大吉，从此再也不敢欺负女同学了。

在京州日报的编辑记者会上，市委宣传部副部长、报社社长兼总编王华肯定了实习生何晓晓不怕打击报复撰写负面新闻的做法，同时号召报社同仁向何晓晓学习，做一名惩恶扬善、充满正义感的人民记者。并且一再表态，有报社做大家的坚强后盾，让大家排除后顾之忧。

何晓晓写出这样的新闻报道，许国良打心眼里佩服。他在心里说，同在一个报社实习，一个女孩子能有如此胆识写出这样的新闻，作为一个男子汉更应该不怕困难，除了报道正面的有影响力的新闻之外，还要敢于报道与人民群众休戚相关、保障群众合法利益的新闻。

接下来一段时间，他留心观察，若没遇到负面的新闻他心里高兴，说明整个社会生活让人满意，何乐而不为；如遇到此类情况，就想办法采访，绝不放过眼皮子底下的坏人坏事。他到京州市自行车组装厂采访，走到门口无意中听到有人反映，说自行车组装厂组装的自行车车链子时常折断，有假冒伪劣嫌疑。他通过跟踪调查此事，走访了十几个新老用户，发现该厂确实存在自行车链子折断现象。他到该厂走访查证，原来该厂打着品牌自行车的旗号，私自打通进货渠道，用一家小厂生产的自行车链子和内胎，专门糊弄不懂行情的老百姓，欺骗消费者。许国良及时写了《市自行车租装厂竟有如此链子？原来私自借货以次充好欺诈消费者》的稿件。此稿见报后，有关执法部门责令该厂领导写出检查。厂领导也严格查处为谋取私利私自从小厂进货的两名管理人员，并给他们开除公职的处理。事后，市自行车组装厂还专门给报社送了一面锦旗，说因为记者的报道挽救了他们厂子，使这个厂刹住了假冒伪劣之风，逐渐走向了正轨。

后来，许国良又连续采访报道了《蝴蝶牌缝纫机为何打肿脸充胖子》《市化肥厂生产的化肥如何成为摆设》《野味香饭店竟有如此野味，肉包子里何来一只小老鼠》等揭短言丑的报道。当然了，报社还有多个记者写了这方面的稿件。这些稿件反映的问题看似微小，但都和老百姓的生活休戚相关，老百姓纷纷向报社竖起了大拇指。他们——报社的记者，用正面宣传引导和反面抨击打压的两手抓的思路，惩恶扬善，弘扬正气，让京州市的厂矿企业及其一些小的经营者们都以诚信、技术求生存，不断发展壮大。一段时期以来，这座城市工矿企业的负面信息越来越难以找到，国良以及一些注重写负面新闻的记者们也感到很欣慰，因为他们写的新闻为这座城市的建设与发展起到了保驾护航的作用。

十七　火化炉旁的倩影

这天上午，京州日报工交部正在召开每半月一次的例会。工交部主任魏寒军、副主任李悟生及全体编辑记者参加会议。魏主任对上半个月部里工作情况进行了总结，安排部署了下半个月的新闻报道计划。

魏主任说："同志们除了要根据各自的任务深入企业采访新闻外，还要特别留心报道一些立足本职岗位做奉献的先进典型。京州市是一个轻工业大市，毛纺厂、纱厂、棉纺厂等企业的生产总值占全市工业生产总产值的半壁江山，其中棉纺织产品远销全国十多个省市。为了使这些企业员工学有榜样，扎根本职岗位做贡献，下一步需要报道一些在基层本职岗位干出成绩的先进典型，以榜样的力量引领全社会基层劳动者立足本职爱岗敬业。"

会开完了，编辑记者们都各忙各的去了。许国良也准备带着采访本到工厂采访，刚走到门口张记者就叫住了他，告诉他魏主任让他到办公室去一趟。他没有停歇，就直接到了魏主任办公室。魏主任看着他说："小许，这段时间你很卖力，写了不少稿件，尤其是写了不少记者们不愿涉足的批评性稿件，希望你继续保持和发扬这种好的工作作风。"

许国良听到表扬脸上显示出羞涩而天真的表情说："多谢魏主任夸奖，其实我做得还差得远呢。"

魏主任说："好就是好，不好我也不会称赞你，我说的是实话。对了，刚才我在会上布置了要你们采访报道一些反映立足本职岗位、爱岗敬业的先进典型，你也要好好准备准备调查调查写一篇。你要多留心，独辟蹊径，最好能报道一下不讲价钱、不嫌弃工作性质、不怕恶劣的工作环境的人和事。以前你跟着张记者实习也学到了不少东西，你现在已单飞一段时间了，确实干得不错，你很适合当一名记者。”国良有点受宠若惊，悉心聆听着。

“咱们市有个火葬场。按说这个场是其他口儿的，当年分工时，分给了我们工交口，这是个被人遗忘的角落，记者们都不愿意到那里采访。我看你有胆有识，没有偏见，这次你去那里采访采访看能否写出些东西。”

许国良答应了魏主任的要求。第二天早上他就带着采访本，骑着自行车上路了。他只知道火葬场在市南郊，就顺着往南的大路骑行。当走到一个岔路口时，他犹疑不定，不知该如何往前行，就停车站在路边观望。这时看到一个中年妇女路过这里，他忙上前问道：“大婶，火葬场在哪里？”他急切地想知道答案，可这位大婶瞪眼瞧了瞧许国良，用干巴巴带刺儿的声音答道：“看你这小伙子长得倒挺精神，可啥不好问，大清早的偏偏问火葬场在哪里，真扫兴，太不吉利了。”说完满脸怨气头也不回径直走了。

从中年妇女的回答中，不难看出封建迷信的陈规陋习在人们头脑中的根深蒂固，他心里暗暗地说：“我一定要写一篇反映火葬场方面的稿件，让人们理解火葬场，理解在那里工作的人们，消除偏见。”很多人都对焚烧尸体的火葬场心存畏惧，忌讳这个地方不愿提起，他感到自己刚才的问话太突兀了。心想再遇到人打听路时，一定要注意问话的方式。

恰在这时，他看到一前一后有两个人要从这里经过。早行人除了办事的一般都是年龄大的。这两人都是老年人，中间隔一段距离，大约三四十米远。走在前面的是一个大娘，左臂上挎着一个竹篾编的篮子，看上去很轻，估计里面没装什么，大娘可能是去菜地。他准备上前问，突然想到一般老年人特别是老妇人比较迷信，忌讳什么死呀，火葬场呀，就没敢作声。他决定问后面的老头，男性生性比较豪爽，不信什么鬼神，不咋迷信。看到老大爷走到跟前了，他上前一步问道：“大爷，我是报社的见习记者，我问你一个事请你不要见怪，你能不能告诉我市火葬场在哪里？走到这个路口，我不知道该咋走。”大爷听了许国良的问话，毫无顾忌地用右手指了指其中一条路说道：“就在前边500米处，向左拐就到了。”许国良谢过大爷，沿着大爷指的那条路骑着自行车不大一会儿便来到了火葬场。

看着整齐划一的厂房和布局有序的花草植被，人们很难把它和焚烧尸体的火葬场相提并论，但这里确确实实是火葬场。大小不一、古朴苍翠的松柏和其他一些葱茏挺拔的景观树使这里呈现出一种宁静肃穆的氛围。许国良直接找到了吴场长并向他说明了自己来采访的意图。场长显然很惊讶，用感激的语气说："谢谢许记者能到此采访。说实在的，我在这里当了十多年场长，还是第一次见到记者前来采访。"

许国良直奔主题地说："吴场长，辛苦你介绍一下厂里的情况吧。"吴场长摆着手说不要这样客气，就介绍起这里的情况来。从吴场长口中得知，场内现有30余名职工，有业务员、骨灰管理员、整容师、火化工等职类。

吴场长一边介绍一边领着许国良到骨灰存放室查看，看着架子上摆放的一个个精致的贴着照片的骨灰盒国良感到浑身冷飕飕的。从骨灰盒上的照片来看，有的显得慈祥、面带微笑，有的目光冷峻、表情严肃，有的面容憔悴、心神疲惫，有的年轻鲜活、充满活力……国良不愿再看了，因为每张照片上的眼睛都好像会说话，虽然国良不信人死后会有灵魂，但还是看得国良毛骨悚然……好不容易从这间骨灰保管室出来，国良感觉身后总有一种异样的感觉，他压抑着惊魂未定的自己，想想自己是个无神论者，迫使自己平静下来。许国良听着吴场长的介绍，思索着如何寻找报道切入点，报道什么样的题材最好。这时忽然看到一个长相标致、身材姣好的姑娘从他们身边飘然而过，经过时她还朝陪同自己的吴场长点了点头。许国良有意识地扭过头看了这姑娘一眼问道："吴场长，这个女孩不会是你们这里的员工吧？"

吴场长耸了耸肩道："当然是了，她是我们这里的火化工。你肯定认为我们这里的工作人员都是中老年人吧？"

许国良有些疑惑："火化工是干什么的？"

"火化工就是直接焚烧尸体的，你刚才说的那个姑娘就从事这项工作，干得可认真了。"

"那位年轻的姑娘竟然是火化工？不瞒你说，我刚才到骨灰存放室走了一遭，就觉得浑身发冷，有点毛骨悚然的感觉。不是我胆小，这样的环境确实让人害怕。那个姑娘像演员一样漂亮，怎么愿意干焚烧尸体的火化工作，太不可思议了。如果不是我亲眼所见，我真不敢相信这个年轻漂亮的姑娘是火化工。你们的分工是不是不太合理？"

吴场长解释说："本来女孩子们都是负责接待或干勤杂工作的，有一个妇女是骨灰管理员，火化工大都是男人干的，可这个女孩执意要当火化工，我们就同意了。据说，她是全省唯一的女火化工。"

许国良本来就感到不可思议，听到"全省唯一的女火化工"这几个字眼后，就在心里盘算着"工作环境低下""认真负责""漂亮的姑娘"这几方面，要是挖掘一下，肯定能写出一篇有反响的人物通讯，一定有看点，也正符合魏主任开会时提出的要求。

于是，许国良就让吴场长领他到火化操作间看一看。魏主任没有立即答应。因为国良刚才在骨灰管理室就露怯了，他不想让这位来火葬场采访的记者再受到惊吓。吴场长知道对于一般人来说，那个地方太阴森，环境不好，他不愿让这位实在、愿意深入实地采访的记者遭这份罪。他关爱有加地对许国良说："你愿意来我们厂采访报道，已经很给我们面子了。火化操作间条件太差，你适应不了那里的环境，还是找几名火化工来座谈座谈吧。"

许国良认为，要想写出优秀的新闻，必须得亲临现场，这样才能掌握第一手材料，感同身受，才能写出有血有肉的作品来。他坚持要到火化操作间看看，吴厂长拗不过他，更为他的深入实际、求真务实的精神所感动，就决定带他到活化现场看看。

许国良和吴场长相跟着来到了火化操作间。火化操作间是由两大间房组成的，放尸体的地方和火化操作室各占一间，内间和外间有一堵墙隔着，墙上留有比一扇门稍宽的出入口。要来到操作间必须得经过外间。吴场长领许国良进门，沿着外停尸间左边的一条小道往前走。这间昏暗的停尸间的推拉床上依次摆放着七具遮覆着雪白布单的尸体，由于门口有风吹来，时不时看到尸体上覆盖着的白布单被风撩起一角，露出脸和身子，感觉这尸体仿佛要坐起来似的。国良像被什么催逼似的紧走几步赶到吴厂长前面，仿佛吴厂长就是他的守护神。这样才稍稍松了一口气。

穿过停尸间他们来到了火化操作间。虽然那位女火化工身穿劳动布工作服，戴着工作帽，许国良还是一眼认出了她。那位姑娘正在炉前忙碌着，她时而弯下腰来从火炉的缝隙里看看里面的火势，时而拿出一个约有两米长的铁钩子钩着让尸体燃尽……

许国良看着一个姑娘镇定自若地在焚烧尸体，心中的胆怯顿时减了几分，他不再想"尸体"这个词，而是想这是工作。许国良边看姑娘焚尸操作，边想着要采访的问题。

为了便于采访，吴场长在领国良现场查看之后，派一名火化工替下这位姑娘，他们三个人一块来到了火化操作间附近的一间值班室内。吴场长介绍说这姑娘名叫冯玉丽，又简单介绍了她的其他情况。这时外面有人找吴场长，吴场长就让许国良和冯玉丽先聊着。在吴场长介绍时，冯玉丽脱下来笨重的工作服，摘下了工作帽，立刻现出了清纯姣好的面容，国良不由得想到了两句诗“清水出芙蓉，天然去雕饰”。

姑娘芳龄25岁，她的清澈的眼睛、稍翘的鼻子和那小鹅蛋形脸巧妙组合，丝柔乌黑的头发在脑后扎起一束马尾巴垂到肩上，身材匀称，整个人娇俏中散发出青春的气息。

许国良有准备地拿出采访本问道：“你是怎样到火葬场工作的？你最初的理想肯定不是到这里工作吧？”

“我当初做梦也没想到会来这里工作。我从小爱唱歌，希望长大以后当一名歌手或音乐教师。高考填报志愿时我报考的是一家艺术院校，以3分之差被拒之门外。”她说起话来声音柔和而动听，仿佛是花开的声音。

许国良听着她的回答，也不免有些惋惜地说：“是呀，挺可惜的，仅以3分之差就与艺术院校失之交臂，让理想成了泡影。不过喜欢唱歌随时可以自己乐乐。”冯玉丽笑笑算是作答。

“你做火化工会遇到哪些不尽如人意的地方？你刚到这个地方工作不害怕吗？你最大的困扰是什么？”许国良接着问。

冯玉丽苦笑了一下说：“干我们这一行的，什么都不怕就怕不被人理解和被人歧视。至于害怕嘛，我倒挺胆大的，不过刚来时也害怕过。你想这样的环境说不害怕那是假话。我们单位只要有新员工报到，领导就开会为新员工洗脑，让我们明白人的生老病死都是自然规律，就像树木枯萎了，花儿凋谢了一样，慢慢地一具具尸体在我们眼里都变成了一棵树、一朵花，我们不再害怕。刚来那一段时间，我晚上还常常唱歌给自己壮胆。我唱革命歌曲，就觉得自己好像是革命英雄，就战胜了恐惧和胆怯。这些慢慢都能克服，但我们最大的困惑是来自外界的压力，那种鄙视、隔膜让我们心里很不是滋味，更有甚者有人像躲避瘟疫一样躲着我们，仿佛和我们说话、共事就会沾上霉运一般。”冯玉丽很无奈，那青春美丽的脸庞笼上了一层淡淡的忧愁。

打开了话匣子，冯玉丽要把心中的苦处一吐为快，她接着说道：“我到火葬场工作，同学朋友变成了陌生人，邻居也避讳，迎面遇到就装作没看到或赶紧拐路。有一次，我到一个高中时很要好的同学家玩，这位同学给我倒了一杯水，我端起喝了几口，等我走时同学把我送到门口。她家住的是单位分的一间房，在二楼。当我正准备顺着楼梯下楼时，只听从同学家屋内传出一声摔杯子的声音。我知道她嫌弃我用过的杯子，其实那一摔，把我的心也摔碎了。既然他们这么有偏见，我就偏偏要干好，主动要求当火化工。他们不尊重我们的劳动，封建迷信思想太重了，我们干的也是一项工作，这项工作总得有人去干，有人去奉献吧。其实工作中也遇到了一些人很感激我们，特别是死者的亲属，只是太少了。许记者，你要报道我们火葬场的话，请你一定呼吁呼吁，让全社会都来理解和尊重我们吧。"

吴场长不知什么时候已回到了这间屋子里，他听冯玉丽这么一说，趁机接过她的话："从事殡葬事业的人真是应该受到人们的理解和尊重。许记者你这次采访，真应该呼吁呼吁全社会对我们从事殡葬事业的工作人员多一份关心，多一份理解。"

许国良感慨地说："来到这里，我真是体会到了火化工作人员的艰辛与困惑，你们应该得到社会的理解和支持。我一定把这篇通讯写好，尽量使越来越多的人理解你们，支持你们。"许国良接着说道，"小冯同志，我再问你个个人问题，你也可以拒绝回答。请问你有男朋友吗？关于从事这项工作你的家人和男朋友是怎么看待的？"

冯玉丽脸不由得红到了脖子根，腼腆而又无奈地说："当着吴场长的面我也不说假话，也不怕出丑。作为火化工，我的婚姻问题确实受到了挫折和障碍，由于人们的偏见，火化工的婚姻问题是很难解决的。我今年已 25 岁了，我的同学很多都结婚当妈妈了，按说我也该找个对象了。父母看到我婚姻大事没有眉目，急得四处托人给我介绍，见了几个，都是见面后小伙子挺满意的，可一听说我是一个火化工就避而远之，这样的境遇出现了几次，我也死心了，我不想再和别人见面。为此，我母亲和偏瘫的父亲难过地流下了眼泪，我好说歹说才把他们劝住。"

吴场长接过话茬儿说："冯玉丽说的是实实在在的问题。我们场内还有几个小伙子和姑娘虽然没有小冯条件好，但人都长得不错，人品也好，在谈朋友上也遇到了困扰。面对这些年轻人我总觉得亏欠他们，可我也没有办法。"

……

许国良采访了整整一个上午，仅采访本就密密麻麻地记了 20 多页。下午回到报社后，他心里一直沉甸甸地感到一种困扰，他对被采访对象充满了同情与尊重。他觉得自己一定要帮帮这些踏踏实实，尽职尽责，生活在人们鄙视的目光之下，不被人注视反而被人们歧视的火葬场工作人员。"对，我一定写一篇人物通讯，把火化工冯玉丽遇到的心酸坎坷、无法释怀的境遇贯穿到整篇文章中，发起全社会对火化工的理解和尊重。”

他一页页地翻着采访本，脑海中浮现出一幕又一幕的画面，包括自己问路时被斥责被轻慢。他认真地构思着这篇通讯，开头、结尾、中间部分应写的内容都做到了心中有数，可以说是成竹在胸了。

他铺开稿纸在第一行写下了题目《一个与尸体打交道的姑娘》，这个题目是不容思考自己迸出来的，因为他在采访时亲眼看到冯玉丽在火化炉旁工作，这个焚烧尸体时忘掉了一切烦恼、一门心思在工作的冯玉丽的身影一直在他眼前浮现，可是他又觉得这个题目太不对头。迷茫中，他忽然想到了一个自认为恰当的名字，他即刻在稿纸上写下了《火化炉旁的倩影》。他觉得这个标题更符合被采访对象，有点诗意，有点悬念，可能会吸引读者的眼球，他最终确定了这篇通讯的标题。

万事开头难，题目定好了，他稍加酝酿思考，就很顺手地写出了这篇通讯的开头：夜幕深垂，万籁无声天地静，人们早已进入了甜美的梦乡。然而此时，京州市火化厂东南角一间屋子的灯光依然亮着。灯下洁白如雪的布单覆盖着七具尸体，一位端庄秀丽的姑娘，正在火化炉前忙碌着……

许国良把自己的感情深深地融入到了这篇通讯之中，他为主人公仅差3分没能被艺术院校录取而遗憾，被主人公遭到的来自同学、邻居、亲戚的议论与漠视感到愤慨，被各方面条件都很优秀的主人公屡屡遭受的爱情挫折而心痛，为主人公每天都要与尸体打交道，一丝不苟、勤勤恳恳的工作态度而感动……写到这篇通讯中间部分有些段落时，他甚至熬红了眼圈，眼里盈满了泪水……

许国良谋思这篇通讯时，就打算写一个具有期望性和感召力的结尾，他希望通过这篇通讯激起人们对火化工的理解和支持。最后一段他满怀深情地写道：是啊，有耕耘就会有收获。为人们默默地奉献着自己的人，最终会受到社会上越来越多的人的理解和尊重……

这篇通讯写得还算顺利，三个小时就完稿了。他耐心地修改了两遍，然后工工整整地把它抄写在了方格稿纸上，填好“京州日报发稿笺”，送给魏主任签发。魏主任一页一页地翻看着这篇稿子，不住地点点头说：“好，好……”他一边阅读一边情不自禁地赞叹着。看完稿子后，魏主任抑制不住激动的心情微笑着对许国良说：“小许呀，你的这篇稿件，不仅所报道的人物选择得好，稿件质量也过关，真是一篇不多见的优秀作品。”果不其然，此稿签发不到三天，《京州日报》就在头版显著位置刊发了这篇通讯，报社还让美编插了一幅五寸图片：一个火化炉旁，一个美丽的姑娘正在忙碌着。

此篇稿件刊登了3000多字。当时的《京州日报》就四个版面，每个版面只有现在报纸的一半大，发表1000字的文章必须得让报社副总编把关签字。要想刊登一篇大稿，得过五关斩六将，层层把关签字。作为刚入报社的大学实习生，能写出如此有震撼性的通讯实属不易，也非常难得。

此篇通讯发表后，市委宣传部副部长、京州日报社长兼总编王华用红笔将此篇文章圈住，并在报社二楼设置的评报栏内评稿：我们报社的记者哪里去了，一名大学实习生写出了如此爆炸性的新闻，这不应该让我们每个记者深思和学习吗？

这篇新闻也在许国良实习的社会工交部引起了反响，大家议论纷纷，称赞有加。在部里召开的记者例会上，魏寒军主任称赞说："这篇稿件反映的是最基层人们的工作生活，特别是写焚烧尸体的火化工，有看点，有吸引力，这样的稿件更容易引起人们的共鸣。"同时他又勉励记者同仁们要像许国良那样放下架子，敢于吃苦，深入第一线写出更多的优秀新闻稿件。

张青华记者夸耀说："我和小许多次到工矿企业采访，他是很能吃苦和乐于学习的，他能写出这样的作品也在预料之中。他还很年轻，以后肯定会有更大的作为。"

美女记者胡颖评价说："小许的这篇通讯写得很精彩，他能融情于人于事，所以写出的东西朴实中蕴含真情，以情动人，打动了读者的心。小许在今后的新闻之路上会走得更高更远。"

……

正像报社领导和记者同仁们评价的那样，这篇稿件确实在社会上引起了很大的反响。连续几天，京州市无论是机关院所、企业厂矿还是大街小巷，经常有人热议这篇通讯。人们常互相询问是否看到这篇报道，没看到的也赶紧找报纸来阅读。同事之间，朋友之间也不免议论。有人说一个漂亮的姑娘每天跟尸体打交道真是倒霉，谁家也不愿要这样的儿媳妇；有的则持反对意见，夸这姑娘人美心灵更美，是难得的好姑娘，谁家有这样的儿媳妇，那是一辈子的福气；有的议论说，我们整天怨天尤人，嫌弃自己的工作环境差，比比这位焚烧尸体的姑娘的工作，我们应该知足了。我们真应该向她学习，立足本职岗位，在自己平凡的岗位上做出贡献……

京州市毛纺厂、棉织厂、纱厂等棉纺系统每个工厂都有少则上千，多则上万的职工，因为行业特点等诸方面原因工作环境相对较差，有些职工思想波动大，朝三暮四，见异思迁。自从这篇通讯见报后，这些工厂的妇联、团委、工会等积极组织开展向冯玉丽学习的活动，号召全厂职工分组谈感想，表决心，立足本职岗位开展劳动竞赛，让青春在奉献中闪光。这项活动在这些厂里如火如荼地进行着，取得了很好的效果。市主管民政的副市长及民政局的领导到火化场看望冯玉丽，充分肯定了她默默奉献、爱岗敬业的精神。先后有60多人给冯玉丽写信，称赞她的事迹。其中还有十多人向她射出了丘比特之箭，愿意与她结为伉俪，照顾她一生。现在冯玉丽姑娘已与某驻地的一位年轻英俊的军官确立了恋爱关系。偏瘫的父亲看到这一切，激动得老泪纵横地说："闺女的老大难问题总算解决了，我们全家一定好好支持女儿干好工作。"

《中国人民之声报》转载了这篇通讯，一时间京州日报总编室也收到了全国各地大量的读者来信，大致内容大都是称赞冯玉丽立足本职岗位、奉献青春的精神的，也有一些是探索人生的意义的。

一位安徽纺织女工来信说："我一直埋怨命运的不公，厌倦自己的纺织工作，消极怠工，做一天和尚撞一天钟。自从看了报道冯玉丽的文章后，我才感到自己是如此的自私与渺小。同为女性，同在一片蓝天下，一个与尸体打交道的姑娘在如此不好的环境下能立足岗位，任劳任怨，在某种意义上平凡也是伟大。我要向她学习，在平凡的岗位上做出不平凡的业绩来。"

一位东北姑娘来信说："我年轻漂亮，是一个印刷打字工。我的工作环境决定我整天穿着一身油渍渍的工作服。我总觉得委屈了自己，想找机会换个高雅舒适的工作。看到有关冯玉丽的报道后，我的心灵被震撼了，我不打算调换工作了，我愿意在自己平凡的岗位上做一名默默无闻的奉献者。我每天打字，能读到很多文章，学到很多知识。有的书籍出版了，我很自豪，因为我是它的第一读者。"

……

京州日报有代表性地选编刊发了两版读者来信，为京州市各行各业树立了样板，起到了宣传鼓动作用。

这天上班，实习生何晓晓见到了许国良，羡慕而钦佩地说："你采写的这篇火化工的通讯反响真是太大了，报社很多记者都在议论夸奖个不停，你是京州日报十多个实习生中表现最出色的。”许国良笑了笑回答说：“我这是正面宣传报道好掌握，在揭短亮丑的批评稿件方面我还得向你请教一二。”何晓晓调侃道，“说我在某些方面比你强，你真善于发现别人的闪光点，看来你的进步空间还很大呀。”

许国良认为报社领导和同仁们的称赞和褒奖，是对自己最大的鞭策和鼓励，他一定会再接再厉，不辜负大家的好意与希望。他在心里想：我一定牢记报社同志们的信任与期待，努力耕耘，勤勤勉勉，做好一名实习记者。记者的意义有多大？你报道的内容能在某一方面引起反响，启示人们发现生活中的真善美，找到内心深处的善良、责任、宽容、坚守、乐观、豁达等，让人们在生活中不断成长，提升自我，这就是做记者的意义。“人之初，性本善”，“非独贤者有是心也，人皆有之，贤者能勿丧耳”，记者在思想道德方面引领社会群体向优者、贤者看齐，其作用不可小觑。

十八　勇救落水俄罗斯企业家

编辑记者们每天上班签到后，首先坐下来看一看当天新出版的报纸，若刊登有自己的新闻稿件及时剪下粘贴到一个精致的本子上，再读一读一些版面的重要新闻，然后就骑车或搭乘公共汽车到预定的地方采访。如果采访到有价值的新闻后就返回单位加班加点完成稿子，签发总编室，这也是记者们一天的惯例和日程。干啥吆喝啥，作为编辑或记者说起写稿、采访的事自然就多起来。有时根据工作需要临时派遣记者到外采访报道，被派出的记者当然也应无条件地出发赶到被采访单位采访。

这天早上，许国良上班了，看到张青华、胡颖等记者已各自坐在自己的桌前看着当天新出版的报纸。这天的报纸刊登了胡颖记者的一篇新闻，胡记者正在用一把小剪子规规整整地剪下这个“豆腐块”，然后麻利、齐整地贴在自己的一个精致的剪贴本上。许国良也从桌子上拿了一张报纸，坐在自己的位置上翻阅着。

魏主任走到他的小办公室门口，冲着大办公室里的许国良喊道：“小许，你到我办公室来一趟。”

“好。”许国良放下报纸答应着离开了自己的座位。

魏主任用手示意许国良坐下，说道：“刚才副总编来电话让咱部里派名记者到京通县采访一个新建成不久的碧槐湾公园。公园是为社会造福的公益事业，是全县城人们休闲娱乐的自然去处。以前人们没有这个思路，只想着建高楼大厦，建市场等，现在这个县能首先想到以人为本建个公园，值得大力宣传一下，报社对这次采访很重视。”魏主任停下喝了口茶继续说道，“本来这是农业部管辖报道的区域，应该让他们派人采访。因他们口儿的记者都事先安排到京州市‘梨花节’的活动现场采访，才临时派我们部里去一个人采访这个公园，我考虑到你是在农村长大的，对农村、县城生活比较了解，加之你年轻能吃苦，不怕坐车长途颠簸，这个报道任务我才打算派你去。再说你是实习生，对各种采访生活都适应适应，对你今后的发展是有益处的。”

许国良听说是让自己去采访的，马上站起来说：“魏主任，这还用说，你让我去采访是给我锻炼的机会。谢谢你！以后有啥采访任务尽管分派。”

魏主任点了点头说：“这次采访路途较远，去的又是山区县，要做好吃苦的准备，千方百计完成这次采访任务。路上注意安全，采访结束后尽快回来，免得我们担心。”

“放心吧，魏主任。我从小在农村长大的，什么苦也不怕，我会完成好这次采访任务，也会注意安全的。”走出魏主任的办公室，许国良稍作准备就到车站搭车。

京通县距京州市约有300里，是最偏僻的一个山区县。许国良在长途汽车站买了票坐上了开往京通县的客车，经过一路颠簸，四个小时后，终于到达了京通县城。他又步行五里地来到了县郊这个碧槐湾公园。

该公园依山而建，占地200多亩，原有的一小片槐树、核桃树、柿子树加上新栽种的桂花树、柳树、银杏树、女贞树以及一些叫不出名字的树，加上一片翠绿的竹林，看上去满目是深深浅浅的绿，还有淡黄色、深红色、绿中带黄等不同的色彩，清新养眼，真算得是天然氧吧。一片一片的小树林之间是交错相通的铺饰着各种图案的小石子路，公园的中心地带是个活动广场，四周花带风格各异，珍奇花草无所不在。特别是广场南面有一处长约500米，宽约100多米的大水塘更是引人注目。水是从山上像瀑布一样流泻而下进入水塘的，水塘一面环山，其他三面每间隔一段都点缀着亭台楼阁、石桌石凳。旁边的提示牌上写着标示语：观自然风光，享美好生活；珍爱生命，远离水边。还有几处标示有“水深，小心溺水”等标语。这些醒目的大字特别提醒着游人注意安全。

碧槐湾公园不像大城市的公园特别的热闹喧嚣，不过也有一些零零散散、来来往往的人们，正在这个静谧的公园静静地驻足观览。许国良绕着公园转了一周，看到许多人在自然美景中拍照，他也沉浸在这美景之中。之后他找到了水塘与广场之间稍偏僻位置处的一座二层小楼，这正是公园管理人员办公的地方。走进一楼办公室，董主任接待了他。

董主任是这里的负责人，他赤红脸、矮胖，有五十多岁，看了国良的介绍信后，他傻愣愣地盯了许国良大半天，一脸惊讶地说：“你叫许国良?”

许国良感觉董主任好像不大信任自己，会不会怀疑自己冒名顶替，就举了举手中的介绍信说：“我们见习记者没有记者证，都是用报社开的介绍信，你看这鲜红的印章。我确实是报社派来的，不会有假。”

董主任急忙又是摇头又是摆手，说道：“你不要误会，我不是这意思。前段时间报纸上登的火化工的文章是你写的吧?”

“是我写的。”许国良说。

“真是稀客、贵客呀。你写的火化工的文章我看了，这篇通讯极感人。报社能把你派来，我们能把你盼来，那真是我们的荣幸。”董主任激动地站起来说道。

许国良不好意思地说：“你过奖了。我是跟着我们报社的记者实习的，他们才是名副其实的好记者，他们写出的重头稿比我多得多，我只是写出了一篇像样的文章，不值得一提。我这次是受报社委托来这里采访的，你把公园的情况给我介绍介绍吧，我一定尽力写好。”

面对这么优秀又谦虚的记者，董主任乐呵呵地说：“我就喜欢你写的报道，有人情味。”说完，董主任开始向许国良介绍起了公园的创建与发展情况，许国良不时地边问边记录，大约采访了二十分钟时间。

“救人呀，救人呀！……”屋外隐隐约约传来一个女人的呼喊声。那腔调有点特别，有点歇斯底里。

听到吆喝声，许国良出于记者的本能，放下手中的采访本和笔，疾速走出门外，董主任尾随其后跑出去。许国良边走边往四处张望，隐约中发现声音来自公园的水塘边，就加快步子往出事地点跑去，把年龄偏大的董主任甩在身后。许国良稍近些才看清正在歇斯底里地喊叫的是个异国女性。

“快来救人呢，有人掉到水里了。”这喊声一声接一声，一看原来是位金发碧眼的俄罗斯姑娘，她胸前挂着相机，比纸还白的脸上淌着眼泪，在哀求身边的两个中年男子，“救救我父亲，我想让父亲在水边照张相，结果他一脚踩空落进水中，你们快救救他吧!”

两位中年男子看上去也很着急，但毫无办法，他们也不会游泳。他们向姑娘解释后，也一同帮姑娘喊着：“有人落水了，快来救救吧。”

他们喊声未落，许国良已经跑到了这里。他顾不上擦擦脸上的汗，就说：

"我会游泳，这就下去救他，你不要慌。"说着已脱掉衣服，然后纵身跳入水中。

这个大水塘中，姑娘的父亲正在慌乱地用双手扑打着水面，一沉一浮地挣扎着，眼看就要沉下、被大水吞噬，许国良张开双臂向他游去。这是活水，加上瀑布的冲击力，许国良倾尽全力艰难地向落水者游去。看起来没多远，他却使出了全身的力气，终于游到了落水者身旁，一把抓住了他。这时一滩急流向他们冲来，他又被冲到了离落水者四五米远的地方，他调整了一下方向，很艰难地向落水者再次游去，当他刚要伸出手去抓拽时，落水者已支撑不住沉入水中看不见踪影，国良迅速往下扎了一个猛子，伸出双手托住正在下沉的落水者，一手拽着他，一手扒着水吃力地向岸边游去。

这时在水塘边屏着气焦急地等候的董主任把手中准备的一根竹竿伸进水中，吆喝道："快抓住竹竿！"国良伸出手去抓竹竿，一不留神，另一只手中拖抓的落水者差点掉入水中，国良赶紧用另一只手托住落水者，然后双手交叉着抓住竹竿。董主任和岸上的其他人配合，用力拉竹竿，终于国良托着落水者一步步移向岸边，大家你拽我拉把他们俩拉上了岸。落水者已奄奄一息，两眼紧闭，肚子鼓胀胀的像个皮球。落水者的女儿扑到父亲身上号啕大哭，许国良赶紧拉开她说："现在还不是哭的时候。"说着开始对落水者进行人工呼吸。他一腿跪地，另一腿屈膝，将落水者腹部横放在他的大腿上，使其头下垂，接着按压其背部，使胃内积水倒出。然后说："赶紧送医院。"很快一辆三轮摩托开了过来，大家相跟着把落水者送到了距离公园最近的县中医院进行进一步治疗。

许国良和俄罗斯姑娘跑前跑后给姑娘的父亲办理了住院手续，医生们做着相应的检查和治疗。许国良和俄罗斯姑娘还有董主任等在门外。这个姑娘在焦急的等待中又落下了那强忍着的泪水对许国良和董主任懊悔地说："这都怪我呀，这都怨我。是我看到这里的自然景色美，让他站在水边给他拍照，完全没考虑到他的年龄，他的安全，结果他一脚踩空掉进水里……"说着说着竟然泣不成声。

许国良怕姑娘再有什么闪失，就劝她想开些，说："医生正在全力抢救。他溺水时间不长，心中还惦记着自己的女儿，不会有事的。再说我在公园已经对他做了人工呼吸和排水，一般情况下应该没什么大问题。"

正说着，一个医护人员从抢救室出来。俄罗斯姑娘赶紧上前问道："我爸爸怎么样，不要紧吧?”

这个医护人员看着惊魂未定的俄罗斯姑娘微笑着说：“没什么大碍，你放心吧。幸亏你们及时对病人做了人工呼吸和排水，要不就危险了。现在已经做了各项检查，没什么大毛病，只是病人年龄偏大，需要输液调整调整，你放心，他没有生命之忧。”

俄罗斯姑娘听医护人员这么一说，赶紧低头鞠躬说：“谢谢，谢谢你们的施救。”

董主任听后也松了一口气说：“许记者，你怎么会抢救溺水者?”

许国良平静地说：“我们报社记者在采访中有时会遇到突发事件，在上大学新闻系时学校在好多方面都对我们做过专门培训，对于落水者施救我只知道点皮毛。今天看来，大学的培训真是未雨绸缪，少不得呀。”

当主治医生走出急诊室告诉俄罗斯姑娘她父亲已经脱离了生命危险，还需要观察治疗几天时，俄罗斯姑娘终于可以到转入普通病房的父亲那里去看望他了。

姑娘进入病房后，许国良和董主任也露出了轻松的笑容。知道溺水者已经脱离了危险，许国良悄悄地离开了。董主任去和医院的负责人交代着什么，毕竟这件事出在公园，虽然公园的宣传提示语上告诫观光旅游者要注意安全，远离水边，但从人道主义的角度他作为这个公园的负责人也想多关心关心溺水者及其家属。待一切办妥之后，董主任也回到了公园。

董主任回到公园见到许国良正在采访游客，真感觉到是遇上了一个好记者。许国良通过和游客交谈，知道在一个县城建一个公园对于老百姓来说远比建许多高楼大厦要好得多，这是老百姓的心里话。国良对这篇稿子的写作角度也做到心中有数了。董记者和许国良接着谈了公园的基本情况和发展问题，之后董主任和许国良交换了意见，许国良建议公园除了安全警示牌的设置，还要在大水塘附近设立安全巡视岗，当然得是会游泳的，来防范突发事件的发生，这也和董主任心中所想一致。

采访结束后，董主任再次诚恳地对许国良说：“许记者，你挽救了一个游客的生命，要不是遇到你，溺水者就会丧失生命，我代表公园管理委员会谢谢你了！你是来采访报道公园的，恰恰你又在公园里救了人，应该宣传宣传你。我准备打电话给县委宣传部让他们派人给你写篇报道。”

许国良一听赶紧阻止董主任道：“千万不要采访我，只要是会游泳的，谁遇到这种情况都会去救人的，你千万不要让他们写我。”

许国良采访结束后回到报社。董主任在许国良走后越想越觉得应该宣传报道一下许国良不顾个人安危救人的事迹，就邀请县委宣传部通讯组给许国良写了一篇新闻报道。

事隔没几天，《京州日报》一个版面上刊登了许国良写的《碧槐湾——京通县人民的春天》的通讯，紧挨着这篇通讯的后面又刊登了一篇新闻《见习记者许国良勇救俄罗斯友人》。

许国良看到这篇报道后心想，怎么会这样，明明给董主任说好了不让报道自己，现在又给报道出来了。许国良正纳闷地想着心事，坐在他右边隔两张桌子的何晓晓也看到了这两篇新闻，她不声不响地走到许国良身旁夸奖道：“一张报纸上报道了与你有关的两篇新闻，这真是天下少有的稀罕事，祝贺你！”

许国良扭转身看了看何晓晓耸了耸肩道：“还天下少有？你尽嘲讽我。不好意思，我真的不想让别人知道这事，更不想让他们报道出去。回来时我还特意交代了董主任不要他们写我，但他们还是让人写稿投到了报社，我真是跳进黄河也洗不清了，你们一定认为我是好大喜功。”

何晓晓一半是嘲讽一半是敬佩地说道：“有啥隐瞒的，你抢救了一条生命，还是国际友人的生命，这天大的好事能隐瞒住吗？如果是我，我还巴不得别人报道呢。谁也没有规定记者救了人就不应该宣传报道，来报社实习我才明白其实记者是最能吃苦、品质最高尚的人。你为我们记者争了光，祝贺！”

工交部的其他记者来到办公室后也都知道了这个消息，一个个都为许国良的所作所为所感动，他们真心佩服这位富有朝气、德才兼备的小弟弟。

魏寒军主任看到报道后，更是赞不绝口：“许国良，你又为我们工交部立了一功。你不仅有才华，而且有着一颗朴素善良的心……”

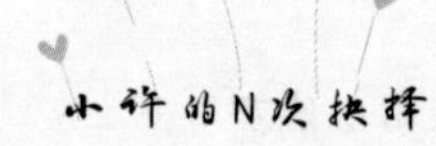

十九　俄罗斯美女咖啡屋中谢恩人

在医院的病房里，俄罗斯友人在医护人员的抢救下慢慢苏醒过来。俄罗斯姑娘看着被抢救过来的父亲流下了激动的泪水。许国良听医生说病人没什么大碍，需要输液静养几天恢复恢复就没事了，这才放心地悄悄离开了医院。

俄罗斯友人醒来后，抬眼看了看病房四周，摸了摸身上盖的白色被罩包裹的毛巾被，看着铁架杆上正给自己输液的吊瓶问女儿道："我怎么在医院呢?"

俄罗斯姑娘望了望父亲，用手帮父亲把被头掖了掖说："我给你照相时，你不慎落水，是被别人救上来的。真把我吓坏了。"

听到女儿说自己落水，俄罗斯友人似有所悟，继而就清楚地记起了自己落水时挣扎的情景，他对女儿说："我刚落水时还有知觉，后来身子一沉好像什么都不知道了。你刚才说我是被别人救上来的，我是被谁救上来的，我想见见他。"父亲乞求女儿说出救他的人。

女儿说："救你的是个年轻小伙子。"接着她就把父亲落水后自己如何呼喊，小伙子如何跳进水中实施营救的过程一五一十地给父亲说了一遍。她父亲惊愕地睁大眼睛说："多亏这位小伙子了。"女儿也感激地说，"是呀，当时的情况非常危急，要不是这位小伙子……真是太危险了，恐怕生命也……"女儿说不下去了，眼泪肆意横流。

父亲明白小伙子就是救命恩人，迫切地对女儿说："那个小伙子在哪里，我想见见他，当面感谢感谢这位救命恩人。"

俄罗斯女孩先是一愣，继而"腾"的一下站起来对父亲说了句"救你的人就在门外的走廊上"，就脚不停歇地往门外走去。

“快去把他叫来。”父亲说时女儿已经走到了门外。

俄罗斯姑娘在走廊左瞧右瞧就是不见许国良的身影，她在医院转了个遍也没找到他。回到病房，她有些失望地对父亲说：“刚才你在急诊室抢救时，他还在门口劝我不要哭，说你会没事的，可现在一转眼，他却不见踪影了。”

女孩的父亲遗憾地说：“无论怎样也要找到恩人，我要当面谢谢人家。”

溺水者名叫巴西维奇·叶夫根尼，他是俄罗斯某钢铁公司董事长。他的女儿卡琳诺娃在京州市外语学院学习中文。他是来中国探望正在读书的女儿的，听说碧槐湾公园是个美丽的地方，就和女儿一起来到这里游玩，不想在水边拍照时不慎落水。当父亲正在抢救时，卡琳诺娃因担心急得只顾着哭泣流泪，没有顾得上问把父亲救上岸来的小伙子的姓名及其他情况。现在想起真有些懊悔不已，她想无论怎样也要找到恩人，感谢他的救命之恩，同时也完成父亲想见一见这个恩人的愿望。

卡琳诺娃记起当小伙子下水救父亲时，水塘边拉着竹竿的人群中有人高喊着什么记者的，也听到有人称呼拿竹竿的人是董主任什么的。对，我到公园问问，不就知道这位小伙子的下落了吗？

这一天，她安排好住院继续观察治疗的父亲，就来到碧槐湾公园，打听和寻找营救父亲的小伙子。卡琳诺娃来到公园门口，正好迎面碰到一位穿制服的工作人员。卡琳诺娃就问道：“这位女士，你是这里的工作人员吧？”

这位女士好奇地打量着这位会说中国话的俄罗斯女孩回答说：“我是这里的工作人员。你有什么事需要帮忙吗？”

卡琳诺娃点点头说：“是的。我想问问你们公园的负责人是不是姓董？”

“是呀，是董主任，我们的负责人。”

“那你知不知道前几天有一个人落水被救的事？”

“知道，当然知道了。是一个记者下水营救，我们董主任在水塘边配合把落水者救上来的。”这位女士热情地说道。

卡琳诺娃听到这位女士的介绍，心想只要找到董主任就能找到救人的小伙子。她谢过这位女士高高兴兴地来到公园办公室。一踏进办公室的门槛，她一眼就看出董主任就是那天在水塘边拿着竹竿协助那位记者救父亲的那个人，她感激地握住董主任的手说：“董主任，太谢谢你了，你们那天救了我父亲的命。”

董主任被这突如其来的“谢谢”和白皮肤、长着一双深邃的眼睛的漂亮的俄罗斯姑娘真诚的握手弄得不知所措，傻愣了好长时间才醒悟过来，搓着手说："姑娘，你弄错了，救你的人不是我，是京州日报社的一位记者许国良。他到我们公园采访，听到你的呼救声马上终止了采访，跑去救你父亲……我和其他人只是在水塘边帮了点小忙。"董主任说完，又从桌子右边的一沓报纸中抽出一份报纸用手扬了扬递给卡琳诺娃说："姑娘你看，我还叫县通讯组给他写了一篇报道。"

卡琳诺娃是来中国学习中文的，非常熟悉中国语言，她接过报纸看了通讯员写许记者救自己父亲的报道，又看了许记者采写的通讯《碧槐湾——京通县人民的春天》，她被小伙子惊人的才华和高尚的人品深深地折服，脑海中不自觉地浮现出了许国良那英俊、善良、略带天真的脸。"我一定尽快找到许记者表达我和父亲对他的感激之情。"她默念道。

巴西维奇出院了，身体恢复得很好。卡琳诺娃和父亲一同到京州日报社，见到了父亲的救命恩人许国良。

巴西维奇抬头看了看站在身边朴素而又英俊的许国良，情不自禁地握住许国良的手动情地说："谢谢你救了我的命，谢谢你小伙子。"说着声音变得哽咽了。

许国良赶紧扶住他，劝他不要激动，说这是小事，不值得一提。巴西维奇从随身携带的黑色手提包里取出两沓人民币递给许国良："小伙子，请你收下这两万元，你救了我的命，这是我的一份心意。"

许国良本能地推辞了，他不假思索地说："救人是应该的，只要是会游泳的，谁遇到这样的事都会出手相救的，你不用客气。这钱我真的不能收。"

在一旁的卡琳诺娃看到许国良执意不接，也上前劝道："许记者，你就收下吧，这是家父和我的一片心意，你不能拒绝。"说着把钱又推给许国良。两万元钱可不是个小数目，如若收下许国良就再也不用去打工赚钱，再也不用忍饥挨饿了。救了人，人家拿钱表示感谢也是顺理成章的。但国良不这么想，他认为救人是举手之劳，是分内之举，无论怎样也不能收人家钱。俄罗斯父女俩态度坚决，许国良越不要他们越觉得他有一颗朴素的心，内心越感动，说什么也要让许国良收下这些钱不可。许国良脑筋缺根筋，偏偏不为金钱所动，只是一直重复着那两句话："这是我应该做的"，"你们的心意我领了"。

巴西维奇看到这位中国小伙子态度坚决，说什么也不肯收钱，经过思考就决定把这钱捐给报社，让报社改善办公环境使用，也算报答报社培养出了许国良这样优秀的记者。于是巴西维奇和女儿卡琳诺娃将这两万元钱捐献给了许国良所实习的京州日报社。

京州日报社社长兼总编王华在报社全体编辑记者会议上高度评价了许国良不顾个人安危舍己救人的动人事迹以及他在金钱面前不动心的高尚品格，并号召大家向他学习，他还特别强调做编辑记者一定要不为金钱所动，牢记并遵守记者的职业操守，做一个人民的好记者。

这天刚上班，魏寒军主任叫住许国良让他到办公室去一趟。国良跟随魏主任来到了办公室。魏主任让他坐下开口说道："小许，我们刚才开编委会时，报社王总编一直夸你。鉴于你见义勇为的行为和被救的俄罗斯友人给报社捐款这件事，报社研究决定奖励你 500 元。"

许国良先是一愣，但他马上又冷静下来说："魏主任，这钱我不能要，你已经表扬过我了，这是我作为实习记者应该做的。"

"你之前做的都很正确。你救了人，人家感谢你，你可以收也可以不收，这都无可厚非，你不收正体现了你的无私与善良。现在报社奖励你 500 元，这是你应该得的奖金。你若不收会伤了报社领导的心意，也让报社的奖惩制度无法实行。以后有人做了好事或做出了成绩，报社按规定奖励，人家是要还是不要。要的话就要和以前没要的人比，怀疑自己品质是不是不够高尚。其实这是奖金，是劳动所得，谁不想在实现自己的理想的同时多拿点奖金改善自己的生活，孝顺自己的父母。国良，收下吧。你是个好孩子，你记住生活永远不会亏待好人的。"

许国良听了魏主任这一番话，想想也在理，如果一味地固执拒绝也会伤了好人的心。"谢谢魏主任，谢谢报社领导。那我就收下了。"他愉快地接受了这报社奖励的 500 元钱。

告别了魏主任，许国良返回到自己的座位上。他拿着用牛皮纸信封装的这很有分量的 500 元钱，心里阵阵悸动。500 元钱在当时也不是一个小数目，这钱该怎么处置，他思忖着，很快心中就有了盘算。自己在报社实习这段时间没法打工，报社也是意思性地给他们实习生补助一些生活费。来实习前，他把平时打工和奖学金积累下的一点钱都寄给了妈妈和次仁旺泽，告诉他们这段时间他想全力以赴做好实习工作，实习结束后继续打工赚钱再给他们寄钱。现在这 500 元钱真像天降馅饼砸中了自己，他实在是太高兴了。他决定给妈妈和次仁旺泽各寄 150 元，这足够他们生活两三个月了。余下的 200 元钱，自己留下100元供房租和生活所用，另100元存起来以备急用。他从自己的生活费中拿出10元钱去附近的商场给莫君若买了条好看的丝巾，并给她写了封信告诉她自己近来的情况。那天在办公室，他听到记者胡颖在夸赞何晓晓新买的丝巾漂亮，他就想什么时候自己有钱了一定也给君若买一条，今天他终于如愿以偿了。于是他来到邮局分别给妈妈和次仁旺泽汇了款，并给君若邮寄了丝巾和一封情意绵绵的信。

日子按部就班地过着，既平淡又充实。一周后的一天早上，许国良吃过早饭早早地来到了办公室。办公室还没有人，他和平时一样整理报纸，打扫卫生，突然办公室的电话叮铃铃地响个不停。许国良迅速走到电话机旁拿起电话："喂，请问你是哪位？"

"你是许国良先生吗？"声音传过话筒，是一位女士的声音，她没有回答是谁，而是直呼国良的名字。

许国良悟到对方认识自己，一时又猜测不出是谁，就问道："不好意思，请问你是……"

"我是卡琳诺娃。"对方紧接着回答。哦，听着对方温柔得有点特别的中国话，许国良恍然大悟，"你就是那位俄罗斯姑娘卡琳诺娃，我知道了。你有什么事吗？请讲。"

"明天是周末，我们外语学院休息，你也过星期天吧？我想请你喝杯咖啡好吗？"

"谢谢你的好意，我不去，我从不喝咖啡。"国良要拒绝对方的邀请，他真不知道该怎样拒绝。

"许先生一定要赏光。你救了我父亲，我不能请你喝杯咖啡吗？如果你不喝咖啡我请你吃西餐。"许国良还没有来得及辩解，对方接着说道，"你一定要来，上次你死活不肯收我们的感谢金，这次请你喝咖啡总不能再拒绝吧？那样我和我父亲就太过意不去了。"

卡琳诺娃把话说到这份上，恐怕再推托真的会伤害对方的心，许国良就答应了卡琳诺娃的邀请。卡琳诺娃在电话里约定了时间和地点。

第二天下午，许国良如约来到了位于双林街的绿森林咖啡馆。这个咖啡馆内厅呈椭圆形设计，中间设置一个别致的舞厅，围绕着椭圆形舞厅的四周是十多个大小不一的小型咖啡屋，这些咖啡屋每个都是独立的，中间各摆放有两个或四个座位的暗红色咖啡桌，咖啡屋两侧的隔墙边依次摆着一株株的绿色植物。这小小的咖啡屋装潢精美，布置自然雅致，让坐在这里的人感到非常温馨舒适。

许国良没有到过布置得如此精美雅致的地方，走进咖啡厅简直就像刘姥姥进大观园。他有些拘谨，想问吧台上的服务员，卡琳诺娃已经笑盈盈地走了过来：“许先生，你来了。咱们定的咖啡屋是五号，请跟我来。”

他俩相跟着来到了咖啡屋。卡琳诺娃看了看许国良说：“你坐吧。这里的环境很美吧？”说着自己也坐了下来。

年轻靓丽的服务员走过来微笑着问：“请问两位，要点什么？”说着递过菜单。卡琳诺娃对国良笑笑回头对服务员说：“两杯维纳斯热咖啡，两个意大利面包。然后……”她指着菜单又点了一种优雅的松饼和一些精美的水果。许国良阻止道：“不能再点了……”

卡琳诺娃看了看许国良，扭头对服务员说：“好，先这样吧。”

“请稍等。马上就来。”服务员保持着一贯的微笑礼貌地离开了，不一会儿，两杯调制好的咖啡和所要的吃食都摆上了桌子。

盛咖啡的高脚杯子是袖珍型的，杯耳较小，非常精致。“加点糖吧？”

卡琳诺娃问许国良，许国良点点头。卡琳诺娃用糖夹子把方糖夹在咖啡碟的近身一侧，再用咖啡匙把方糖夹在杯子里，然后用咖啡匙轻轻地搅动咖啡。许国良笑着说自己还没喝过咖啡，就依葫芦画瓢照卡琳诺娃的样子往杯子里放方糖并用小汤匙搅动咖啡。

许国良又依照卡琳诺娃的样子抿了一小口，对卡琳诺娃说：“这咖啡有点苦味，后味还挺香的。我第一次喝咖啡，感觉挺不一样的。”

“你没有喝过咖啡，感觉还不错？你们这里的人不怎么喝咖啡？”卡琳诺娃有些疑惑地问。

“这咖啡多少钱一杯？”许国良问道。

卡琳诺娃微微一笑说：“一杯 35 元。你吃点甜点吧，挺好吃的。”

许国良拿起了一块意大利面包。

“一杯咖啡 35 元，确实挺贵的。以前听说过这是高雅消费，从没敢进过咖啡厅。听见不如看见，今天算是知道了它确实贵得离谱。我是农村走出来的，上大学还一直靠兼职打工，哪能来这种高档消费区消费？谢谢你请我喝咖啡，让我体会到了一种不同情调的生活。”他们闲聊着，气氛慢慢变得轻松起来。

卡琳诺娃有些不解地问："你的生活不容易，我爸爸感谢你的钱你真该收下来丰富和改善自己的生活，你为什么不收呢？"

许国良平静地说："那是两回事。救人是凭良心，是本能的反应，不是为了钱。需要钱应该自己挣，自己挣钱来改善生活。你和你爸爸的心意我已领了，我今天不是来喝咖啡了吗？我听报社的人说，你爸爸是俄罗斯的'钢铁大王'，但钱再多那也是你爸爸辛辛苦苦打拼挣出来的。一个人付出了多大的努力，做出了多大的贡献，就该过怎样的生活，我们不能只羡慕别人的生活优越，更要学习别人的付出和奉献。"

自从上次许国良救了卡琳诺娃的父亲，卡琳诺娃和父亲拿出钱感谢许国良，许国良说什么也不收，卡琳诺娃就对这位中国小伙子产生了好感，要不她为什么一定要邀请他喝咖啡呢？今天听了许国良这一番话，她心里更加佩服他了。看着眼前这位相貌堂堂、心灵纯净的小伙子，她暗暗地想：我此次来中国上大学能认识到许记者真是不虚此行。如果能把自己的一生托付给这样的人那真是缘分，是福气。卡琳诺娃在布置得这样娴雅有情调的地方和自己佩服的人在这里聊天，难免产生这样的想法。

"你知道我是从俄罗斯来中国学习汉语的，除了学校的老师和同学，我也没有什么相熟的朋友，你就帮忙做我的汉语老师吧，我以后遇到什么不懂的问题可以请教请教你。"卡琳诺娃想给自己制造一些和许国良见面的机会，就提出了这样的要求。

许国良没有推辞，说道："老师不敢当，但你要是在学习和生活中遇到什么困难，只要我能帮得上的一定竭力相助。"

卡琳诺娃用深邃的眼睛凝视着许国良激动地说："许记者，一言为定。用你们中国的话说就是'君子一言，驷马难追'，一言为定啊。认识你真是我的荣幸。"

许国良也真诚地说："一言为定。只要你需要，我一定帮你的忙。以后你就叫我名字吧，不要叫许记者，我也只是报社的见习记者。"

咖啡馆的舞厅响起了优雅的音乐，几对青年男女翩翩起舞。卡琳诺娃起身走了两步，双手轻轻地拨开咖啡屋的珠帘向外看了看，扭转身再次凝视着许国良说："许记者，不，许国良，我能请你跳个舞吗？"说着她优雅地伸出了右手。

许国良抱歉地说："对不起，我不会跳舞。天也不早了，我们回去吧。"

卡琳诺娃想了想说："好吧。"她埋了单，就和许国良一块走出咖啡屋沿着走廊往外走去。舞厅边一个年轻帅气的小伙子看到卡琳诺娃这个俄罗斯美女，就笑嘻嘻地前来搭讪："俄罗斯美女，请赏光跳个舞吧？"

卡琳诺娃很有礼貌地说道："这位先生，我和我的朋友要回去，对不起，失陪了。"说着她和许国良一道离开了咖啡厅。

"许国良，你是我喜欢的人，我要征得我父亲的同意再和你见面。到时候我会亲口告诉你'我爱你'。"卡琳诺娃心想。

他们在卡琳诺娃要搭乘的公交站牌前告别。许国良说："谢谢你请我喝咖啡，这是我平生第一次喝咖啡。我喜欢这个味道。"

卡琳诺娃开心地笑了："不是你感谢我，而是我要感谢你。因为是你让我度过了这段美好的时光。"

卡琳诺娃向许国良挥挥手坐上了直达校门口的公共汽车，之后许国良也坐上了返回住处的公交车。

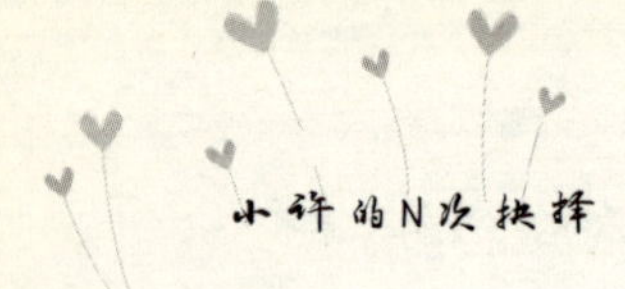

二十　采访劳模何春阳

许国良深知，作为一名实习记者自己所肩负的责任，不仅要向同仁们学习新闻采写的方法技巧，最主要还应该做一个感情丰富、爱憎分明的人，一个始终把国家、荣誉和责任放在第一位的人。同时作为一个新闻记者还要勇敢，敢于揭露和鞭挞社会丑恶现象，弃恶扬善，让我们的社会正常、和谐地发展，这是一个新闻记者应该具备的基本素质。在大学学习期间以及眼下的实习中许国良深深地体会到了这一点，那就是做一名勇敢的记者，有良知、有责任感的记者。

许国良带着这份责任经常深入企业调查采访，挖掘有价值的新闻线索，第一时间采访报道。

在全市树立的众多劳动模范中，何春阳的名字是响当当的，他是市搪瓷厂的厂长。他上任五年，使全市一个濒临倒闭的企业起死回生，成为市里一面先进的旗帜，更是一颗璀璨的明星。这是一条不错的新闻题材，也更符合报纸所宣传的主题。发现这个题材后许国良着实兴奋了一阵子，他像哥伦布发现新大陆那样激动，决定写一篇有深度、有分量、有文采的人物通讯，给全市人民树立一个价值标杆，送去一道精神文明大餐。

这一天，他吃过早饭骑着自行车上路了。他穿过一条又一条街道，拐过一个又一个胡同，经过一个多小时的颠簸，终于来到了市搪瓷厂门口，尽管贴身衣服已被汗水浸透，但他还是为自己到达目的地可以在这里采访到一篇重要新闻而感到欣慰。他抬头看了看搪瓷厂装潢精美的办公楼，推着自行车给门卫打了个招呼就进厂了。他把自行车放在车棚内，就上到办公大楼二楼，依据门牌上的提示，来到了搪瓷厂办公室。厂办公室的门是敞开着的，他不用敲门就直接进去。办公室内有三男两女正在正常办公，他用眼睛的余光瞟见了两位女同志。一位约莫30岁左右，扎着马尾状发式；另外一位20岁左右，长发披肩，是挺标准的美人。他心里不由得暗暗想到：不愧是大厂，能有如此靓丽的美人，真是其他厂子不多见的。他又看了看那三个或成熟稳重或年轻摆酷的哥们，准备自我介绍，还没来得及说出口“我是”二字，扎着马尾状发式的美女放下手中的报纸双手交叉放在桌子上，腰板很挺地坐着用淡淡的口气问道：“同志，你找谁？”

“我找你们何厂长。”许国良说明了来意。

“我们何厂长有事不在家。”这位美女边说边又拿起报纸翻看，有些不耐烦地把报纸翻动得哗啦啦的响，不再答话了。其他几个人员也是各干各事，没有一个人出面理睬他。

“这个办公室的人员怎么这样，素质这么差。”许国良像掉进了冰窖里一样有种被冷落的感觉，于是有些抱怨地问一句，“我是报社的，今天是来采访何厂长的。何厂长到底在不在？什么时候回来？”

刚才接话茬的美女立刻放下手中翻动的报纸，站起身来走到许国良面前，伸出细腻洁白的纤纤小手与许国良握了一下。“哎呀，你是记者，失敬失敬，快请坐。”她边说边请许国良坐在挨墙的沙发上，然后热情地递过来一杯茶放在许国良面前的茶几上自我介绍说她是这里的办公室主任，名叫夏洁。

“你这次是来采访我们厂长吗？”夏主任好奇地问。

许国良端起茶杯抿了一口笑了笑说：“我了解到何厂长的事迹非常突出，想采访采访写一篇人物通讯。”

“这是大好事，喜事呀。我们何厂长可了不起了。他今天早上出去洽谈业务了，我这就给你联系。”夏主任边说边拿起桌子上的话筒开始拨号。

接到电话何厂长突然一楞，好像有什么担心和顾虑似的问道：“小夏呀，你问问记者来此是采访哪一方面的？”

“我问了，他是来采访你的先进事迹的。他说他准备写一篇人物通讯。像你这样有魄力、有能力的人就应该宣传宣传让大家学习。”夏洁向何厂长汇报说。

何厂长用轻快兴奋的声音对夏主任说：“好事呀，好好招待记者，请他稍等一会儿，我马上就回去。”

夏主任放下电话，微笑着对许国良说：“我们何厂长让你稍等一会儿，他马上就到。”然后她又扭头问道，“对了，你贵姓?”

许国良方才醒悟过来似的掏出介绍信递给了夏主任，夏主任接过介绍信看了看又递给许国良说：“你是许记者?!”

“不敢当，不敢当。我是京州大学的学生，现在京州日报实习，现在是见习记者，我叫许国良。”许国良解释说。

许国良的话音没落，夏主任就友好地打量他，许国良也抬眼看夏主任，正好碰上夏主任火辣辣的目光盯着自己看，许国良被美女盯着看真有些受宠若惊又局促不安的感觉。他马上站起来从屋门口右侧的报架上拿起了一沓报纸翻看，想借以掩饰自己内心的慌乱。

“京州大学是名牌大学，能在那里学习可不是太容易的呀。”夏主任羡慕而又真诚地夸赞道。办公室的其他几个人也都有些吃惊地望着许国良，其中那个长发齐肩柔顺地下垂、鹅蛋脸上嵌着一双大眼睛的姑娘站起身，步态婀娜地走到许国良跟前为他倒了一杯水，又悄然转身回到自己的座位上，秋波闪动、娇滴滴地对许国良说：“你叫许国良？我在报纸上读到过你的许多文章，特别是《火化炉旁的倩影》很出彩。你是名校出身，又一表人才，能见到你很幸运。”姑娘说完又妩媚地冲许国良笑了笑。

许国良用手摸了一下胸前，有些矜持地说：“真是夸得我都有些不好意思了。”

这位说话的姑娘又一次用会说话的眼睛盯着许国良笑笑，好像还要说什么。此时，夏主任看看自己的同事又看看许国良插话说：“对了许记者。就像我的同事刚才说的，你那么有文采，真应该好好宣传宣传我们何厂长。要不是他，就没有我们搪瓷厂今天的繁荣。”

“是呀，现在我们拿的工资是过去的两倍，这都是何厂长带给我们的呀……”办公室内的一位男士也忍不住附和着说。

“是呀，何厂长就像他的名字一样给我们送来了春天般的温暖。”办公室的人员都称赞起了何厂长。

听着大家对何厂长不绝于耳的赞美声，许国良忘记了刚进办公室时被冷落的不愉快，难以抑制内心的激动之情。人们对于何厂长有如此的评价，可见他的口碑很好，看来自己从数十名劳动模范中筛选出何厂长作为人物通讯的采访对象的的确确是选对了。不管怎样，自己要好好采访，写好这篇人物通讯，把他的先进事迹报道出去。

许国良想到这里，抬头望了望大家说："你们放心，我一定不负众望，浓墨重彩地把何厂长这篇人物通讯写好。"

"凭你的文采，我们相信你会办到。"夏主任回答说。

这时，从窗外传来几声汽车鸣笛声，紧接着传来"哒哒哒"的皮鞋敲击地面的声音。夏主任闻声起身到办公室门口往外看了看，又转身对许国良说："我们何厂长回来了。"夏主任的话音刚落，何厂长就走了进来。他约有四十六七岁，一米七左右的身高，敦敦实实、黝黑色的国字脸上戴着一副金丝边眼镜，左手拿着一个真皮棕色手提包，初看上去像一位很有涵养而又文质彬彬的老师，格外突起的将军肚又不能不使人相信他是一位拥有千人的现代化大型企业的厂长。

"记者同志，让你久等了。"他彬彬有礼地说着，随手又掏出一盒高级精品红旗渠香烟，抽出一支递给许国良："记者同志，请抽烟！"许国良赶忙摆了摆手说："谢谢何厂长，我不会抽烟。"

"真的不会吗，那我就不客气了。"他边说边把这支烟送到自己嘴中，点燃后深深地抽了一口，瞧了许国良一眼说："你很年轻呀，听夏主任在电话里说你主要是想采访我，写一篇人物通讯，对吗？"

"对的，了解到你的事迹比较突出，想写一篇人物通讯。"许国良回答说。

何厂长又抽了一口烟，丝毫不端架子地说："许记者，到我办公室采访好吗？"

"好！"说完，许国良就随何厂长到了他的办公室。何厂长客气地请许国良坐在高雅、简约的深棕色真皮沙发上，自己回头坐到老板桌前的转椅上，无意识地转了一圈，倾身向前把包放到了桌子上，然后背靠着转椅背，右腿跷到左腿上。即刻又感到不大妥当，很快将跷着的右腿放了下来，同时右手把眼镜摘下放到桌上，用右手拇指和中指形成弧撞在两眼之间揉了几下，眯缝着眼睛看了看许国良说："小伙子，怎样采访？"何厂长的办公室有个套间，他在外间办公，内间是他的休息室。何厂长休息室的门虚掩着，这时，妖娆含笑的夏主任推门进来给何厂长和许国良分别倒了一杯茶水就退出了门外。

许国良掏出采访本对何厂长说："你就随便谈谈吧，例如厂里的基本情况及创造利润所采取的办法或措施什么的。"

何厂长把靠在转椅上的身子往前倾了倾说："那我就讲讲吧。"他介绍说全厂有 2000 名干部职工，固定资产达三亿多元，是一个年生产总值上亿元、实现税收达500万元的企业。

许国良根据何厂长所讲认真地记录着，时不时地问着自己需要了解的东西。“这个厂主要生产什么?”许国良向何厂长问道。

何厂长继续介绍说：“对了，我刚才忘说了。这个厂主要是生产搪瓷系列产品的，主要有二十多个品种呢。”

何厂长从烟盒里抽出一支烟递到嘴里，点燃深吸一口，吐出很多烟雾，屋里弥散着香烟的气息。他走到窗前打开窗户，看了看许国良说：“对不起，熏着你了。吸烟真没什么好处，可也戒不了。你不抽烟，习惯挺好的。”

“你吸吧，没事。”

何厂长又吸了一口接着说道：“对了，我们厂每年还为国家创收了很多外汇呢。能创外汇的企业在全市来说可是不多的。”

窗外呼呼地刮起了风，吹得窗帘跳起了幅度很大的怪异的舞，突然一阵风破窗而入，墙上的挂历也被掀起老高，“咣当”一声，何厂长内室虚掩的门也被刮开了，接着便是咣当咣当地响。许国良很有眼色地立刻起身去关门，眼前的一幕让他惊呆了，他看到内室的墙壁上挂着几幅照片，都是一丝不挂的裸体女人照，其中一幅足有六尺大。画面是侧影，一个长发女人露着一个光滑白皙的大屁股和肥硕富有弹性的乳房……

许国良惊了一下有些失态，瞬间坐在转椅上的何厂长突然醒悟似的一下站起来，三步并作两步走，慌慌张张地向前伸手把门关上，然后有些不自然地用手顺了一下头发说：“许记者，你还是个学生，千万不能看这种东西。那是我一个不争气的小兄弟为了讨好我送给我的画，他没想到越这样我对他印象越不好。我正要找他让他把这些画带走，好好训斥他一顿。唉，他要是能像你这样本本分分正儿八经做事就好了。好了，许记者，我们闲话少说，继续进行采访吧。”

许国良虽感觉有些突兀，但很快便镇静下来问道：“你们厂怎么还能创外汇呢?”

“创外汇是不太容易的，我们就在产品的装饰上下工夫。例如，将制作的搪瓷茶水杯外观设计出不同的山水图案，让人们在休闲喝茶时，还能够欣赏到绝妙的山水美景，养眼悦目。并且这道工序是把民间的传统技艺和现代科技结合起来，生产出的产品质量有保证，品位高，有的还有收藏价值。这一系列产品打到国外市场，果真受到广泛青睐，主要销往英国、德国、法国等，仅此一项就年创外汇100多万元。”

何厂长越说越兴奋，之后他低头拉开了面前的抽屉，翻了半天从中拿出一沓纸递给许国良，许国良接过纸看到上面的“京州市搪瓷厂奖励处罚实施办法”的标题，随手一翻，足有十几页。

何厂长看了看正在翻看奖惩制度的许国良哈哈笑了几声又兴致勃勃地说：“这就是我们制胜的法宝，最主要的一点就是与工资挂钩，奖勤罚懒，多劳多得，少劳少酬，不劳没酬……”

何厂长很健谈，对工厂的事更是了如指掌，了解得深入透彻。什么人事制度改革啦，奖勤罚懒啦，岗位补贴啦，产品创新啦……他都谈得头头是道，问什么答什么，没问的问题和特殊事例，他也会源源不断地提供给你，而他提供的这些例子，又恰恰是你需要写进通讯中的活生生的例子。

许国良感觉这是在报社实习以来最轻松、自然的一次采访，想了解的很快都了解到了，不知道的也了解到了，除了裸照事件，采访中从没卡过壳或出现冷场的现象。他不禁佩服地抬起头看了看何厂长，对他流利惊人的口才、一系列的治厂方略以及对厂里所做出的卓越贡献都十分敬佩。但他对刚才看到的何厂长办公室套间墙壁上的挂图又产生了怀疑。一个堂堂的大厂长屋内怎么会有这些东西，如果像他说的那样，是他的一个不着调的小弟挂上去讨好他的，那也是投其所好，这与他的身份太不相称吧。又一想，或许何厂长骨子里是个艺术人士，这是人家的嗜好，也不必大惊小怪的，哪条法律规定屋内不能张贴女人画像。抱着对采访对象负责的态度和对新闻的真实性的确定，他思量来思量去，为稳妥起见，还是准备下午再找几个人座谈座谈，征求一下职工们对报道何厂长的真实看法，同时也能了解一下何厂长在全厂干部职工中的威信。

想到这里，他看了看屋内的挂钟。时间不早了，他合上采访本站起身把它装在右边的裤袋里，笑了笑对何厂长说：“你讲得真好，咱就采访到这里吧。谢谢你和我配合得这么好。下午我想再找几个人采访一下，你看怎么样？”

何厂长听后先是一愣，稍显慌乱，但最终还是镇静地问：“许记者，我讲得很具体了，你要写的是我，还需要采访别人吗？”

“下午还是再叫几个人了解一下。最好是一个机关中层领导，两个车间主任，两个工人。”

许国良向何厂长表达了还要继续找几个人采访的意思后，何厂长顿时阴沉起脸来，不过语调还是很客气："真的有必要再这样采访吗？"

"还需要了解了解情况。我也是为采访对象负责。对我们新闻这一行业来说，这叫七分采访、三分写作。了解情况越多，对写好一篇通讯越有益处。"

许国良把这话说完，何厂长沉默不语。许国良觉得从何厂长的表情和问话中不难看出，何厂长不想再让采访。对于正常的采访对象来说，找几个人再采访一下，了解一些更详细的新闻细节，确实是求之不得的。他的态度反常，难道这里面有什么隐情？

他正要再征求一下何厂长对找几个人采访的态度时，何厂长说道："好吧，就按你说的再找几个人采访。我下午需要参加个会议就不能参加座谈了。"

"好，你开会吧，你不用参加座谈。"

许国良本打算告诉何厂长要他回避下午的讨论，还不知怎么开口呢，他现在亲口说下午要参加一个会议，看来就不用向他解释不让他参加的原因了。

许国良和何厂长约定好下午三点招集齐人员讨论，就告辞离开。何厂长要留他吃午饭，他说报社有规定不让记者在采访单位吃饭，就骑上自行车离开了厂子。

许国良刚刚离开，何厂长就把办公室夏主任叫来，商量下午参加讨论的人员。他俩衡量来衡量去，挑选了五位最忠实可靠的人员。中午吃过饭，何厂长就召集所谓的最忠实可靠的人员召开了一次碰头会。何厂长要求他们不能随便言语，更不能胡言乱语。如果乱讲说错话，后果自负。何厂长的话虽然含而不露，但他们都心领神会，纷纷拍着胸脯讨好何厂长，表示他们只说对厂子和厂长有利的话，请厂长放心，况且何厂长做的全是对大家有益的事。他们的话说到何厂长心里去了。

下午差十分钟三点时，许国良骑着自行车到达厂里。他中午在离厂子不太远的小饭馆吃了碗面条，然后在周围转了转，时间快到时，就过来了。他和厂里推荐的五名同志进行了座谈，征求他们对宣传何厂长的意见，这五个人都异口同声地表示，何厂长对厂里的建设立下了汗马功劳，应该好好宣传宣传。一个车间主任还满怀深情地说："前年我父亲病重，刚上任不久的何春阳厂长，慷慨救济我家200元，补贴父亲看病费用。何厂长的恩情我至今难以忘怀……"

何厂长在职工中的威信还是蛮高的，看来自己对何厂长的不好的想法真是偏见。联想到刚才厂办公室几个人对何厂长的称赞和现在座谈会上几个人对何厂长的评价，许国良心里这样想着："何厂长在厂里的威信确实挺高的，我一定写好这篇通讯，使模范人物的事迹感动更多的人。"

许国良在厂办公室夏主任陪同下又到了厂区及几个车间察看。干净宽阔的厂区美丽舒心，机器声隆隆的车间奏出了和谐的音符，机器前工作的一线工人带着自信的笑容……

他看后随夏主任返回机关办公大楼。对，我要把看到的一切美好都写进通讯中。许国良边走边陷入这样的思考中。

"咚咚咚，咚咚咚……"循声望去，厂门口一个衣衫褴褛、五十开外的男人左手持着一个破瓷洗脸盆，右手用一个小铁锤敲击着，伴随着"咚咚咚"的敲击声，他大声吆喝着："何春阳，你这个流氓，你还我女儿，还我女儿……你这个披着羊皮的狼，禽兽不如，还配当厂长吗？你还我女儿……"

他反复地吆喝着这几句话。许国良听到后没和夏主任打招呼就快速向厂门口跑去，夏主任脸色都变了，在后面忙不迭地追着跑。夏主任追上许国良不停地解释说："许记者，不用去看，那是个疯子，我们厂里人都知道，他整天疯疯癫癫的。"

厂门口两个穿制服的保安气势汹汹地驱赶着这位衣衫褴褛的人，其中一个保安手持电警棒在这疯男人的胸前身后抻着说："快离开，不要再喊，不许敲。你要再在这里捣乱就电死你。"

许国良赶到此处时，那个疯男人还在继续吆喝着赖着不走，追过来的夏主任也大声喊着："快把这个疯子撵走，快把这个疯子撵走。"

两个保安一前一后又拉又搡的，其中一个保安边推边用电警棒举向这个人的后背喊道："再不走电死你。"两个保安合力把这个人撵到20多米外，并轻声威胁说："下次再来，就不是撵你了，小心把你拉到一个没人的地方揍死你。"两个保安看着这个疯子确实离开了才返回位于厂门口的保安室。许国良目睹了刚刚发生的一幕，如果不是亲眼所见，他真不敢相信这是真的。从这个中年人那双充满愤怒和满是伤痛的眼睛看他不像个疯子，他们为什么硬要说他是疯子呢？许国良怔怔地在厂门口站着想心思。

"许记者，刚才那个人是疯子。走，甭理他，咱们到工厂的餐厅吃晚饭吧。"听到夏主任的话许国良一下子回过神来，转身走近夏主任答非所问地说："刚才那个人真是疯子吗？"夏主任回答说："确实是。他经常到厂门口瞎吆喝。许记者，你相信我说的话，他还经常到别处敲着盆子吆喝呢，别人听到都吓得躲避。嗨，说他干吗，天不早了，你采访了一天也累了，咱们去吃饭吧。"

许国良说："夏主任，报社有规定，不能在采访单位吃饭，我还是实习记者，更不敢违规了。"说着走向自行车棚推出了自己的自行车。夏主任快步走上前按住自行车把冲许国良妩媚地一笑说："咱们去吃顿便饭也违规不到哪里去，况且报社哪里知道你去吃饭了。不要让那个疯子扫了兴。"

许国良说："谢谢，真的不用。我得赶快回去构思这篇通讯，争取尽快写好发出来。"许国良的执拗劲让夏主任也没有办法，夏主任只好松开车把作罢。许国良礼貌地冲夏主任笑了笑说："夏主任，再会，我先走了。"说着一跃身跨上自行车向厂外骑去。

走在路上，许国良的头脑中还浮现着刚才在搪瓷厂门口发生的一幕，挥之不去。这个人是疯子吗？从他的眼神看不像个疯子，再说无缘无故他为什么破口大骂何厂长，真是挺蹊跷的，这里面肯定有隐情。

不大一会儿，他就骑车来到了距离搪瓷厂不远、位于厂子左侧的一条小吃街，这也是他回住处的必经之路。这里除了极个别占有两间或一间房的小型饭店外，大都摆的是地摊儿。其中面食有羊肉烩面、肉丝面、大刀拨面、刀削面、馄饨、浆面条、手工面、糊涂面等，可谓应有尽有。他中午吃的是素汤面，虽是一大碗，但对于一个年轻力壮的青年来说，一直撑到该吃晚饭的时间还真是饥肠辘辘，觉得饿极了。他推着自行车转了两圈准备买一碗便宜且量足的饭，恰在这时他看见一个穿着干干净净的中年男子正围着一大锅浆面条用勺子舀来搅去，锅里冒着腾腾的热气。中年男子把勺子放停当之后，便开始吆喝起来："浆面条，三毛钱一碗。"许国良看到旁边的条桌上一个人正在吃浆面条，打眼一看，稠腾腾的，挺实惠，就把自行车放到一边锁好，走过来从左边口袋里掏出三毛钱，递给卖面条的中年男子说："盛碗浆面条。"

"好嘞。"说着盛了满满一碗浆面条递给许国良。

许国良吃了两口，感觉味道还不错，就抬头看了看卖面条的中年男子说："师傅，你家的浆面条浆味很浓很纯正，挺好吃的。"

"这是我特意制作的绿豆浆，吃着好就行。"卖面条的师傅说着又用勺子在锅里搅了几下，扭头问许国良："小伙子，听口音你是外地人吧？"

“是的，我是外地人，在本地上大学。”

“我们京州市的大学有好几所，都挺有名的，你是哪个大学的学生?”

“我在京州大学上学。”

“啊呀，那可是一所名牌院校呢。小伙子真有出息呀!”卖面条的师傅惊羡着夸耀说。说话间又有两个人来吃浆面条，卖面条的师傅干净利落，盛的面满而不溢，把顾客打发得很如意。没有顾客的间隙，他放下勺子走到许国良吃饭的条桌前，抽出桌子下面的小凳坐下，从衣袋里掏出一盒烟，当然是那种不带烟嘴的低廉烟，他从中抽出一支将烟盒放到桌上，点起一支深吸了一口。他立马醒悟似的又拿起烟盒抽出一支递给许国良。许国良摆摆手说自己不会抽烟。这位师傅说：“烟这东西，还是不抽的好。”说完，把这支烟拿在手中，不停地把第一支烟抽完，然后把手中的另一支烟对燃上，接着吸了起来。

“唉!”他一边吸烟一边叹了口气，国良听到后感觉他是不是牙疼，就礼貌地问候了一句，谁知师傅自我安慰着说：“其实没什么，我是看到你想到了我的孩子。现在供个学生可不容易了。我有两个孩子上学，大孩子在外地上大学二年级，小的成绩也很好，明年该考大学了。不让小的上吧，怕影响孩子；让他上吧，我一个卖浆面条的供他们俩上大学可真供不起。”

“这都是你自找的，死鬼。当初我不叫你跟人家作对，你偏偏不听。你这是自作自受。”一个刚来到摊位前的中年妇女说道。

许国良看了一眼突然出现在眼前的妇女，似乎对她的行为不理解。

“师傅，她这是……”

“她是我老婆，我这浆面条手艺还是她教的。”

许国良“哦”了一声，明白原来她和卖面师傅是一家子。只见这中年妇女一边收拾着顾客吃完后留下的饭碗，一边麻利地擦着桌子。她把碗筷洗净，桌子抹刷干净后，又白了一眼丈夫，用充满懊恼和怨恨的语气对许国良说：“小伙子，不怕你笑话，我真叫这个死鬼给坑死了。当初我是我们村最漂亮的姑娘，上过高中，家境又好，上门给我提亲的不止一两个，后来经别人介绍认识了他，本来我不愿意，我家人硬说他是个企业的干部，收入高，有体面的工作，将来可以依靠，我就狠狠心嫁给了他。谁曾想他现在失去了工作，连孩子上学都供不起……”说着，中年妇女竟伤心地流下了眼泪。

国良赶紧劝慰道：“阿姨，谁家都有本难念的经。我们好多同学家境都不好，慢慢就会过去的。你们苦两年，等孩子大学毕业就好了，我也是边打工边上大学的，还能锻炼自己。”中年妇女稳了稳神，情绪缓和下来说：“小伙子，我没事，看你是个好人，一听又是外地口音，和你说说冒冒心中的怨气，我和别人从来不说，说了别人会笑话的。”女人生来爱洗洗涮涮，她又忙活什么去了。

有客人来吃饭，卖面师傅掌起了勺忙起来。看到师傅忙后又停顿下来，许国良问道：“师傅，你好好的企业干部，为啥卖起了浆面条？刚才阿姨说你和谁对着干？是干得不好人家不让干了吗？”

“我下岗了。但不是干得不好，我干得很好，我兢兢业业、任劳任怨，年年都被评为先进工作者。”卖面师傅拍着胸脯说。

“你工作干得这么好，怎么会下岗呢？”

“唉，现在这世道就是不讲理，我是被陷害、遭到打击报复才下岗的。我叫王献宇，原来是工厂销售部的副经理，因揭露我们厂长在一次产品销售中私吞公款的事被调离销售部门，到一线车间当工人。当工人就当工人，只要干好照样能混碗饭吃。我拼命地工作，还多次超额完成生产任务。后来我们车间分了三名下岗名额，车间主任按生产业绩下排上报了三名下岗人选，不知怎么后来其中一人又换上了我的名字。我去讨个公道，可哪里有天理，工厂就是厂长一手遮天，他还威胁说要上告小心我的狗腿，为了养家糊口，我跟媳妇学了做浆面条这手艺，摆起了这个摊位。”卖面师傅说完叹了口气，“唉，做人可真不容易呀。”

许国良听后气愤地说：“身正不怕影子斜，你怎么不去告他呢？”

“我下岗后曾经向几个部门反映了情况，可没人为我做主，他们说我没有证据就是诬告。可单位的人谁敢为我作证，他们还说我是神经病，拿鸡蛋跟石头碰。这位厂长有权有势，是市里的红人，我怎能告倒他呢？我就是揭发了他的问题才失去了工作，不能再告了，要是再告还不知落个什么下场呢。单位的同事都远离我，还说厂长私吞公款关我何事，嘲笑我是自作自受。”

“不管怎样，你要想开些，虽然难，卖浆面条也能维持生活。师傅，迫害你的厂长叫什么名字？这么可恶。”

“他叫何春阳。你出去不要说，我听你是外地口音又是学生才跟你唠唠家常，这样说出来我心里也好受些。”

“你说的是现任搪瓷厂的厂长何春阳？”许国良惊讶地说。

“不是他还能是谁？这个人霸道着呢。他还是个色魔，整天盯着漂亮女人转，他还有好几个情妇呢。”卖面师傅的老婆插嘴道。

许国良听到这个消息简直惊呆了，他非常懊悔自己选择了这样一个采访对象。告别卖面的夫妇俩，他回到了自己的住处。劳累了一天，他匆匆洗了脚，就躺在床上睡下。但翻来覆去怎么也睡不着，他越想越后怕，越想越觉得事态的严重性。他心想：“我怎么把这样一个人当成了先进来报道，幸亏发现得早，要不还不知道会闹出什么样的笑话呢？如果他真的很可恶，这篇报道发出去会导致人们对新闻作品的不信任。”

这件事使他不能不联想到新闻界曾经发生的几件因荒唐的新闻失真事件而给社会造成的不良影响。

那是一个炎热的夏天，酷暑难当，人们出去走一趟后背衣服就会溻湿一片。一个小镇的大街上行人稀少，人们都躲在屋里扇着风扇消暑。突然不知谁在大街上发现了一大块冰凌，真是咄咄怪事。一个地方小报的记者猎奇采访后，在当地的报纸显著位置发了这篇新闻，题目是《天外来冰》，还配上了插图，用文字说明这块冰呈椭圆形，半径多少米，晶莹剔透像水晶，据当地博学之士察看是一块罕见的天外来冰。事隔没几天，有人针对此事在新闻媒体上披露了这件事，原来这块冰并非天外来客，而是一家外市的冰库在运输途中不慎掉到大街上的一块冰。因当地人没听说过还有什么冰库，就臆测推断闹成了笑话，让人唏嘘不已。

还有篇新闻也是让人啼笑皆非的。有人在碧波荡漾的水下发现了一个人物头像雕塑，认为是宝贝。持宝人和新闻记者求助于国内三位知名专家，经鉴定这个人物头像雕塑是20世纪著名雕塑家的作品，艺术价值堪与《蒙娜丽莎》这幅名画相媲美，价值昂贵。这样的稿件经记者撰写后发表在报纸上，引起了轩然大波。没几天另一位记者揭露这雕塑根本不是世界大雕塑家的作品，而是我国的一个青年雕塑者将废弃的作品抛进水中的。这真有些像《天方夜谭》中描写的虚幻故事。

下面这件事也有些让人吃惊。一个县的工商局长因触犯了神圣的法律锒铛入狱。不到3天，一张市级报纸上刊载了有关他的一篇通讯，题目是《一个共产党员的执着追求》。有关部门追查这是怎么回事，原来是县级通讯员在这位工商局长没入狱前采写的稿件，早已投寄报社，报社也不知他已被判刑，看到县委宣传部盖的鲜红的印章，没有调查就刊登了这篇稿件。

真实是新闻的生命，否则你就是亵渎了新闻记者的职业道德。难怪有人戏谑说：报纸上登的都是假的，但也有真的，只有某年某月某日是真的。虽然这话太夸张，但也提醒我们报业人员一定要报道真实可靠的新闻，才能使人们信服。

许国良认为自己像荒唐骑士堂吉诃德勇战大风车那样可笑。一个道貌岸然的伪君子，自己却把他当成英雄来敬仰，甚至准备写篇有分量的报道让大家来学习，殊不知这会在社会上造成什么样的影响。当然这篇人物新闻是不应该再写了，但白白浪费了一天的采访时间就这样算了吗？许国良在心里盘算着。

“不，这篇新闻一定要写，无论遇到多大的阻力也要写。”

他已经想好了这篇新闻的题目《一个罩着劳动模范光环的罪恶黑手》。

二十一　披露“劳模”碉堡里面玩女人

许国良觉得既然要从事新闻工作，就应该一身正气，不能被社会丑恶现象所吓倒，更不能“你好，我好，大家好”，遇到歌功颂德的稿件就不请自到，遇到揭露性的稿件就退缩不前。

许国良到报社实习几个月来的工作成绩也充分证明了他是一个不怕打击报复的记者。短短不到三个月的时间，许国良就写了五篇批评性的稿件。歌功颂德没有不受欢迎的，没有人希望你报道有关他的负面新闻。记者采访负面新闻遭到谩骂、打击是时有发生的，他写这些新闻也是受了很大委屈的。他采写假冒伪劣洗衣粉新闻时，去工厂调查核实，该找的人没有找到，却被突如其来的一盆像水雾似的东西泼成了个“落汤鸡”，原来泼向他的是一盆撒了洗衣粉的尿液。他去蝴蝶牌缝纫机厂采写负面新闻，刚推开此厂办公室的门的一瞬间，悬挂在门框上用绳索系着的一只死猫忽然从天而降，一下子打在许国良的脸上。采访结束推车回家时，发现放在那里的自行车车胎不知被谁戳了两个窟窿，害得他推着自行车走了两里地到修车铺修补车的内胎外带，饿着肚子把吃饭的钱用在修车上。他采访《野味香饭店竟有如此野味　肉包子里何来一只小老鼠》这篇新闻时，饭店老板娘破口大骂，操起勺子在许国良眼前晃来晃去，突然抓起用捕鼠夹逮住后扔在地上的两只毛茸茸的小老鼠以迅雷不及掩耳之势向许国良掷去，其中一只小老鼠从他敞开的衣领进去穿过前胸掉落……许国良遭受的羞辱和尴尬可谓到了极点。有人劝许国良不要再写负面新闻了，何必伤心伤身又伤脑呢，他摇摇头回答：“不，既然我选择了新闻这项事业，就应该不怕打击报复，就应该干到底。”大家看他态度这么坚决，也就不再持反对意见，如果大家都只写歌功颂德的新闻，报社就要给每人分配写负面新闻的任务了，许国良从另一种意义上来说也是帮了大家的忙。

如今，许国良又遇到了一篇负面新闻写作素材，那就是他发现市搪瓷厂的何春阳厂长有经济和道德败坏问题，他决定把原有写作的角度改换成负面新闻。许国良满怀豪情地采访市劳动模范何春阳，准备写一篇表彰性的人物通讯。而在采访过程中，无意中发现了因举报、揭发何春阳侵吞公款的一个好端端的优秀企业干部被变相整治下岗，失了业；一个敲打着破洗脸盆的人站在搪瓷厂门口怨声载道地责骂；当提出下午和部分基层干部、普通工人座谈采访的要求，何厂长面有难色；所谓别人送他的张贴在办公室内室墙壁上的不同姿态的大幅裸体女人照又是怎么回事？这些现象像海浪一样冲击着许国良的头脑。何春阳是全市的劳动模范，而这光环的背后又藏着什么秘密呢？许国良再次感觉到这里面一定有隐情，他抱着为人民负责的态度，又开始了走访调查，若证明自己遇到的这些事都是真的，那就必须得完成这篇负面新闻的报道。他思考着先从哪里着手采访调查。

许国良经过思考，决定从在搪瓷厂门口敲打着洗脸盆责骂的中年男子入手采访调查。经过多方打听，得知这个人叫柳宽子，是市郊最远最偏的一个公社石榴弯公社柳弯村人。

许国良就骑着自行车，绕着沟沟壑壑爬上爬下一个个土坡，走过村村寨寨，终于到了柳弯村柳宽子家门前。乍一看这是一个有着两间土窑洞的破院落，一对黑漆木门已经面目全非，黑漆斑斑块块地脱落，裸露出暗灰色的、几乎霉变了的原色木头。许国良敲了几下门，随即喊着：“家里有人吗？家里有人吗？”门吱吱呀呀地开了，跑出一个身着蓝裤红衣的姑娘，略微整齐的头发上还有几根麦秸草，傻傻地笑着吆喝：“一毛，一毛。”同时手舞足蹈地向许国良猛扑过来，许国良躲闪着后退。

“小伙子，快喊一毛，”隔壁邻居一位大爷挥着手说，“快喊一句‘一毛’，她就不胡闹了。”

许国良继续躲闪着这位姑娘，不明白似的看了看大爷，在大爷的再次提醒下才顿时醒悟过来，就边躲开姑娘边赶紧喊道：“一毛，一毛。”眼前这位姑娘果然停止了胡闹，呆呆地瞧着许国良傻笑了几声，返身跑进大门，“咣当”一声，那对黑灰斑驳的木门关上了。“一毛，一毛……”姑娘傻傻的声音再次从这家院子里传出。

“小伙子，你是找柳宽子的？你是市搪瓷厂的工人吗？”隔墙邻居的一位大爷吸着旱烟问道。

“我找柳宽子。我不是搪瓷厂的工人。”

“哦，看着也不像，一看你就是个好人。如果是市搪瓷厂的人来了，我就不敢搭腔了。”大爷滋滋的吸了几口旱烟，接着说，“刚才那姑娘是柳宽子的闺女，今年已经二十五六岁了，已经疯了快三年了，作孽呀，太可怜了。”大爷吸着烟瞧了许国良老半天接着又问道：“我看你不像他亲戚，他家的亲戚基本上我都知道。看你像城里人，你找他有啥事，是不是来解决他闺女问题的。”

“大爷，首先你放心，我不是坏人，我就是来问……”许国良的话还没说完，大爷已听出了话音儿，马上笑眯眯地说：“这回柳宽子可盼到这一天啦，他闺女是被人逼疯的，应该解决。你不知道他姑娘小时候多懂事，我们街坊邻居都喜欢她，看她现在这模样，寒心呢。你们一定要帮帮他。”说着大爷皱起了眉头。

大爷吸完了旱烟，把两手背到身后，准备走，突然又回头对许国良说：“小伙子，柳宽子不在家，你来前我看见他拿着镰刀背着箩筐去地里割草去了。你在这里等会儿吧，我出去转转。”说完大爷走了。

既然柳宽子没出远门，是去地里割草了，自己就索性在此等等吧。许国良坐在大爷家门口的石凳上，捧起自己外出捎带的已经看了一部分的列夫·托尔斯泰的《复活》，全身心地阅读着。

“小伙子，你在看书呢？宽子还没回来？要不你去地里找他？”不知不觉间，大爷已转了一圈回来了，他看许国良还在等，就好心地提醒他。

“大爷，你回来了。你坐。”说着许国良合上书本，站起身往旁边移了移，扶着大爷让大爷坐下。

“庄稼人没定性，说不定割了草又转到哪儿呢？你还是去找找他吧。东沟的草肥，我们都爱到那里去割草，说不定能找到他呢。路差，你走着去，不要骑车。”大爷坐下后热心地对许国良说。

“大爷，谢谢！麻烦你看着我的自行车，我去找找宽子大叔。”说话间许国良早已站起身来。

大爷点点头，指着东边一个路口说：“你去吧，沿着这条路翻过两道岭就看到了。”

许国良按大爷指的路前行，每翻一道岭就巡视老半天，寻找着宽子大叔的身影。翻过了两道岭，他的眼光在附近的沟岔处寻找来寻找去还是没有看到柳宽子大叔。他又拐到另一个沟岔处，听到几声清嗓子似的咳嗽声，他循声望去，老远便看到了一人正在割草，一边割一边把草整整齐齐地放成一堆堆。许国良走近些一看，果然是那天在搪瓷厂门口见过的大叔了。

许国良立马走过去说："大叔，我可找到你了。"

"干什么呀？我怎么不认识你呢？"柳大叔疑惑地看着许国良，一边说一边把割下来的一堆堆的草往箩筐中放好按压，压瓷实了，再捧一捧来。柳大叔声音浑厚有力，举止正常，脚穿一双旧的军用黄球鞋，除了衣服破旧，说什么也不能跟"神经病"相提并论。他明白搪瓷厂的夏主任说了假话，是企图掩盖什么。

柳大叔把地上的一堆堆草都装在了两个箩筐里，筐子还差大约一小堆草才能装满，他就准备再去割草。他看了看许国良说："小伙子，你找我有啥事?"

许国良抢先拿起了地上的镰刀哗哗地割起草来："大叔，你歇会儿。我是报社的实习记者许国良，想向你了解点情况，我在市搪瓷厂的大门口见过你……"

柳大叔愣了一下，皱了皱眉头，双手在胸前搅来搅去，神情恍惚地说："小伙子，不，许记者，我可不是坏人，你找我干吗?"

"杨大叔，你不要害怕。你既然敢在厂子门口大声斥责何厂长，肯定有啥为难之处或委屈之事，我们可以借助新闻媒体为你伸张正义。"许国良向柳宽子介绍说。

"哎呀，我错怪你了。我以为你是来找麻烦的。"柳大叔挠挠头说。

"你就讲讲吧。"许国良说道。

柳宽子蹙了一下眉头想了一会儿，安慰自己说："闺女已经疯了，也没有什么可隐瞒的，我就告诉报社的同志吧。"

柳宽子读过几年书，不管从哪里捡到一张报纸或得到一本书，他都拿回家如获至宝地看半天。他深知报纸的力量，一旦女儿的事见报，知道的人多了，怕自己承受不起。他抬头看着帮自己割完草正往箩筐里塞压的许记者说："你能来采访我是为我好，我有个要求就是见报时不要写我和女儿的名字。"

许国良忙完了手中的活，和柳宽子面对面蹲坐在一片草地上，他安慰柳宽子道：“你放心柳大叔，我报道时会做处理的，就按你说的报道时不写你们父女俩的真实姓名。”

柳宽子的顾虑打消了，他紧蹙的眉头也似乎舒展些。“许记者，我就原原本本把发生的事情讲给你听。”一提到这件事，他简直难以抑制自己的情绪，怒从中来，咬牙切齿地说：“何春阳是个大混蛋，衣冠禽兽，是他把我女儿逼疯的。”说着，柳宽子流下了痛苦的泪水。

“大叔，你不要太难过。有人会为你主持公道的。”许国良劝慰道。

柳宽子用衣袖擦了擦浑浊的泪水，平息了自己的怒气，接着说道，“我就这么一个女儿，从小就活泼懂事，人见人爱。11 岁那年，她母亲生病去世了，我既当爹又当妈抚养孩子长大成人。闺女也算争气，学习上进，每学期都要给我捧回来一张奖状。后来上了高中，考上了大学。乡邻们夸孩子有出息，我脸上也有光彩。毕业后，孩子被分配到市搪瓷厂当技术员。女儿挺孝顺，头一个月发工资还给我买了一件上衣。想到自己以后的生活有了依靠，我心里像喝了蜜一样甜。可是过了不到两年，那个丧尽天良的何春阳上任后，我女儿被调往总厂技术科。有一天下午，厂里加班后天都快黑了，他把我女儿叫到办公室，说是谈技术上的事，我女儿就去了。谁知一去他就夸我女儿长得如何清纯、有气质，说我女儿被调到总厂技术科是他点名要的，说以后还会提拔我女儿，说着说着就开始动手动脚。我女儿挣脱着跑掉了，没过几天，女儿被退回到原车间工作，再后来被调整做仓库保管员。我女儿气不过只想讨个公道，想不到……”

柳宽子说到这里突然剧烈地咳嗽起来，脸憋得通红。他用双手轻轻捶打着前胸，看了看许国良说：“肺病两年了，经常咳嗽，咳嗽起来就没完没了，高低喘不过气来。”许国良马上挪到柳大叔背后轻轻地捶抚着柳宽子的后背，想让柳宽子稍微舒坦点。“大叔，你咳嗽这么厉害，怎么不去医院看看?”

柳宽子的一阵咳嗽过去了，说：“给女儿看病还没钱，哪能给自己看病。我死了不要紧，只是我那可怜的女儿该怎么办呢?”

听到柳宽子这句话，许国良心潮澎湃：好可怜的父女俩！你们要坚信邪不压正，坏人最终会得到应有的惩罚，社会会还你们一个公道的。他劝柳宽子歇息一下不要说话，柳宽子摆摆手说：“我这是老毛病了，咳嗽一会儿过后就没事了，我能讲。”他继续说道：“那天，我女儿去找他。我女儿就是想把自己所学的知识用到工作中，不能年纪轻轻就去看仓库。何春阳这个混蛋满脸堆笑，答应给我女儿调整工作，他还热情地给我女儿倒了一杯茶……我女儿醒来后发现自己躺在何春阳那个坏蛋办公室内室的床上。”

“一个道貌岸然的伪君子，真是坏透了。你们怎么不去告发他?”许国良气愤地说。

“我知道这件事后……准备去告他。可是为了脸面，没敢去揭穿他。我想把女儿嫁了人，就会没事的。谁知更大的不幸像魔咒一样降临到我女儿身上。”柳宽子说到这里，抑制不住地捶胸顿足，“这都怨我，这都怨我呀!”

许国良默默无语地听着。“何春阳这个衣冠禽兽，他变本加厉地侵害我身单力薄的女儿。有几天，女儿回来歇假，整天闷闷不乐地把自己关在屋里不出来，我央求熟人给她介绍个男朋友她也不见。后来在我的再三逼问下，她才哭着说出自己被那个混蛋屡次欺侮的遭遇。我气愤不过，就豁出去了，连夜借来一把砍刀，去向伤害我女儿的混蛋讨个公道。女儿拉住我，甚至给我跪下，祈求我不要鲁莽。我虽然文化不深，但杀人偿命这个道理我还是懂的，就听了女儿的劝阻。我女儿说准备去告他，材料都写好了。但我还是为了脸面，劝女儿说如果传扬出去她就无法嫁人了，强压心中的怒火阻止了女儿。谁知这个该千刀万剐的禽兽欺负我女儿不敢声张，更加得寸进尺。石榴弯公社有个抗日战争时期留下的废弃碉堡，他让我女儿带他到那里看看，趁机在碉堡内疯狂地把我女儿再次奸污，还狂笑着说要尝尝在碉堡里玩女人的滋味。下面这件事我真是更说不出口了，但为了揭穿这个坏蛋，我也不想隐瞒事实。反正我女儿也疯了，我也没有几天活头了，我只想在我死之前能够惩治这个坏人。”

“有一天，他神神秘秘地送给我女儿一个包裹，原来这是一套色彩艳丽的唐三彩，共八件。他说这是神态各异的性交姿势，还说这是性文化，让我女儿模仿。我女儿不从，他就拿出以前偷拍的几张我女儿的裸体照片要挟，让我女儿模仿那些性姿势满足他……否则，照片一夜之间就会遍布全厂……我那温顺弱小的女儿遇到了这个恶魔，精神防线全垮了，她背着被子回到了家说不想工作了。我得知事情的原委肺都气炸了，就不再顾及脸面向有关部门揭发了这一事实。我知道自己再顾及面子，女儿的命都没有了。可有关部门向我索要证据，我哪有什么证据，他们竟然说我是无理取闹，一个市级的劳动模范根本不可能做这些荒唐事，并且还揣测我上告的目的是想把女儿嫁给一个厂长。……无奈之下，我就跑到搪瓷厂大骂何春阳，抡起胳膊要打他，结果被工厂的保安抓住，说是扰乱工厂的治安，被拘留了15天。当我出来时，我发现女儿神情恍惚，胡言乱语，到后来竟然疯了。”

听了柳宽子这一番讲述，许国良义愤填膺，他悲悯地看着柳宽子：“大叔，恶人终归要受到道德的宣判和法律的惩处。我们要相信，善有善报，恶有恶报，不是不报，时候未到。是惩处坏人的时候了，大叔，我们报社通过舆论的力量也能促使执法部门来公平公正地处理这件事，你也要和有关部门配合好，真实地反映你的遭遇和不幸。在事情没有眉目之前，我们先耐心地等待。大叔，咱们回家吧。”

柳宽子正要上前背盛满草的箩筐，许国良已蹲下身子用力背了起来，说：“大叔，我们走吧。你刚才咳嗽得那么厉害，现在我替你背会儿。”

“谢谢你，小伙儿。”柳大叔的心被眼前这个憨厚、正直、善良的小伙子打动了，也不再说客套话，而是和他拉起了家常，“刚才看你背筐的架势，还挺在行的。”

“我也是农村人，小时候经常割草、干活。”

“看来干过活和没干过活的就是不一样。”爬上了一道又一道岭，他们沿着弯弯曲曲的小路有时并排走，有时路窄就前后走。中间歇了一次脚，许国良还是坚持把草背到了离村口最近的一个岔路口。在第二次歇脚时，柳宽子诚恳地说：“我看出来了，你是个好人。今天遇到你，我很高兴。我很久没有像今天这么轻松了。遇到了这事，别人也许会同情你，也许会嘲笑你。这种苦只能埋在肚子里沤掉，别人的安慰有时也只能让人感到是一种屈辱。”

许国良知道，他今天的到来，给予柳大叔的是一份希望，也给了柳大叔些微的解脱。遇到这种事，越是熟人，越不想说，对自己这个真心愿意帮助他的陌生人来说，说出久埋在心里的痛苦真的是一种排遣，尽管这种力量微小，也会在点滴中安慰一个人的心。

又歇了会儿脚，他准备背起箩筐和柳大叔接着走，突然听到“嘟嘟嘟”的摩托鸣笛声，回头看时，一个年轻人骑着冒着黑烟的摩托车正向另一个路口驶去。许国良抬头看时，摩托车车速缓了下来，正好他和骑车人四目相对，这个人骑出去老远还勾回头看了他几眼。他感觉这人好面熟，竟一时想不起来在哪里见过。当他和柳大叔一道穿过路口走向通往村里的小路时，许国良猛然想起这骑车人就是那天下午他在搪瓷厂座谈会上采访时，说何厂长如何帮助他家并给他解决了200元钱的那个人。许国良想那个人的家可能是在附近村里吧，或者是到此办啥事的。

他们又走了大约 5 分钟的路，终于到了柳宽子家门口。他们刚刚把草放到门楼内，她女儿不知从什么地方跑了出来，疯狂地喊着“一毛，一毛”向许国良扑去，许国良赶紧说了声“一毛”，柳宽子走过去拉着女儿走开，她歪着头看看是爹站在面前，“一毛，一毛”地喊着跑到屋里去了。

柳宽子指了指女儿的背影说：“村里和她一样大的姑娘，都结婚有娃娃了，可我的女儿却被逼疯了。何春阳这个坏蛋真把我们全家给害苦了。女儿的病生生是给吓疯的。有天晚上，我听到女儿睡觉时发癔症喊着‘给你一毛，你把相片给我，一毛，一毛……’我才知道女儿为什么一直说‘一毛，一毛’，肯定是那个坏蛋威胁女儿不要把这事说出去，要告他他就把那些照片发给全厂职工，女儿睡梦中都是拿着一毛钱去换取别人手中的照片。”

果然柳宽子的女儿是生生被何春阳逼疯的，许国良猜得没有错。他安慰了柳宽子几句，就告辞回去。

“都快中午了，吃了饭再走吧。我去给你做碗捞面条，很快的。”柳宽子诚心诚意地留客。

“柳大叔，不用，你忙吧。下午报社还有事，我得赶回去。你要保重身体，想开些，我会实事求是地向报社反映这件事的。我这就走了。”许国良说完，已跨上自行车蹬转了车轮。他骑出很远，扭头看到柳宽子还站在门口，就单脚支地回头向柳宽子摆摆手说：“柳大叔，你放心，我会尽全力的。你回去吧，一定要保重身体。”

柳宽子看着许国良渐行渐远的背影，很长时间才回头，仿佛在说：“小伙子，我们全靠你了，你一定要帮我们讨回公道呀。”

尽管许国良骑得很快，他还是用了一个多小时才到达市区。上午帮柳宽子背了一大箩筐草，又加上这趟一来一回的骑车奔波，他真是饿得慌，于是就近在街上的一家简易小吃店买了六个韭菜粉条馅水煎包，喝了碗免费的面汤，既实惠又省钱地解决了一顿午饭。然后他顾不上休息，就直奔报社，坐在办公桌前拿出一沓稿纸，写下了《一个罩着劳动模范光环的罪恶黑手》的标题。他结合对柳宽子大叔和卖浆面条王师傅反映的情况及初步调查核实，暂时确定此篇通讯应该设定这样几个小标题：五万元不翼而飞；举报功臣失业；神秘的性侵害；碉堡内的疯狂；墙上的裸体照与真人裸体照；所谓的唐三彩性文化。

采写这篇新闻事先不能让人知道，若提前走漏消息出现偏差刊登不了怎么办？那样柳大叔和王师傅的冤屈不是白白承受了吗？想到这些他抬头看看四周，发现只有实习生荆远峰在那里看报纸，他才低着头把刚才想到的几个小标题写了下来。他一个一个地斟酌着这些标题，琢磨着它们合适与否，他在"五万元不翼而飞"这个小标题的"五万元"后又添加了"为何"二字，然后继续专注地审核着这些题目。

此时正在另一张桌子前看报纸的荆远峰看到许国良在那里写着东西，并时不时地抬头看他一下。"难道他在给哪位姑娘写情书？为什么有些鬼鬼祟祟的和平时大不一样呢？"这样想着，荆远峰猫着腰踮着脚尖轻灵地来到许国良身后，一下子看到了这篇新闻的题目和里面的几个小标题。

"啊呀，国良，你怎么写这样的新闻呢？"荆远峰诧异地说。

许国良猛然惊了一下，潜意识中用手去遮盖这些标题。荆远峰嘿嘿笑了两声说："不用掩盖，我都看到了。你不怕惹祸上身吗？"

许国良把手移开，抬头又看了看荆远峰明知故问道："写这样的稿件怎么了？"

"风险太大了。你看他是大厂的厂长，又是劳动模范，财大气粗，况且人家有权有势又有名，你写这样的文章人家难免会跟你急。咱们是实习生，实习结束就离开了，何必惹一身是非呢？"荆远峰好心好意地对许国良说着，就起身往外走，走到办公室门口又回头冲许国良说："识时务者为俊杰。咱们是老乡我才劝你。"许国良赶快站起来追过去向已走到门口的荆远峰说："远峰，谢谢你的好意。不过我写这篇稿件的事，你不要告诉任何人。"

荆远峰拍着胸脯说："这你放心，我不会向别人透露一个字的。"他说完就走了。许国良回到自己的座位上有些心不在焉地问自己：对方是一厂之长，市里的劳动模范，有权有势，自己得罪得起吗？退一步海阔天空，否则还不知会惹出什么样的麻烦呢？可是这样想着，眼前却挥之不去地浮现着柳大叔那眼巴巴的乞求的目光。若不写对得起柳大叔吗？就这样轻易地放过一个色迷心窍、为非作歹的伪君子吗？我不能为了保全自己而昧着良心亵渎自己的职业道德，当初自己是怎样说的？坏人不正是抓住了人们畏惧的心理而为所欲为吗？不，我一定要写，而且还要毫不隐瞒地、公公正正地写。无论遇到多大的阻力决不退缩。

他又拿起了笔，根据预先拟定的小标题，一个内容一个内容地写着……

第二天，一辆8865车牌号的豪华桑塔纳轿车停在了距报社十几米处的路边。许国良刚走到报社的大门口，被不知什么时候等候在此的市搪瓷厂办公室夏主任拦住请到了这辆豪华轿车上。司机本来坐在驾驶位置上正哼着小曲，看到许国良上来，立马停止了哼唱，不知是有意还是无意歹毒地看了许国良一眼。这个司机脑袋瓜挺大，头型上窄下宽，皮肤粗糙、黝黑，一张大阔嘴边长着密密匝匝的胡子。

夏主任随许国良一同坐在车上。她笑着对许国良说：“许记者，多日不见，今天特意来拜访拜访你。”

“谢谢夏主任。”

“我受何厂长之托，特意来问问你，你写他的文章啥时候刊登，刊登前能否先让他看看稿子?”

许国良想了想回答：“夏主任，稿子还没写完呢，我正在酝酿。”

“哦，对了许记者。有人看见你和那个曾经来厂门口胡闹的神经病在一起，是真的吗？你和一个脑子有问题的人在一块会干什么，我真想不通。”夏主任单刀直入地问。

许国良皱了皱眉头，很快平心静气地说：“你不了解，记者采写一篇稿件就要多方面了解情况才能确定怎么写。我也是慎重起见，你不要多虑。”

夏主任将笑容收敛，冷冷地说：“何厂长改革厂子有功，那天你也都采访到了，可谓耳闻目睹。你不要听风就是雨，别人说点什么话就信以为真。管理那么大一个厂子难免会得罪几个人，这个道理你不是不知道，你年纪还轻，不要听信小人谗言。”

这时候司机扭过头用他那双歹毒的眼睛盯着许国良，用手拍打着方向盘恶狠狠地甩出一句话：“何厂长是市里的劳模，你要把这篇报道写好。如果信口开河，内容失真，那可是要吃不了兜着走啰。夏主任，让报社这位小伙子下车，他会后果自负的，我们走吧。”许国良后脚刚落地，轿车“嗖”的一下就蹿出去老远，转眼间就消失得无影无踪。

许国良到办公室签了到，就抱着负责的态度准备到搪瓷厂附近的小吃街找一找卖浆面条的王师傅，再进一步了解一些情况。事情进行得很顺利，当一切弄得明明白白，他准备推车离开时，一辆白色小轿车从他身旁擦身而过，尾随其后的一辆眼熟的黑色小轿车也猛然驶过，他惊抬头看到8865这熟悉的车牌号时幡然醒悟，这辆车正是夏主任在报社门口找他时坐的那辆豪华桑塔纳轿车。那车上坐的人除了司机，不是夏主任就是何厂长了。他们一定看到了自己，或许没有看到，许国良不能不往这方面想，不过他很快定了定神，告诉自己一定要客观地写这篇通讯。坏人为什么肆无忌惮，猖狂得变本加厉，就是因为看到了人们的软弱和畏惧。人们的软弱和畏惧在某种程度上促成了坏人越变越坏。许国良心里很明白自己该怎么做，就骑车返回了报社。

此时坐在轿车内的何春阳确实看到了许国良，偏偏又是在受他排挤而下岗失业的老王的小摊前见到，不免有些惊恐和担心。做过亏心事的何厂长此时真觉得心里不得安宁。

回到办公室的何厂长如坐针毡，他在屋内走过来走过去，预感到事情的危机，头都感觉大了。他马上叫来办公室主任夏洁商量对策，并焦躁不安地对夏主任说：“上次在村里发现他和柳宽子在一起，现在又在老王处看到他，这绝不会是巧合。这小子一定在调查什么。若是这两件事被他传出去，那我就彻底完蛋了。这该如何是好？现在想堵上柳宽子和老王的嘴已经来不及了，咱得赶快想办法封住这个许国良的嘴。”何厂长说完，一支接一支地抽烟。

夏洁坐在沙发上，一时也没什么主意。就在今天上午她刚和司机去报社找了许国良，她旁敲侧击地提醒了很多，甚至司机还恶狠狠地威胁了许国良。她用眼睛的余光追随着踱来踱去的何厂长，心中在想着对策。突然，夏洁站起身来走到何厂长跟前欲言又止，犹豫不决。何厂长看出她有话要说，就急不可耐地说：“夏洁，有啥主意快说出来。”

“用美色征服他。你都是个大色鬼，他能不喜欢女人吗？”夏洁挑着媚眼盯着何厂长一脸轻佻地说道。

何厂长扔掉手中的香烟，一把把夏洁揽在怀里，“你是既有办事能力又有柔媚风情的女人，我心里最疼的就是你，要不怎么会让你当我的办公室主任，我会好好疼爱你的。这个办法好，这事就交给你去办，我相信你会办好这件事的。”

夏洁领命而去，她不愧是何厂长身边的红人，办事果断、迅捷，很快她就打听到了许国良在市郊租住的那间破旧的小屋。下午下班她带着何厂长交给她的神秘任务向许国良租住的这间小屋出发。和她一同去的还有办公室的梅樱。梅樱虽然只有 20 多岁，说话柔声柔气的，但从办事能力上看却不是等闲之辈，这似乎和她的年龄不大相称。她高挑个儿，长发齐肩柔顺下垂，丰满的胸脯，挺直修长的脖子，鹅蛋形脸上洁白得没有一丝瑕疵，举止优雅。

当单位的小汽车把她们俩送到许国良租住屋的街道边时，她们开始沿着小巷徒步行走，终于到了她们要去的地方——那间麦秸泥粉刷外墙的小屋。门上着锁，国良不在。她们知道事业心强的许国良不到下班时间是不会回来的，就在路边转悠着等候。等人是最消磨人的性子的，她们等得失望至极，但为了这桩天大的事，她们还得耐心地等下去。正当她们想着去附近的小吃店消磨一会儿时间的时候，许国良推着自行车回来了。这时，许国良也看到了夏洁她们。

“夏主任，你们怎么在这里呢？”许国良边往出租屋所在的院子里推车边扭着头问道。

“怎么，不欢迎吗？”

“哪里哪里，见到你们很高兴。”

“我们找你有点事，不让我们进屋坐坐？”梅樱接过话茬说道。

“好，欢迎欢迎。”说着，许国良已支好了车子开锁推门。

门开了，夏洁和梅樱进到屋内。屋内右边挨墙摆着一张床，床上放着一条叠得方方正正的被子，被子上是憨态可掬的大熊猫吃竹子的图案。左边临窗的位置放着一张小桌子，桌面上铺着两张报纸。桌子右边放着几本书，桌前的凳子是用一摞蓝砖堆砌起来的，上边放了一块方形木板，木板上也铺着报纸。许国良让她们两位坐到床边，自己坐在桌前蓝砖垒起的凳子上。

“许记者，你这屋也太寒碜了。你就是坐着这个凳子写出了那么多优秀文章？真是‘斯是陋室，惟吾德馨’呀！”一种娇滴滴的柔声媚语飘过许国良的耳鼓，这声音怎么这么熟悉呀？在美女面前有些矜持的许国良抬头打量起眼前这个说话的姑娘。对了，这不是那天在搪瓷厂办公室走到自己跟前说话的那位姑娘吗？

“见笑了，我这屋是租的。这是临时住处也没啥好讲究的，也没有茶水招待你们。”许国良接着又说道，“夏主任，你们找我什么事？”

“没啥大事……哎呀，我肚子疼，你这儿有厕所吗？”夏洁捂着肚子嚷道。

“我们住的这大杂院没有，厕所在外面呢。”

“我对这里的情况不熟悉，你给我指指吧。”

“好吧。”夏洁跟着许国良出门时很迷离地望了一眼梅樱，说道“你等着我”，就跟着国良到了外面。

许国良返回屋推开虚掩着的门时，竟然看到梅樱盖着被子躺在他的被窝里，许国良赶紧把门关上。“你怎么这样?”当他说着转过身时看到了不该看到的一幕，梅樱扯开被子一丝不挂地仰躺在床上，他慌乱中无意识地看到了那一对饱满而挺立的乳房和那白皙光滑的大腿。

“你怎么能……这样?”许国良赶紧转过头把门扣上，想嚷嚷又怕外人听到，一双手很不自然地没处放。

“许记者，你回来了。过来呀，你是有文化有素质的人，长得又帅，是我喜欢的类型。许记者，你过来呀。”梅樱娇滴滴地说着。

“快穿上衣服。”许国良不知说什么好。

“你对我不满意吗，你连看都没仔细看呢？我就喜欢你这样有文化的人。许记者，我的姿势不好看吗？我这样行吗?”梅樱侧躺着，把纤细的腰和肥嘟嘟的屁股性感地暴露在外，她用那柔媚的声音和姣好的身姿诱惑着许国良。

“你怎么能这样?”许国良语气变得很重，重复着这句话，除此之外他不知说些什么。同时他眼光看着别处快速走过去，拉起被子盖在梅樱身上，重重地说道：“快穿上衣服。”梅樱掀开被子站起趁机一把抱住许国良。她的头靠在许国良的肩上，那柔顺的头发摩挲着他的脸，痒痒的。她的胸脯紧贴着他，心脏突突地跳动，许国良有一瞬间真有种被麻醉的感觉，但他毅然推开了她生气地说：“太不要脸面了。看你挺端庄的怎么干这样的事，真是没有羞耻感，太不可理喻了。”

此时梅樱看许国良真的生气了，说了那么多难听伤人的话，便拿起自己的淡粉色镂空镶边内裤穿上，接着穿上同样是淡粉色镂空花型和内裤相配套的性感胸罩，同时用手娴熟地把两个乳房往中间托了托，显出深深的乳沟，那深深的乳沟和镂空花型胸罩遮掩着若隐若现的一对乳房，如果不是在这样的场合，且怀着一种不可告人的目的，那真是会荡人心魂，勾人心魄。

梅樱穿好了衣服背对着许国良说：“许记者，你不要骂我，我不是流氓。我是何厂长派来和你交换条件的，你不要调查他了，更不要发表对他不利的文章。我知道你会看不起我，我真的也喜欢像你一样做个正直、上进心强的人，可生活并不是你努力了就能过上好日子。我不想整天待在车间里浪费自己的青春，我就想过这样悠闲自在的生活。人各有志，我有自己的活法。”

“我为你感到痛惜，既然你自己愿意这样生活，我也无能为力。但是他想用这种卑鄙的手段阻止我揭穿他，那他打错了算盘。他是个色魔，却想用同样的手段诱惑我下水，要我放弃自己的原则，门儿都没有。”许国良气愤地说。

梅樱转过身面对着许国良说："许记者，我上学时成绩挺好的，因家境不好中途辍学了。我对你，名牌学校的毕业生真的好生羡慕。你是个好人，我才劝你一句，对何厂长负面的报道打住吧，何厂长这人心狠手辣，你斗不过他的。我今天没办成的事，明天他会换别种方式再派别人来办。"

梅樱开门欲出，手扶门框边又回头看了许国良一眼说："许记者，我看出你是个正人君子，才说了刚才那番话。你好自为之吧。"说完，梅樱闪身而去。

刚刚上演的一场色情剧结束了，尽管许国良经受住了美色的诱惑和考验，但他的情绪一直稳定不下来，尤其是梅樱临走时说的一番话，使他不能不坐下来思考思考。这次何春阳精心设计的阴谋没有得逞，他是不会善罢甘休的，他还会采取什么办法对付自己呢？许国良心想，无论采取什么方法对付自己，哪怕是再过激的行为，自己也不能妥协，不能丧失自己的灵魂和做人的尊严，尤其是作为一个新闻记者，虽然是实习生，但也决不能违反新闻工作者的道德准则和职业操守。何春阳越变本加厉，说明他心越虚，这时候更要敢于面对，敢于斗争。想通了，他就脱衣上床，没多大一会儿就呼呼地睡着了。

就在两个小时前，当梅樱制造的色情事件失败后，她就向假装上厕所而正在村外豪华轿车上等候的夏洁作了汇报。夏洁感到事情办砸了不好向厂长交代，更不想遭到厂长的一顿辱骂，她经过一番沉思后，决定亲自出马去摆平这件事。她巧妙地在全身和衣服的几个部位洒了点香水，穿上自认为也是别人眼中最显个性最有风情的衣服。她上穿白底黑色豹纹型花式的紧身衣，把胸托得更高，下穿黑色的健美裤，臀部绷得紧紧的，外罩一件淡粉色的绉纱质地、垂过膝盖的外搭，她在自己屋里走了一遭，魔鬼般的身材曼妙妖娆出迷人的风姿，同时一阵淡淡的好闻的香气散淡袭开。她对精心打扮的自己感到很满意，又打开箱子取出压在箱底的自己积攒起来的全部积蓄，用手绢包好放在米黄色的手提袋里。她一定要把事情办得漂漂亮亮，那样才能不辜负何厂长对自己的器重和疼爱，只要事情办妥，到那时，别说她的全部积蓄会悉数全报，何厂长还会重重地奖赏她的。

第二天一大早，她就按昨晚的装束穿戴打扮，来到许国良的住处，轻叩他出租屋的门。刚洗漱完毕正坐在桌子前看书的许国良起身开了门。夏洁带着一阵香风飘然而入，那香气清淡微醺，沁人心脾。许国良突兀地站着还没反应过来，夏洁已经趁势把门关上，脱去了外搭，搂抱着将许国良推到床上，她迅速脱掉上衣，并用手扯开许国良的扣子，将两只雪梨样的大乳房扑压在许国良胸前揉搓着，她的嘴喘着气几欲亲到许国良，这时许国良才愣过神，赶紧把头扭到一边，双手搂抓住夏洁的腰用尽全身的力气将夏洁甩到床边，差点把夏洁摔倒在地。

“许记者，昨天梅樱惹你生气了，她年龄小不懂事。今天由我来陪陪你，我比你大不了几岁，我是过来人，包你满意。你怎么这么粗暴，一点也不懂得怜惜女人呢。”说着夏洁又过来紧紧地抱住他，疯狂地吻他的脸，让许国良躲避不及。许国良被夏洁弄得昏昏沉沉，很快醒悟过来，粗鲁地推着夏洁。夏洁死死地抱住他说：“许记者，何苦呢？你一定没尝过女人的滋味，我都听到你的心跳声了，你不会一点都不动心吧？脱了衣服咱们云里雾里翻腾翻腾吧。”说着她踮起脚尖再次有意地把嘴贴在许国良的嘴上动真格了。如果说她紧紧的拥抱像一把绳索捆得许国良既愤怒又无奈，可现在她那勾人心魂的嘴和柔软的舌头，让许国良感觉浑身像触电一般战栗，同时他也感觉到了那肥大的胸脯撞击着自己的那种压抑的酥麻……任何男人面对这种挑逗和诱惑都难以抗拒，危险呀！这时一个声音在许国良耳边回响：“那是一杯毒酒，喝着诱人，喝下去就会没命的。”许国良猛地再次惊醒，用他男子汉特有的力气挣脱开夏洁的手臂，赶紧把门打开，躲过这温柔的陷阱。他神情严肃、压低声音说：“我知道你的用意，何厂长让你们来这一套，更证明他心里有鬼。这篇新闻我已经写好了。”

夏洁看着实施的美人计泡汤了，一计不成又生一计。“许记者，你这是何苦呢？识时务者为俊杰，我看你还是就此收手吧？”说着她已穿好了外套，拿起进门时自己放在桌子上的米黄色小包，从中取出一个牛皮纸信封递给许国良说：“这 2000 元是何厂长的意思。有关何厂长的正面新闻你也不要写了，你写好的反面新闻销毁吧，或者让我带走我自己销毁。”

“快把钱收起来，我可不吃这一套。写与不写是我们做记者的自由。我把稿件写好了，你想把它销毁或者带走那是不可能的。”许国良把装钱的信封推过去气愤地说，他感觉夏洁的方式是在侮辱自己。

夏洁还是微笑着一点也不生气地说：“许记者，收下吧。你不写这稿子对你也不会损失什么，这些钱归你多划算。用这些钱你可以穿得体面，吃上美味，可以汇给家人改善父母的生活，还可以给你这间屋子添置一些生活用品。

如果不够，我们还可以商量。这事就这样了结算了，也没外人知道……”

夏洁还在苦口婆心地劝说着什么，许国良不屑地瞟了一眼夏洁打断她的话冷冷地说道：“够了。夏主任，不要再说了，我不会为了你这些钱放弃我应该做的。咱推心置腹地想想，如果是你的家人被冤枉下岗，被逼成精神错乱，你就眼睁睁地看着不管不问吗？你能置若罔闻吗？”

夏洁内心深处也佩服起眼前这位敢作敢为的记者。像他这样一表人才，生活困顿，却能在金钱和美色面前坚守自己的做人原则，实属不易。可她也是没有办法，这是何厂长交给她的任务，如果完不成，她该如何面对何厂长呢？如果何厂长知道这件事没办成，不骂她个狗血喷头才怪呢？

夏洁笑了笑说：“许记者，我现在赞同梅樱的话，你是个正人君子。但是君子也得学会变通呀。钱不收就算了，我还是希望你停止调查，不做有损何厂长声誉的事。你现在是实习记者，将来会分到报社或其他什么单位工作，你今日放何厂长一马，他会记住你的好，你们今后就是朋友了，你有什么事的话也好有个照顾，多交一个朋友多条活路嘛。”

“我绝不会和这样的人交往。他打击功臣，逼疯人家姑娘。如果我不知道这事就不说了，既然遇到了这档子事，就不能袖手旁观。这两件事我已调查清楚，稿子正在修改，不日就要发往报社。这是我做记者的职责，就这样吧，我得赶往报社上班呢。”说完他走出门外，夏洁也只好无奈地跟着他出了门。

许国良推着自行车准备离开，夏洁紧走几步上前扶住车把，她环视四周没人，就对国良说：“难道就没有一点余地了吗？”

“什么余地？惩恶扬善是我们做记者的一项职责，我不能无视我的职责，希望你能理解。”

夏洁松开了车把，斜了一眼许国良说：“许记者，何厂长是不好惹的，他上上下下认识那么多人，你硬要拿鸡蛋跟石头碰，对你是不利的。他会善罢甘休吗？”

许国良推着车往前走了一步，又转过脸看了一下夏洁说：“我也是凭良心正当地反映情况，他怎么做那是他的事，我不能对不起自己的良心。”

许国良骑车走了，夏洁傻愣愣地站了一会儿也只好离开了。

许国良来到报社，报社通知召开全体编辑记者会议。会整整开了一个上午。中午他到街上吃了碗面条来到报社趴在桌子上休息了会儿，就拿出本子把将近写完的这篇稿件完成。下午下班时他已把这篇稿件修改完善并用方格稿纸一个字一个字工工整整地誊写了一半。之后，他把改好还没誊写完的方格稿纸装进随身携带的一个蓝色布质手提袋里准备回家再加班完善。他回家时路过一个包子店，他买了四个素包子，准备带回去就着白开水解决晚饭问题。

他骑着车向租住的小屋赶去，不知不觉间到了离他住处一里多的一片桐树林附近。忽然从树林中走出两个三十来岁的人，挽着袖子拦住了许国良的去路。许国良只得跳下车来，其中一个体态偏胖、剃着光头的男子走近许国良问道：“你就是许国良？是报社的？”

“是的，我就是。”

他抓起许国良胸前的衣服往前一推，又猛地往后一拽，许国良趔趄了一下差点摔倒，自行车也重重地摔倒在地上。

“我不认识你们，你们这是干什么？”

“不认识，今天就让你认识认识。”另一个小伙子说道。

“知道我们是干什么的吧？我告诉你吧，你写了不该写的，做了不该做的。”

好汉不吃眼前亏。这种情况下，还是走为上策。许国良准备去扶推车离开，光头男子一脚踩踏到自行车上，双手猛推了许国良一下。许国良仰脸摔倒在地。光头男子声色俱厉地吆喝着：“想逃吗？你能逃得了吗？”一把抓起许国良跌落在地上的蓝色手提袋，发现里面有写何厂长的稿子，当场掏出打火机点燃烧掉，并狂笑着：“我让你写，我让你写！”说着，又把掉在地上的包子踢出很远，“我叫你吃，我叫你吃！”

“光天化日之下，你们竟敢……”许国良的话还没说完，光头男子“扑”的一拳打在许国良的鼻子上，顿时血流如注，许国良赶紧掏出手绢捂住，他胸前的衣服和胳膊上流了很多血。

恰在此时，听到远处有两个人拉着架子车说笑着走过来，他们看有人经过这里就收敛了些。“听见了吗，你再敢写这样的文章，就砸断你的狗腿。”另一个打手也尖着嗓子说道：“今天就便宜你了。敢再写，绝不轻饶你。”说完两人扬长而去。

“真是太便宜他了。”桐树林里传出一个人的声音。许国良循声望去，发现说话之人正是那天在报社门口的桑塔纳轿车上见到的小胡子司机。这个司机对着许国良恶狠狠地吆喝道：“若敢再写，见你一次打一次，直到把你打残为止。”

许国良的鼻子还在流血，那手绢完全堵不住两个鼻孔的血。两个拉架子车的人走近看到满身是血的许国良，赶紧给他一个布条，让他把两个鼻孔都塞住。他们看许国良无甚大碍，劝说许国良赶快回家，就离开了。许国良稳了稳神，推着自行车回到自己的出租屋。他换掉身上的衣服，把身上、脸上的血渍洗去，就躺下睡了。可躺在床上，他难以入眠。心想当一个记者真不容易，为了捍卫正义还得挨打受气。但又想，坏人之所以丧心病狂就是为了不想让他们的丑陋行为暴露出来。这个时候惧怕了，不再揭露他们了，他们的气焰就会更加嚣张，认为无论什么事他们都可以一手遮天，结果会让更多的人遭殃。既然走到这一步了，就更不能屈服于对方的淫威。

半夜醒来，他坐起来重新开始写这篇稿件。经过几个小时的奋战，他把这篇稿件重新写好，并清清楚楚地誊写在屋内备用的方格稿纸上，此时天已经明了，他感到浑身瘫软无力。他把稿子装好，推车到附近的小吃店要了一碗豆浆、四根油条。吃完早饭感觉全身有了些力气，就骑着自行车来到了报社。他恐怕夜长梦多，害怕由于某种原因稿子被压，便填写了发稿签，及时送工交部请魏寒军主任签发。

魏主任在一摞待签发的稿件中发现了这篇通讯，把许国良叫来说：“你的这篇稿件写得很好，不过此类稿件必须保证百分之百的真实性，你的这篇稿件的真实性如何?”

许国良认真地说：“魏主任，你放心吧。这篇稿件我是经过反复调查核实才写出的，没有一点虚构虚假的成分在里边。”

魏主任听许国良说话的声音和平时不大一样，抬头看到许国良的脸上留下被打的痕迹，很是惊诧。当听完许国良说明情况后，魏主任很是气愤。但他没有发怒，他拍拍许国良的肩膀关心地说：“许国良，你是好样的。你这篇通讯写得很有文采，更难能可贵的是你的正义和担当体现出了它的价值。这两天你暂时住在报社，在附近的餐厅吃饭，这里人多他们不敢怎么样。稿子登出后借助舆论的力量，有关部门不会不严查何春阳这个恶魔的，到那时，你就没事了。”许国良感动地点点头。

魏主任将此稿签发报社总编审阅，王华总编辑审阅该稿后签发意见：读罢此文，骇人听闻，同意发表。

第二天，《京州日报》第二版以基本上整版的篇幅刊登了这篇题为《一个罩着劳动模范光环的罪恶黑手》的通讯。

已超过80万份发行量的《京州日报》上刊载的这篇通讯纷纷被广大读者传阅，这件事迅速传遍了京州市的大街小巷。

人们议论哗然。

“一个劳动模范，怎么有这种德性?”

“真稀奇，碉堡里面搞女人。世间罕见。”

“真是色魔，墙上挂裸体照，把一个大学毕业好端端的姑娘给逼疯，真是太残忍了。这姑娘太可怜了。”

“让学唐三彩上的性姿势，太恶毒，太荒诞了，一定要严惩这个恶魔。”

“他在我们厂一手遮天，下面的人敢怒不敢言，这下好了。多行不义必自毙，坏人终究会得到惩罚的。”

……

市搪瓷厂厂长何春阳看到当天的报纸，脸色灰白、喃喃自语道：“我完了，这下我可完了。”

二十二 真情回报，俄罗斯美女总统套房要爱爱

俄罗斯姑娘卡琳诺娃上次邀请许国良喝了咖啡，这几周她陪着来看望她的企业家父亲游览了京州市的几个景点。一天，他们来到了京州大学参观位于这里的名胜古迹——明清古民居，他们深深地为这所古民居的艺术魅力所吸引，尤其深深陶醉于这所古民居的木雕及砖雕的艺术构造中，同时他们更为中国古代劳动人民的智慧和创造力所折服。

巴西维奇·叶夫根尼一边参观一边兴奋地对女儿卡琳诺娃说："这座古民居设计精巧，造型奇特，我真是太喜欢这里了。"

卡琳诺娃扬眉一笑对父亲说："你只说对了一半，我认为这里不仅建筑美，人更美。"

巴西维奇疑惑地瞪着眼看了看女儿说："卡琳诺娃，我称赞的是这个学校遗留下来的古民居的艺术魅力，你突然说人更美是什么意思?"

卡琳诺娃说："爸爸，因为救你的许国良先生就是这个学校的学生。你说这个学校的人不美吗?"

"哦，我只知道救我的小伙子是报社的，原来他是这个学校的学生呀，怪不得你说这样的话。"巴西维奇眼前又浮现出许国良救他时的情景，心想："我的命是这所大学的学生许国良救的。生命如此珍贵，再多的财富如果没有生命也等于零，更重要的是他让我被亲情簇拥，让我能和亲爱的女儿在一起，我一定要报答他。既然这里的建筑艺术美，人更美，我何不在这个大学捐款设立一个基金会，以报答这所学校对许国良的培养。同时这个基金会的款项，一部分可以为贫困学生提供帮助，另一部分用于对这古民居的保护和修缮，这不是两全其美，值得做的好事吗?"他打定了主意，就把打算成立一个基金会的想法告诉了女儿卡琳诺娃。

卡琳诺娃知道这个想法后，也非常支持他。巴西维奇对女儿卡琳诺娃说："既然打定了主意就要行动起来，咱们现在就去找学校的校长商谈成立基金会的事，不过这个基金会的名称我想用许国良先生的名字命名，因为他是一个好青年，更是我的救命恩人。我希望这所大学培养出更多的像许国良一样优秀的学生。"卡琳诺娃深潭似的眼睛里放射出夺目的光彩，说："爸爸，你的想法真好，我太爱你了。咱这就去找校长商谈吧。"说着，她亲昵地挽着爸爸的胳膊向学校的办公大楼走去。

巴西维奇和女儿卡琳诺娃边走边问找到了办公大楼，依据门口上挂的牌子顺利找到了刘英杰校长办公室。刘校长看到两个俄罗斯朋友找自己，热情地接待了他们。刘校长请他们坐在沙发上，亲自倒了茶水放在他们面前的茶几上。

刘英杰校长面带慈祥的笑容问道："你们是俄罗斯朋友吧？"

"是的。"卡琳诺娃抢先回答。刘校长打量着他们俩，仿佛在说："你们找我有什么事？既然你们来到了我们中国的土地上，我会尽全力帮助你们的。"

"这是我爸爸巴西维奇，他是俄罗斯钢铁公司的董事长，他想给你们大学捐款十万元。"卡琳诺娃直截了当地向刘校长说明了到此的目的。

刘校长立即警觉起来，脑海中浮现出有的外国人专门跨国诈骗钱财的事情，无缘无故他怎么要给学校捐款？刘校长站起身来好奇而又疑惑地问道："这是真的吗？不管怎样我先谢谢你们的好意，但是我们学校不能接受无缘无故的捐款。"

巴西维奇点点头诚恳地说："你的疑惑我很理解，也是正常的。你看我们像骗子吗？我们是真心实意的。"

卡琳诺娃看到刘校长对父亲捐款持不信任的态度，心想这毕竟是笔不小的捐款，而且来的这么突然，他的担心与顾虑也是正常的，就开门见山地对刘校长说："刘校长，我父亲之所以这样做也是事出有因的。主要是为了报答你们大学培养出了许国良这样的优秀大学生。许国良是你们大学新闻系的学生，现在正在京州日报社实习。就在前段日子，许国良先生到碧槐湾公园采访，正遇上我父亲不慎落水的危急情况，他听到我们的呼救声，冒着生命危险跳入水中把我父亲救上岸。当时《京州日报》还刊登了他救我父亲的一篇报道呢。"

“哎呀，原来是这么回事。我们学校还不大清楚呢，我们的工作做得不太细致，请原谅。”刘校长有些震惊地说道。

卡琳诺娃闪动着她那双深邃、灵活的大眼睛说：“用你们中国人的话说，受人滴水之恩当涌泉相报，他救了我父亲的命，我父亲就想表达内心的感激之情。生命多么珍贵，许国良先生是不顾自身安危去救我父亲的，我父亲就送给许国良先生两万元，可他拒绝接受这钱，我父亲心里过意不去，就把这两万元捐给了他实习的报社。今天上午，我和父亲来参观位于你们校区的明清时期的古民居，我父亲对这古民居表示出了强烈的兴趣，一听说自己的救命恩人就是这个大学的学生，想对你们的培养表示感谢，他当即决定在你们学校成立一个基金会，来找你商谈捐款的事。”

“这款项我是诚心诚意要捐赠的，没有任何虚假成分在里面。我一个外国人没必要大老远到此骗人说梦话。”巴西维奇表态似的进一步解释说。

刘校长耸了耸肩很内疚地说：“刚才，我理解错了你们的好意。我还不知道许国良同学救人这件事。我们学校毕业生很多，有的到外地实习了，我们不好掌握。若是我们早些知晓许国良见义勇为抢救他人生命的事迹，就会大力宣传表扬。我为许国良的救人义举感到欣慰，也为你们俄罗斯友人心怀感恩为我校捐助的壮举而感动。”刘校长站起身走到巴西维奇父女俩前同他们一一握手，并说道：“谢谢你们，我代表京州大学党委及全校教职员工向你们表示感谢与敬意！”

“我的总公司下面还有家跨国公司，在中国厦门市。回去后我立马通知他们把钱打过来，不日款就会到你们的账上。按五年期算，我准备每年给你们捐赠十万元。但我有个要求，基金会的名字要以许国良先生的名字命名。捐到的款主要用途有两个：一是奖励品学兼优和贫困的在校大学生；二是用于保护和修缮明清古民居。”

巴西维奇越说越激动，他把原来准备捐赠的十万元临时改为计划五年，每年捐赠十万元。刘英杰校长心潮澎湃：“尊敬的俄罗斯友人，谢谢你对我们学校的慷慨捐助，我还要感谢我校新闻系的许国良同学，他的见义勇为为你对我们学校捐款的善举架起了一座桥梁。”刘校长明白巴西维奇的用意，但他还是感激和谦虚地说，“尊敬的巴西维奇董事长，这个基金会还是以你的名字命名更为妥当，因为这是你的私人捐款。”

巴西维奇抬头看了看蓝天、白云，摇摇头满怀深情地说：“不，不。刘先生，尊敬的刘校长，基金会的名字不能更改。人的生命是无价的，如果没有许国良先生当初的善举，我现在就不可能享受到今天的蓝天、白云和纯净的空气。”

刘英杰校长当然同意这个基金会以许国良同学的名字命名，这更能彰显出这个基金会的意义和价值。他对巴西维奇父女俩说：“我同意你们的意见，这个基金会就以许国良的名字命名。”

基金会成立是件大事，理所当然得有一个成立仪式，他们确立了基金会的成立时间和其他有关事项。三天后，第一年的十万元捐赠款已打到京州大学的账户上。一周后的一个风和日丽的上午，体现俄中友谊的“许国良先生基金会”成立，仪式如期在京州大学举行。许国良被通知回校参加仪式。

京州市主管教育的副市长及市教育局的领导以及全校教职工、学生代表等200余人参加了成立仪式。作为这个基金会的主角——该校新闻系的学生许国良也成为最耀眼的人物被请上了主席台。本来他对此事一点也不知晓，当他看到悬挂在横幅上的、以自己的名字命名的基金会名称时，既茫然又不好意思。他忐忑不安地问坐在自己身边的卡琳诺娃：“这太不合适了，明明是你父亲的捐赠，为什么要以我的名字命名，我一个平庸之辈岂能当此重任?”

卡琳诺娃深情地盯着他说：“不要推辞了，我父亲的命是你挽救的，金钱与生命相比太渺小了，这个殊荣你当之无愧。我们知道你不愿接受以你的名字命名，因此就没有让校长告诉你这件事，只通知你来参加成立仪式，现在一切不能更改了，就这样吧。你们学校还以你为荣呢。”

主管教育的副市长走到长脖子麦克风前饱含深情地说：“今天成立了代表着俄中友谊的‘许国良基金会’，这是京州市的一件大喜事。我代表市委、市政府向基金会的成立表示祝贺！向俄罗斯友人巴西维奇及其女儿卡琳诺娃表示衷心的感谢！向京州大学能培养出许国良这样的优秀大学生表示感谢！向见义勇为的优秀大学生许国良表示由衷的赞美！这是京州市教育史上接受外国友人的第一次捐款，我们俄中双方必将精心呵护这朵灿烂的友谊之花，让它开得更美更艳！同时，希望京州大学的莘莘学子，发奋学习，攻坚克难，铸造品质，毕业后为祖国的繁荣昌盛做出应有的贡献。”

接下来发言的是巴西维奇。他说：“我叫巴西维奇，是俄罗斯钢铁公司董事会主席。我从俄罗斯来到中国是来探望在京州市外国语大学上学的女儿的。我女儿喜欢中国，喜欢京州市，她带我游览了18个美丽的地方，让我真切地感受到这座城市的神奇与伟大。这里历史悠久，文化灿烂，大自然赋予了这座城市许多优美的自然景观，这里景美人更美。当我沉醉于自然美景不慎落水，生命危在旦夕徒然挣扎时，有一个人冒着生命危险挽救了我的生命。他就是你们京州大学新闻系的学生许国良。当我拿着两万元真诚地表示感谢时，他坚决拒绝接受。他的善举和为人深深感动了我，所以我就决定成立以他的名字命名的基金会。我觉得认识他是我的幸运，也是我的福气。我希望我们大家都能向他学习。”

接下来由京州大学的刘英杰校长发言。刘校长介绍了这个基金会成立的有关事宜，并清清楚楚地说明了每年十万元基金款的使用计划。他说经研究每年分两次奖励品学兼优和家境贫困的大学生，每次奖励人数 50 人，每人 500 元，共计 5 万元。剩余的 5 万元用于明清古民居的保护和修缮，由校委会负责。

接着 50 名学生高高兴兴上台，分批依次从与会领导手中接过了 500 元的钱款。

仪式结束后，刚才接受资助的好多同学走过来围住了许国良。他们问长问短，纷纷向这位校友也是老大哥表示感激和敬佩之情。

一个身穿半旧白衬衣、单薄瘦弱、皮肤稍稍显黑的女同学说：“我来自贫困山区，能领到这些辅助款真是解决了我眼下的困难。谢谢你的善举挽救了一个人的生命，也帮助我们摆脱了困境，如果不是你，我不可能领到这份捐款。”

又一个胖胖的圆脸男同学难以抑制激动之情说道：“国良哥，我这个月没有一点生活费了，找了个家教到月底才能拿到钱。我父亲还在医院的病床上躺着，我不能再张嘴向家里要钱了，想不到今天领到了这么多钱……”

许国良看着大家，又转过脸看了看正在和校长交谈的巴西维奇说：“大家不要谢我，要谢就感谢俄罗斯友人，这是他给我们的捐款。……”

就这样，一群同学围着许国良发了许久感慨。

“许国良同学，刘校长让来喊你到我们学校门口招待所的餐厅吃饭，地点在二楼的 218 房间。就等你啦。”一个身着藏青色衬衣的学校工作人员告诉许国良说。

许国良看了看站在自己周围的同学说：“我们感谢俄罗斯友人的爱心捐款，让大家暂时缓解了经济上的压力。以后的生活还得靠自己，我们学校给我们提供有勤工俭学岗位，我们还可以在校外兼职，这样对我们也是一种锻炼。不过，什么时候都要把学习放在第一位。”

大家纷纷表示赞同。许国良告别了同学们，跟随来喊他的工作人员一起来到招待所218房间。

副市长、教育局长、刘校长等市、校领导以及巴西维奇父女都已落座，许国良就坐在紧挨着卡琳诺娃的一个空位上。说实在的，长这么大他还是第一次和市长、校长面对面地坐在一起吃饭，不由得心怦怦直跳。

招待宴开始了。副市长端着酒杯站起来环顾一圈动情地说：“祝贺体现我们俄中友好的许国良基金会成立，大家干杯！”

大家都站起来拿起酒杯“当、当”地碰杯喝酒。副市长豪爽地端着酒杯穿梭于这桌重要人物之间一一敬酒，大家觥筹交错，笑语连声。卡琳诺娃和许国良喝着这饱含着浓浓深情的一杯杯酒。他俩不胜酒力，每杯酒点到为止。

副市长特意端着酒杯走到许国良跟前夸赞道：“小伙子，好样的，你为京州人民争了光，为京州大学争得了荣誉。我敬你一杯。”

许国良赶忙说：“不敢当，不敢当。谢谢市长，你把京州市搞得这么好，我敬你。”许国良学着别人的样子给副市长敬酒，红红的脸显得有些不好意思。

紧接着，巴西维奇也端着酒杯来到许国良跟前：“谢谢你，许记者！感激的话不再多说，我敬你一杯，一切尽在不言中。”

卡琳诺娃也端起酒杯：“来，咱们一起干杯！”

许国良不再羞涩，端起酒杯说道：“感谢你为我们学校、我们报社奉献的爱心，咱们干杯！”说完，他一仰脖子把这杯酒喝了下去。

许国良不胜酒力，除了敬巴西维奇这杯酒外，他每杯酒都是点到为止，但头还是昏昏沉沉的，他的脸变成了火烧云。

坐在身旁的卡琳诺娃给许国良的小碟子里不停地夹菜，许国良劝说着：“卡琳诺娃，不要给我夹菜，我自己来。”

“多吃点菜，解解酒。”说着，卡琳诺娃又给许国良夹了一块西兰花，一块凉拌牛肉。

“哎呀，许国良和这位俄罗斯小姐坐在一起多和谐，多般配呀！”喝了点酒，有人说话嘴就不把门儿了。

“是呀，你甭说，还真是天生的一对儿呢。”不知谁附和着打趣道。

“你们不要随便说嘛，年轻人在一块交流交流有啥不好，国良可是一个好孩子。”刘校长害怕大家的玩笑惹巴西维奇不高兴，就插了这样的话。

“小伙子人品好，长得帅，我要是有这样的女婿就好了。”巴西维奇又干了一杯酒，风趣地说道。

卡琳诺娃听着大家的谈论，像一朵娇羞的玫瑰美在心里，也美在脸上，许国良显得忸忸怩怩，脸更红了。

40分钟后，招待宴在欢乐祥和的气氛中结束了。巴西维奇留下继续和刘校长商量事情，他让女儿通知许国良到他下榻的宾馆先等候他，他还有重要的事情跟许国良说。

卡琳诺娃和许国良坐专车到市中心巴西维奇下榻的一家高级宾馆等候。这是一套总统套房，布置精美豪华。客厅及内室的壁纸、地毯及各种吊灯壁灯台灯等富丽的装潢和摆放的高档沙发、应有尽有的电器相配套，只有身份尊贵的人才适合住这样的套房。住一晚肯定很贵吧，许国良这样想着但是没有问出口。在这样的场合，他觉得很别扭。他不想待在这里，就问卡琳诺娃：“你父亲找我有什么事？他大约什么时候会回来？”

“不要只站着，坐到沙发上来。他具体有啥事我也不知道，刚才我们回来时他说要和刘校长商量什么事，咱们等一会儿吧？他既然约了你就不会让你等很久的。”卡琳诺娃说着把削好的苹果递给许国良，又接着说道：“会不会是说咱俩的事。我爸爸在餐桌上不是说他希望有你这么个女婿吗？”

许国良从酒桌上缓过来的脸又刷的红了，锁着眉头说：“我有自知之明，这是不可能的。你爸爸是喝醉了胡说的，你别往心里去。”

“我爸爸可从来不胡说，很多人想做他的乘龙快婿他都不肯答应呢，你知道我可是钢铁大王的女儿，也是个大学生，还配不上你吗？”

许国良正准备开口说什么，门响了，巴西维奇推门走了进来。他微微一笑对着许国良说：“我刚才和刘校长说了点事回来晚了，让你久等了。”

许国良听到巴西维奇董事长回来先说抱歉的话，他赶紧说：“没事的，我今天没什么事。你捐赠的基金会以我的名字命名实在是不妥，我是一个乳臭未干的无名之辈，哪有资格和身份登这大雅之堂，我现在想想还浑身不自在。你是捐赠人，以你的名字命名才名正言顺。”

“一个人的财富再多，也买不回珍贵的生命。你挽救了我的生命，我不知用什么方式报答你，就没和你商量以你的名字创建了这个基金会。我知道在善良的人性面前，这实在是太微不足道了，但至少让我学会了从另一个角度去帮助别人，这是你的善举促使我这样做的，你是了不起的。”巴西维奇董事长解释说。

许国良知道自己不应该再来争执这已成事实的决定，就不再说什么。

巴西维奇接着说：“我让你来有一事相商。你现在正在实习，还未正式安排工作。我很看重你的人品和才华，希望你加入我们在厦门的公司，参加我们的团队，先做中层领导历练两年，然后把你提升为副总，再磨炼几年遇到合适机会，就让你担当总经理。你能义字当头，讲求诚信，并且脚踏实地，我想把厦门的公司让你全权打理，这样我放心。我有一个儿子和这个女儿，我的年龄大了，也不想让这跨国公司分散我的精力，我想一条心做我的钢铁大王。”

“太好了。厦门的公司效益很好，能到那里工作是很多大学生毕业后梦寐以求的愿望。我知道有一次公司需招收 20 名员工，结果报名的有 1000 多人，很多人很遗憾没能到我们的公司上班呢。”卡琳诺娃插嘴说。

“是呀，我们公司薪水高，待遇好，看重的是能力，这是很多年轻人愿意去的原因。许先生，你实习快结束了吧，实习结束后我尽快给你安排工作。我很看好你。”巴西维奇再次说出自己的看法。

许国良也很心动，但是他又舍不得自己的记者梦。他在心中权衡着，还是觉得自己要做一名记者，这是他的梦想，是他的追求，他不能放弃。但是如果自己直接拒绝就显得太不识好歹了，就笑着说：“多谢董事长的信任，谢谢你愿意提携我，帮助我。你让我好好想想，也许我会让你失望的，请你不要见怪。”

巴西维奇从他的话中咂出了什么，有些疑惑地看着许国良，他不明白这天上掉下来的馅饼，要砸到许国良的怀里，他为什么却躲开。“许先生，我可以给你配辆小轿车，实行年薪制，一年 10 万元酬金。”巴西维奇觉得这么好的条件任何人都会接受。谁没有自己的理想，但人还是现实的，任何人不能脱离生活空谈理想，这么优厚的条件岂能无视？除非你不食人间烟火。

许国良感到巴西维奇给自己的条件太优厚了，真的让人很动心。可他心里明白自己不能面对金钱和物质诱惑就抛弃理想。

“许先生，你太年轻，这还用再想吗？你是我的救命恩人我会骗你吗？你要不放心，咱们先签个协议。等你实习结束后我送你到公司走马上任。”

许国良抱歉地说："董事长你也许会笑我傻，我之所以不能答应你是因为我想当一名记者，这是我多年来的愿望。自从那年我家乡一名叫刘春泽的记者采访我'拾羊不昧'的事迹后，我就决定长大后当一名记者。上高中时尽管我理科成绩很出色，但我还是选择了文科，考大学报了新闻专业，目的只有一个，就是有朝一日能成为一名记者。我在京州日报实习快结束了，这个报社能留下我最好，若不能，我准备到其他新闻媒体工作。只要能干上自己喜欢的职业，即使条件差些，我也心甘情愿。"

巴西维奇沉默了一阵，他为许国良这番话所感动。既然他是一个执着地追求理想和信念的有志青年，自己也不能强人所难。他看了看许国良有些惋惜地说："许先生，你不能加入我们的团队，我感到很遗憾。但是我为你痴迷于新闻事业的精神所感动，你是一个有远大抱负和敢于担当的有为青年。有你这种执着追求的精神，无论干什么你都会成功的，你会成为一个人们信赖和尊敬的名副其实的好记者的。"

巴西维奇董事长手提包内的大哥大响个不停。他拿出大哥大放到耳边："喂……啊，让我现在就去，好，那我马上就到。"

巴西维奇把大哥大重新放到包内，看了看女儿和许国良说："刚才京州大学刘校长打来电话让我到市教育局参加一个活动，晚上就不回来吃饭了。卡琳诺娃，你和我一起去吗?"

"爸爸，你去是谈正事呢，我还是不去的好。"

巴西维奇想了想说："好，你不去算了，正好照顾照顾咱们的恩人许先生。许先生，晚上在这个宾馆用餐，让卡琳诺娃带你去。卡琳诺娃，你要好好招待许先生啊！再见!"

许国良还没有来得及拒绝，巴西维奇已经匆匆离开了。现在这豪华的总统套房内只有卡琳诺娃和许国良闲坐着。许国良喝了几口茶，扭头对卡琳诺娃说："没什么事，我先走了。你休息吧。"说完，许国良就站起身往门外走。

卡琳诺娃凝眸深情地看着许国良说："现在还早着呢，你再坐会儿。我在校时学习忙，平时还要陪我爸爸，你采访也忙，咱们难得有今日见面的机会，陪我聊会儿天吧。我从俄罗斯远到中国，你就不能热情点?"

话说到这份上，许国良真的无法离开 ，就看看墙上悬挂的钟表说："好吧。"

"许记者，我父亲的公司条件很好，你不去真是太遗憾了。"

“的确如此。但我主要是不想放弃自己的爱好和追求的东西，就像你来中国学习汉语一样，你肯定也是爱好和喜欢才来的。否则，你也不会不远万里到此求学。”

卡琳诺娃瞟了一眼许国良轻松一笑：“难怪你不放弃自己的爱好和追求，我对此深有同感。我确实特别喜欢中国灿烂的文化，正因为此我才来到中国。我兄妹两人，哥哥协助父亲打理生意。我只想上学，读书。父亲也渴望我多学点知识，我到中国学习汉语，知道了许多中国的历史知识。我喜欢万里长城、喜欢中国的山山水水以及历史文化古迹。我还特别喜欢汉语言文学，尤其喜欢古诗词。中国真是一片神奇的土地。”

“谢谢你对中国文化尤其是对汉语言文学的痴迷。”许国良看这位长着一双深邃的蓝眼睛的俄罗斯姑娘变得越加美丽可爱，心中不免钦佩不已。“你喜欢中国历史上哪位文学家和诗人的作品?”

“我喜欢的可多了。如李白、杜甫、白居易、王勃，我还知道《诗经》。关关雎鸠，在河之洲，窈窕淑女，君子好逑……”她竟然背起来了，真够可爱的。

“我尤其喜欢苏轼，我给你背一首苏轼的诗。”说完，她满怀深情地用一种特别的普通话语调背了起来，“大江东去，浪淘尽，千古风流人物。故垒西边，人道是，三国周郎赤壁。乱石穿空，惊涛拍岸，卷起千堆雪。江山如画，一时多少豪杰。遥想公瑾当年，小乔初嫁了，雄姿英发。羽扇纶巾，谈笑间，樯橹灰飞烟灭。故国神游，多情应笑我，早生华发。”

“我也喜欢苏轼的这首词，你背的真熟练，看来你对中国的古诗词真的很喜欢。”许国良说。

卡琳诺娃听到许国良称赞自己，脸上自然地挂着满足的笑意。

“那你毕业后准备从事什么工作?”

卡琳诺娃挺起胸脯自豪地说：“我想当一个外交官，俄罗斯驻中国大使馆的外交官，这样就可以生活在我喜欢的中国了。”

“卡琳诺娃，你能做一名外交官，为中俄两国的友谊做出贡献，意义非常重大。但我认为，你喜欢文学，毕业后当一名翻译工作者也很适合。如今，我们中俄两国关系友好、密切，你能将俄罗斯的优秀文学翻译、介绍到中国，将中国的文学翻译、介绍到俄罗斯，这是一件多么有意义的事呀。我只是提个建议，你做你最喜欢做的就行。”

这番关心的话滋润着卡琳诺娃的心田，卡琳诺娃心情愉快地说：“许记者，你的话反倒提醒我了。我也觉得翻译工作很适合我，对于我来说也许意义更大，更有发展前途。用你们中国人的话来说，就是听君一席话，胜读十年书。看来我真得好好审视一下自己的理想和打算了。”

“不用谢，我只是谈了自己的看法。”

“你说得很对，我真得思考思考再做出决定。但将来无论当外交官还是做翻译工作，眼下最主要的是学好汉语，多读书，多积累，打好基础。”卡琳诺娃说道。

刚才他们谈论得兴致勃勃，接下来是一阵沉寂。

卡琳诺娃首先打破了这种沉寂，她含情脉脉而又大胆地看着许国良说：“许记者，在今天成立的基金会仪式上，有人说咱两人很般配，我父亲的话不知是喝多了还是故意说的，总之我看出来他希望你能做他的女婿。自从你救了我父亲后，他经常在我面前夸你呢。你是学新闻的，我是学文学的，你没看出我们两个志趣相投，真的很般配吗？”

徐国良的脸刷地一下又涨红了，极不自然地站起身说：“他们那是在开玩笑呢，你不要听他们乱说。没啥事，我就走了。”说完，转身就去开门。

卡琳诺娃可不愿失去这天赐的好机会，她跑过去“嗵”的一声把门关上，伸出胳膊，摆出拥抱的姿势说：“许记者，不，国良，你不要走。你没看出我喜欢你吗？自从你把我父亲救上来那天起，我就喜欢上了你。我天天想，夜夜想，就连做梦也是你的影子。”她的双手扶着许国良的两只胳膊，眼眸深情凝视着他的眼睛，她和他挨得那么近，他们的呼吸痒痒地触着对方的脸。“国良，你是很棒的中国小伙，我爱你，你抱抱我吧，抱抱我吧……”说着，卡琳诺娃松开国良的手臂，先深情地抱住了许国良。

许国良嘴里喃喃说着“不要这样”情却不能自已。

“快抱抱我，亲吻我一下吧，难道我长得不美吗？”卡琳诺娃全身颤抖着，高高的胸脯不停地起伏跳动，许国良感觉脑子一片混乱，往后退了两步，嘴里说着“卡琳诺娃，你是个好姑娘，你不要这样”。卡琳诺娃喘着气不放手，紧紧向前进逼着：“你都说我是好姑娘了，为啥还不亲吻我？”她扬起趴在许国良肩头的脸痴情地看着许国良，然后疯狂地吻着他。“你要了我吧，我知道你也是爱我的，我情愿把我的全身都交付给你。”

许国良猛地一把推开了卡琳诺娃，拉住她的手说：“卡琳诺娃，你是个好姑娘，我们做好朋友，你在中国有什么事我都愿意帮助你，可是不能这样，这样会伤害了你，我也会对不起你父亲。”说完，许国良准备狠心离开，谁知卡琳诺娃又拉住了他：“国良，我真的好爱你，我都快疯了。我情愿做你的新娘，我父亲也会同意的，早早晚晚有这么一天。我现在情愿把我的第一次献给你，我的皮肤又白又光滑，我会让你满意的。你把我抱到床上，好吗?”说着，卡琳诺娃用双臂勾住许国良的脖子，仰脸用深情而幽怨的目光看着他，那目光既让人怜惜又叫人疼爱，那眼光撩拨着许国良的心，他真想俯下身子尽情地吻她，爱她。卡琳诺娃是个俄罗斯美人，匀称娉婷的体态，丰满富有弹性的胸脯，闪着光芒而又深邃美丽的眼睛，微笑时脸上还带着迷人的酒窝。纤腰，肥健的臀部，标标准准的美人胚子。说实在的，只要是个男人谁能不喜欢她？但是他不能这样做，他不能对不起心上人莫君若，也不能丧失一个新闻工作者的道德规范。作为一个男人怎么能见一个爱一个？那他就对不起他的良知，就不是一个有责任感的人。

“爱是无罪的，卡琳诺娃，谢谢你这么爱我。对不起，我已经有心上人了，她和你一样是个好姑娘。我先遇到了她，我不能辜负她，我们只能做普通好朋友。”他挪开卡琳诺娃的双臂，快速离开了总统套房，逃离似的走了。

卡琳诺娃木呆呆地在屋里站着，然后心情沉重地拖着步子走到窗前看着许国良的背影，泪水涌出了眼眶：“爱有罪吗？许国良，我爱你，但我也恨你。”

二十三　神秘的“性体验”日记

《一个罩着劳动模范光环的罪恶黑手》这篇通讯见报后，立刻在社会上引起了强烈的反响。市委市政府机关的大多数工作人员看后都表示强烈不满，发自内心地谴责这个卑鄙可耻的淫棍。他们想不到一个劳动模范竟会如此卑鄙，简直是精神上的杀人凶手，罪大恶极。

何春阳这位自恃熟人很多的坏家伙是逃脱不了法律的制裁和道德的谴责的。果不其然，从外地出差回来的京州市市委书记听到人们的议论，看了报纸，心情特别沉重。特别是看到这篇通讯结尾的一段话：这篇通讯反映的只是两个事例而已，采访中还发现何春阳有打击和迫害妇女等多个问题。他虽然是个劳动模范，但还请有关部门调查处理，还受害者一个公道……市委书记吃惊之余，用手拍着桌子气愤地说：“什么劳动模范，简直是禽兽不如。”他立刻打电话通知市纪检部门尽快立案查处。

何春阳这个多次迫害和打击妇女的恶魔淫棍，很快被双规。市里成立专案组对他的违纪和违法行为展开全面调查。专案组在与群众的走访调查中，发现何春阳不仅利用手中的权力贪污公款，同时还调查出他道德败坏、生活腐化、疯狂玩弄女性的大量犯罪事实。他利用权力和各种手段与数十名女性发生了不正当关系。

何春阳交代说，他这是报复，他就是要报复那些长得漂亮的女性。何春阳原本也是个贫困家庭出身的苦命的人，他的家在偏远的山村，父母都是老实巴交的农民。在何春阳九岁那年，灾难悄悄降临到这个本来就很贫困的农家。有一天父母下山拉煤，返回时被一辆载满了货物的拖拉机当场撞死，他一夜之间成了孤儿，一个人拾柴做饭。他不想失去学业，就求自己的姑母说：

“我想上学，你们帮助我，我长大后一定回报你们。”姑母同意了。可他们家也有两个孩子上学，日子过得紧巴巴的。姑父说什么也不同意，姑母就常偷偷地塞给他一些五分、一毛的钱。他为了生活放学割草卖到羊奶场，尽管吃了很多苦，还是好不容易读完了初中和高中。他毕业那年有幸被市搪瓷厂招聘为临时工，主要是从事一些笨重而又消耗体力的活，比如装卸工呀什么的，整天累得半死。和他一个工种的好几个人都撂挑子不干了，他咬咬牙坚持了下来，一直坚持了几年，自己的生活还算马马虎虎。转眼自己二十四五岁，到了该说对象的年纪，经人撮合，他认识了一位姑娘。后来这位姑娘知道他是孤儿，说什么也不同意。之后，别人先后给他介绍了几位姑娘，对方不是嫌他干出力不挣钱的活，就是嫌他家里只有一间破房子，或嫌弃他是孤儿，将来没人帮衬，都拒绝了他。总的来说他的婚姻一直不顺利。

他真有些心灰意懒，甚至绝望，心想干脆不再找了，打一辈子光棍算啦。一次他到街上吃饭，认识了一位各方面还不错的服务员，他们两人感觉很谈得来。他就买了糕点来到这位姑娘家提亲。姑娘的母亲看这小伙子还勤快，就打心眼里喜欢这门亲事。她对何春阳问长问短。当她了解到何春阳是个孤儿，家里只有一间破房子时，脸拉得老长，冷淡地向他摊牌：“喜欢我姑娘可以，啥时候三间大瓦房盖成了再来提亲。”说完她装作不经意间把何春阳带的糕点盒子撞翻，糕点散落滚了一地……

时隔半年亲戚又给他介绍了一个姑娘，这姑娘也表示只要两人互相喜欢，别的什么都不嫌弃。他在心里乐开了花，心想总算有人愿意嫁给自己了。当他拿出积攒了几年的钱把床、组合柜等结婚用品准备得停停当当，只等把新媳妇娶上门时，姑娘临时变卦，退了亲嫁给本村大队支书的傻儿子，因为这家能让她过上衣食无忧的幸福生活。

后来何春阳和一个长得不怎么样、脾气暴躁、一只腿残疾的姑娘结了婚。日子过得一点也不顺心如意。

何春阳感觉这是命运对自己的不公，也是漂亮姑娘们及他们的家人嫌贫爱富给自己造成的精神上的摧残，突然间他产生了要报复这些漂亮姑娘的心理。但他意识到要实现这个愿望必须得有钱有地位，于是他开始了奋斗。恰巧工厂要吸收一批正式工，他自然地由装卸工变成了生产车间的一线工人。他头脑活泛，又是高中生，很快得到车间主任的赏识，被提升为班组长。工作中他率先垂范，所领导的班组被评为全厂的先进班组，后来该厂又成立了一个新车间，他被总厂点名担任这个车间的主任，又过了几年他担任总厂主抓生产的副厂长，后来又被任命为总厂厂长。他用了十五年的时间实现了自己人生高度的跨越。当了厂长后的何春阳，可谓春风得意。他一边推出多项改革举措，使全厂经济跨越式发展，一边暗暗地利用职务之便捞取钱财，同时到处寻花问柳，只要被他看重的姑娘，很难能逃脱出他的魔掌的。

办案人员在对何春阳的调查中，意外地发现人世间少有却偏偏存在的一本塑料皮笔记本。这笔记本是从何春阳办公室悬挂着各种裸体女人照的套屋内床下的一个箱子内发现的。原来这本被何春阳视若珍宝的黑色封面的塑料皮笔记本，扉页上有一行用自以为是的艺术字体书写的"性爱体验日记"。下面有几行字更是让人触目惊心：这是我从每个女人身上得到的体验。女人身体是个好东西，有些时候还是很微妙的。她不仅让我得到了诗意般的美感、欢乐与幸福，还让我实施了疯狂的报复，我尝到了神仙般的性体验。

这一大本日记本记得满满当当，而这些日记也不是一天一记，是有那种性爱之事才隔三差五记录的，随便翻翻看到了这样几则：

星期五：那天我在办公室办公，有一个身材颀长、长得很标致的姑娘找我，她递给我一张盖着红色印泥圆章的中专文凭，她说她是来应聘的。她先后找了我两次我没有答应。这天下午快下班了，她又到办公室找我，我看时机已成熟，就说我要招收了你你怎么感谢我。她说发了工资给我买好烟好酒。第二天我让厂人事科给她办理了招工手续。这姑娘说话算话，第一个月发工资她果真买了条好烟送给我。我看到她特意新换的衣服和精心打扮的脸，就趁她递烟时用左手握住了她的手。她没有动，我用右手把烟拿开，然后伸进她胸中摸了一下，她微微颤抖着身子红着脸有些不好意思，但还没有反抗，我就势把她抱到套间那张弹簧床上，帮她脱掉衣服，她很配合地摆开姿势……（此处删去51个字），真销魂呀，原来她还是个处女。我明白以前我穷，没人愿意跟我，现在有权有势有钱了，真有漂亮姑娘愿意送上门来，人真贱啊。

星期二：这一天我在一个大商场的鞋柜区转悠，偶然转身看到男鞋柜台前一个皮肤白净、气质非凡的姑娘，她独特的气质吸引着本没打算买鞋的我。我走上前拿起一双样式刚流行的皮鞋问："这种鞋多吗？"这位姑娘用她那魅力四射的眼睛看了我一眼，她还没说话，我接着对她说我厂想搞福利，准备给厂的中层领导每人采购一双。她听出了我是厂长身份，马上又是让座，又是给我递饮料喝。后来我让办公室主任到她的鞋柜买了几十双皮鞋，从此我们的关系越来越近。那次我邀请她去看歌舞晚会，之后把她带到一家宾馆的包房中。我压着她白皙光滑的皮肤吮吸着她那梨子形的白嫩乳房，她的乳房在膨胀，迅速滚圆坚挺，乳头由粉变红变紫，我双手慢慢地抚摸揉搓她的身体移至肚脐至小腹至双腿至脚趾。她浑身颤抖着，双手把我抱得紧紧的，低一声高一声地呻吟着……（此处删去38个字）

星期四：那天我到几个车间检查工作，无意间在搪瓷厂成品仓库发现了一位姑娘，这位姑娘眉眼清秀，穿着普普通通，但浑身上下透出一种典雅美。她不像别的姑娘谄媚逢迎领导，而是中规中矩，平淡从容，离开后真有种“一日不见，如隔三秋”的感觉。我找机会把她调入厂机关工作，这给我带来了接触她的机会。有一次我把她叫到办公室提出想和她交朋友，并调戏她对她提出无理要求。一般的姑娘都是半推半就，可她说什么也不愿意并且满脸愤怒，还有点想哭的感觉。我就大发脾气，威胁她说让她重回仓库工作，说不定哪天优化组合首先考虑她下岗……有天晚上，我开车来办公室取东西，听到门外有脚步声，开门一看，见她正站在门口，身穿素花色连衣裙，束着腰带，在灯光下显得更加妩媚动人。我一把拉住她，让她进来，把她拥入怀中问她：“你怎么这么晚来了？是想让我亲亲你吧？我可真想你呀。”她没有推开我，而是轻声细语说：“何厂长，你不要让我离开机关呀，不要让我下岗，我以后就是你的人了。”说着，挣脱开我的手臂脱掉了连衣裙以及内衣内裤，露出了那蓓蕾般想让人轻嗅品尝的乳房，还有那勾人心魂的在橘红色的灯光下闪着柔顺的光芒的黑森林……我的手及眼光一并把她从上到下抚摸了个遍，她一丝也不抵抗还显得有些激动。我顾不得把她抱进套屋，就在长条茶几上和她翻云腾雾……（删去56个字）

何春阳贪污公款、道德败坏、生活糜烂，可以说达到了骇人听闻的地步。报社又派许国良跟踪采访。许国良通过对办案人员的走访及协同办案人员对整个事件的深入调查和进一步核实真相，又完成了《疯狂的色魔》这篇通讯。《京州日报》很快发表，并编发了编后语：

何春阳靠着勤劳的双手，顽强地读完了初中、高中。由于婚姻受挫暗暗埋下了报复的念头。走上领导岗位后更是肆无忌惮，以权谋私，贪污公款，尤其是利用手中的权力疯狂地侵害妇女的身心，简直达到了令人发指的程度。他的所作所为给我们敲响了警钟。我们广大干群尤其是领导干部要以此为鉴，警钟长鸣，严于律己，不断提高自身修养，做一个对社会、对人民有用的人。

何春阳道德败坏，作恶多端，等待他的是法律的严惩。

令人欣慰的是受到何春阳侵害的事也不同程度地得到了解决，受害人也正在进行妥善处理。

自柳宽子女儿被逼疯这件事见报后，京州市总工会、妇联等有关领导到其家中慰问。柳宽子女儿被逼疯这三年的工资得到了市搪瓷厂一次性补发，现在已被送往市精神病院治疗，据医生说他们从“一毛”和“照片”入手进行药物和心理两方面治疗，已经初见成效，估计能治愈，待恢复健康后可继续返厂上班。卖浆面条的王师傅，他的问题也得到了解决，不仅补发了工资，恢复了名誉，现在已返厂上班。他的浆面条生意还继续做着，但都由他妻子负责打理，和以前不同的是找了一个帮工。

那位市搪瓷厂的美女办公室主任夏洁也被撤销职务。鉴于她也是受害者，被调到搪瓷厂其他部门工作。办公室的梅樱也被调离办公室。那个带着人殴打许国良的小胡子司机因跟着何春阳干了许多坏事，被开除了公职，和他一起参与打架的两位社会青年一并被拘留，受到了相应的处罚。

受到何春阳迫害的还有一些人，都在政府的关心支持下，得到了妥善的安排或处理。

这几天，京州日报工交部可谓热闹了。有打电话表示感谢的、有称赞报社的、有打听许国良情况的……有的被害人家属还跑到报社来感谢报社为民申冤，鞭挞丑恶。还有人想当面见见许国良。魏寒军主任刚打发走两位客人，又有两个人一前一后来到报社。他们一个身着白补丁布衫，挎着一篮子香瓜；一个身着青灰色的确良衬衫，提着一个小布袋，从鼓凸凸的外表看就知道是花生。

这两个人先到的是柳宽子，随后而来的是卖浆面条的王师傅。他们都是来找许国良表达感激之情的。他们受迫害的事得到了社会的广泛关注，问题得到了妥善解决，怎能忘了帮助自己的恩人呢？于是他们来到报社，柳宽子想让许记者尝尝他在自留地里亲手栽种的香脆可口的香瓜，王师傅想让许记者品尝品尝他从老家带来的颗粒饱满的花生。

他俩在工交部办公室没找到许国良，办公室里只有实习生何晓晓在办公，其他人都外出采访了。在他们说明来意后，何晓晓告知这两个中年人，许国良被派到郊县采访去了，可能过两天才能回来，并把他们领到魏主任办公室。魏主任请他们坐下，他们顺手把带的东西放在自己脚边。

“你们来找许记者，是吧？”魏主任亲切地问道。

“是呀！你是许国良的领导吧？”在魏主任点着头回答着“是”的时候，柳宽子迅速从篮子里拿出两个香瓜放到了魏主任面前的桌子边儿上，紧接着王师傅解开袋子口捧了一捧花生放到桌子上。他们嘴里说着：“领导，请尝尝自家种的香瓜，可甜了。”“这花生是我媳妇从老家带来的，请你尝尝。”

魏主任连忙站起来让他们快把东西放回去。王师傅诚恳地说道：“许记者是我们的恩人，你们报社帮我们大忙了，我们带来的都是家乡的土特产，并且是自己家产的，不花钱。希望你不要嫌弃。”

“看你们说到哪里去了？哪是嫌弃呢？我们报社有规定，不准接受被采访对象的东西。许记者和我们部的张记者到郊县参加一个企业招商引资洽谈会并现场采访，过两天才能回来，你们的心意我代许国良领了。”魏寒军主任解释说。

“谢谢魏主任，谢谢你们培养出许国良这样的好记者。”柳宽子和王师傅几乎是异口同声地说。说完他们一个提着篮子一个掂着布袋把东西放在沙发右侧紧挨墙的不占地儿的空地上，说道，“知道你忙，我们也不打扰了，东西就放在这儿，请转交给许记者。”说着就要转身离开。

魏主任赶紧过来拉住他们的手说：“你们两个先坐下。你们的心意我代许国良领了，东西一定不能收，我们报社的同志只是做了应该做的事。你们执意要把东西放下就是让我们犯错误呀。”

柳宽子“扑通”一声跪在了魏主任面前，老泪纵横地说：“许记者是我们家的大恩人。我疯了多年的女儿现在已住进了医院治疗，组织上还补发了工资，要不我和闺女可怎么活呀？自己地里种的香瓜，无论如何也得让许记者尝尝。”

魏主任立刻弯腰把他扶起来：“有啥慢慢说，不能这样。”

“是呀，许记者也是我的恩人，要不是他我还不可能重新上岗。许记者这小伙子心地可真善良，我们麻烦你把东西收下，这些都不花啥钱，也不是什么贵重东西，它是我们的一份心意呀，无论怎样也要让许记者尝尝。”王师傅眼中含泪真诚地说道。

魏主任看到这确实是两个人的心意，拒绝不得，只好耐心地说：“许国良这样做是在尽自己的责任。反映和揭露社会丑恶现象是我们记者的职责之一，你们也没必要过意不去。我们报社有规定，不准收被采访对象的任何东西，收下了这些东西我和许国良都会受到批评。既然你们说是你们的心意，桌子上的东西就留下，其余的你们带走，我想你们也不希望我和许国良受到处分吧?”

魏主任再次向他们表明不能收下的原因。柳宽子和王师傅看魏主任态度这么坚决，也不愿给许国良惹麻烦，就不再为难魏主任带着东西告辞离开。

柳宽子和王师傅是在报社碰巧遇到的，走出报社大门，他们还是心有不甘，就边走边商量说报社有啥规定不规定的，无论如何得见许记者一面，最后两人相约两天后一起去感谢许国良，他们准备直接把东西带到他的住处，免得给他惹出啥麻烦。

两天后，许国良和张青华记者从郊县采访回来。他们两人商定先回到住处换换衣服，洗去一路的风尘再回报社商量写稿的事。许国良擦洗了一下换上衣服出门准备骑车上班，看到柳宽子和王师傅不知怎么摸来了，他赶忙说：“两位大叔，你们怎么来了，有什么事吗?”

“我女儿现在已住进了医院治疗，也补发了工资，我就是想来见见恩人呢。前两天我们到报社找你，他们说你去郊县采访了，这不，今天又来了，我们就是想见见你，亲自表达心中的感谢。”柳宽子先开口说。

“是呀，真应该见见恩人。我也补发了工资，现又回厂上班了。我们带了点土特产，都是自家种的，不花钱。这是我们的心意，请收下。”王师傅也由衷地说道。他俩是骑着自行车来的，说着就从自行车后座上取下带的东西，要送给许国良。

柳宽子提着一小篮香瓜走到许国良跟前说：“许记者，这是我种的香瓜，个不大，吃着挺甜的，请你收下。”

“许记者，你把门打开，我们把东西放进去，我这是从老家带的花生，不是什么稀罕之物，请不要嫌弃。这是我的一点心意。”王师傅接着说道。

许国良把自行车支好，对他们两位说：“我不能收你们的东西。”

“我们知道收了被采访人的礼品要受批评。这不是礼品，是我们自家产的，不花钱。……再说在这里谁也看不到，你就让我们把它放进屋里吧。”他们两人争着说道。

许国良看出这两人的诚意，不想伤了他们的心，就请他们进屋坐下，给他们每人倒了一碗白开水说：“好，你们的心意我领了。我自己拿点儿意思意思，这也是勉为其难了。”说着，从柳宽子的篮子里拿出两个香瓜，又从王师傅的小布袋里捧了两捧花生放到桌子上。“我们当记者是讲规矩、尽责任的，我不能违反报社的规定。桌子上放的东西就是你们的心意，我吃着心里也会很舒坦的。其余的你们拿回去，我也是农村人，知道很多家都不容易，他们往往是自家种的东西自己也舍不得吃。再说我也不能趁着单位人不知道就收下你们拿的这么多东西，两位大叔，你们说是吗?”

两位大叔面面相觑，沉寂了一会儿，就说：“许记者，既然你这样说了，我们不再勉强。我们知道你很忙，就不打扰你了。……我们就当面说声谢谢，真的太感谢你了……我们一辈子也忘不了你……你真是善良的小伙子。”

许国良骑着自行车去上班了。柳宽子和王师傅在自行车后架上绑好带来的东西，准备各自回家。

“咱们都是幸运之人，遇到了这么好的小伙子!”

“他善良、正直，遇到他真是我们的福气。”

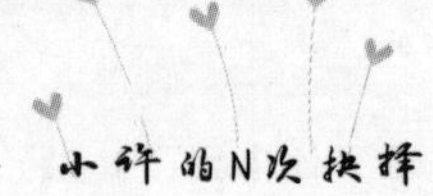

二十四　又一次爱恋告白

第二天上午，许国良刚赶到工交部准备上班，魏寒军主任就把他叫去告诉了他一个大喜讯，这也是许多新闻记者多少年来都不一定能实现的一个愿望，但许国良实现了。听魏主任一说，他不能不为此激动，甚至有一种想哭的感觉。他的《火化炉旁的倩影》这篇通讯被报社层层筛选推荐参加全省好新闻评选，和它一同报送的还有两件作品。这个消息像长了翅膀一样在全报社传开了，人们都打心里佩服这位长相文静而又懂事善良的小伙子。因为这一殊荣是很多在编的正式记者也望尘莫及的。

干记者这一行，就是和文字打交道的。有人一年四季忙忙碌碌发表稿件有百十篇，有些记者发表的可能会更多，但真能被报社评委会评选推荐参加省奖评选的却寥寥无几，况且是一个实习生的稿件被推荐参加全省好新闻评选活动，这确实是少之又少。几天来，报社的记者们议论纷纷，和他一块来报社实习的大学生们也无不羡慕、佩服。

工交部的魏寒军主任、美女记者胡颖、张青华记者也对他称赞有加。美女记者胡颖说："能推荐上参加省新闻奖评比真是难得。"许国良的实习老师张青华记者称赞道："真不简单，实属罕见。"部里其他记者也都给予了许国良这样那样的评价。

对于大家的鼓励与评价，许国良着实兴奋了几天，但接下来的事情不能不使他感到忧虑和犯愁。实习马上就要结束了，和自己一批来的十多个实习生，现在已有人到学校领取了毕业证，到被接收单位提前上班了，听说还是很好的新闻单位呢。据说也有几个实习生通过熟人安排到了其他新闻媒体单位。和自己在一个部里实习的老乡荆远峰通过自己女朋友的关系联系到外省一家晚报工作，不日就要去报到上班。也有人被安排到福利高、待遇好的大型国有企业工作。

许国良的夙愿是当一名记者，为此他推掉了巴西维奇的高薪聘请。他能否实现自己当记者的愿望呢？自己是个农民的儿子，也没有亲戚和熟人可以依靠。以前认识的家乡牡丹日报社的刘春泽记者因救人牺牲了，不知自己能到什么新闻单位工作？哪个新闻单位愿意接收自己呢？许国良在办公室坐着想心事。

“国良，国良。”许国良听到好像有人在喊自己，回头一看是实习生何晓晓正站在自己背后小声叫他，他正要说话，何晓晓看办公室还有其他人，就挥挥手示意他不要出声，接着何晓晓小声说，“你中午在办公室等我，我想让你帮我办件事。”许国良还没来得及问她有啥事，何晓晓就轻手轻脚地离开了。

前边章节里提到过何晓晓是个哈尔滨姑娘，父亲是部队的师级干部。也许是与从小生活在军营里有关，何晓晓性格大胆泼辣，干什么事都爱出头。在报社实习中，是她首先带头写过两篇负面新闻，受到了报社领导的肯定。后来许国良在正面新闻报道的基础上，也不甘示弱地报道了几篇负面新闻，尤其是他采写的《一个罩着劳动模范光环的罪恶黑手》这篇通讯时遭到人身攻击和殴打后忍辱负重，仍把记者的责任放在第一位，不怕打击报复，很令何晓晓感动。她深深为许国良的人格魅力所吸引，心想若能一辈子和这样有责任心、勇于担当的小伙子生活在一起，那该多有意义。现在许国良的通讯又被推荐参加全省好新闻评选，加上实习这三个月来与许国良的接触，她觉得许国良就是自己在茫茫人海中要寻找的另一半。

何晓晓论长相、论家庭条件都是很多男生仰慕和追求的。在大学学习期间，班上好几个帅气的男生都把她当作心中的女神来追求。在课堂提问中、远动场上、歌舞比赛中，只要何晓晓在场，他们就都使出浑身解数出头露面，希望能吸引她的目光。有两个自以为是的男生还邀请她喝咖啡，请她看当下最流行、最上座的电影。何晓晓对于他们的邀请总是一口回绝，从来不像有的女生持暧昧态度。她的心里，对男朋友的要求是很高的，到底她要找个什么样的男朋友，那标准只有她自己清楚。在报社实习中，她从认识许国良开始就对他另眼相待，尤其对他的学识、人品诸方面进一步了解之后，她认为许国良就是她要找的那个人。

“这个何晓晓找我办什么事？还神神秘秘的。”许国良想。

一个上午很快过去了，办公室其他人都走光了，还不见何晓晓回来。平时大大咧咧的何晓晓，今日像变了一个人似的，真不知道她葫芦里卖的是啥药。再等会儿吧，答应人家了却走了太不礼貌了。

许国良抬头看了看墙壁上的挂钟，已经12：30了。何晓晓还没回来，他就去门口的报架处取下一沓报纸翻阅。

突然办公室的门开了，何晓晓提着两个大包站在门口，她把包放下对许国良说：“让你久等了，我刚才上街买了些东西回来晚了。”

“怪不得一上午没见着你的面，原来你去买东西了。”许国良说着上前提起一个包又放下，“啊，你买了什么东西？挺沉的。”

“一包是京州的土特产，一包是几件衣服。”何晓晓解释说。

“你这是干什么的，买这么多东西。”

“我准备回家。实习结束了，我爸给我联系到哈尔滨一家晚报当记者，让我回家面试。”

许国良羡慕地看着何晓晓说：“祝贺你联系到了工作。和咱们一块到报社实习的也都走得差不多了。对了何晓晓，你让我等你，我一直等到现在，你有什么事吗?”

何晓晓伸手把散落在眼前的刘海捋到脸右侧，微微含笑说：“我买的东西太多了，想让你帮我把它们送到住处，我刚才回来就累得够呛。”

“我还以为是啥大事呢，原来是这事呀。这真是小菜一碟，我还干过搬运工呢，这事包在我身上，我帮你送到。”

“谢谢!”何晓晓瞅了一眼墙上的挂钟说，“许国良，今天中午我请你吃饭。”

“不用，我还是帮你把东西送回住处吧。”许国良说着，一手提起一个包就往外走。何晓晓赶忙跑上前接过盛衣服的那个包说：“现在快一点钟了，我还是请你吃饭吧，吃了饭你再帮我送东西。咱们就要各奔东西了，以后很少有这样相处的机会。”

“是呀，实习结束了，坐坐也有必要。这样吧何晓晓，这顿饭我来请吧。”

“不，一定由我来请你。我请你还有一个意图就是祝贺你的新闻作品被推荐参加全省好新闻评选。”

何晓晓暗恋着许国良，但她不是柔情似水、爱抛媚眼撒娇的女生。许国良在这方面脑袋好像也缺根筋，没觉察出来。现在就要分别了，何晓晓打算把自己的心事告诉许国良，这也是她今天让许国良等她的原因。

许国良看何晓晓请自己吃饭的态度这么坚决，再不答应，确实会让双方都下不来台的，就说："谢谢你，何晓晓。那我就坐享其成，让你请我吃饭。但饭菜越简单越好。"

他和何晓晓一人提一个包走出报社大门，穿过了一个十字路口走进了路西边的一家餐馆。这家餐厅有七八张桌子，摆了两竖排，每张桌子两边摆有四个凳子。其中最里面的一张桌子两端各加了一个凳子，围坐了五六个人正在吃饭。进门右边的第二张桌子前坐着两个四十多岁的男人，正在简单地划拳喝着小酒。何晓晓和许国良就坐在这两人后边的一张桌子前，正好把提包放在空余的两个凳子上。

他们刚坐定，服务员就殷勤地走过来请他们过目菜单："请问二位，要点什么?"何晓晓接过菜单翻看后，看了看许国良然后报菜："一个鱼香肉丝，一盘凉拌牛肉……"何晓晓的菜还没报完，许国良接道："这些菜都太贵了，还是点两个家常的、实惠的，一个烧青菜……"

"要吃就要吃过瘾。今天吃饭不同于往时，今天的饭是离别宴，不能那么寒酸。再说，我点的都是我爱吃的。素菜就按你说的吧。"何晓晓找出她点菜的理由，不想让许国良感觉她在破费，"再要一份东北大拉皮，主食要两份米饭。"

"真是破费，你一定要这样，我也只好勉为其难了。"许国良怏怏地说。

"不要这样说嘛。我是东北人，当然要再点个东北大拉皮。咱没有破费，本来我还准备要一份炖菜——番茄炖牛腩，也算是对你能参加全省好新闻奖的庆贺，但我知道你崇尚节俭，不爱铺张浪费，就没敢再点。好了，不许再争执了，咱准备吃饭。服务员，一瓶啤酒。"何晓晓豪爽地说道。

不大一会儿，啤酒送来了，菜也陆续上齐。何晓晓给两人各倒了一杯啤酒，端起酒杯说："国良，为我们能在一个报社实习，像兄弟姐妹一样相处干杯!"随着"当"的碰杯声，他们干了这杯酒，何晓晓忙给国良夹菜，"国良，多吃点菜。"

"你也吃菜。时间过得真快，不知不觉间实习已结束了。"

"国良，祝贺你的作品能被推荐参加省好新闻评选！咱再干一杯!"何晓晓举起酒杯与许国良碰杯……

“你们刚才说什么新闻大奖的，你们是报社的，还是广播电台的?”前边桌子白汗衫上印有“京州体校”字样的中年男子问道。

何晓晓看了看这个人心想，谁知他是啥人呢，不能随便透露自己的身份，便搪塞道：“我们怎能如此幸运到那些单位工作呀，我们是随便说说。”许国良觉得何晓晓这姑娘可真鬼，为隐瞒身份脑筋转弯转得挺快的。

“我还以为你们是报社的呢?你们看了吗，前几天《京州日报》上刊登了一篇文章，写得好极了。最主要的是这位作者有胆量、有正气。”汗衫上印有“京州体校”字样的人又说。

许国良和何晓晓互相看了一下，又看了看说话人，没有应声。

“那篇新闻我看了，主要是揭露市搪瓷厂厂长何春阳的，这家伙还是个劳动模范，可办的事简直叫人气愤……”和“京州体校”一张桌吃饭的那位微胖的、长脸形的人用手指轻轻地叩着桌子说。

“何春阳已被双规，下一步还要判刑，这是他咎由自取，也应了人们常说的善有善报恶有恶报，有时不是不报，而是时候不到。坏人终究会落到这样的下场的。”汗衫上印着“京州体校”字样的人说。

这时，最里面正在吃饭的五六个人中一位五十岁左右、长着国字形脸的人，起身来到吧台前对服务员说：“再弄两个菜，一个凉拌黑木耳，一个青椒炒肉丝。”他说完转身看了看许国良和何晓晓，又看了看刚才说话的两个人说：“你们是只知其一不知其二。我知道这篇新闻写得确实好，但这个作者可遭罪了。”

“怎么，这位作者遭了罪，他怎么了?”那微胖的、长脸形的人问。

“这位作者被打了。”国字形脸的人接过话茬说，“这个作者年轻，是个见习记者，在一片桐树林旁遭到一伙人的毒打，全身流的都是血。如果不是遇到路人经过让坏人受到惊吓，还不知会伤成什么样呢?可恶，那些坏人真是太可恶了。”

许国良和何晓晓慢慢地吃着桌子上的菜，不时地看看说话的几个人，但他俩始终没有接腔。他们在谈论国良呢，又怎么能搭腔?

“这位实习记者虽然挨了打，好在这篇稿件登出来了，坏人受到了惩罚，值了。”又有人说道。

“那位记者真是有胆识、有气魄。我就佩服这样正直仗义、敢于和邪恶势力做斗争的人。”白汗衫上印有“京州体校”字样的人拍了一下桌子说着，连胳膊上的青筋都凸露出来。

“这个见习记者真是好样的。何春阳被抓后，他还写了个续篇《疯狂的色魔》，前两天在报纸上刊登了，淋漓尽致地揭露了何春阳的犯罪事实。……”那位国字形脸的人说完回到座位上去了。

那位汗衫上印有“京州体校”字样的人夹了两筷子菜吃，又放下筷子转过身冲里面大桌子上的五六个人说：“像这样不怕打击报复、一心一意为老百姓说话的记者真难得，他真是好样的。”

“是呀，邪不压正！这个世界上还是好人多呀。”里面桌子前吃饭的几个人中不知谁大声又说了这么一句。

许国良正在埋头吃饭，何晓晓伸手拍了一下许国良的胳膊，瞅着国良竖起了大拇指，仿佛在说“你真棒”。

许国良环顾着四周，对何晓晓挥挥手，仿佛在说“不要抬举我，这没什么”。

吃完饭，何晓晓结了账，他们心情很好地看了看吃饭的人，就一人提着一个提包离开了餐馆。何晓晓有点戏谑地对许国良说，“国良，你现在大红大紫，名扬京州了。在我们这些实习生中，你最有成就，也最有人缘，难怪人们都给予你那么高的评价。咱们同为实习生，我还真羡慕你呢。”

许国良忙说：“你不要嘲笑我，咱们干得都不错，有时候我还挺佩服你的，你是女中豪杰。”说完他们都笑起来。

何晓晓家境富裕，她租住的地方在市区，出入方便，不大一会儿他们就把包提到了何晓晓的住处。何晓晓把门打开，许国良帮她把两个包放进屋内，说道：“我的任务完成了，这就回去了。”

何晓晓拿起一罐健力宝递给许国良：“天够热的，喝了它解解渴吧。”

许国良说啥都不要。她用尽了所有的招数，才塞给了国良。何晓晓看许国良急于要离开，就说：“国良，等等，你下午有急事吗？”

许国良犹豫了一下说：“没什么大事，你不会又让我帮你拿东西吧？”

“哪里哪里，我哪有那么多东西让你拿。我明天就要回哈尔滨了，如果你下午没啥事，我想让你陪我到京州公园看看好吗？来京州实习了几个月，大商场逛的真不少，公园我还没去过呢，据说那里有一个人工湖，湖面很大，一定很美。以前你、我，还有荆远峰咱们一起去过博物馆，咱们都是实习生在一块玩得很开心，无拘无束的，多美呀。我不想一个人去，现在荆远峰走了，你不会让我失望吧?”何晓晓掩盖住内心波澜起伏的情感，不动声色地说道。

何晓晓明天就要离开京州市了，自己和她相处了几个月，确实如兄妹一般。以前他们三人还一起出去玩过一次，现在荆远峰离开了，自己无论如何不能让何晓晓失望，就答应她吧。许国良打定了主意就说：“明日一别，天南地北，你、我、荆远峰，不知何时才会相聚，也许一辈子都没有这个机会了。好，如果你不累的话，咱们现在就去京州公园看看吧。”

“谢谢你，许记者!”何晓晓俏皮地说。何晓晓本来想在自己的出租屋内和许国良说说心里话，可许国良一放下东西就要走，她预先想好的话一下子说不出口了。可明天就要离开了，再不说出来就永远没有机会了。爱一个人是美好的，没有尝试就放弃那份美好的爱会遗憾终生的。她有时甚至希望抱抱他，亲吻他的脸，可是她不能那样做，因为她不知道国良是否喜欢自己。她觉得最美的爱就是两厢情愿，如果国良不喜欢自己，她对他的爱再深也只能埋在心底，她不愿强求别人。她是个自重的姑娘，也懂得尊重别人。

乘公交车坐了三站路，他们开开心心地来到了京州公园。这里好玩的地方可真不少，有过山车、空中飞人、索道穿越、惊险大世界、海洋馆、动物园等几十种好玩的、好看的地方。他俩无暇顾及，走马观花地游览了这些好玩的地方，就顺着公园路旁设立的标识牌向人工湖——翡翠湖走去。公园里的每一条小路都很别致。路旁不是花草掩映就是道旁树林立，在这样的环境中行走，人们的心情都非常愉快。

很快他们就来到了翡翠湖边。放眼望去，整个翡翠湖呈弯弯曲曲的狭长水面，东西宽100米左右，南北长约2000米，四周栽种有很多风姿绰约的垂柳和开满了并不耀眼的浅绿色米粒、散发着淡淡香气的女贞树。翡翠湖上有三座桥横贯东西。桥上人来人往，也有人在倚栏憩息、欣赏美景。桥下澄澈碧蓝的湖面上几十只造型各异、大小不一的游船载着游客缓缓行驶。翡翠湖水面与湖边的绿树花草、凉亭、天桥以及游人自然和谐地融为一体，真是一幅有趣、美妙的图画。许国良和何晓晓抬头看看天，再看看水中倒映的蓝天白云、袅袅绿树，感觉妙不可言。

许多游客和他俩一样徜徉在湖边，流连忘返。三三两两的游客或满足地坐在路边树下的石凳上小憩，或情不自禁地驻足观看，或在天桥上赏湖光水色。许国良和何晓晓从湖边小路走上天桥倚栏赏景。

“看，水的颜色多美呀，清清亮亮的，如温润的碧玉；湖的四周又绿树环绕，真称得上是翡翠湖。”何晓晓的眼睛里写满了陶醉与满足。

“是呀，真美！你看，那一艘艘游船里的人有的在戏水，有的在谈笑，有的在窃窃私语，个个都高高兴兴。”

“你只看到了别人，别人也在看你呢。‘你在桥上看风景，看风景的人在楼上看你。明月装饰了你的窗子，你装饰了别人的梦。’此情此景让人不能不想到卞之琳的《断章》诗，更感到这里充满着一种诗情画意的美。”何晓晓突然有了诗意。

“对呀，我们站在桥上也成了别人的一道风景。”说完，许国良张开双臂来了一个转身，不期然他的视线正好与前来游玩的俄罗斯巴西维奇父女俩的目光相遇。

“许先生，能在这里邂逅真是巧呀！”巴西维奇惊奇地说道。

许国良也用惊喜的目光打量着巴西维奇和卡琳诺娃：“真巧，很高兴能再次见到你们。”然后，他用手指了指何晓晓介绍道，“她是和我一块实习的同事，今天下午没有采访任务，我们来这里看看。”

卡琳诺娃盯着许国良沉默不语，心想：“许国良，我恨你，今天我不想理睬你。”

“明天我就要飞回俄罗斯了，今天想再来这里看看。”巴西维奇补充道。

“明天就要回国，你怎么不再多待些日子？”许国良关心地问。

“我待的时间够长了。本打算上个月就走，因为我喜欢这座城市，也想和女儿多待一段时间，就又延迟了将近一个月。不能再待了，国内公司还有许多事情要处理。”

巴西维奇和许国良说话时，何晓晓站在他俩几米外时不时地抬头看看许国良。此时，卡琳诺娃还在为他那天在总统套房内没答应她的事而耿耿于怀呢。她看到站在远处的何晓晓一直魂不守舍地抬头看着许国良，她立刻上前几步不冷不热地冲正在说话的父亲说：“爸爸，你看那边许先生的情人正在等他呢，咱不要再耽搁他们了。”

巴西维奇听女儿这么一说，抬头望了一眼何晓晓，回头对许国良说：“许先生，不打扰你了，你忙吧！”

卡琳诺娃挽住父亲的胳膊头也不回地往前走，许国良紧追两步说：“祝你们玩得开心。”巴西维奇侧身冲许国良摆摆手：“咱们都玩得开心。”说完，巴西维奇和卡琳诺娃继续漫步欣赏着这翡翠湖的美景。此时的卡琳诺娃心里很不是滋味。难怪那天你在总统套房对我冷冰冰的，原来你已有了女朋友。可是许国良，我爱你，我好恨自己认识你太晚，你的心已属于别人……我恨你对我无情，但我又忘不掉你，舍不得你，在我心中你是最棒的、最优秀的中国小伙。国良，我爱你，我也好恨你，你操控着我的喜怒哀乐。卡琳诺娃痛心地想着。

许国良也在心里暗自思忖，卡琳诺娃，你理解错了。我从你眼中看到了你隐藏在冷漠背后的深情与愤怒。你看到的何晓晓只是和我一起实习的同事，我们并不是恋人。但我还是对不起你，我无法接受你的爱，因为我心中早已有了君若。世界上美丽的花有很多，可一个人不能贪婪，不能看到悦人的花就拈。你就像一株春天的玉兰，秀丽端庄，高雅从容地绽放芳华。谁从你的身边经过能不侧目而视、驻足停留？我希望你好好的，会有一个懂你的、珍爱你的男神去呵护你，陪伴你的……

“许国良，你在想什么呢？”何晓晓敏感地问。

“没想什么。我感觉天有点热，想找个地方歇会儿。”

“好吧，就按你说的，咱们休息会儿。”

他俩就近走到湖边被各种名花异树掩映的一个凉亭，坐在石条凳上。环顾四周，树丛、草坪、月季、玫瑰花相映成趣，在凉亭附近曲径通幽处的还有几条石凳供行人休憩。这些长石凳造型奇特，表层花纹就像大树锯开的纹路，仿佛一切都回归了自然。人们或两三个人坐在长凳上闲聊谈笑，或闭目养神，或一人独占仰躺在上面休息……何晓晓往四周扫视着，不经意间看到这样的一幕：一条长凳上，一个穿着时尚的女青年坐在男青年的腿上，女青年的双臂勾着男青年的脖子，他们耳磨厮鬓，大胆地抱着吻着，女青年还发出娇弱的喘息声……

“这些人太开放了，这毕竟是公共场合呀，真有点过分。”何晓晓心里想着，不免脸含羞涩，心跳加速。她调整了一下情绪问身旁的许国良：“当时谁都知道你救了个外国人，刚才见到的那两个俄罗斯人，年长的男人，就是你的施救对象吧？”

“是的，他叫巴西维奇，是俄罗斯的钢铁大王。”

“那个姑娘是他的女儿？她肯定喜欢你。尽管她故作冷漠不和你说话，但她看你的眼神不一样，冷淡中隐藏着深情和不满。国良，你是不是和这位姑娘谈过或正谈着恋爱还留一手舍不得说呢?”

“没有这事，你不要瞎说。”

“我看这姑娘长得挺有魅力的，她父亲又是企业家，说实话国良，你不会不动心吧?”何晓晓有些咄咄逼人。

何晓晓你说得对。卡琳诺娃那天在总统套房向我表白心迹，以她的学识、相貌和家庭背景，说我一点也不动心那是虚伪，是假清高。某一个瞬间我真有些心动。但一想到远在家乡善良温柔的女朋友君若就很快打消了这个不应该有的念头。我和卡琳诺娃是清清白白的。但这些话许国良只是想想，不能对何晓晓说，这毕竟牵涉自己和卡琳诺娃的隐私。想到这里许国良对何晓晓说：“对这位俄罗斯姑娘动心也好，不动心也好，但我不打算找个外国女朋友。她的条件再好也与我无关。我们只是普通的朋友而已。”

“是呀，中国人找对象还是找本国的更好，生活习性相同，更好相处。许国良，那你准备找个什么样的姑娘?”一听国良不打算找外国女朋友，何晓晓就顺着他的话头说道。

她感觉自己有点希望，就不自觉地往国良身边靠了靠，一双手悄悄抓住许国良的右手说：“国良，你愿意考虑我做你的女朋友吗?如果不是明天就要离开，我是不会大胆说出这句话的。”

许国良愣了一下，马上抽回手，茫然地看着何晓晓。心想：何晓晓，我一直把你当作妹妹、同事看待，你怎能这样?

“我对你是真诚的，不是开玩笑。报社实习这段时间，我细致地观察了，你是一个有才华、有责任心、敢于担当的男子汉，我情愿把自己的一生托付给你。我是经过慎重考虑才向你表白的。”何晓晓双手无措地摆弄着随身带的一个皮包。何晓晓做派直爽干脆，不爱拐弯抹角，她把心里话统统倒出来，如果许国良不喜欢她，她也就对他死心了。

“何晓晓，真的对不起……”

何晓晓截断许国良的话说：“国良，你是不是担心我们家条件太普通，帮不上你的忙。你不必担心，我爸爸是部队的师政委，咱两人确定关系后，凭你的才华，我爸能把你安排到部队的报社工作，我们都是记者，这样不好吗?”

“何晓晓你真是很不错的姑娘，家庭条件也优越，谁找到你做女朋友肯定是他的造化和福气。……”

“这些道理你都明白，那为啥不给我一个明确的答复?”

“何晓晓我真让你失望了，我不能答应你的要求。”

何晓晓把眼睛瞪得溜圆：“那我就不明白了，那位俄罗斯姑娘既然不是你的女朋友，平时也没看出你有女朋友的迹象，你这是为啥？我知道我不够温柔，做事大大咧咧，难道你不喜欢我这种类型?”

“一切都不是。你英姿飒爽，是铿锵玫瑰，是女中豪杰。因为我已有女朋友了。”

“真的吗？那你为啥不早说？她是谁，现在在哪里，怎么没听你说起过?”何晓晓一句接一句地问道。

“何晓晓，你听我说。她是我高中时的同学，叫莫君若，现在在我老家县里的工商局工作。”许国良摊牌了。

“啊，看来你真有女朋友了。你们是怎么走到一块的?”何晓晓追问道。

“高中时她经常借书给我看，她还帮我卖过小米。高中毕业后，她没考上大学，通过内招考试进了县工商局工作。我上大一时，我们通过书信来往确定了恋爱关系。她爸爸是工商局长，妈妈是民政局的干部。他们家条件也很好，没有嫌弃我是农村走出来的孩子，支持我俩走到一起。”许国良向何晓晓讲述了自己结交女朋友的经过。

“许国良，你不要觉得我自私，就婚姻而言，我发自内心地对你说，咱们更合适。咱们都是科班出身，都是搞新闻的，可以说是志同道合。如能结合，我们互相切磋，互相支持，在新闻界干出一番惊人的成绩也不是没有可能的。国良，你是精明人，还是考虑考虑我们俩的事吧。”

许国良看着何晓晓沉思了一会儿。他认为何晓晓这番见解和慷慨陈词也是非常有道理的。在现实生活中，两个人有共同的爱好和兴趣必定能相得益彰，共同进步，但也不能为此做一个丧失良心的伪君子。做人得有原则呀。

许国良看了看何晓晓认真地说：“何晓晓，谢谢你对我的信任和关心，我让你失望了，对不起。不是你不优秀，而是作为一个人不能忘恩负义、见异思迁，我不能看到美好的就喜欢而抛弃一个我该对她负责的人。为什么人们都痛恨陈世美，就因为他抛弃妻子另寻新欢。我不是那样的人，也不能那样去做。”

“国良，那就祝你幸福！明天我就要回哈尔滨了，今天咱把话说明白我也就不再遗憾。我理解你们，也看不起第三者插足别人的生活，但面对自己的感情我情愿做个第三者，希望你能选择我。人的本性是自私的，而你又一次让我看到了你和别人的不同之处：你的善良、正直、无私、责任感，不能不使人佩服。咱们也只能做普通朋友了。”何晓晓站起身来说道。

“何晓晓，我知道像你这样的女孩有很多人追，祝你尽快找到如意的男朋友，比翼双飞。”许国良也站起身，他和何晓晓一起向凉亭外的小径走去。就这样他俩一起尴尬地走到了公园出口处，准备各自回去。

“国良，谢谢你今天陪我到这里看翡翠湖。我现在就回住处准备准备明天需要带的东西，你也请回吧。”何晓晓说完，勉强一笑扭头快步离开了。她知道，自己多待一会，眼泪就会不听话地流出来，她不能让许国良看到。

“何晓晓，明天上午我去送你。”许国良大声说。

“不用你送，我准备租辆出租车到火车站。”她抛下这句话，已经把许国良撂下很远。

许国良看着何晓晓的背影渐渐消失，心里很不是滋味，随后他也离开了这里。

第二天上午，许国良本打算去送何晓晓，但她知道何晓晓是个内心骄傲的人，她不愿别人看到她伤心的样子。又想到自己确实无颜再面对何晓晓，就放弃了去送她的想法。此时何晓晓租了辆出租车带着她的行李来到火车站，坐上了开往哈尔滨的列车，离开了这座她实习了三个月的美丽城市。

二十五　订婚

和自己同一批到报社实习的大学生大都离开报社找到了接收单位，也有几个没找到单位的实习生也都离开了报社。工交部的荆远峰半月前就到他女朋友所在的城市报到去了，现在机敏豪爽、直率漂亮的何晓晓也走了。这天早上，他木呆呆地在办公室坐着，抬头看了看在一起工作了三个月的同仁们，心里想道：记者老师们，我也要和你们说再见了。

我该怎么办呢？许国良思忖着。不能再待在这儿了，得赶快去联系联系工作。按当时政策，大学毕业后国家包分配，不用为找工作担忧。但如果分配不到对口单位，那就圆不了自己的记者梦，自己所有的付出和辛苦都白白浪费了。往年就出现过历史系毕业的被安排到了养猪场工作；物理系毕业的被安排到了农场上班。大学生应该服从国家的分配，不挑肥拣瘦，这一点是许国良很赞同的。他自己也不是不愿到艰苦的地方锻炼，他想的就是进报社工作，不留遗憾，让自己刻苦学到的知识有用武之地。托人找找关系吧？可自己是个农民的孩子，没有亲戚、熟人在政府机关工作，这该怎么办呢？

找女朋友君若当工商局长的爸爸想想办法吧？他的眼中闪出了一丝光亮，但很快就熄灭了。自己跟君若还没有成家，她已经帮自己很多忙了，怎好意思再开口？他自己也觉得脸上挂不住。他扪心自问：国良，以前没吃没喝、困难重重时你照样挺过来，你的勇气哪里去了？怎么只想着求人呢？国良在内心深处指责着自己。

“国良，报社的实习生都快走完了，据说好多人都已联系到了工作。你的工作联系得怎么样？有着落了吗？”许国良的实习老师张青华关心地问。

许国良调整好自己的情绪，对张记者说：“张老师，我还没开始联系呢，这几天就准备回老家的新闻单位联系工作。谢谢张老师关心。”

张青华看到许国良刻意用僵硬的笑容掩饰着他焦虑的神情，就劝道：“你也不要焦虑和担心。你实习期间发表了那么多好稿件，用人单位就喜欢有真才实学的人。你拿着你的剪贴本到新闻单位去应聘，会有机会的，说不定还有很好的机会呢。不过咱单位不好进，这两年都没进人了，有编制限制。”

正在埋头改稿的美女记者胡颖，放下笔抬头看了看张记者，又把目光聚焦到许国良脸上说：“国良，张记者说的不错。你那么有才气，其中一篇新闻还被推荐参加全省新闻评比，哪个新闻单位会不喜欢你这样的人才呢？你去应聘吧，会有机会等着你的。”

许国良释然笑道：“张老师，胡颖姐，我本来正在为联系工作的事犯愁呢，听你们这么一说，心里倒亮堂了些……”

“叮铃铃，叮铃铃……”办公桌上的电话铃急促地响着。张青华记者马上拿起话筒：“喂，你好！……是报社工交部，你请讲……嗯，我明白了，他现在就在我身边……哦，好的，这就通知他。”

张记者放下电话，转过头对正在说话的许国良说：“小许，王华总编找你，你现在到他办公室去一趟。”

“王总编不知叫我有啥事？”许国良看着美女记者胡颖和张青华记者问道。

“肯定是好事。我想可能是你的新闻作品推荐参加全省好新闻评选，报社要奖励你呢。”张记者随口说了一句。

“快去吧，不要再说了，王总编忙着呢，不要让他等久了。”胡颖记者提醒道。

许国良口里答应着走出办公室，快步走到楼梯口，一步跨两三个台阶，噌噌噌地到了三楼，正巧与手里拿着档案袋下楼的工交部魏寒军主任撞了个满怀，他们顿时都站住了。魏主任问：“小许，看你急急忙忙的有啥事？”

“王总编找我呢。”

魏主任回头看了看王总编的办公室说：“哦，王总编找你？”

“不知王总编找我有啥事。”

“莫非是……”魏主任好像有话要说，但欲言又止。他对许国良说，“王总编找你，肯定有好事，你快去吧。”魏主任准备下楼，又转身对许国良说，“小伙子，你的机会来了。”

许国良来到了王总编的办公室门口，轻轻叩了一下门。

"请进。"

许国良推门进入。王总编把正在看的书合起来放在桌上，招呼着："小许，喝瓶饮料。"说着，王总编站起来隔着桌子要递给许国良一瓶可口可乐。许国良见到王总编有些怵，矜持地站着。耳闻王总编让自己喝饮料，马上反应过来上前一步推着王总编拿饮料的手说："王总编，我不渴，你喝吧。"

"你看你这小伙子，快拿着，不要拘谨。谁规定到我这里不能喝瓶饮料？快接住。我们这个年龄的人不爱喝饮料，就爱喝茶。这饮料就是招待客人的。"王总编平易近人，很友善地对待自己。来报社三个月，国良只是在大会上听到过几次王总编讲话。王总编口才出众，语惊四座，想不到私下里还是这么一个和蔼可亲的人呢。许国良接过可口可乐，刚进门时的拘束感也慢慢地消失。

看到许国良拿着饮料坐在沙发上，王总编坐下说道："这就对了嘛。看你热的，饮料喝完再说。"

许国良喝着饮料打量着这间办公室。屋子最多有 20 平方米，茶几、办公桌都是普普通通的。房间内左边靠墙摆着两个蛋壳色的大书柜，书柜里齐刷刷地摆着满满当当的书，依次标着哲学类、文学类、新闻类等类别。屋内也没有奢华的装修，白墙面上张挂着两幅书法作品，整个屋子布置得整洁有序，氤氲着一种书香气息。

刚才接饮料时许国良瞥见了桌子上放了本厚厚的《资本论》，也就是说许国良进来前，王总编正在看这本书。王总编微胖，国字脸上不乏岁月雕琢的痕迹，但他那双眼睛显得很睿智、很精神。他虽然五十五岁了，但看上去要比实际年龄小五六岁。他是报社的总编，更像是一位学者，显出文人的敦厚和儒雅。

"小许，干得不错！你写的好几篇稿子我都仔细看了，写得很有文采。"王总编称赞道。

许国良憨憨一笑："王总编你过奖了。我新闻写作上还差得远呢。"

"小许呀，有了成绩不骄傲，我就喜欢你这性格。最近你的《火化炉旁的倩影》这篇通讯，被推荐参加全省好新闻评选，这是干了好多年的记者也不可能做出的成绩，而你作为一名实习生却做到了，这真是不简单呀。"许国良专注地听着王总编的话。

"小许，前段时间……"

“叮铃铃……叮铃铃……” 王总编办公桌上的电话响了，王总编停顿一下拿起话筒，“喂，你好……我知道了……我现在正在谈事，你过会儿再打来。”

“前段时间你写的市搪瓷厂厂长何春阳的那篇报道也写得不错，最主要的是你能公平公正地揭露社会丑恶现象，不怕谩骂、恐吓以及能抵御住各种诱惑，顶住压力，坚持正义，反映人们的呼声。你的这些精神正是一个记者所应具备的，但这些方面在现实中又往往是大多数人难以做到的……”

许国良看了看王总编说：“谢谢您的夸奖。当看到人民的利益受到侵害时，害怕打击报复或装作若无其事来躲避责任，我觉得会受到良心的谴责。我认为新闻记者就应该有责任和担当。”

“小许，你做得对。作为新闻记者，当看到人民的利益受到侵害时，就应该有这种责任和担当。小许呀，你是一个难得的新闻人才。”

“小许呀，实习就要结束了，你有什么打算？” 王总编问道。

“最近好多实习生都走了，听说好多人已经联系到了用人单位。我家是农村的，也没什么熟人，我这几天正准备到新闻单位应聘，不知会有什么样的结果。” 许国良老老实实地回答。

“小许，你文章写得好，人品又正，哪个新闻单位不喜欢你这样的人呢？”说着，王总编起身往许国良坐的地方走去，许国良赶忙礼貌地站起来。王总编拍了一下许国良的肩膀说：“小许，你不要再为工作的事担心了，你的工作问题解决了。”

许国良用疑惑的眼神看着王总编说：“什么？你说我的工作问题解决了？”

王总编微微一笑，又用手拍了两下许国良的肩膀说：“我今天让你来就是要告诉你这件事的。经我们报社党委研究，同意你到京州日报担任记者。”

许国良双手紧紧抓住王总编的手，泪水盈眶：“王总编，你说的是真的吗？这是真的吗？”

“孩子，是真的。鉴于你实习期间在报社的表现，报社编委会讨论时，多次谈到你。你们工交部的魏主任多次向我推荐过你，说你是个人才，品质又好，建议报社把你留下。这事现在已经确定了，你放心吧。不过你还得回家等上一段时间。京州市今年大学生安置工作还没有开始，过些时日市里才下达指标。因为京州日报是市委的党报，进人还得主管宣传的市委副书记签字。只要安置工作开始，我们就会尽快报批。小许，你走时把你的个人简历和家庭住址告诉魏主任，有啥消息我们会马上通知你。”

许国良的眼泪忍不住簌簌落下，他掏出手绢擦了擦眼泪说："王总编，我发自内心感谢你，是你给了我这难得的就业机会，我一定会干好记者工作，干出成绩来。"

谢过了王总编，许国良返回办公室，办公室的人员都外出采访了，他看到魏主任的办公室门开着，就走了进去。

许国良向魏主任汇报了王总编要把他留在京州日报社当记者的事。魏主任听后也真心地替许国良高兴，他由衷地说："国良，祝贺你！你能到报社工作也是顺理成章的事。你写了许多优秀的作品，其中一篇还被推荐到全省参加新闻评比，你的这些成绩报社的领导和同志们早已看在眼里。前几天开编委会时，王总编还在会上说要留你在报社工作。刚才咱们在楼梯口碰到，我就预料到王总编可能是说这事的，原来他真是说这事的，太为你高兴了。"

"谢谢魏主任！实习这段时间你给了我很多帮助，我也知道自己能留在报社工作你为我帮了许多忙。我真的很感激你。"

"这都是因为你做出了成绩，报社才接纳你，否则我就是替你说再多的好话也不管用。报社看重的是才气、是能力、是人品，机会只会给像你这样一直踏实肯干、不怕吃亏、有责任心的人。是你自己把握住了这次机会。"魏主任没有把功劳往自己身上拉，领导就是有领导的胸怀。

许国良按王总编的要求，写了个人简历和家庭通讯地址留给了魏主任。

许国良要回家了，他也要做些简单的准备。他退掉在市郊城乡结合部租赁的房子，整理好自己的行李。行李不大，因为还要来这里工作，被褥就不再带回，暂时寄存在他租房子的房东家里。这么长时间没回去了，回家得带点礼品，他思忖着该带点什么。他从来不铺张浪费，上次报社奖励自己的钱除了给妈妈和西藏小伙次仁旺泽邮寄一部分外，自己还积存了一些。当然贵重的东西还是买不起，他就选京州产的麻糖作为要带回家的礼物。这种麻糖名扬全国，物美价廉，他计划着购买了六份。打算两份送给家人，两份送给隔墙邻居高俊柱大伯。这几年高伯伯没少为他家出力和帮忙。另两份送给莫君若父母，说实在的，这几年自己还没给她家里买过礼品呢。要说恩情，全村人对自己都有恩，没有大家的帮助，自己怎能顺利上大学？可自己能力有限，他只能把这记在心里，把这种无私的爱传递给生活中需要帮助的人。

坐了一天一夜的火车，许国良带着行李和精心挑选的礼品回到了家乡牡丹市。他在街上吃过早饭，又乘坐公共汽车到孟津县城，然后搭乘本村的拖拉机回到村里。

许国良想知道辛劳的母亲在干什么，就手提行李和携带的礼物轻脚轻手走进家门。他看到母亲正坐在窑屋的小凳子上做篦子拍。他站在窑屋门口环顾四周，看到床上、地上、缸盖子以及墙上到处堆放着或挂着篦子拍。母亲沈千秋正手拿针线神情专注地在篦子拍上穿引着线绳。

“妈，你在做篦子拍呢。”

沈千秋一听猛抬头看见是儿子许国良站在面前，急忙放下手中的活站起身，拍了拍身上的尘土说：“啊，是国良呀。你怎么现在回来了？你不是在报社实习，很忙吗？你看我只顾着做篦子拍，也没看到你回来。对了，你肯定饿了吧？妈这就给你做饭去。”沈千秋说着就起身要去给国良做饭。许国良放下行李心疼地拽住母亲的手说：“妈，你不用做了，我下火车在街上吃过饭了，现在不饿。”

沈千秋看到儿子放到地上的两个大提包说：“国良，你这次带这么多东西回家是干啥呢，是不是大学毕业了？”

“妈，我已经大学毕业了，就把有些东西带回来了。”

沈千秋还要说什么，突然由于疼痛“哎哟”了一声。她无意识地扭头看了一下左手，许国良也随着母亲的视线看到了她的左手上有一团殷红的东西，他伸手要去抓母亲的手看个究竟，沈千秋马上抽回手背到身后说：“没事，国良。不要看了。”越是这样，国良越要看，“妈，你把手伸过来让我看看嘛。”说着不由分说要拉她的手看。沈千秋看着儿子祈求的目光和急切的神情，心想自己手烂了，要想瞒儿子是瞒不住的，现在不让看，等会儿儿子还是会看到的。她就把手伸了过来。国良抚摸着母亲的手怜惜地说：“妈妈，你的手怎么成这样了？”这双手不看则已，一看叫人心惊、心痛。一双手的手面上裂开了好几条缝，其中一条缝简直能放进一个绿豆。其中有一处正在往外淌着血。另外还有很多条纵横错杂的小裂纹，有的地方还有针锥扎破的痕迹，斑斑点点的……

许国良的眼泪顿时涌了出来，说道：“妈，你受苦了。从你的手就能看出你真是遭罪了。以后要多歇歇，不要再做篦子拍了。”

沈千秋马上抽回手回答说：“那怎么能行呢？咱家虽然不欠账，可眼下的问题是你还没有娶媳妇呢，将来娶媳妇还需要很多钱的。”

“妈，你不要担心我的事了，我可以自己解决。”许国良看着为自己、为这个家整日操心以致面目苍老、满头白发的母亲，接着说，“妈，我告诉你个好消息，我已经有工作了。”

沈千秋愣了一下，神情很诧异地看着他说：“国良，你说的是真的？你成为公家人了？你是去孟津县城工作还是在咱公社工作？”

“妈，这是真的，怎会有假？我被实习的那家报社留下当记者，这是报社的王总编亲口对我说的。等大学生安置工作一开始，我就可以办手续上班，并且是在京州市上班。”

沈千秋满是皱纹的脸上堆满了笑容，开心地说道：“孩子，这可是咱家的大喜事呀！怪不得我早上吃饭时听到喜鹊在咱家的大皂角树上‘喳喳喳’的叫个不停，想不到真有喜事，而且是天大的喜事。”

“妈，咱家以后就好了。我有工作了，你要记住我刚才说的话，好好歇歇，不要整日整夜地扎箆子拍，以后家里有我照顾呢。”

“孩子，这怎么能行，家里也不能光靠你一个人呀！不过，我听你的，不再没日没夜地干了，我可以享孩子的福了。”

这时许国良几乎双目失明的姐姐从外面回来，她听声音知道是多日不见的弟弟回家了，一进屋就高兴地说：“啊呀，国良，你啥时回来的，我和妈可想你了。”

“姐，我刚回来一会儿。你刚才去哪儿了？”许国良说着从提包里取出麻糖对母亲和姐姐说，“我给你们带了两包京州市的特产——麻糖，你们尝尝。”他把一包麻糖放在缸盖上，另一包拆开拿出几片，递给妈妈和姐姐。妈妈和姐姐吃着这甜到心头的麻糖，乐滋滋地夸道：“这麻糖真够甜的，还有一种可口的香味呢，真是太好吃了。”

“国良，这东西越嚼越香，真是好东西。”说着，千秋抬头看看国良，“孩子，这麻糖这么好吃，咱们尝尝鲜就行，那盒给你邻居高大伯送去，让他也尝尝，咱家这几年可多亏他了。”

“就是。咱得把好东西送给对咱帮助最大的人呀。高大伯一家给咱家帮了多少忙，咱一辈子也回报不完呢。我刚才就是去高大伯家帮忙蒸馒头去了，婶娘在家带孙子，腾不开手。”许国红说道。

“妈，姐，这两盒就是给你们捎的。我回来多买了几盒，其中还有两盒就是要送给高大伯的，我没有忘记高大伯这几年对咱家的帮助。另外还有两盒是给君若家带的。”

“那好，你现在就给你高大伯送去吧。”

许国良答应着又从包里取出两盒麻糖说道：“妈，姐姐，我现在就把这两盒麻糖给高大伯送去。”

高大伯家大门敞开着，许国良径直穿过大门楼进到后院，他入眼看到高大伯躺靠在窑屋门口的竹藤椅上闭目养神，椅子边的地上放着他的水烟袋。“大伯，你在休息呢。”国良打招呼的同时就走到了藤椅边。

高俊柱听到招呼声一下睁开眼睛坐起身，看到许国良拿着东西站在面前，马上站起来看着许国良惊讶地说：“真是你呀，国良。啥时候回来的?”

“我这也是刚回来一会儿。”许国良说着把两包麻糖送给高大伯说，“这是我给你捎的两包京州麻糖，让你尝尝鲜。”

“国良，捎这干什么，这不是浪费钱吗?”说着拿着麻糖坐到椅子上，“来大伯这里坐坐说说话我就很高兴了，你还拿什么东西，这不是太见外了吗?去屋里拿个凳子坐下说说话，咱们好久不见了。”

许国良去屋里搬了个小凳子，放在高俊柱身旁一米远的位置坐下。高俊柱把麻糖放在腿上，顺手从竹椅边的地上拿起水烟袋，从上面吊着的烟布袋里挖了一锅烟丝点燃，呼噜呼噜地吸了两口，他突然想到了什么，看了看放在腿上的麻糖说：“家里那么困难，还给我带东西，以后可不许这样了。”

“高大伯，我父亲去世了，这些年我又不在家，家里多亏你帮忙了。”

“看你这孩子太见外了。远亲不如近邻，谁家有困难互相照应一下还是应该的。国良，大学该毕业了吧？也该找工作了吧?”他呼噜呼噜地又吸了几口烟，接着说，“前几天你妈还说你就要大学毕业了，不知能不能安排到县城工作。如果能安排到县城工作，媳妇也好找。时间过得真快呀，转眼你就大学毕业了。我这几天托人到县里打听打听，看看能不能帮上你的忙。”

“高大伯，谢谢你！我们家的事真是让你操心了。高大伯，我的工作已经说好了。我今天是专门来看你的。”

高俊柱吃了一惊说道：“啊，国良，你的工作已经有着落了，在哪里工作?能安排在县城就好，若能去牡丹市那就算烧高香了。”

“大伯，我被安排到京州日报社当记者，要在京州市上班。”

高俊柱“腾”地从藤椅上站起来，藤椅前后摇晃了几下。“国良，你真的当记者了?”

许国良笑着点点头说：“高大伯，这是真的。你坐下，我告诉你。我在报社实习了三个月，他们对我比较了解，总编辑把我叫到办公室亲口告诉我他们的决定。等下一步安置工作一开始，只要完善一下手续就可以上班了。”

“国良，你这是文曲星下凡，你家老坟冒青烟了，出了你这样的人才。你能当上记者，咱们公社，就是全县也寥寥无几呀，而且你还是在京州那样的大城市当记者，国良你真是个有出息的孩子。红军老弟你听到了吗？你的孩子当上记者了，你泉下有知也会欣慰的……”高俊柱显然有些激动。之后，他又从烟布袋里挖了一勺烟丝点燃，呼噜呼噜地吸了几口，接着说道，“国良，咱农村孩子好赖有个工作就算烧高香了。你一个农村娃居然当上了记者，那真算是鲤鱼跳龙门了。你要特别珍惜这份来之不易的工作，要好好听领导的话，干好工作！”

许国良向高大伯保证自己会牢牢记住他说的话，一定把工作干好。

“国良，你有了工作，将来干好了，可不要忘本，特别不能忘了你妈。自从你爹去世后，她可真是操碎了心，吃尽了苦，受尽了累，还供你上了大学。可怜天下父母心呀！你还不知道吧，前段时间你妈差点没命了。”

许国良连忙问道：“高大伯，我妈她怎么了？”

“两个月前的一天，你妈突然昏迷住进了医院，昏迷了两天，总算抢救过来了。医生说那是积劳成疾。我劝你妈给你发封电报让你回来看看她，你妈说什么也不愿意，她说怕影响你实习……”

“高大伯，我妈患病这事真不应该隐瞒我。我知道这是我妈不想拖累我，但今后无论怎样，我都会好好孝敬她，让她享点福。”

“是呀，国良。我知道你是个孝顺的孩子，你出息了应该让你妈享享福。国良，今天中午在这里吃饭，你婶娘领着孙子出去转了，儿媳妇说她中午买肉，回来给我们做肉丝面呢，你也在这吃一碗。”

“高大伯，我妈在家做着呢，我回去了。”许国良说着就迈起步子往外走。高俊柱站起来撵了两步说：“不在这里吃饭就算了，你慢点走，好像我撵你似的，那么急干吗？你把刚才拿来的两包麻糖拿回去让你妈吃。”

许国良回头说道：“大伯，家里还有，这两包是特意为你捎的。”说着已经走到了门外。

许国良回到家里，母亲已炒好了菜擀好了面，正等他回家下面条呢。一看到儿子回来，沈千秋就急忙说：“孩子，回来了。我这就去给你下面条，我给你做的是你最爱吃的西红柿鸡蛋捞面条。”沈千秋说着把一篦子拍面条放到锅台附近的砖堆上，往锅台里加了一根烧柴，许国良蹲在锅台前帮母亲烧火。

“妈，你不该隐瞒我呀!”

“国良，看你这孩子说的，妈隐瞒你什么了?”

“妈，你上次患病那么厉害真应该告诉我，你为什么不让我回来好好照顾你？一听说你病了不让告诉我，我心里就不好受。”

“你看你高大伯，我再三叮嘱不让他说，他还是对你说了。孩子，你不要担心，妈这不是好好的吗？虚惊一场，你就不要担心了。”

片刻，面条在锅里翻腾着，沈千秋先给国良捞了一大碗，浇上菜。又给自己和国红捞了浅浅两碗，分别浇了菜。国良搭把手把饭放在窑屋内桌子上，然后他们全家人坐在窑屋内边吃饭边说话。吃过午饭，沈千秋让国良歇息歇息。国良在铺好的地铺上休息，母亲躺在里屋的床上，国红为了不打扰弟弟，借口说陪婶娘帮她带孩子，就出去了。

说实在的，坐了一天一夜的火车，许国良还感到真有些累。窑屋虽破旧，但冬暖夏凉。一躺到地铺上，他很舒服地呼呼睡着了，一直睡到半下午。他醒来后想洗把脸，就去窑屋门口简陋的小厨房里打水，一出门发现母亲坐在门前的阴凉处专心地做篦子拍。许国良走过去不由分说从母亲手里夺下针线和做篦子拍用的高粱秆，生气地说：“妈，我知道你闲不住，但你做归做，总不能不顾身体没有休息地拼着命做，我于心何忍呢？你听我一句话，手好了再做行吗?”

沈千秋看国良真的生气了，就说：“孩子，妈听你的，等手好了再做，现在我就休息。”说着，她拾起地上的一捆高粱秆放到窑屋的缸盖上。

“国良，我突然想起来了。你应该去看看君若姑娘，他是你未过门的媳妇。这姑娘太好了，我那次住院还多亏君若了。你姐姐眼不济事帮不上什么忙，高伯伯招呼了一天还得回家看孙子，全凭君若姑娘跑前跑后办理这手续那手续的，她还帮助打发了一部分医药费呢。其实你给我们的生活费都攒着呢，我手里的钱够用。我们在家有吃有喝的不用花钱，可给她钱她就是不要，我和国红也拗不过她。你去时把这钱也捎上还给她，咱不能让人家看不起。君若真是个好姑娘，你不在家时，她常带些营养品到家里看我，还帮我打扫院子呢，她一点也没有城市姑娘的娇气，咱家上辈子积德了，让你遇到这么好的姑娘。国良，这两天你去看望看望人家，你现在有工作了，顺便跟君若的父母说说，把你们俩的事定下来。”沈千秋一说到儿子和未来的儿媳妇，高兴得话停都停不下来了。

“妈，我也正有此意。这两天就去看望他们，顺便把我俩的事跟她父母说说。”

许国良知道君若全家平时都上班，怕影响他们工作，就等到这个星期天的上午带着两包麻糖和母亲为他准备的五斤绿豆来到莫君若家。

他轻轻叩了几下门，过了片刻门开了。君若看到是国良站在门前，眼睛顿时光彩四溢：“国良，是你呀！你啥时候回来的？真没想到是你。”君若一边说一边把国良让进门坐到沙发上。她给国良倒了杯茉莉花茶，又端来一盘糖果，洗了一盘桃子。看着她忙忙碌碌去给自己拿这拿那的，国良赶紧劝住：“不要忙了，你看桌子上都摆满了，这么多东西谁能吃得了？”然后国良看了看客厅对面的房间问道，“叔叔和阿姨呢？”

“好不容易过个星期天，我爸妈上街了。”

“君若，真得感谢你。”

“国良，这么长时间不见面，见了我就说感谢，有啥好感谢的。”

“君若，我妈住院那次，你跑前跑后，最后还帮助交纳了一部分住院费，你说我能不感谢你吗？”说着把钱递给君若。

“哦，你原来说的是这事呀！你不在家我就不能照顾照顾大婶了？”君若说着接过钱把它塞在国良的口袋里，深情地瞅着国良，“照顾大婶还不是应该的？为了你我心甘情愿，你快把钱收起来，这样我就不高兴了。国良，我算着你也该大学毕业了，这次回来咱就好好联系联系工作。”

许国良深情地看着温柔善良的君若，抑制不住内心的激动“嘿嘿”地傻笑着。

“你傻笑什么，没听到我说话吗？”君若嗔怪道。

“君若，我告诉你个好消息，我的工作确定了，我被安排在京州日报当记者。”

“你真的当上记者了？”

“真的。我就是来告诉你这个消息的。”

“国良，祝贺你，你真有出息！你是个特别有韧性的人，我知道你会实现你的理想的。不过想不到这么快、这么顺利，你就实现了当一名记者的愿望。你真了不起，我为你高兴！”

国良听着君若发自内心的夸赞，看着她火辣辣的眼睛，忍不住往君若身边靠了靠，一只手拉住君若的手，另一只手伸过去搭在君若的肩头，让她靠在他的胸前。屋内顿时沉寂下来，他们默默地享受着这亲密的幸福。

过了一会儿，国良开口说：“咱们的事也该定下来了。等一会儿叔叔阿姨回来，你也给他们说说。”

莫君若眼中顿时涌出了泪水：“我都等你四年了，四年了，总算盼到这一天了。”

许国良望着君若，用自己的手绢把君若脸上的泪擦干，然后从带来的手提袋里取出用花纹纸包着的一条新手绢和一个漂亮的头花，送给君若。“君若，这四年咱们虽然没有订婚，但我心里知道这辈子你就是我最亲的人，你的好让我没法不想念你。可是我是个男人，上学还要花钱，我怕影响你。如今我的工作问题解决了，以后会有相对稳定的收入，我才敢提这事。我知道你从来没嫌弃过我，但你对我越好我越要对你负责。”

莫君若深情的眸子满意地看着国良，她知道国良不但有才华、有理想，他还是个有情有义的男人。

门外响起了开锁的声音，紧接着君若的父母各自抱了个大西瓜进了屋。他们看到有客人在家，就开口打招呼。

君若走上前指了指站在沙发前的国良介绍说：“这就是许国良，我高中时的同学。”

莫局长放下了西瓜，赶忙伸手来同国良握手，说道：“稀客呀，稀客！快请坐！”

许国良赶紧伸出手同莫局长握了手，又恭恭敬敬、很有礼貌地问候着叔叔，阿姨好。

君若的母亲盯着许国良看了半天，心想这小伙子长得俊朗，举止端庄，大方得体，真不错。也难怪当初女儿死活要和他来往，看来女儿还是挺有眼力的。这小伙子除了家庭条件差些，从哪方面看都是佼佼者呀。君若的母亲打心眼里喜欢上了这个小伙子，满脸堆着笑容，利索地到厨房把瓜切开用盘子盛着端出来，拿起一块递给许国良说：“天热，快吃块西瓜消消暑。”

“阿姨，你吃，我自己拿。”说话间，君若已经拿起两块瓜递给爸爸、妈妈，看到每人手里都有一块红红的沙瓤西瓜，国良这才接住西瓜。

君若很快吃完了一块西瓜，去洗手间洗了手，顺便把毛巾拿出来让大家用。君若看了一下妈，又看了一眼爸，然后目光交替看着爸妈的脸说：“爸，妈，国良大学毕业了，工作也确定了。”

“国良，你的工作说定了，要到哪里工作？”

“我实习的京州日报社同意我留下，我将在那里工作。”

莫局长显然十分激动：“国良，是真的吗？那地方可不好进呀。”

许国良点点头说：“京州日报总编已找我谈过话了，他们认为我实习期间表现突出，就决定留下我当记者。”

“君若她妈，你听到了吗？国良当上记者了，并且是在省城工作。”莫局长抑制不住自己的高兴劲大声说着。刚刚进厨房扎着围腰在忙着做饭的君若的母亲听到丈夫叫自己，走到厨房门口说：“你们说的话我都听到了，国良当了记者，真是大喜事。”

莫局长和国良聊着。“国良，你能当上记者，并且是在京州这座大城市当记者，真是好样的。记者是很多人可望而不可求的职业，它靠的是才华，是能力，是责任。你一个农村孩子却经过自己的努力实现了这个愿望，真是难能可贵……”

这时君若的母亲从厨房走出来，边解围腰边说：“老莫，你们先说话吧，我出去有点事。”说完就开门出去了。

莫局长又问了国良家里的一些情况，许国良都一一作了回答。

“农村孩子不容易，我也是从农村出来的。你这次能当上记者完全是自己努力的结果。无论今后怎样都要懂得珍惜，踏踏实实干好自己的工作，不辜负报社领导对你的信任。”

“叔，我会按照你说的话去做的。”许国良感激地说。

过了一会儿，君若妈推门进来，一手提着用透明塑料袋装着的一只肥墩墩的烧鸡，一手提着几个打包的凉菜进到厨房。

莫君若喊了一声“爸”，又喊了一声“妈”，站在厨房门口娇嗔地说：“我还有件事要和你们商量。国良今天来主要是想说说我们订婚的事，不知爸妈有啥意见？”

君若妈走出厨房喜眉笑眼地冲许国良看了一眼说：“妈同意，你和国良早就该把婚事定下来了。”

“是的，我和你妈都同意。咱们选个吉日让国良妈一起过来吃顿饭，把这事定下来。”莫局长附和着说。

莫局长全家招待许国良吃了一顿丰盛的午餐，莫局长拿出一瓶存放了五年一直没有舍得喝的剑南春，两人把它喝了个干干净净。下午，许国良告别君若一家返回了老家。

几天后，在县城一家普通的饭馆里，莫君若全家和许国良母子见面聚谈，高俊柱伯伯作为男方的代表也是订婚的见证人出席了订婚仪式。许国良给莫君若买了件衬衣作为订婚礼物。莫君若给许国良买了双黑皮鞋，又跑了几家文具店为许国良精心挑选了一支永生牌钢笔，她希望许国良用这支钢笔写出更多、更好的新闻作品来。

在报社还没有正式通知许国良去办手续的两个月里，许国良准备先找个临时工干着。这时村里的几个家长建议让国良给他们的孩子补习补习功课，就这样许国良充当起了家教角色。他一边做家教，一边协助母亲做篦子拍，遇到市集日他就到集镇上去卖篦子拍。整个暑假许国良除了做家教，还帮助母亲做了一百多个篦子拍，沈千秋整天笑脸如菊："这些钱攒住给国良娶媳妇呢。"

暑假即将结束，孩子们就要开学了，许国良的家教工作也告一段落。许国良寻思着再到砖厂干段时间，这样钱来得快。这天一个身着邮政工作服的中年人推着一辆挂着两个大邮包的自行车来到许国良家门口喊"许国良在家吗"，同时敲响了他家的门。

"在家呢，我就是许国良。"许国良打开门说道。

"有你一封挂号信，请你签收。"

许国良签了字，接过信件一看，原来是京州日报社工交部的魏寒军主任寄来的。他急忙拆开信，信上是这么写的。

许国良同学：

你好！

市委副书记已签字，同意安排你到京州日报社工作。这位副书记也曾多次在报纸上看到过你写的文章，他认为你是一个难得的人才。为保留人才，他指示市里有关部门尽快下达指标，吸收你到报社工作。

请你尽快到报社办理相关手续。来时记得带上你的毕业证、户口本和身份证，办手续时要用。祝

全家安好！

魏寒军

×月×日

许国良看罢信后，高兴地把这个消息告诉了母亲沈千秋。沈千秋听此消息，自然是喜上眉梢。她嘱咐儿子说："儿呀，赶快收拾收拾行李回去，要好好工作，听领导的话，不要惦念家里。"

"妈，我以后就有工资了，你为我们吃了那么多苦，操了那么多心，以后我会好好孝敬你的。你要多休息，保重身体。"

临行前一天，许国良来到父亲许红军的坟前哽咽着说："爹，咱家穷，但我一直记着你的教诲，只有好好学习才有出头之日。我也一直按你说的去做，学习上非常卖力吃苦，并且考上了大学。现在儿子大学毕业了，当上了记者。你放心吧，咱家的日子会一天天好起来的，妈妈和姐姐我也会照顾好她们的……"

许国良告别了母亲和姐姐，还有未婚妻莫君若，返回了京州日报社，很快办理了有关手续，报社还分给他一间带厨房的房子。

魏主任语重心长地对许国良说："今年报社只进了两个人，大学生安排仅你一人，另一名是从部队转业的新闻干事。国良呀，能到报社工作不容易呀，你不要辜负报社领导对你的厚爱与期望，努力干好工作。"

"我保证会干好工作的，请看我的实际行动吧。"许国良郑重地说。

工交部的记者闻讯，都对许国良表示祝贺。

美女记者胡颖握住许国良的手说："许国良，祝贺你。咱们今后就是同事了，祝愿我们在报社这个大家庭中更好地学习、工作和生活。"

张青华记者颔首一笑对许国良说："国良，你可塑性很大，你会有很好的发展前景的。"

对于报社领导及同事们的祝愿、激励和鞭策，许国良是打心底表示感激的。他在心里说："王总编、魏主任及同仁们，我会加倍努力工作的。我要像蜜蜂一样在报社这个百花园中博采众长，不辞辛苦地采蜜、酿蜜。我要不懈地奋斗，努力耕耘，写出更多更好的优秀新闻佳作……"

二十六　大火面前方显记者本色

许国良成为京州日报的正式记者后，高兴之余，他想到要把这个消息尽快告诉藏族孤儿次仁旺泽。在过去经济十分拮据的情况下，他还一直坚持援助他上学。现在有了工作，有了固定的收入，尽管还要积攒成家的钱，但无论怎样也会继续资助次仁旺泽兄弟。从过去的来信中看出次仁旺泽在高中期间学习刻苦努力，成绩越来越好。老师也希望他参加高考并金榜题名。

可次仁旺泽认为自己上完高中已经不错了，不想再上大学。许国良揣测次仁旺泽不是不想继续深造，而是担心上大学那不菲的费用。确实如此，次仁旺泽觉得自己上初中、高中在经济上已经拖累许国良许多年了，许国良大哥也很不容易，他不想让许国良大哥为他上大学再费心花钱了。可是许国良不这么想，他觉得只要次仁旺泽能考上大学，他再苦再累也会想办法帮助他完成大学学业的。

于是许国良马上给次仁旺泽去了一封信，告诉他自己已大学毕业正式分配到京州日报社当了记者，希望他发奋学习考上大学。并鼓励他知识能够改变命运，告诉他读的书越多，对实现自己的远大理想就会越近，还告诉他自己上大学的经历，鼓励他上大学后和自己一样可以依靠勤工俭学赚取生活费，其他的费用许国良继续资助，同时又给他寄了 100 元。

次仁旺泽接到许国良大哥的信再次感动得流下眼泪，看到许大哥这样诚心诚意地帮助自己，自己还有什么理由退缩呢？他回信向许大哥表示一定不会辜负许大哥的良苦用心。他让许大哥放心，他一定会努力考上大学的。许国良还感到很欣慰的是，次仁旺泽利用暑假和邻家的大叔去山里采集冬虫夏草、藏红花等，积累了一些生活经验，也赚取了一些钱。他把这些钱和国良给他的都存起来，以备将来上大学交学费使用。

许国良以正式记者的身份开始了他的报业生涯，终于实现了从中学时代起梦寐以求的理想，他被正式分配在了工交部工作。当上了正式记者的许国良没有骄傲自满，他仍像实习时一样，早早吃过饭到报社打扫办公室卫生，把桌子板凳抹刷得一尘不染，然后翻阅翻阅当天的报纸，骑着自行车赶赴厂矿企业采访。

有些新闻的时效性特别强，还得利用晚上加班加点赶写，甚至不惜熬个通宵，这对于记者们来说都是家常便饭。有的重要新闻不是一时半会儿就能写好的，它要求反复调查采写。为力求其真实性，稿件写成后还得对所写内容进一步核实，有时为采写一篇新闻不惜召开多个座谈会，去走访、调查许多人。记者是无冕之王，令人羡慕，但他们背后的付出是常人难以想象的。当夜幕降临，一家人团坐其乐融融地看电视、聊天，被亲情簇拥，享受着人间幸福时，我们的记者或许正在采访的路上往回赶，回到家他们不是去辅导孩子功课，不是去和老人谈心，也不是和爱人悠闲地散步，因为新闻的时效性，为了第二天就要见报的稿子他们要坐在书桌前挑灯夜战。他们翻开采访本沉思着，叙写着，到后半夜稿件写完后，又马不停蹄地赶往报社交给夜班主任审批，快事快办，迅速编发印刷厂印刷。第二天这篇稿子及时见了报，稿件作者才松了一口气，自己的这篇写稿任务才算是完成了。

许国良记者和京州日报社的其他记者一样，经常接到各种各样的采访任务。就工交部来说，仅仅八名记者，要肩负全市工交战线上的新闻报道。全市那么多工矿企业都是他们涉足报道的领域。别的不说，仅洽谈会、企业签约会等都需要派记者参加，他们的工作任务可谓千头万绪，往往是这个新闻刚交稿，那个新闻又等着他们去采访报道。他们的桌子上经常摆着一大沓邀请采访函，同时还会接到一些临时的采访任务。鉴于记者的职业特点，许国良经常是忙忙碌碌的，好像有写不完的稿，干不完的事。要么是上午到工厂采访，回来后坐在办公室写稿；要么是下午参加某个工厂的洽谈会，晚上写稿。有时这个稿件还未写完，某个工厂突发偶然事件，报社又派他第一时间赶赴现场执行采访任务，之后又要突击加班完成稿件。

这几天，许国良已参加了三个企业洽谈会和两个项目签约仪式，对于这些他都能认真负责地对待，寻找着最佳角度宣传报道。有时为了写好一篇新闻稿开头，他总是掂量来掂量去，不惜牺牲两三个小时的时间。是选择一个直述式开头好呢，还是描写式开头更能引人入胜？他反复思考，直到满意为止。写好了开头，他才开始写主体部分。新闻稿要吸引读者的眼球，不仅仅是事件本身有看点或有价值。深入采访，用心去写才能打动读者，让读者愿意读。记者是用人性良知引导舆论导向，正面的报道可以使企业更有生命力，使个体更有使命感，使企业或个人在技术、思想、责任等方面让读者产生一种敬意或崇拜，致使读者心灵的愉悦感或灵魂的触动。许国良采写新闻从来都是极认真地对待，从不敷衍了事。从他当实习记者时采写的新闻，往往都是从正面引导人们对好方法、好技能、好思想、好习惯等的肯定与传承。就像一块田地，他植入的是好庄稼，然后才拔去阻碍庄稼生长的杂草。如果只去拔草，不植入庄稼，什么时候这都是一块废地。这也是报社宣传报道的宗旨。当然对于某些不法行为，他们大胆拔除这些杂草，捍卫公平正义，维护人民利益。他们从来不打着民生的旗号，故意找碴报道一些负面的东西，吸引广大群众的好奇心，威胁企业，坑害百姓。他们更不会柿子专找软的捏，挑教师这些没有后台、辛辛苦苦凭良心工作的人们的毛病。他们知道不负责任地找这些最有良心的人们的碴，害的是整个下一代。记者最需要品德高尚，心胸宽广，光明磊落，正义正气，有情有义。许国良和报社的其他记者一样就是这样捍卫着记者的职责，从不越雷池半步。

这天，他到工厂又发现了一个有价值的新闻。为了写好这篇新闻，他熬到深夜三易其稿还未写完。第二天上午，他在办公室继续边思考边写。部里的记者陆陆续续外出采访了，他一直坐到十点钟才把这篇稿件完成，然后很满意地签上发稿签，准备去送稿。恰在此时，魏主任慌慌张张地走进来，要把一个突发性采访任务交给胡颖记者去采访。因为市毛纺厂发生了大火，而这个厂一直是胡颖记者所管的新闻报道口。因胡记者不在办公室，魏主任就把这个采访任务临时交给许国良去完成。许国良把自己写好的稿件交给魏主任审阅签发，就准备到毛纺厂去。

魏主任嘱咐说："小许，我知道你能出色完成这次任务的，但这是一个突发事件，水火无情，你千万要注意安全。"许国良让魏主任放心，然后就急匆匆地出发了。

许国良搭乘公共汽车很快来到了市毛纺厂出事现场。着火的是两栋十多米高的大仓库。这些仓库外观斑斑点点，灰不溜秋的，有的外墙砖粉蚀得很厉害，直往下掉砖渣，有些地方外墙砖掉光了，显得光秃秃的。这两个仓库顶部都有几组呈三角形的大檩条支撑着，檩条上面是一根根摆放密集的椽子，屋顶铺着红瓦。仓库外观虽破旧，里面盛放的都是好东西。其中存放最多的是高档毛纺织布匹，也存有一些普通布料。这些布匹都整整齐齐地在仓库中成批成堆地摆放着，有的地方摆得老高，都快要和山墙一样高了。真不幸，盛放了这么多东西的仓库居然失火了。大火正在无情地蔓延着，火光冲天，黑烟弥漫，惨不忍睹。

两栋大仓库的瓦房子被浓烈的大火烧得多处都塌陷下去，裸露在房梁上的檩条、椽子噼噼啪啪地燃烧着，整个看上去好像是一艘在燃烧着的大船。有些火焰达两三米高，中间夹杂着浓浓的烟雾，仓库四周地上零零碎碎地掉下了一些烧断的冒着黑烟的椽子……

着火的仓库旁由近及远依次停着三辆红色的消防车，最前面这辆消防车上的五六个消防官兵正手持喷枪向大火燃烧处猛烈地喷射。急促有力的股股激流直喷向火光处，比飞流直下三千尺的瀑布还要疾速。水流喷到处，火光闪停，顿时露出了几乎烧焦了的檩条和椽子。但仓库面积太大，往往是救灭一处，另一处又着起了大火，这喷枪喷射的冲击力在熊熊大火面前显得力不从心。由于没有安全通道，只有一辆消防车能到近旁，其余的两辆消防车只能远远站着无能为力。消防车到达不了近旁，喷枪也发挥不了作用，面对此种情况也只有依靠人力协助救援。

实施救火的消防车的水用完了，它“呜呜呜”地开走，又有一辆红色的消防车开到这个位置实施救援。戴着头盔、全副武装的消防官兵又举起了几杆喷枪向肆无忌惮燃烧着的大火喷去……

市毛纺厂组成了两个临时救火小分队实施有组织的救援。其中一支救援队有六七十人，手拿大质量、型号不一的洗脸盆、水桶到附近几个贮水池打水泼向这无情地吞噬着国家财产的熊熊大火。

另一支救援队二三十人，围着仓库寻找没烧到、火势弱或火刚被扑灭的地方为突破口，快速跑进跑出抢救部分纺织品。

还有些觉悟高的群众自发加入到抢险队伍中，他们从累得气喘吁吁的抢救人员手中接过脸盆、水桶，或提水或端水迅速泼向大火，有的群众加入到抢救毛纺织品的行列，躬身扑向仓库以最快的速度抢救出一沓沓、一批批的毛纺织品……

许国良作为现场采访记者，他一会儿到消防官兵处观察救火进度，一会儿加入到各个救援队伍中参加救援，捕捉着这救援场面的每一个动人瞬间，捕获着有价值的能够写进通讯中的典型事例。

他发现一个救援人员把手中的一盆水泼向燃烧的火苗，迅速拿着盆子返回端水时不慎踩踏到一块木板，被木板上的钉子刺破了脚掌，鲜血随即淌出，染红了全脚。参加救助的厂卫生员立即给他消毒包扎伤口。本来流血的同志应该到安全地带休息，可他仍要坚持留在现场，固执地说："留下我吧，我不能火速救援，让我在此帮他们灌水、传递救援物资。"许国良在采访本上迅速记下了这个受伤的救援人员的名字。

消防官兵们在一个瘦高个指挥官的指挥下紧张而有序地实施着救援，他们只有一个目标，那就是尽快把大火扑灭，最大限度地保住国家财产，让损失降到最低限度。许国良瞅住时机向他说明自己的身份和想要询问的有关情况。这位指挥官看着亲临第一线满脸烟熏火燎的许国良，说道："记者同志，我不知道从哪几个方面给你说。"许国良赶紧说："我问你几个问题吧。这次救援出动了多少消防官兵？""37 名。"

"这次一共出动了多少辆消防车？""三辆。"

"目前已救援了几个小时，有没有消防人员不幸受伤的？"

"现已救援了两个小时，很幸运没有不幸受伤的。我们消防人员经过专业培训，如果不出意外情况，一般不会受伤。"

"你预计这场大火几时能够扑灭？""你也看到了，我们会尽全力救援的，但啥时候能扑灭很难说。因为这两座大仓库都着火了，通往仓库的路太窄，别的消防车根本到不了跟前，这就为救援造成了很大的难度，让我们显得很被动，我们只好把闲置的官兵组织起来去参加人工救援了。"

这位指挥官扭头指了指正在燃烧着的仓库又说："今天风也太大，你看这些黑乎乎的已经被扑灭的檩条，见了风势有些地方又燃起来了。再加之仓库的长度太长，里面堆放的毛纺织品太多，烧起来连成一片。因为道路狭窄，消防车根本走不近那些部位，只好结合人工救援。这是我当兵的 20 多年来遇到的最难救援的火灾之一。"

一辆消防车又发出紧急呼啸的警报声向仓库驶来。由于仓库顶上的几根檩条烧断了掉在路上堆叠起来，阻挡了消防车的通行。这位指挥官赶忙跑过去指挥消防战士搬运这些躺倒在道上的檩条，许国良也赶忙把采访本装在口袋里，和消防官兵一起搬运这些檩条和椽子。他们用铁链套在檩条的两头把一根根黑乎乎的实木辗转搬运到路边。最后还剩两根料大粗重的檩条粘连在一起，让人没法下手。如果不把它们分开，这么粗重的檩条消防战士根本搬不动。指挥官便吩咐两个战士从消防车上拿下两根撬杠来撬着移动这两根檩条。每撬动一下，檩条向前滚动一点，有时还直往后滑落，许国良马上从附近拿过两块砖垫上，这样每次撬动时，檩条向前挪动一下，许国良立刻把这两块砖垫上，很快这两根大檩条就被移到了路边。路况还不太好，路还太窄，指挥官挥着手势喊着“往左一点，好好……再往右一点，就这样，好……”

消防车终于又往前驶了几米，几条喷枪又开始向无情的大火猛烈地喷射……

消防指挥官看着站在身边的许国良说：“许记者，搬移檩条时看你挺在行的，说不定干过这样的活吧。”

“确实干过。我家是农村的，小时候很多活都干过。”许国良回答。

“许记者，你不怕脏和累协助搬移檩条，你真是一个很有责任心的记者呀!”

“干记者就不能怕辛苦。要是连这都做不到，那当初就不选择记者这一行业了。”

“我刚调到这个消防支队不久。我过去在外地参加指挥过多次抢险灭火任务，也看到过一些记者在现场采访，大多数记者是比较负责任的，可也有个别记者的表现不能令人满意。有一次一个大市场发生火灾，我带着一部分消防官兵前去救援，现场也来了一名记者采访。他唯恐浓烟熏着自己，用手帕捂着鼻子敷敷衍衍地转了一圈就不见人影了，我们在救援现场再也没看到他。事后这个记者在报纸上刊登了一篇200多字的新闻。新闻中涉及我们消防官兵的有两句，报道说我们消防官兵共11人参加了这次救援。实际上此次消防救援我们参加了19人，也不知这篇新闻中的‘11’这个数字从何而来？其实我们消防队为的是抢险救灾，不是为了什么荣誉。只是因为这篇新闻报道，我们还受到了上级批评。”

“你们是参加抢险救灾的英雄，理应受到表扬，怎么还受到了批评呢?”许国良有些不解地问。

“这都怪那位记者了。我们向上级消防部门汇报此项工作是按实际情况19人汇报的，后来上级部门说我们的汇报有不实之处，想弄虚作假蒙骗上级，原因就是报纸上刊登的人数是11人。最后经上级部门找大市场组织救火的有关人员核实才消除了误会。不过这事确实让冒着生命危险抢救国家财产的消防队员很受委屈，使我们的工作也很被动。”这位瘦高个的消防指挥官说到这里，看了看手腕上戴着的表，又抬头看了看正在工作的消防车，迅速地拿出传呼机，熟练地按了操作键放到耳边说：“喂，王队长，正在实施救援的消防车水马上用完了，你们那辆灌满水的消防车准备开过来。”

打完电话，这个瘦高个指挥官又转身对许国良说：“刚才我看到了，许记者，你注重实际，能和采访对象打成一片，采访对象也在你的参与下受到鼓舞，知心的话儿也情愿对你说。像你这样认真而又深入实地的记者，一定会不辱使命，写出生动感人的新闻佳作来。”

许国良搓了搓自己的一双黑手，看着指挥官说：“谢谢你刚才对我的一番夸奖。我认为作为一名记者就要以事实为根据，对新闻的真实性要慎之再慎，特别是一些数字呀，事例呀，更要认真调查核实，做到准确无误，绝不能出现像你刚才说的那样把 19 写成 11 的事。我们新闻单位一级一级审查也特别严格，领导特别重视实事求是。比如你们今天的抢险救灾，实际上是冒着可能受伤甚至牺牲生命的危险来抢救国家财产，作为记者我首先对你们的行为感到佩服，当然一定会真实地反映你们那可歌可泣的行为，绝不可能敷衍了事。如果不负责任，这样就太对不起抢险救灾的人们，更对不起我的记者身份和良知。”

“消防队员们，参加救援的工人和群众，我们的记者亲临现场采访报道，还参与到我们抢险救灾的战斗中，我们大家同心协力，一定会尽快把这场大火扑灭，减少更大的损失。”指挥官对着喇叭高嗓门的指挥让大家精神振奋。许国良也不愿在此逗留，就对指挥官摆摆手，到另一个地点察看。

此时由工人组织的救援队正在消防车无法到达的地方全力以赴地实施人工救火。木桶、铁桶、塑料桶、刚瓷盆、塑料盆等各种颜色的抢救工具都成了他们战斗的武器。

许国良再次来到了由工人和群众临时组成的救援队，这是救火的另一支主力军。这群救火的人在一个年龄五十一二岁的中年男子指挥下有条不紊地全力抢救着，最大限度地从燃烧的仓库中抢夺幸存的布匹和其他纺织用品。他们用自己的血肉之躯，奋不顾身地从窗口、仓库大门中进入，一次又一次地抢救出还没有被焚烧到的毛纺织品……在他们的头脑中，始终盘桓着这样的念头，那就是尽快把大火扑灭，尽量多抢救出一些毛纺织品。

这位中年人手拿小喇叭用本来响亮现在却显得沙哑的声音吆喝着："同志们，在大家的努力下，我们已经扑灭了仓库的几处大火，抢救出了部分纺织品。我们要再加把劲，齐心协力，争取尽快把这场大火扑灭。"

"同志们，团结就是力量，你们是好样的……大家要特别注意安全，千万要小心，保护好自己的身体。"

他用小喇叭大声吆喝着，给大家加油、鼓劲，也提醒大家注意安全。救灾现场有人做出了回应，大声喊着："李厂长，放心吧！我们一定会齐心协力尽快把大火扑灭，也会注意安全的。"

"李厂长，我们一定团结起来，加把劲，尽快把这场危害国家财产的大火扑灭。"

李厂长听到那两个人代表性的话，不断说着"好，好"，然后到附近一个砖堆上，端起厂里老同志送过来让大家临时解渴的一个茶杯喝了两口。趁此间隙，许国良走上前去。他知道这是李厂长，就开门见山地说："李厂长，我是记者，想问你几个问题。"说着掏出记者证让李厂长看了看。李厂长吃惊地说："你是许记者，我过去听说过你，就是那个特别有责任心的记者？"

"我是京州日报的记者，我耽误你两分钟时间。"

"好吧。"

"你们一共组织多少人参加了抢险救火？"

"100 人左右，另外还有一些社会人士和职工家属参与进来了。"

"他们的年龄状况如何？"

"大都由中青年组成，共分两组，一组是救火队，另一组是抢救物资队。"

"这两个着火的仓库是什么年代建设的，仓库面积多少？"

"这个地方共有五个大仓库，都是 20 世纪 60 年代建设的，房屋结构都是木质房顶的瓦房。着火的仓库共有 2 万多平方米。"

"失火的原因是什么？"

"失火的原因尚不清楚，保卫处正在着手调查。"李厂长认真地回答了许国良提出的几个问题后，惋惜地说："这些仓库的设计在当时是很好了，经过了几十年也显现出了它的弊端，过道太窄，消防车过不来，这都给这次抢险救火带来了诸多不利。"

突然一阵大风平地而起，狂呼乱啸而来，有些刚被扑灭的地方依靠风力死灰复燃，那些正在燃烧的火苗借助风力倏地一下蹿得老高，黑烟夹杂着焚烧的灰尘，飘到空中，散落在周围的房顶、树梢和人们身上。

一个20多岁、稍胖的男青年慌慌张张跑到李厂长面前，气喘吁吁地说："李厂长，不好了，太危险了……"

"你慢慢说，什么太危险了？"李厂长问道。

"风这么大，要是刮到东南边那栋大仓库内，可就太危险了。"

"是的，虽然是空仓库，但那边还紧挨着其他的仓库。好，我知道了。"

"李厂长，那个大仓库里放了十几桶汽油，不是空仓库，要是被大火燃着了，后果不堪设想。"

"什么？仓库内放有汽油？啥时候放进去的？"

"临时放进去的。听说汽油要涨价，咱们储备了些，谁想到仓库会失火呀。"那稍胖的青年沮丧地说。

"现在说什么也没用了，救援队在全力救火，咱们得赶快把这些汽油桶转移到安全地带，要不然被大火燃着会爆炸的，那事态就更严重了。"李厂长又喊来几个救火的工人，和他们一起向这盛着汽油桶的仓库跑去，许国良也加入到这个行列。

这个仓库附近的地上飘落着很多大风刮过来的黑色灰烬，还有两根被水浇灭的黑漆漆的椽子，堵在了仓库的侧门口。许国良挽起袖子和其他几个人，两人抬一根快速地把它们清理了。然后他们进到仓库里开始挪移这些汽油桶，幸亏这些油桶型号属于中型，移动起来还不大费劲。他们把圆形的汽油桶平放到地上，两个人搭帮小心翼翼地滚动着一个汽油桶，将这些汽油桶转移到安全地带。他们往返了几趟，现在还剩两桶。

许国良他们继续到仓库转移剩余的两桶汽油，当他们刚走到距离仓库四五米远的地方，突然仓库房顶一根即将被烧断的檩条借着风势在空中像跳舞似的横冲直撞地向他俩砸来。许国良大叫一声："不好！"猛地跑过去把正在愣神的一个中年人推到一边，随即自己也躲闪了一下，就在这一瞬间这根燃烧的檩条"扑腾"一声砸在距离这个愣神的中年人和许国良之间不到一米的地方。好险呀，如果不是躲闪得及时，被这燃烧的檩条砸到，这个愣神的中年人肯定会被砸伤甚至会失去生命的。

那个差点被砸到的中年人急忙拉住许国良的手说："许记者，多亏你刚才推了我一把。当时我吓坏了，愣是没反应过来，要不是你推我那一下，我真的没命了。谢谢你，许记者，是你救了我。”

“不用谢，谁看见也会推你一把。咱们和李厂长一起去转移那剩余的两个汽油桶吧。”说着他们来到了仓库滚动起剩下的最后两只汽油桶中的一只。正在他们把汽油桶即将运送到安全地带准备松一口气时，也许是风中火星的引燃，前面那只汽油桶的一端噗的一下燃起了火，转眼间另一端也燃起了火。“着火了，着火了，快来救救火。”正在运送这只汽油桶的人歇斯底里地吆喝起来。

“快救火，不然就会爆炸的。”

李厂长和其他人都急得像热锅上的蚂蚁团团转，没了招数。形势危在旦夕。在这千钧一发之刻，许国良放下正在滚动的汽油桶，急忙拿过附近刚救出的一匹布料抖开，吆喝着另一个人一起把它按在附近的水池中浸湿、吸水，片刻工夫在他的指挥下，他们把这抖开的湿布覆盖在汽油桶上，有人又往上面浇了几盆水，总算把燃烧的火焰熄灭。

“许记者，多亏你了，要不这汽油桶爆炸可就麻烦了。”李厂长对许国良说道。突然他发现了许国良被火燎的头发和眉毛痛惜而又吃惊地说，“许记者，你的眉毛和头发燎了?”

许国良听李厂长这么一说，马上用手抚摸自己的眉毛和头发，喃喃自语道：“真的燎了，我刚才只觉得灼烫，没顾上，怎么会这样呢？……”

在李厂长带领下，这个仓库的十几个汽油桶都被运送到了安全地带。李厂长走过来对许国良说：“许记者，因为救火把你那一头漂亮的头发烧焦了，眉毛也没了，让你瞬间变成这样的形象我很愧疚，觉得对不起你。你是记者，还要外出采访，需要接触很多人，你说怎么办呢？我们感到很抱歉。”

“李厂长，出现这样的情况，我心里确实不好受。但是你不要自责，这也不能怪你，这是意外，也是我救火时不小心造成的。水火无情，你不要自责了。”

刚才和他一块儿转移汽油桶的几个人也围拢许国良，表达着敬佩与感激之情。被许国良推了一把险些被檩条砸到的那个中年人更是感激涕零，他眼含热泪说：“许记者，我上有老下有小，家属没有工作，两个孩子正上着学，一家人全靠我呢。要不是你刚才出手相救我早已命丧黄泉了。若真的那样，我的家就完了，你是我的救命恩人。我不会说花言巧语的话，即使会说，千言万语也难以表达我对你的感激之情，我今生今世会记住你对我的恩情，愿你福禄康健，好人一生平安。”

刚才运送汽油桶的两个年轻人也向许国良表达了敬意。那个高个子，肤色黧黑的青年说：“在汽油桶一端着火的危急时刻，我慌得乱了阵脚，而你冒着生命危险冲上来救火，你的行为真令人佩服，我真该好好学习。”

另一个稍瘦的青年说：“我也是大学刚毕业，遇到紧急情况时我只知道大喊大叫，不知道冷静下来想办法解决，也没有勇气冲上去，我真感到惭愧。作为青年人，你的睿智和举动让我佩服，我真应该向你学习。”

一直站在旁边听着大家说话的李厂长忍不住再次走到许国良面前称赞道：“许记者，你真是好样的！我代表全厂职工感谢你，感谢你在这次救火中为我们做出的贡献。”

说话间，传来了喜讯。驻地部队闻讯派出300多名官兵前来救援。经过消防官兵、工人救援队及后来赶到的部队官兵的全力救援，很快扑灭了毛纺厂发生的这场大火。

事后许国良又在火灾现场调查核实了新闻报道中涉及的有关数字、名字等情况，他在救援现场吃了一碗盒饭，就离开了这个工厂。他首先到街上找了一家理发店，让理发师把烧焦的头发剃光了，又让理发师把眉毛妥善处理了一下。许国良照照镜子有一种怪异的感觉，心中有些失落，从没有戴帽子习惯的他也不得不买了顶鸭舌帽戴上，这才返回住处，摊开稿纸，开始写这篇稿件。

因为亲临现场参与其中，早已胸有成竹，很快许国良就完成了这篇题目为《大火面前方显英雄本色》的通讯。当然了，消防官兵、工厂救援队和驻地部队的支援是他表现的主体。在这篇通讯中他没有忘记呼吁全市各行各业要注意防火防灾，严防并杜绝类似事件的再次发生。同时他还建议：各行各业无论搞什么建设都要有长远的打算，科学规划，留好安全通道，不至于遇到突发事件时让人措手不及，贻误战机。

第二天早上，他把此篇稿件签上发稿签送给魏主任，魏主任看他戴着帽子及眉毛燎伤伤及尊容的样子，猜测到昨日救火时的危险。在魏主任一再追问下，他向魏主任简单叙说了昨日采访时发生的事情。魏主任听后虽为他的容颜受到损害感到遗憾，但更多的是佩服、感动，他站起身拍着许国良的肩膀说：“许国良，你做得对！你是一名优秀的新闻记者，也是一个英雄。”然后他又坐到座位上，关切地瞅着许国良叹息道，“可惜呀，本来漂漂亮亮的一个小伙子，如今变成这模样，我也为你感到难过。不过，你长得俊朗，这样也不是很难看。”

“魏主任，谢谢你的关心。我最初看到现在的模样真有点伤心。不过看顺了，也没什么，习惯了就好了，再说头发还会长出来的，眉毛不知怎么样。”

“话虽这么说，但爱美之心人皆有之。你这么年轻，还要找对象，叫人想来心里总不是滋味。不过你要想开些，既然这样了，不要背什么思想包袱，要正确对待，好姑娘看中的还是你的才华。”

“我不会背思想包袱的。既然这已成为了事实，我会坦然面对的。我会把自己的精力集中在工作上，把自己喜欢的新闻工作干好。”

“国良，你是个坚强的孩子，我对你是很放心的。”在魏主任的心中，许国良就如同自己的孩子一般。这时许国良把写成的这篇稿件递给魏主任说：“关于抢险救火这篇稿件我写好了，请你审阅。”

魏主任接过稿子看了一眼调侃道：“这篇稿子肯定有隐瞒真情的地方，这上面肯定没有写到你这位救火英雄的名字。”

许国良反应挺快地回答道：“我没忘记写上我的名字，本报记者许国良报道呀。”

“小伙子，我没发现你还挺风趣的。”魏主任说完，埋头审阅这篇稿件，许国良返回到了大办公室。

魏主任的办公室是大办公室的套间，刚才许国良去交稿时办公室门是敞开的，他们的谈话大办公室的记者们都听得真真切切，他们也都知道许国良救火时烧到了头发和眉毛。许国良一回到大办公室，大家的目光都齐刷刷地盯住了他。看到好端端的同事变成了这个样子，大家心里都不是滋味，就委婉地问长问短，安慰着许国良。

许国良感受到大家对自己真切的关心，诚恳地说：“谢谢大家对我的关心。我会正确面对的。也请你们放心，我不会影响工作的，过去怎么干，现在我仍会怎么干，过去没干好的工作，现在我也会想方设法干好。我会和大家齐心协力把工作做得更扎实。”

许国良说完这番话，带着采访本又外出采访了。看着许国良远去的背影，美女记者胡颖感慨地对大家说：“报社能吸收这样的人当记者，真是有眼光呀。”

隔了一天，京州日报社迎来了几个尊贵的客人，他们是京州市毛纺织厂的李厂长派来的职工代表。他们敲锣打鼓地给工交部赠送了一面锦旗。魏主任欣慰地接过这面锦旗，把它挂到了工交部办公室的墙壁上，红底白字隶书绣制的锦旗，上面绣着“赠给京州日报社工交部及许国良记者——生命诚可贵，品质价更高”的字样，落款是“京州市毛纺织厂”。

这面锦旗在办公室里格外醒目耀眼。

二十七　颁奖现场的感动

几天来，许国良到厂矿企业采访，经常遇到一些采访对象好奇地盯着他看上半天。熟悉的人或许知道他是为救火烧掉了头发和眉毛，不熟悉他的人还认为他是先天性的光秃子和缺失眉毛的人。

面对人们对他没头发、缺失眉毛的议论和那些好奇的眼光，他都不会很介意，也没有什么特别的顾虑和担心。他的这次遭遇，善良的母亲知道后肯定也会理解他的。令他十分苦恼的是刚和莫君若订婚一个多月，自己就出了这档子事，莫君若如果看到他这副样子不知作何感想，是理解和接受，还是嫌弃他，抑或退掉这桩婚事？就是君若不嫌弃他，她的父母能否接受呢？倘若君若与其家人不愿意这门亲事，他也没有什么可说的，即使心里再不是滋味也不能埋怨人家，毕竟自己这形象对不起他们。君若是个局长的千金，父母一直视若掌上明珠，什么样的小伙子找不到，偏偏要找缺了头发和眉毛的他？干脆先不跟他们说，隐瞒一段时间，等过段时间头发长出来再说；不行，自己不能做欺骗君若的事，她是多好的姑娘呀。

夜深了，许国良想在睡梦中忘却这个烦恼，可他辗转反侧，却徒劳无益地苦恼着。他试图看一本书让自己疲劳入眠，可读了一页，字迹就变得模糊，无法入眼。他想来想去还是决定写一封信，把自己救火时不慎烧焦头发与眉毛的情况毫无保留地告诉君若及其家人。

信很快发出去了。过了没几天就有了回音。那天他刚采访回来坐在办公室写稿，传达室的收发员送来几封信。他脑子动了一下，会不会有君若的回信？不会这么快吧，君若从接到信到回信也得有个考虑过程以及和家人商量的时间。他觉得不可能有自己的信，即使有也是写给自己的投稿信件。许国良没去理它。同在办公室的张青华记者接过这些信件一封封地看着收信人的姓名。若收信人在办公室就当面递给他，若不在的就放在收信人的办公桌上，这也是他们这些年相互坚持的好习惯。

张记者看到有国良的信，就冲国良喊："小许，这里有你两封信。"许国良马上起身接过这两封信。他看到一封是一个作者写的投稿信，另一封却是女朋友莫君若写来的。他顿时慌乱无措，忐忑不安，犹豫了半天也没敢拆这封信。心想这封信回得还挺快的，看起来莫君若接到信就及时回复了。君若会在信上怎么说？她的家人会不会同意？这会不会是封退婚的绝交信？自己反正这副模样，君若或家人不同意也是人之常情。许国良从情理上能想得通，但心理上难以平静，君若毕竟是他深深爱着的姑娘。当他要把信拆开时，心里扑腾扑腾的，他希望这不是一封退婚信。经过一番思想斗争，许国良终于用颤抖的手拆开了这封信。

亲爱的国良：

信已收到。得知你救火时烧焦了头发、缺失了眉毛的消息，真如晴天霹雳，我的确感到伤心和痛苦。咱们正式订婚才一个多月，你就给我带来了这样让人难以接受的消息。爱美之心人皆有之，爱美更是女孩子的天性，你好端端地失去了一头秀美的头发，当然头发会再长出来的，可偏偏你又失去了乌黑耐看的眉毛，我就有些想不通了，我不是特别追求完美的人，但我对此也不是没有想法的。老天为什么这么对我，让我最喜欢的那个俊秀可爱的男孩变了模样。我不想不久的将来当我们手牵手走进婚姻的殿堂时，旁边的亲朋好友指指点点，私下议论我找了个没有眉毛的郎君，更不想你走在大街上遭受一些人的讽刺和白眼……

接到你信的那天，我一天都没吃饭，也不想和别人说话。晚上躺在床上辗转反侧怎么也睡不着觉，我想了很多。那一夜，我想到了中学时代我们在一起的宝贵时光，想到了我借书给你，想到了大冬天你在大街上艰难卖米，我帮你把米卖给一个卖浆面条的大娘的事，想起你穿着粗布衣服不屈服命运的挑战，学习在班里总是首屈一指……你是一个善良、敢于担当的人，你今天救火也符合你的本性。为了他人的生命安全，为了集体的利益不受损害，你舍身救火改变了自己的容貌，这不正好证明了你美好的心灵和高尚的品格吗？

对于同学学习中遇到的困难，你总是有求必应，不厌其烦、耐心细致地帮助他们解疑释难。很多小事你都能表现出善良的举动，你不仅学习出众，思想品德更好。学生时代我正是看中了你善良而敢于担当的一面才暗暗喜欢你，才在你上大学时向你表白了自己的心意。如果这次工厂遭遇大火，你置若罔闻只顾个人安危当了逃兵，那你才真正是个懦夫，那我才真没有脸面面对亲朋好友。想到这里，我才觉得现在的你才是我真正认识的那个许国良，我反而想通了，心中的疙瘩也消解了。

我父母和你接触后，都对你产生了特别好的印象。尤其是我母亲过去对我和你交往持不同意见。自从见到你后，态度来了个一百八十度的大转弯，经常在我面前夸你这也好那也好，还在同事面前夸你是在大城市当记者，很有能力等。当我父母得知你因救火、救人而遭到尴尬的境遇时，我父亲犹豫了片刻，马上就说："这孩子行，真是个男子汉！"在一旁的母亲迟疑了一下也说道："遇到大事不做逃兵、懦夫，这样的人才配当我的女婿。"他们还嘱咐我写信告诉你不要有什么担心和顾虑，无论遇到什么事，他们也都愿意和我一道支持你。

大火无情人有情。它虽然无情地掠夺了你的头发与眉毛，但它不能消磨你的意志，焚烧不掉我对你的深情。国良，出了这样的事，最重要的是你要正确面对生活，想开些，不要悲观失望，更不能停滞不前，我想你也不是那样的人。

国良，让你的心平静下来吧，好好追求你喜爱的新闻事业。我会永远支持你，你永远是我心中最好的、最爱的人。本来你出了这样的事我理应到京州市去看望你，因眼下单位工作太忙抽不开身，就不能亲自去看你了，愿这封信带着我对你的思念陪伴着你。吻你！

祝生活愉快！

想你的君若

×月×日

许国良很快看完了女朋友莫君若给自己的这封饱含深情与慰藉的回信。这让他长舒了一口气。想不到君若和她的家人如此通达、明白事理，这么支持自己。谢谢君若及其家人的支持。我一定不辜负他们，干好工作，我一辈子都会对君若好的。

吃了君若支持自己的这颗定心丸，许国良一如既往地深入采访报道，出色地完成了各项采访任务，成绩斐然。转眼许国良在报社已经工作三个月了，他先后写的《大火面前方显英雄本色》《这里是没有硝烟的战场》《京州市轴承厂研制的新型轴承扬名世界》等31篇新闻消息及通讯作品见诸报端，有5篇新闻作品还刊发《京州日报》头版头条。这31篇稿件浸染了许国良多少的心血和汗水呀。

许国良一直这样认为，许多农民的儿子渴望能拥有一份工作，哪怕差一点的工作他们也会很珍惜的。自己也是一个农民的儿子，大学毕业后能到京州日报当记者干上自己喜欢的工作真是幸运。他明白这都是报社领导对自己的关怀与厚爱，无论如何自己都得干好，不辜负报社王总编及其他领导对自己的期望。有了这样的想法也就有了动力，许国良像一匹脱缰的野马驰骋在新闻这片广阔的天地中。

为了记者的这份责任和担当，也为了不辜负领导的厚爱，他暗暗发誓，自己要终生为之奋斗，写出广大群众喜闻乐见、有价值、有分量的新闻作品。为此他制订了三天发表一篇稿件，五天发表一篇重点稿件的计划。有了目标，他就付诸行动。他认为自己年轻，苦点累点没什么，就全心投入到采访和写作中去。每次为完成一篇稿件的采访和写作任务，他深入企业走访班组一线，当天晚上熬夜加班写稿，第二天早上发稿。这也是他长期坚持的作风。

市电机厂是一家大型国有企业，担负着每年生产几十万台电机的生产任务。这些产品远销山东、江苏、河南、河北、新疆等全国十多个省市自治区。有一次这个厂在全国一个贸易交流会上签订了两个生产上万台电机的订单，时间紧，任务重。为完成供货任务，全厂总动员，加班加点赶超时间生产电机。

许国良闻讯后，马上赶去采访。他跑厂机关，进车间，下班组，先后采访30多人次，全面了解电机的生产、经营情况，掌握这方面的典型事例。为了把新闻通讯写得更有现场感和层次感，为了捕捉到真实动人的细节，他身上带着两个馒头，深入到一个车间又一个车间，了解掌握整个电机的生产流程。为了了解电机上的铜线圈是如何缠绕而成，他在一个老师傅那儿一蹲就是几个钟头。中午工人们都下班休息，他溜出车间取出馒头吃，喝一杯工厂的热水，之后和没有午休习惯的工人聊天。下午上班，他又继续蹲点观察几个老师傅工作时呈现出的绝活，捕捉他们不骄不躁、忘我投入的神情与状态。许国良明白工厂无小事，事事关大局。在生活中小人物往往决定着大命运。比如这个电机的铜线圈就是电机的生命，电机质量的好与坏，寿命的长短都与它密切相关，他要把缠线圈的老师傅作为采访重点写到这篇通讯中去，他们的忘我投入的神态和严肃负责的态度决定了电机的品质与生命。

经过三天细致的调查与采访，许国良掌握了这个厂生产电机中许多鲜活的例子，当然那些决定着平凡人物尽职尽责的主人翁意识的生产理念、管理模式也是必不可少的报道内容。许国良加班熬夜完成了这篇题为《这里是没有硝烟的战场》的通讯，反映和报道了电机厂广大职工向产品要效益、要质量，加班加点生产电机的动人事迹，热情讴歌了一线工人们以厂为家，把厂里的生存、发展当作自己的事，为了完成厂里的订单任务不怕脏、不怕累、不怕苦、默默奉献的主人翁精神。此篇通讯发表后，许多群众来信表示要向这个厂的工人学习。舆论的引导、榜样的力量让这个社会更有序、更和谐地向前发展。

一段时间以来，许国良经常深入企业走访调查，稿件写了一篇又一篇，质量也篇篇上乘。其中有一天《京州日报》仅有的四个版面上，刊登了他四篇新闻作品，第一版的要闻版刊登了他的一篇头版头条新闻，第二版的社会版刊登了两篇，第三版的专版也刊登了一篇……

有一次，他熬了一个通宵又开快车加班赶写一篇稿件。由于天凉在加夜班到黎明时突然感冒，头脑发热，咳嗽不止。他是多么想躺下美美地睡上一觉，但为了完成这篇急稿他找了几粒牛黄解毒丸吃下，带病坚持完成了这篇稿件的写作任务，然后他带着稿子急匆匆赶往报社。美女记者胡颖正在办公室和另一名记者看当天的报纸，胡记者听到脚步声抬头看是许国良进来了，就冲着许国良说："小许呀，我正在看今天报纸上你的《这里是没有硝烟的战场》，这篇通讯事例突出，描述细腻，你一定下了很大工夫吧。"

"我是下了很大工夫的，采访了三天，写了一天一夜，不断修改完善，才定了稿。"

"我说呢，这篇稿件写得这样质朴感人，我读了都感动得想掉眼泪呢。"胡记者又补充说道，"看来工夫下得到位，稿件质量就是不一样。我在这方面就很欠缺，往往遇到一篇不错的素材囫囵吞枣般就写完了，因为调查不细致，很多感人的场面没有把握住，就写成稿件发表了。今后在采访的深入性上我还真应该向你学习。”

“胡老师，你说的是哪里的话呀。你是报社的著名记者，我哪有资格班门弄斧和你比呢？如果说我在写稿方面有一点点进步的话，那都是向你们这些资深记者学习的结果。你写的《拓路者之歌》报道一个工艺师薛友善在玻璃上制花那篇通讯，刊登了报纸的三个版面，我当成范文读了十多遍，到现在我还保存着这张报纸经常找出来读读，从中我汲取了许多营养，真是受益很多！”

“这篇通讯我也是下了一番工夫的，不过在有些细节的把握上还存有不少漏洞和不足。”

许国良刚要说话，突然咳嗽起来，脸憋得通红。由于咳个不停他下意识地弯着腰蹲在地上，但还是继续咳嗽无法抑制。胡颖记者说：“国良，你怎么咳嗽得这么厉害？还是到医院看看吧？”胡记者边说边又关心地看了看蹲着的许国良。

“哎呀，国良，我看你脸色不好，两只眼窝明显地凹下去了。”部里另一名记者也用关切的眼神瞧了一眼许国良，又看着胡颖说，“胡记者，你这么一说，我也看出来了，国良与过去相比眼窝都凹陷了，明显地瘦了一圈。国良肯定是累的，你看这段时间他发表了那么多新闻，其中一张报纸上还刊登了他四篇稿件，这样高产的记者不瘦才怪呢？”

这时，许国良的咳嗽稍微轻了些，他站起来走到自己的座位上坐下来。胡颖记者马上倒了一杯茶递给了国良，国良接过茶说：“谢谢胡老师。我没事的，我可能有些感冒。”

“小许，你可不只是感冒，你眼窝明显塌下去了，人也瘦得不行。”刚才部里那名说话的记者又插话说。

胡颖记者心疼地劝国良说：“国良，你要注意身体，可不要把身体搞垮了。”

“胡老师，不瞒你说，我这段时间确实加了一些班，但我年轻，稍加休息就会好的。”

“你多写稿的愿望和执着的追求都是好的，你的这种不怕苦不怕累的精神也是记者所应该具备的，但无论怎样也要多注意保重身体呀！”

“谢谢胡老师，我身体好着呢，不会有啥事的，不过我也会按你说的注意保重身体。身体是革命的本钱。”

“小许，你来一下。”魏主任在他的办公室门口摆着手冲许国良喊道。

许国良扭头一看是魏主任叫自己，立即快步来到魏主任办公室。魏主任把他让到沙发上坐下来，慈祥地看着许国良称赞道：“小许，你正好到报社工作三个月了，实践证明你干得确实不错。你发表了那么多新闻消息与通讯，真是作品不断呀！况且稿件质量还相当高，在社会上真正起到了很好的宣传鼓动作用，短短的几个月来，你做出的成绩真是突出。”

许国良谦和地笑笑说：“我是努力写了一些稿，但与报社其他名记者相比，还有不小差距。”

“小许，你真的表现很突出。报纸这个季度评比结果出来了，咱们报社87名记者你排名第11位。此次评比是头版头条新闻上稿、重点稿件上稿及总的上稿数等方面综合评估出来的，你刚当上记者这么短时间能获得这样的名次，已经是龙中之龙了……”

魏主任说到这里，停顿了一会儿又接着说：“在高手如林、经验丰富的记者中你排11名可以说是全报社最优秀的成绩了，从这里也可看出你付出的心血和汗水。不过，你也要注重休息，刚才胡颖等记者跟你说的话我也听到了些，你不要因为写稿而忽略了身体。是呀，记者工作是很苦很累的，不仅要采访还得加班加点写作，这是它的职业性质所决定的，不管怎样要处理好采访写作与休息的关系，你既要多写稿、写好稿还要劳逸结合，注意身体。”

许国良笑着回答说：“魏主任，谢谢你刚才和胡颖等老师对我的关心与爱护。我总认为一个年轻人，要多一些朝气，今日不拼搏何日拼搏？记者工作是我选择的，也是我特别喜欢的工作，我不会怕苦怕累的，我会在注意劳逸结合的同时，写出更多的优秀作品来……”

魏主任满意地点了点头说：“国良，你说得好，就按你说的办。”

停了片刻，魏主任接着说道：“国良，我今天叫你来，主要是通知你领奖的，祝贺你荣获了大奖。”

许国良一愣：“魏主任，啥，我有啥作品获奖了？”

“报社推荐你的那篇《火化炉旁的倩影》在此次全省新闻评选中获得了全省好新闻二等奖。咱们报社和你一起被推荐的还有两件作品，一件获得了优秀奖，另一件落选了。”魏主任看着许国良又进一步解释说，“此次新闻奖评比，设一等奖一人、二等奖二人、三等奖三人、优秀奖20人。这是从全省各个新闻媒体推荐的数百篇新闻中评选出来的。此次评选，省里成立了评选工作领导小组及评选委员会，聘请了资深新闻学者、专家、教授及新闻权威人士，经过几个月的层层筛选、严格把关才确定了此次获奖作品。小许呀，你刚参加工作不久，就获得了这一殊荣，真是可喜可贺呀！”

“王华总编得到这个消息后，也甚感欣慰，这毕竟是在这两届新闻大赛评选中《京州日报》获得的最高奖项。上一届咱们报社获得了一个三等奖与两个优秀奖。全省这么多报社、广播电台以及国有大型厂矿的厂报等，每到评奖时这些单位都推荐上报稿件参与评奖，但往往报归报，真正获奖的寥寥无几。由于就那么几个奖，多数报社都被捋了光头，有些报社只获了一个优秀奖，也算是很不错的成绩了。据说此届新闻奖评选，一等奖获得者被省报一个从事新闻工作几十年，很有经验的50余岁的老记者摘取，另一个二等奖被一家晚报的40多岁的总编室主任获得。所以，你能获此殊荣，报社的王总编与几位副总编都很高兴，他们都夸你为京州日报立了大功。王总编还夸我培养出了人才，我嘴上倒没说啥，但心里也感到很舒坦，脸上也很有光彩……”

魏主任接着又说：“国良，我本来是通知你领奖时间的，也抑制不住自己激动的心情给你说了这么多。省里电话打到了报社，由报社负责通知你，让你后天早上8：00准时到省委宣传部报到领奖，到时你可要记得去领奖。咱们今天就说到这里吧，市委宣传部有个会，我得去参加。”

许国良听到这里也赶快站起身和魏主任一起走出办公室。魏主任刚走了两步，又转过身朝许国良说：“小许，你记住，到那一天去领奖时，不要忘了换换衣服什么的，拾掇拾掇。据说省委常委、宣传部长要亲自参加此次活动并给你们颁奖。”

“魏主任，放心吧，我记住你说的话了。到那天我会穿戴整齐去领奖。”

魏主任离开后，大办公室里只剩下许国良一个人，他抑制不住那份激动，沉浸在刚才魏主任给自己说的那些事中。自己排名全报社第11位，可见心无旁骛采写的辛劳总算没有白白付出；特别是那篇通讯又获得了全省新闻大奖，更使他激动不已。当他想到自己将要从省委领导手中接过获奖证书时，情不自禁地露出了幸福的笑容。

颁奖这天上午，许国良早早地吃过饭赶到了省委宣传部，他从宣传部办公室一位工作人员那里了解到颁奖现场是设置在三楼会议室。他来到三楼，看到一个大会议室门口摆着两张桌子，有两个工作人员正在负责让参加领奖的人员签到。有几个人正围着桌子准备签到，其中已签好到的两个人，直起身走进会议室敞开的大门。他也马上走到了签到处，待前面几个人签完到后，从签到本上找到了“二等奖许国良”这一行，并在其相应一行的后面的空白格处签上了“许国良”三个工工整整的汉字。他签完后正准备走开，负责签到的一个扎着独辫子的女工作人员冲许国良说：“许先生，你不要走。”许国良疑惑地看了这位工作人员一眼，刚要开口说话。这位工作人员先说道：“许先生，你不要误会。正式颁奖仪式前，省委领导要提前在小会议室接见一、二等奖获得者，你是二等奖获得者，请你务必在7：50赶到小会议室，等候领导接见。现在七点半，请你注意时间准时到小会议室，等会儿我们就不另行通知了。”这位工作人员指了指附近的一个小会议室的深红色漆门说道。

“好的，我会准时到的。”许国良向这位工作人员说完，就走进会议室的大门。

他看到大会议室主席台上方悬挂着很醒目的红色大字：“全省第五届新闻奖颁奖仪式”，下边九排座位上已经坐了十多个与会人员，他们或许是刚刚认识，或许是凑巧坐到了一起，或许是同一战线上的老相识，都畅快地谈论着、聊叙着……

许国良随意地找了大约是第五排靠走廊边的一个位置坐了下来，他座位桌子前面的一张桌子上已坐了两个人，听到后面有动静，有个人扭头看了许国良一下，又眼睛不眨地盯着他最少有五秒钟，然后回头跟同座的人说着什么，片刻同座的那个人也扭头瞧了瞧许国良，许国良从眼睛的余光中也看到和自己同排隔一条人行道的一个30多岁的人也瞪着眼疑惑地看着自己。许国良在心里说道：“我知道你们是在说我呢。我缺失了头发和眉毛这确实是事实，你们议论就议论吧，我不怪你们。”虽然他心里这么想，但还是感到有些失落与忧伤。

他在此坐着，就老想着到小招待室去接受省委领导接见的事。他坐了约有10分钟就急不可耐地起身走出大会议室。在门口负责签到的那个曾经通知许国良到小招待室去的女同志，一眼就认出了许国良，并马上迎上去说：“许先生，我们领导要我尽快召集人呢，你赶快进去吧！”说着她把许国良领到小招待室门口请许国良进去。

这是两间装修十分典雅的房间，入门两边依墙都摆有一个黑色长条形真皮沙发以及配套的长茶几，房间对门处摆有两个单人沙发、一个小茶几，房间内摆有几盆名贵花卉。其他的两个领奖人都已在右边那一张长沙发上等候了，男的有五十一二岁，一张瘦长脸上留着长约二寸的胡须，像个艺术家似的；女的四十岁上下，长得很白。许国良从魏主任给他的介绍判断，男的是获得一等奖的省报记者，女的是某晚报的总编室主任。

许国良坐在了左边的沙发上。“小伙子，我们来这小招待室是等候领导接见，你来这儿是干什么的?”那个长着大胡子的中年男人疑惑地问道。

“他们通知我来这里也是等候领导接见的。”许国良答道。

“你也是获奖者?”

“是的!”

“你也是获奖者?你是优秀奖吧?年纪轻轻就能获优秀奖也不简单。”

“我获得的是二等奖。”

“啊，小伙子，你是二等奖呀?!”那个大胡须中年男人惊讶地说。

此时，省委常委、宣传部长在三位副部长的陪同下走到了这个招待室门口。

许国良和等候在这里的两个获奖者都马上站了起来，迎接着这些领导的到来。

一位声音略显沙哑的副部长介绍说：“这是我们省委常委、宣传部尤部长，他是在百忙之中抽出时间来参加此次颁奖活动并接见你们的。”

尤部长跟许国良等三个获奖者都热情地握了握手，其他两名副部长也尾随着跟许国良等三人握了手。尤部长坐在了里面的单人沙发上。

许国良等三人坐在了右边的长沙发上。其他陪同的两位副部长也都依次坐到了左边的长沙发上。

从他们进门，许国良就观察到尤部长身材高高大大，方脸形微红，戴着一副近视眼镜。

尤部长仔细地看了看右边获奖的三个人，他把目光聚焦到了许国良身上说：“这位小伙子，你很年轻呀！你是哪个新闻媒体的?”

“我是京州日报社的。”

“你当了几年记者了?”

“我是京州大学新闻系毕业刚分配到此工作的。”

“啊，你是京州大学毕业的，那可是一所名校呀！你叫什么名字?”

“我叫许国良。”

“家是哪里的?”

“家是豫西孟津县农村的。”

“家里还有什么人?”

“母亲和一个姐姐。”

“你还没成家吗?”

“没有。”

“那你的父亲呢?”

“他常年患病，我上初中时他就去世了。”

“那你母亲是干什么的?”

“母亲常年有病，干不成体力活，就在家里做些手工鞋垫、扎篦子拍维持生活。”

“那你的姐姐工作了吗?”

“没有，她眼睛不好，几乎双目失明。”

“啊，原来是这样呀，那你是怎样上的大学?”

“我不瞒尤部长，我是靠一路打工上完了大学。当时家里很苦，父亲患病去世，家里欠了许多外债，为了还债，我母亲把家里粮食都卖完了。没啥吃，有段时间她就靠吃麦麸皮度日，后来家里的麦麸也吃完了，她就开始吃起碾碎的玉米芯，再后来还吃起了撂礓，家里实在太苦了……我从初中时代就开始打工，我利用星期天和课余时间拔过猪毛，和别人一起拉过大粪，到砖厂打过工，慢慢地就熬过来了……后来考上了大学，我继续打零工，暑假到砖厂打工赚取来年的学费……”

“上大学有时是很忙的，你遇到学习紧张打不成工怎么办?”在座的一位副部长问道。

“我确实遇到过学习紧张的情况，有两次我借了几元钱。读大二时，有段时间学习太忙，没时间做兼职，可当时母亲有病急需用钱，那一次确实挺不住了，我不愿再张口借钱，就到一家医院卖血……其实很多事情当时觉得挺难，挺过去就觉得没什么了。”

听着许国良的述说，这位省委的尤部长眼睛湿润了，他摘下眼镜，掏出手帕擦了擦眼睛，又戴上眼镜对许国良说：“孩子，你受苦了。”

“不过，现在我终于有工作了，当上了记者，我会努力干好，珍惜这来之不易的工作。”

尤部长肯定地点了点头。

尤部长看了许国良一眼又问："我看你白白净净的，怎么成了这样子？"

"我是在京州市毛纺织厂火灾现场救火时成了这样。"

"啊？那次发生的火灾我知道，社会上都在议论这件事，损失很严重，你到现场参加救火了？"

"我是到现场采访的，当时一个汽油桶突然燃起了火，若不及时扑灭就有爆炸的可能……我和工人们一起想办法去救火，结果就成了这样子。"

"孩子你做得对，一定要挺住！"

"我不会因为自己失去了什么而停滞不前，反而会进一步更加努力地干好工作。"

尤部长满意地点点头说："小伙子，你是好样的。"

接着尤部长又把目光转向那个大胡须的中年男人说："你是此次全省新闻大奖一等奖获得者吧？"

"是的。"

"你从事多少年新闻工作了？"

"我已经当了30多年记者。"

"我看你要有50岁吧？"

那位大胡须记者说："我今年已57岁了。"

"哦，那你可是新闻战线的常青树了，姜还是老的辣呀！"

尤部长又问起获得二等奖的那位女记者说："这位女记者很漂亮、很干练嘛！你从事了多少年记者工作？"

这位女记者微笑一下回答说："17年。"

"你一直当记者吗？"

"不，我既当记者，又当编辑，我现在是报社的总编室主任。"

"哦，不简单嘛！你还是领导呢！此次又获得了全省新闻大奖，你可真是女中豪杰呀！"

尤部长饶有兴致地跟三位新闻大奖获得者逐个谈完话后，站起身，在房间踱了两圈又坐回到沙发上，关切而又满含期望地对三个获奖者说："你们都是此届全省新闻大奖的获得者，你们的成绩可敬可贺。希望你们继续发扬成绩，不骄不躁，写出更多的新闻佳作来，努力为我省的改革发展和社会稳定做出应有的贡献。"

"我们一定不辱使命，多写稿，写好稿，为社会做出贡献。"三个获奖者都站起来不约而同地表态说。

省委常委、宣传部尤部长的召见结束了，按照事先的安排正式的颁奖会议马上就要开始。参加会议的领导和其他人员都朝大会议室走去。

尤部长刚走到门口又碰见许国良，就拍了拍他的肩膀夸耀说：“小伙子，好样的。”说完，他就在几位副部长的陪同下往颁奖活动的主席台走去。

许国良等三个获奖者也很快来到了会议室，找到位置坐下。

很快，颁奖仪式正式开始。主持人向全体与会人员介绍说：“经过几个月的推荐、筛选以及有关新闻专家的反复评选，全省第五届新闻奖获得者已花落有主，此次好新闻评选活动共评出一等奖一名、二等奖二名、三等奖五名及优秀奖 20 名。”

“参加此次颁奖活动的有省委宣传部的几位副部长。”主持人顿了一下接着说，“正在中共中央党校学习的省委常委、宣传部尤部长也在百忙之中，专程从北京赶回来参加今天的颁奖仪式，让我们以热烈的掌声对他们的到来表示欢迎。”

在热烈的掌声中主持人宣布了接下来的议程。一位省委宣传部副部长在主席台的发言席上做了 15 分钟的主题讲话；另一位副部长宣读了全省第五届好新闻评比获奖人员名单后，颁奖仪式开始。主持人提高嗓门宣布说：“首先由省委常委、宣传部长尤部长给此次获得一、二等奖的人员颁发获奖证书及奖金。现在请一、二等奖获奖人员上台领奖。”

许国良双手扶了扶帽子走上领奖台，他和其他两名获奖人员依次从省委领导手中接过了获奖证书和奖金。一等奖奖金 2500 元；他和那个获得二等奖的女记者各获得奖金 1500 元。

他高高兴兴地拿着获奖证书和奖金走下主席台，台下一些获奖者用惊羡和疑惑的眼神望着他，有些人还一边看着他一边小声议论着：“真不简单，这么年轻就获了这么高的新闻大奖。”

“他怎么戴着帽子，看他后脑处稀稀拉拉的有些茸茸的毛发，肯定是个秃子，我现在看到了，怎么他还没长眉毛?”

“生活中就是这样，有些人长得精鼻子活眼儿的却啥也不会，有的人长得缺这少那的却如此有才，真是人不可貌相海水不可斗量呀。”

许国良坐到座位上，看到还有好几个人巧借某种动作掩饰着自己偷偷打量他，周围还有个别人在窃窃地议论。许国良心想：“获奖的同仁们，你们异样的目光和偷偷的议论使我真想把自己隐藏起来。我知道你们没有恶意，我成了这个样子也是事出有因的。本来有时我已习以为常，忘记了忧伤，经你们那么一看这么一说，我总觉得心里不舒服，请你们能理解我。同时我也告诉你们我绝不会因此而影响、耽误工作的，反而会把工作干得更好、更扎实，当一个名副其实的人民记者。"

接着荣获三等奖的五名获奖者走向主席台顺次从几位副部长的手中接过了获奖证书及1000元奖金。

此次20名优秀奖获得者主持人只念了他们的名字，让他们颁奖活动结束后到省委宣传部办公室领取获奖证书和500元奖金。

此时，在主席台上就座的尤部长跟自己座位右边的副部长耳语了几句，这位副部长马上站起来走到主持人处交代了一声。

这位主持人扭头看了看尤部长回转身对与会人员说："下面请省委党委、宣传部尤部长给大家做重要指示，大家欢迎！"

在大家热烈的掌声中这位主持人很快把话筒移到了尤部长桌子前。尤部长看了看大家说："我来参加颁奖活动，本不打算讲话。可是在颁奖仪式前我见了一、二等奖新闻奖获得者，按捺不住内心的激动就打算讲几句话。"

"我首先代表省委向各位获得新闻奖的同志表示祝贺。并通过你们向全省广大新闻工作者表示衷心的感谢和崇高的敬意！

"就在刚刚不到一个小时前，在招待室里我认识了一位小伙子，也就是刚才戴着帽子上台领奖的那个二等奖获得者。他名叫许国良，出生在豫西一个偏僻的小山村，他的父亲患病过早离开了人世，母亲也病病弱弱，不能干重体力活，一个姐姐双目几乎失明，他家里十分贫困，供不起他上学，但许国良从没有怨天尤人，而是正确地面对遭受的不幸。为了继续自己的学业，他从中学时代就开始利用星期天或节假日打工赚钱，他拔过猪毛，拉过大粪，小小年纪暑假坚持到砖厂打工赚取学杂费及生活费，还要负担偿还父亲看病时欠下的债务。

"他考上了京州大学后，为了上学，仍去打工做兼职，甚至还靠卖血来维持自己的生活以及给母亲寄一些钱……"

会场里有几十道目光从人堆中寻找着那个戴着帽子的许国良，他们有的给他送去同情和怜悯；有的为他家庭贫困和不幸的遭遇感到心酸与难过；更多的人为他坚强的意志和不屈的斗志表现出由衷的、深深的敬意……

这位省委常委、宣传部长停了片刻，扶了扶眼镜看了看在座的人们说道："就是这个许国良，依靠自己勤劳的双手，打工、打工还是打工，终于上完了大学，被安排到京州日报社当了记者。他有着高尚的情操和优秀的品格，当国家的财产受到损失，当人民的生命受到威胁时，他毫不犹豫地挺身而出，抢救国家的财产。前不久，就在我们省会京州市毛纺织厂发生了火灾，许国良前去采访。当时一个汽油桶突然着火，如果继续燃烧下去就会有爆炸的危险，在这千钧一发之际，他挺身而出，扑灭了这场即将蔓延的火灾。就在这场火灾中，他烧焦了头发、失去了眉毛……爱美之心人皆有之，一个年轻人失去了这些，他需要有多大的承受能力呀！"

"但他没有因此而抱怨或气馁，而是为了那份责任、那份担当、那份执着，仍坚强地奋斗在他所喜爱的新闻事业中。我问他时，他有一句话说得非常好，那就是'我不会因为自己失去了什么而停滞不前，反而会进一步更加努力地干好工作。'

"今天在座的都是此次全省新闻奖的获得者，希望你们在认真履行新闻工作者的那份职责时，不要忘记学习我们身边的英雄许国良同志，不要忘记学习他这种舍身救火的高贵品质，认认真真做人，踏踏实实干事，做一个人民群众值得信赖和拥护的人民记者。"

尤部长的讲话结束了，他从许国良的出身及顽强上学的精神以及救火等方面给许国良以高度的评价。在刚才开会前和许国良上台领奖时，好奇地议论甚至有些嘲笑许国良的人感到非常地内疚，于是在尤部长讲完话后，全场沉寂片刻，然后群情振奋，爆发出一阵阵热烈的掌声，大家把羡慕和敬佩的目光投向了许国良。"许国良我们一定会向你学习的。""许国良，好样的，许国良，好样的。"主持人呼喊着："大家静一静！大家静一静。"主持人说完，会场很快就安静了下来。

紧接着这位主持人看了看大家总结说："现在我们第五届新闻奖颁奖活动即将结束。会上有宣传部的主管领导讲了此次新闻奖的评比办法及产生过程，并给获奖者颁发了获奖证书与奖金。最后，省委常委尤部长又做了重要讲话，会后希望我们与会的记者们要认真贯彻落实。"这位主持人讲完这段话后又看了看大家说："散会！"

会议结束了，与会人员都有序地走往会议室门口，鱼贯而出。许国良在人群中走着，时不时有人主动上前和他打着招呼。有人是问他家庭情况的；有人是向他表达学习之意的；有人是请教他如何写好新闻的。对于大家的问候，他都根据问话有针对性地用“谢谢、没什么，这是我应该做的、遇到这样的火灾谁也会去做的”等话向问候的人们回答着。突然，人群中有一个人快步向他走来，同时高喊着：“许记者，你等一下，先不要走。”许国良听到喊声，马上站住，转过身一看原来是那位获得一等奖的大胡须记者叫他呢！这位大胡须记者对许国良说：“许记者，你虽然年轻，但你的所作所为不能不使人佩服。尤部长说得对，我们真应该向你学习。”

许国良摇了摇头笑答说：“当时在火灾现场遇到那样的事，谁见了也不会袖手旁观，我们记者都会那样做的。”

“许记者你太谦虚了。”

这位大胡须记者和许国良边走边说，不知不觉已来到宣传部办公大楼大门口。那位大胡须记者说：“许记者，你好就是好，不好我也不会硬说你好的。我佩服你！”说完他伸出手来，与许国良握手告别，许国良马上伸出手来与他握了握手，就搭乘公共汽车返回报社。

许国良在报社二楼楼梯拐角处评报栏中看到了季度记者评比结果，果真像前几天魏主任说的那样他在此次评比中排名第 11 位。他很高兴地来到工交部，门是锁着的，看起来记者们又都外出采访了，他掏出钥匙开了锁，推门进去坐在自己的办公桌前。他好长时间难以抑制住激动的心情。本季度除自己烧了头发与眉毛的不幸外，自己在季度评比中位次还算可以，又刚领取了全省新闻二等奖证书和 1500 元奖金。此时此刻他还沉浸在获奖时受到省委领导接见与宣传部长在会上对自己高度评价的兴奋与喜悦之中。他难以平息那种本能的激动与兴奋，马上从抽屉中取出日记本，写了起来：

×月×日　晴

今天上午我怀着激动的心情来到了省委宣传部会议室，负责签到的工作人员通知我 20 分钟后去小招待室参加省委常委领导的接见。20 分钟后，我果然在小招待室受到了省委常委、宣传部尤部长的接见，他和蔼可亲地问了我一些家庭及上大学期间的情况，还询问我救火的情况。颁奖仪式开始后，我从他的手中接过了二等奖获奖证书和 1500 元奖金。他还在会上表扬了我，让与会者向我学习。

我是个普普通通的农民的儿子，做了一些微不足道的工作，就受到省委领导的特别厚爱。我知道这是省委领导对自己的鞭策和鼓励。在今后的工作中，我会永远牢记省委领导的嘱托，扎实工作，开拓奋进，不断加强自身的职业道德修养，写出更多更好的、群众喜闻乐见的新闻佳作来。为了这份执着和追求，为了人民的利益，当祖国和人民需要时，我会毫不犹豫地挺身而出，甘愿奉献出自己的青春和热血……

二十八　终成眷属

许国良自从当上了正式记者有了工资，他不想让家乡的母亲太操劳，经常给母亲寄些钱物，尽到做儿子的孝心；他也从没有忘记继续资助藏族兄弟次仁旺泽上大学的生活费用。他依旧和上学时一样，从不乱花一分钱，因为他还没有成家，结婚还需要很多钱呢！两年多来，他把能积攒的钱都积攒下来，准备结婚用。他积攒的钱若不盖房子，只用来结婚还是绰绰有余的。好在在家乡工商局工作的未婚妻莫君若分了一套一室一厅的住房，君若父母知道国良家境困难，就不让国良再购买婚房，结婚后莫君若分到的一室一厅就是他们的家。他写信和母亲商量了商量，在隔墙邻居高大伯的帮助下选定了结婚吉日（农村人把选定结婚吉日叫订好）。国良的母亲给君若家送去了2000 元彩礼钱，莫君若家人把"好"接住了，但钱一分没少地又退了回来。为此，许国良及其母亲都非常感激莫君若一家人！

离结婚日期越来越近了，他准备请假回家完婚。恰在此时，为期七天的全国五金用品交易会要在这个省会城市京州市举行。为成功地举办这个交易会，京州市人民政府已筹备了快两年时间，正因为这个交易会要在本市举行，作为东道主的京州市需要派遣大量记者前去采访报道，对于工交部来说，此时此刻正是急需用人之时，他就打算等这次采访任务完成后，再请假回家完婚。

这个全国五金用品产品交易会如期在美丽的京州市举行。有全国数百家城市选派的五十多个门类、数百种五金用品亮相京州市。

各个城市临时建造的五金用品展厅或交易大厅一排排、一行行的在京州市最大的滨湖广场矗立。

作为东道主城市的京州日报为此次交易会专门开辟了两个专版专门报道此次五金用品交易会的盛况。

京州日报派出了由工交部及其他部临时抽调的10人组成的报道团队采访此次交易会。全国各地也有许多城市的记者慕名前来采访宣传报道。

两天过去了，京州日报参加此次交易会采访的记者们每人每天写稿都在两篇以上，刊发在当天或第二天就要出版的专版上。许国良也和其他记者一样已写了四五篇有关交易会的新闻刊登在了《京州日报》。

这一天，许国良又到此采访。他先后到几个城市的展厅收集了信息，感觉写成新闻的材料还不够充分，就寻思着再找几个展厅了解些情况。因为展厅太多，他边走边看，不知不觉就转到了第三排。这里有好几个展厅外观都布置得特别考究，使人不由得走进去观看或购买五金用品。作为记者，这几个展厅也同样吸引他驻足停留，他打算把这几个展厅全部看看。他先走到其中一家展厅的门口，准备进去时，一回首看到距离这里二三十多米远的拐角处有一家展厅格外醒目、傲视群雄、耀眼无比。那个展厅外观恰似一只展翅欲飞的大雁……

他想："那家展厅的外观别具特色，看上去也比其他展厅大些，就先到那里看看了解些情况吧。"他马上转身走到这家展厅门口。刚才他看到的是侧面，现在从正门看，上方恰是雁头部位巧妙设置有"杭州农产品交易展厅"几个橙黄色字样，他才知道这是杭州市设立在此的展厅。

这个展厅里设置有许多用隔板隔起来的小型展厅，一个个小展厅分门别类地盛满了锁类、拉手类、门窗类、水暖类、家庭装饰类、工具类、家电类等门类繁多的五金产品。仅卫浴五金类能叫出名字的就有洗面池龙头、洗衣机龙头、皂碟及皂碟架、单双杆毛巾架、浴巾架、美容镜、挂镜、纸巾架、厕刷托架等。许国良走进大厅，一个小展厅、一个小展厅地看着，很多生活中实用的东西他听都没听说过。他走到哪里都看到佩戴着"杭州五金用品交易会"标志的礼仪小姐，面带微笑说着"欢迎光临，你要购买什么产品"，"请里面请"，"欢迎下次光临"等礼貌语。许国良刚走到一个展台前，一个礼仪小姐走上来，很有礼貌地说："这位先生，你要买点什么？"许国良说："我不是来买东西的。我是记者，想找你们这里的负责人了解一些情况。不过在转的过程中还是买了一把实用的螺丝刀。"这个礼仪小姐一听面前的人是记者，盯了许国良至少有30秒钟说："啊！你是记者，采访的呀。十分钟前也来了一名很漂亮的女记者，她也是来采访我们负责人的。”这个礼仪小姐一边说一边指了指大展厅右边内侧的一个楼梯说：“一楼是展厅，二楼临时安置了一间办公室是专门办公的，你上到二楼就能找到我们的负责人。”

许国良说了声“谢谢!”就按这位礼仪小姐的指示向楼梯处走去，刚上了两个台阶，他与一个正下楼的女子碰了面。他心想这个下来的人会不会是这里的负责人呢，就有意识地抬头一看。不看则已，一看他不觉愣住了，原来这人是他上大学时的同班同学兰雅欣。此时，兰雅欣正与他擦肩而过，还没认出他来。他急忙转过身冲兰雅欣说：“兰雅欣，怎么是你呀?”兰雅欣回头一看是许国良，眼睛一亮，用同样的话反问道：“许国良，怎么是你呀!”

这位兰雅欣姑娘大家想必还记得，她跟许国良都是京州大学新闻系的学生。许国良长得俊朗帅气，学习非常刻苦，每学期考试都是全班第一名，而且他还经常利用学习间隙采访写作，先后在京州日报发表好多篇新闻作品。当时他们班上有几个漂亮女学生都假借各种借口与许国良套近乎想多接触接触。这位父亲是杭州市副市长的漂亮女孩兰雅欣也对许国良有了好感，她暗暗地对许国良观察了几个月，终于作出了一个大胆的惊人之举，抄了一首泰戈尔的爱情诗趁课外别人不注意时把这首诗交给了许国良。许国良也不是榆木脑袋，他展开一看，马上也就明白了兰雅欣是喜欢上了自己，就找了个合适机会把自己有女朋友的情况告诉了兰雅欣。兰雅欣被许国良拒绝后感到非常痛苦，为自己大学期间第一次恋爱以失败告终而苦恼。很长一段时间她都不搭理许国良，不过兰雅欣是一个通情达理的姑娘，她冷静下来一想，自己没有追上许国良不是人家的错，也不应该有不搭理人家的理由。后来她和许国良又以同学关系重新开始相处。她和许国良都是班干部，经常一起组织开展一些像跳绳比赛、拔河比赛、歌咏比赛等活动。她和许国良接触得越多越觉得国良是一个品貌俱佳的有志青年，她内心很想跟他交更深的朋友，可人家已有了女朋友，只能把自己对许国良深深的爱恋暗暗地埋藏在心底。后来大学实习期间，许国良到京州日报实习，兰雅欣去了家乡杭州日报实习，他们有很长时间没有联系了。有一天兰雅欣突然收到许国良的一封信，惊讶得心里“怦怦”直跳，她把这封信拿在手中掂过来翻过去，好长时间没有拆看，她在猜测这封信的内容：会不会是许国良和他家乡的女朋友分手了？自己曾经追求过他，同学几年彼此性格、爱好各方面都熟悉，他是否会向自己表达一份迟到的爱情？倘若是那样的话，那真是老天开了眼。如果能和自己朝思暮想的人生活在一起，那是多么幸福和快乐的一件事……想着想着，兰雅欣高兴得难以抑制住激动的心情，急忙拆开了这封信。结果她的心像原本100℃的沸水直降到了冰点，原来这不是许国良的求爱信，而是许国良因急需两本新闻书籍，多方努力没有买到与借到，就求助于兰雅欣让她帮忙购买或借阅。兰雅欣不想让许国良失望，想方设法弄到了许国良所指定的两本书寄给了许国良。再后来，实习结束兰雅欣被安排到了杭州日报社工作，就再没有和许国良联系过。

此时，想不到两个人在这里又碰到了。许国良笑了笑回答说："不是我还能是谁呢？对了，兰雅欣，你怎么来这里了？"

"咱们好久不联系，你还不知道我被安排到了杭州日报。我这次和其他两名记者是代表杭州日报来这里采访全国五金用品交易会的！你怎么也在这里呢？"

"我也是来采访的。"

"你分到了哪个新闻单位？"

"我就在京州日报社当记者。"

"听人说你回老家的新闻单位了，想不到你留在了京州市当记者。"

"我实习时的京州日报把我留了下来。"

"国良，能留在一流城市当记者，咱们同学中也就是你了。"兰雅欣又瞅了一眼许国良问道，"国良，我刚才都想问你了，你的眉毛是怎么了，你头上有两处怎么没长头发呢？"

此时，从许国良、兰雅欣旁边经过的穿戴十分时髦的两个女青年用眼睛乜斜着许国良。他俩在此站着说话不到十分钟，从此经过的好几个人都用疑惑的眼神看着许国良。

"国良，因你的头发和眉毛，刚才路过的一些人都在看你，你反倒不在意呀？"

"这我早就习惯了。"

"国良，已两年不见了，你现在成家了吗？"

许国良笑着答："还没有。"

兰雅欣听到许国良说自己还没有成家，就在心里思量着：他明明早就有了女朋友，参加工作已经这么长时间了，为啥还没结婚？是不是这位姑娘嫌弃了国良，他们两个的事告吹了？还是其他什么原因？兰雅欣很想知道这个结果。若他确定已和女朋友告吹，对于自己来说这也是一次机会。两年没见许国良的面，还是在附近找个地点跟许国良好好谈谈，向他表达一下自己的心意，告诉他自己心里一直有他。于是，兰雅欣瞟了一眼许国良说："国良，这里人太多，站着说话也不是个事，咱们到附近找个地方坐坐好吗?"

"好吧!"许国良答应着与兰雅欣来到交易会附近的一个爬满树藤的长廊坐定说话。

兰雅欣看了一眼许国良，迫不及待地问道："国良，我刚才问你，你还没有回答我，你这头发与眉毛是咋回事?"

"这个事已过去很长时间了。那是我到京州市毛纺织厂采访时，一个汽油桶着火了，我救火之后就变成了现在这样子。"

"你也太不小心了。不过你长得眉目清秀的，尽管成了这样，看起来也不算太难看，反倒比过去多了一点调皮。"

许国良不置可否地说："多谢你夸奖我这个丑八怪。"

"国良，你怎么能这样说呢?你的言谈举止都显示出你的知识和涵养，这反而又掩盖了你的不足，看不出你有什么难看的。"

"雅欣，别光拣好听的说来宽我的心，其实我知道自己啥样。我经常出外采访，人们看到我就像看到猴子似的盯上半天。不过他们看也好、议论也罢，我早就习惯了。它也影响不了我写稿，更影响不了我对新闻事业的追求。"

"国良，你是一个有志气的、坚强的人，我就知道生活中一点小小的损伤及挫折阻碍不了你前进的脚步的。"兰雅欣说，"我刚才问你才知道你没成家。国良，既然你很早已有女朋友了，为啥还未成家呢?"

许国良没有马上回答兰雅欣的问话，反而笑了一下对兰雅欣说："雅欣，从实习到现在已有两年了，自从上次你帮我购买那两本新闻书籍，我看完后寄给你外，咱们就再没有联系过，你现在过得怎么样，有男朋友了吗?"

兰雅欣叹了一口气说："咱们都是记者。记者工作我是非常喜欢和热爱的，正因为喜欢和热爱这项事业，也采访和发表了不少新闻稿件。工作上的事还算顺利，可婚姻上的事可没有那样顺利了。经人介绍也谈了几个男朋友，都告吹了。不是对方的文化层次不够，就是人品太差，一个个花花公子似的，想找一个可心的男朋友太不容易了。"

"雅欣，你自身条件那样好，你一定会找到一个称心如意的男朋友的。"许国良说。

“国良，刚才你说你还没有成家，你早就有了女朋友，怎么还不成家呢？是不是因为你缺损了头发和眉毛，你的女朋友嫌弃你，不愿意了。要是那样的话，那这姑娘也太没有眼力，把忠厚、善良并且极具才华的人给生生错过了。国良，咱们是大学同学，彼此也都互相了解。咱们打开天窗说亮话，你的对象要是不愿意了，我还是当初上大学期间向你送爱情诗的那位姑娘。我的心一直爱恋着你，虽然几年过去了，但我一直把对你的爱埋在心底。”

“雅欣，这不可能的……”

许国良的话还没说完，兰雅欣就打断了许国良的话紧接着说：“国良，我爱你，我可以让我爸爸把你调到杭州；如果你不愿意离开京州市，我也会尊重你的选择，我可以调到京州来工作，只要能和自己心爱的人厮守在一起怎么都行……”

“雅欣，谢谢你对我的信任和爱，但我们俩是不可能的。”

兰雅欣瞪着大眼睛问道：“国良，为什么不可能，我对你的爱是忠诚的、无怨无悔的。”

许国良说：“因为等待了快五年多的女朋友听到我头发与眉毛被损后，没有嫌弃，仍然支持我、呵护我……我们结婚的时间都已定下，再过几天我们就要结婚了。等这次全国五金用品交易会采访结束，我就要请假回家完婚。”

兰雅欣愣了一下，又疑惑地问道：“国良，你真的快结婚了？”

“真的！”

兰雅欣用愧疚的眼神看了许国良一眼说：“国良，我不知道你的女朋友那么痴情，仍然深爱着你。而我却不顾青红皂白地胡说八道，我刚才的话有什么伤害到你的地方请你多多原谅。”

“这么善良而又通情达理的姑娘，我感谢你还来不及呢！怎么能说是你伤害我呢？”许国良一边想一边用十分感激的眼神望了一眼兰雅欣说，“谢谢你对我的理解和支持，也谢谢你发自内心对我的爱。”

“国良，咱们是有缘无分呀！”兰雅欣想：“既然自己不能和许国良结为秦晋之好，许国良要结婚了，至少也得问候祝贺一下。”

兰雅欣对许国良说：“国良，你找了位善良的姑娘！祝贺你将要和自己心爱的姑娘完婚，祝你们白头偕老、相伴一生！”

“雅欣，谢谢你！”

兰雅欣看了看左手腕上的上海表说：“国良，光顾着和你说话了，我得赶快回杭州展厅等候了。此次采访我是和杭州的其他几个记者一同坐专车来采访的，他们到其他城市展厅采访了，我来杭州厅采访时说好让他们准时到杭州厅所在的路口接我，然后我们就一起回杭州。”

许国良对兰雅欣说：“啊，雅欣，你现在就要回杭州呀！我请你吃顿饭吧！”

“国良，谢谢你，有你这句话我就很高兴了。好了，我得赶快回杭州展厅所在的路口等候了。”

“雅欣，我送送你。”

说完，他们一块儿向杭州展厅所在的路口走去。走了一段路拐过两道弯就看到杭州交易展厅所在的路口停着一辆白色桑塔纳轿车，此时车旁一个二十六七岁的漂亮女青年，远远看到兰雅欣，就挥着手高喊道：“兰记者，快上车呀！在这里！”兰雅欣听到喊声，快步走到这辆轿车前，这位女青年对兰雅欣说：“兰记者，你到哪里去了？我们在这里等了你好长时间。”

兰雅欣扭头看了看来送自己的许国良，又看了看这位女青年和轿车内摇下窗玻璃看着自己的中年人说：“我采访完杭州厅后，恰巧遇到大学时的同学，说了一会儿话。对不起让你们久等了。”

此时这个中年男子把头探出轿车玻璃窗对兰雅欣说：“快上车吧，咱们得赶时间回杭州呢。”

兰雅欣跟许国良握了一下手，就上了这辆轿车，刹那间这辆轿车像箭似的向远方驶去。

看着这辆驶向远方的轿车，许国良喃喃说道：“兰雅欣，你是个多好的姑娘呀，你肯定会找到一个不错的小伙的，愿你过得幸福。”

送走了兰雅欣，许国良找到杭州展厅负责人进行了10分钟的采访，他又在附近观看了几个城市的展厅，就返回家中写稿去了。

此次交易会共举办了七天，他和京州日报社其他记者做了相关报道，圆满地完成了此次采访任务。

许国良的婚期越来越近，这天上午他向报社请了婚假。他只把自己结婚的事告诉了工交部与自己比较熟悉的个别记者编辑，当然了这些记者编辑也向他随了贺礼。如果报社的人知道他要结婚，像他的为人，肯定有许多记者要给他行贺礼的，但他不想麻烦大家，就没有声张，悄悄地离开报社回到了家乡。

他和母亲以及邻居高俊柱大伯在一块商量后，确定在老家结婚。许国良购买了一些沙、灰和红砖，把结婚用的窑屋砌成了砖帽门，在院子里垒了一个砖墙厕所，把农家院打扫得干干净净，布置得整整齐齐，并把窑屋门口通向大门的几十米土泥路铺设成了一条两米宽的红砖路面。

结婚前一天，许国良到街上买了一套普通西服，这是他长这么大第一次买的西装，也是他的新郎装。

第二天，他早早地起了床，乐滋滋地换上西装，系上领带。怎么飘雪花了？心想：我要去接新娘了，老天开开恩，不要淋湿我刚买的新衣服。

上午11时许，新娘子接回来了，在邻居高俊柱大伯的主持下，按照农村风俗下轿、放鞭、拜高堂、拜亲戚、夫妻对拜、送入洞房……

结婚这天许国良的母亲沈千秋早早地把一条红布围住了院内几搂粗的大皂角树。沈千秋觉得儿子结婚了，这样做不仅是图个喜庆，更主要的是这棵为解放战争出过力的英雄树还是许国良的干爹呢！此时此刻这棵披红挂彩的大皂角树，格外引人注目。

围绕着它摆放在这里的十几桌酒席都已坐满了人。许国良的婚礼来的人很多，除必须来的亲戚朋友、不出五服的家族亲邻及送闺女出门的娘家人外，石磨村两委干部及生产队队长也都来向许国良贺喜。

许国良结婚对外是不收礼的，但七村八寨的人还是从四面八方来到他家，他家的院外最起码有100多男女老少前来观看，他们中一些人是来看热闹的，也有一些人是来看国良娶的城里的俊媳妇的，另外一些有迷信思想的人是来沾福气的。他们认为许国良是附近几个村当年唯一考上大学的，是全县的文科状元，如今又是大城市的记者，他们带着自己的孩子来沾些福气，期盼自己的孩子也能学习好，将来考上大学……

许国良终于成家了，母亲沈千秋笑得合不拢嘴。村里的大娘大爷们、大叔大婶们及年轻媳妇都围拢过来向她道喜，夸她真有福气，娶了个城里来的像天仙似的俊媳妇；有的夸她生养了一个到大城市当记者的孩子。沈千秋听到人们七嘴八舌的议论，只是抿着嘴笑不吭声，有时也说一句：“托大家的福，我真的是有福气，苦尽甘来了。只要孩子能过得好，我就知足了。”

忙了一天，天渐渐黑了下来，还有几个男女青年和一群看热闹的孩子们嘻嘻笑笑地闹着洞房，到了后半夜终于闹腾完了，许国良关上了房门，开始了他的洞房花烛之夜。许国良猛地一把抱住君若，陶醉似的甜蜜蜜地说：“君若，我让你等了我六年，咱们终于盼到了这一天……”他们俩静静地、长久地、紧紧地拥抱着，拥抱着，躺了下来……许国良和莫君若在家里过了六天，又在工商局分给莫君若的一室一厅的房子中甜甜蜜蜜地生活了六天，就这样他们你中有我，我中有你地度过了婚后幸福、美好的十几天时光。婚假结束了，许国良恋恋不舍地离开君若返回报社。

三个月后，许国良得到莫君若告诉他的一个使他十分兴奋的消息，君若怀孕了，他就要当爸爸了，许国良沉浸在无比激动的幸福之中。他激动地寻思了几天，给未出世的儿子或女儿取了个很有意义的名字，然后写信告知了君若。若生个丫头就叫许艺馨，意为从事艺术之意；若生个小子就叫许才智，意为从事文字性的工作之意。

莫君若从许国良的来信中看到许国良给还未出世的孩子起好了名字，她抿着嘴笑了老半天。孩子没出生名字就起好了，这足以看出丈夫对自己怀孕的兴奋之情。对丈夫给孩子起的名字，她也非常喜欢，她在信中告诉许国良说：“国良，你给孩子起的名字都很有意义，我也非常喜欢。按你说的，生个男孩叫许才智，生个女孩叫许艺馨。”同时，她还在信中嘱咐许国良让他不要挂念家里，自己不在他身边，要他照顾好自己，好好保重身体，要特别珍惜这美好的生活，快快乐乐地过好每一天。

对于妻子的理解与支持，许国良感到非常欣慰与幸福。他在心里说道：“亲爱的君若，为了我们这个小家，也为了我喜欢的新闻事业，我会加倍努力，干出成绩，向你报喜。”

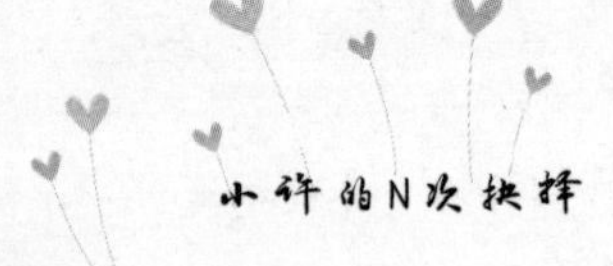

二十九　生死抉择

三个月后的一天，京州日报记者许国良去一个村采访遭受特大暴风雨袭击的灾情时，突然发生了意外，生命垂危……

一段时间以来，天降大雨，京州市武兴县有十多个乡镇的几十个村遭受了不同程度的洪涝灾害，人民的生命财产受到了极大的损失。京州日报农业部的八名记者都深入灾情一线采访了。由于灾情太大，采访记者不够用，报社又从其他部抽调了五名得力记者加入到这个行列，许国良被抽出来参加了此次灾情的报道。

他被分到了武兴县青云乡执行采访任务。这个乡昨天突遭特大暴风雨袭击，英吉、古项、小扣、山巷等11个村受灾严重。在长达50分钟的暴风雨袭击中，群众院内外、耕地都被肆虐的洪水淹没，道路两旁树木被刮倒刮断，群众住的许多窑洞损坏、倒塌，电力设施、通信设施被严重破坏，据说还有人员伤亡事件发生……

截至目前天仍在不间断地下着雨……

“群众的人身安全及生命财产大于天”，许国良暗暗想道，“我要及时反映和报道群众的受灾情况及群众开展生产自救方面所表现出的典型事迹。”

许国良来到了距离京州市数百里的武兴县青云乡，又冒着泥泞步行五六里赶往受灾最重的古项村。他沿途看到许多被刮倒淹泡的庄稼、道路两旁被刮倒、刮断甚至被连根拔起的树木。他不时地看到被刮断、刮倒的电线杆横躺在路边以及被折断的高低压线路，还不时看到有倒塌的房屋……

这次洪灾非常严重。自灾情发生后，青云乡积极组织全乡干部群众展开抗灾救灾和生产自救。乡机关干部职工已全部奔赴受灾村现场进行全力救灾，受灾村两委干部和生产队长也都积极发动群众，组织人员实施抗灾自救……

此时青云乡乡长、乡抗灾总指挥董乡长正组织人员在电业技术人员的指导下抢扶刮倒的电线杆以尽快恢复生产生活及用电问题，许国良向董乡长介绍自己作为记者到此采访的目的后，就问道："董乡长，你能否介绍一下全乡此次受灾的情况?"

董乡长向许国良介绍说："此次我乡遭受特大暴风雨袭击，全乡有11个村受灾严重，给全乡人民生产生活造成了极大破坏。据不完全统计，此次灾情共倒塌砸损房屋1815间，刮断刮倒及连根拔掉树木22362棵，倒毁电杆211根，折断高低压线路40680米，砸伤7人，刮倒淹泡水稻约2.7万公斤，309亩果园严重受损，落果20.5万公斤。"

许国良又问："听你这么一说，此次灾情确实重大！此次灾情不知造成了多少经济损失?"

董乡长答道："此次全乡受灾比较严重，据粗略估计直接经济损失达2000万元。"

"哎呀，损失这么重呀!"许国良说，"灾情这么大，我们是如何救灾的?"

董乡长答说："灾情无情人有情。自灾情发生以来，我们全乡机关干部职工全体出动，深入灾情第一线，积极组织开展抗灾自救工作；各村都成立了救灾指挥部，成立多个抢险救灾小分队，全面展开各项抢险救灾工作，相信在全乡干部群众的共同努力下，我们……"

这时几个人正在扶一根电线杆，就差那么一点劲扶不起来，董乡长和许国良赶紧快步跑上去，帮助扶起了这根电线杆。董乡长和许国良又赶紧拿起放在线杆坑边的铁锨，迅速往坑里填土，终于把这根倒伏的电线杆栽了起来。

董乡长又对附近的几个抢险人员说："你们几个再去其他地方扶倒伏的线杆，我等会就到……"

董乡长一边指挥一边干活，全身上下沾了许多泥土。他接着又对许国良说："我们乡会尽快恢复正常的生产生活秩序的，截至目前全乡由于电力设施被破坏，已停电两天。电是生活必需品，我们正在组织人员抢修，重新扶起倒伏电杆。对断裂的电线杆，全部换新，估计到今天下午五点钟可恢复全乡通电。其他方面的灾情，在我们组织的各种应急抢险队的努力下正在恢复中……"

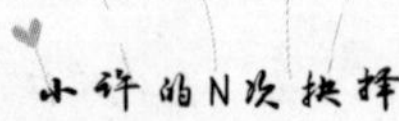

“董乡长这么忙，不能再耽误人家了。”许国良心里想着，就准备离开这里到别的地方再了解一些情况，他对董乡长说：“董乡长，谢谢你接受我的采访。”

董乡长看着满脚以及裤子的下半截都是泥巴的许国良说：“许记者，应该说谢谢的是我们。我们应该谢谢你才对呢！谢谢你冒着风雨，不辞辛苦到我们这里采访，谢谢你对我们此次抗灾救灾工作的关注与支持。”

许国良说：“董乡长，不用谢我，深入实地采访和报道，是我们记者义不容辞的责任。董乡长，你忙吧，我到别的地方再了解些情况。”

许国良说完，就向董乡长摆了摆手，转过身又到其他地方的救灾现场采访去了。

许国良打老远就看到离沟边不远的一条路边好多棵被刮断的桐树，那里三人一伙、两人一组地正在忙碌着，有好几个人正在弯腰锯着大树上的树枝，有的几个人正用大板斧砍着树根……

许国良走了上去冲这些人说：“老乡，你们在清理这些被刮倒的树？”人群中一个满脸沧桑、50岁左右的中年男人看了看许国良回答说：“是呀，此次大风刮倒了许多树，我们只有尽快把一棵一棵树锯掉树枝，把树干和枝条拉走，才能腾开路方便人们出行。粗大的树还可以使用，但一些正在生长的还没成材的小树被刮断不能使用，就未免太可惜了。”

这位满脸沧桑的中年男人说到这儿，抬头看了一眼许国良问：“小伙子，你是干什么的？”

“我是京州日报的记者，听说这里受了灾，就赶过来采访。”

“啊呀，你是记者呀，我是古项村的党支部书记，我姓乔，你真是贵客呀！”

乔支书边自我介绍边向前一步握住许国良的手说：“谢谢你，你跑这么远，这么辛苦到我们这个山沟沟采访，我代表全村老百姓谢谢你。”

许国良趁机问道：“乔支书，村里这次受灾刮倒、刮断的有多少棵树？”

“经我们认真核实、统计，共刮倒、刮断了2000多棵，昨天下午，我们才把统计出的淹毁的水稻、落果等数字都报给了乡政府。现在我们正分头组织群众抢险自救，最主要是尽快恢复村里正常的生产、生活秩序。”

这时忽然听到从距离路边不远的沟里传出“慢点，慢点”“小心滑倒”的提示声，许国良扭头往沟边一看，看到几个年轻人或搀或背着老人从沟里走上来。

许国良转过身看了一眼这些人又转回身疑惑地对乔支书说："这些人怎么……"

乔支书意识到了许国良要问什么，就立马解释说："这是我们组织的抢险救灾队正在组织部分群众转移呢！连日来我们这里连续下了几场大雨，加之遇到特大暴风雨袭击，我们村住在沟半腰土窑洞的人家，很多窑洞被大水浸泡、冲塌，另外还有人被塌方的窑洞砸伤。这些在窑洞里住的人大部分都是没有劳动能力的或孤寡老人。为了他们的生命安全，村里组织了十几支小分队挨家挨户排查，发现谁家的窑洞或土坯房有安全隐患，就抢先把人救出来转移。截至目前，我们村里的小学、村委会都临时住进了一些老人。"

在乔支书和许国良说话间，刚才从沟里上来的几个抢险队员正背着或搀着老人们从他们身边经过。

"虎娃，沟里半腰住的几位老人都转移出来了吗?"乔支书冲一个正在搀扶着老人转移的 30 多岁的男青年说道。

这个叫虎娃的年轻人扭过头朝乔支书说："这个沟半腰有两户人家院内都有一间瓦房，他们两家人都从窑洞内搬进了瓦房。除这两户不用搬外，其他几户人家的窑洞都有危险，我们都把他们一个一个转移出来了。"

"这就好，这我就放心了。"

"不过，孔大爷他不想搬出。"

"那他家的窑洞怎么样?"

"我看到他住的窑屋窑帽处有很长的一段裂痕。"

"不行，必须得搬。既然有裂缝，现在的季节三天两头下雨，如果不搬出来出了事怎么办?"

"我刚才就劝孔大爷搬出来，他说不碍事，死活不搬。我现在先把刘大爷送到小学安置下来，然后再去劝孔大爷，无论如何让他搬出来。"

"事不宜迟，不能耽误一点时间。现在赶快把孔大爷接出来，天还下着雨，要是窑屋突然坍塌，孔大爷有个三长两短该咋办?虎娃，这样吧。你给我指指孔大爷家的位置，我现在就去。"虎娃和乔支书一起来到沟边，虎娃指着沟半腰说："乔支书，孔大爷的家就在那一片，他家门口有一棵核桃树。这山半腰中只有他家门口有一大棵核桃树，其他家院内院外种的都是枣树。"

乔支书对虎娃说："你快把刘大爷安顿好，然后去接应我。我到孔大爷家想办法先把孔大爷劝出来，先排除险情再说。”

乔支书说完，冲许国良点了点头说：“许记者，失陪了，我得去把孔大爷接出来，等我回来后咱们再接着谈。”

“乔支书，你还要在此处指挥，这里这事那事的也都离不开你，让我去接孔大爷吧。”许国良说。

“许记者，你是来采访的，这事怎么能让你去呢？”许国良看了一眼乔支书说：“我怎么不能去呢？作为一名记者，当人民的生命及财产受到损失时，更应该挺身而出。乔支书请让我去吧！”

许国良说完，就走到沟边看了看沟半腰绿树丛中的人家，扭过脸对乔支书说：“我刚才听你们说孔大爷家在这沟半腰处，就他家门口有棵核桃树是吗？”乔支书走到沟边，指了指沟半腰的一棵大核桃树说，“孔大爷家就在那棵大核桃树处，往那里只有一条路，路难走，你要特别小心，注意安全。许记者你执意要去，我也不拦你，你就沿着这条小路下去。”

“我会注意安全的。”许国良说完这句话就沿着一条通往山腰处的小路向孔大爷家走去。他拐了三四个弯，又沿着一个陡峭的山坡路走去，终于来到了孔大爷家。孔大爷家只有一孔土窑洞，他家没有院子，窑洞门距沟边仅有三米多宽，有的地方仅有一米多，沟边长着枝枝杈杈的小桑树、小枣树等一些叫不出名字的树。往下看沟有一二十米深，沟边距沟底有一条窄窄的呈60度坡度的小路曲曲拐拐通往沟底，沟底有许多鹅卵石。

孔大爷家窑洞非常简陋，窑帽处没有镶一块砖，只是窑门口周围用麦秸泥镘抹得还算平整，窑洞门口上方三四米处坑坑洼洼的，并呈现出湿泥状，看上去有两处明显的裂缝，其中一条好像是经此次暴雨冲刷才裂开的缝隙，宽的地方能盛下两个核桃。真是不看不知道，一看吓一跳，让人不寒而栗。

“这么破的窑洞怎么还能住人呢？看了真让人担心。”许国良心想，“无论如何得赶快把孔大爷接出去，门洞口上那道裂缝上的一大疙瘩湿土随时都有砸下来的危险，如果砸到了孔大爷怎么办？”

许国良走到窑洞门前敲着门喊道：“孔大爷快开门，快开开门。”过了一会儿，孔大爷开了门。孔大爷是一个70多岁的老人了，一看是个陌生人站在面前，吃惊地望着许国良说：“小伙子，我不认识你，你有啥事？”

“孔大爷，你快跟我走，你住的这窑洞裂了缝，是村里乔支书让我来接你的”。

“小伙子，我不走，我在这住了许多年了，没啥事的，天晴就好了。”

许国良抬头看了看窑洞上的缝隙，用手指着说：“大爷，你看！门上面的缝隙有多宽呀！”孔大爷抬头顺着许国良指的方向看了一眼，喃喃地说道：“我老眼昏花的，看不清楚。不过我知道这窑洞没事的，我住了半辈子了，能有啥事？再说我没儿没女的，就是将来死也要死在这窑洞里。”孔大爷非常固执，看情况不容迟疑，许国良背起大爷就赶紧往窑洞外走。他们刚站定，窑脑门上的一小疙瘩土就掉了下来，好在不多。许国良背起大爷要离开，走了十几步，大爷死活不从，他不愿离开这里，挣扎着从许国良背上出溜下来，生气地说：“你真要我走，我要带点东西再走，至少先把我的拐杖和小桌子上的手巾包拿出来，那是我的全部家当，要不我死也不走。”说着抬起脚要回窑屋去。许国良赶紧拉他一把说：“大爷，你站在这里不要走动，我去给你取拐杖和手巾包。”说着他飞快地走到窑门口跳过那堆湿土趔趄了一下进到了窑屋，谁知孔大爷不听话地又往窑屋门口走去。许国良拿起拐杖和小桌子上的手巾包准备往外出时，整个窑门上的土坍塌着险些就要砸下来，许国良准备跃身跳出门外，突然看到孔大爷站在那里，马上警觉地上前推了孔大爷一把，他正要躲开的一瞬间，坍塌滑落的一大疙瘩土的冲击力将许国良推下一步之遥的沟中。许国良在沟半腰像皮球似的滚来滚去，先是滚到一个坡上，接着又掉到另一个坡上，最后仰八叉地落下，只听扑通一声，他掉到了沟底乱七八糟、大小不一的鹅卵石上……

被救的孔大爷傻坐在地上，他眼睁睁地看着刚才和他说话、背他出来的那个小伙子掉进了沟里。孔大爷用手支撑着地站起来，看到几米远的斜沟坡的枣树枝上挂着一块白衬衣的布，他傻了眼。

孔大爷顿时老泪纵横、号啕大哭起来：“这位小伙子是救我才掉到了沟里！”

他马上颤巍巍地准备下沟去找刚才救他的小伙子。他刚走到沟边，看到虎娃和另外一个人来了。他对虎娃他们大声喊道：“你们快去呀！出人命了！”

虎娃一看是孔大爷在呼喊，马上来到他面前问道：“孔大爷，到底怎么了？”

孔大爷哽咽着说：“虎娃呀，不得了了，刚才乔支书派来接我的那个小伙子掉到我家门口的沟里了，你们快去救他，他是为救我才掉下去的。”

虎娃听孔大爷这么一说，顿时脸色骤变，喃喃自语道：“他是来采访的记者，却掉到了沟里。怎么会出这样的事?”说着，就让和他同来的那个人赶快回去告诉乔书记。然后虎娃背着孔大爷一步一步往安全地带转移。

乔书记马上组织了五六个人来到了出事现场。在沟底的乱石堆中，许国良昏迷不醒地在那里躺着，头、脸淌着血，他的双臂、裤腿以至全身都染满了血。乔支书大声地呼喊着:“许记者，你醒醒！许记者你醒醒呀!”此时的许国良哪里还会再说话呢？乔支书捶胸顿足地说:“这都怨我呀。他是个记者，我怎么同意他去接孔大爷呢?”他转念又一想，“这真是一个难得的好记者呀。这更证实了他当初对我说的，当人民的生命受到损害时，他会挺身而出的。”他和其他几个人马上把许国良从沟底转移上来，同时派人迅速到通电话的地方给120打了急救电话。

大约一个半小时后，武兴县人民医院的救护车来到了古项村，许国良被医务人员用担架抬上了救护车，拉到了医院。经过县医院几个名医会诊，许国良多处骨折、脑神经和心脏等多处也都有损伤，院方表示本院的医疗设备不具备医治的条件，建议他转到大医院治疗，于是许国良被转到了京州市第一人民医院住院治疗。

许国良采访时为救他人生命受重伤的消息很快传到了报社，报社工交部的好几位记者都前往医院看望他。因许国良伤势太重一直在重症监护室抢救，除其家属外，来看望的人只能在走廊里等候。

京州日报社尽快把许国良受伤的情况发电报告诉了许国良的母亲沈千秋，她带着邻居高俊柱及许国良的爱人莫君若立刻动身从家乡赶往医院。

看到昏迷不醒的儿子，这位吃了很多苦、受了很多累、尝尽了生活的磨难的沈千秋再也忍不住悲痛一头扑到儿子的床前，眼泪肆意喷涌:“儿呀，儿呀，妈来看你来了……儿呀，你快醒醒，妈来看你来了，几个月前你还好端端的怎么突然成了这样，儿呀，你睁开眼看妈一眼吧……”

莫君若更是抑制不住内心的悲伤不断地流着泪水，呼喊着昏迷不醒、奄奄一息的丈夫:“国良呀，你不会这么脆弱的，我知道你一贯是坚强的。你要挺住，你快睁开眼睛看看我，我是君若呀……你快起来听听咱们孩子的心跳声，他（她）正在我肚中踢跳呢……”

几位穿白大褂的医务人员走进来，其中一位护士说:“请你们不要哭，这样对病人不利，你们先出去吧！不要耽搁我们给病人诊断和治疗。”

在一旁站着的高俊柱也含泪劝着沈千秋和莫君若说:“哭有什么用，只能对孩子病情不利，咱不能在这里添乱影响孩子治疗……”高俊杜说着拉过她们俩走出了重症监护室来到了走廊，沈千秋和莫君若涕泪交零，悲恸欲绝……

沈千秋喃喃地说：“儿呀，我苦命的儿呀，你从小到大受了那么多罪，靠打工做兼职读完了大学，好不容易当了记者，结了婚成了家，我想咱家的光景会越过越好的……谁能想你却变成了这样……”沈千秋一边说一边双手合掌祈祷着，“观世音菩萨，请你保佑保佑俺的孩子吧，俺身体不好年岁越来越大，俺今后还要依靠他呢……观世音菩萨，请你保佑保佑俺从小到大没有享过几天福的苦命的孩子吧……”

莫君若支撑着身体坐在走廊的硬板椅上，她的眼泪像斩不断的细流往下滑落，她在心中呼喊着：“国良，你要挺住呀，你一直那么坚强，今天也一定会挺住的……我和咱们的孩子都在等着你呢……孩子不能没有爸爸，我也不能没有你呀……”

高梭杜一会儿看看沈千秋，一会儿看看哭泣的莫君若，心里也如刀割似的难过。但他抑制住悲伤，他还要照顾好国良生命中这两个最重要的女人，一个年龄大了，身体不好；一个怀有身孕，经不起刺激。他心里想许国良真是个苦命的孩子，好不容易当上了大城市的记者，这个家总算苦尽甘来，有了经济来源和生活的指望。国良又娶了个贤惠漂亮的媳妇，这和和美美的一家人其乐融融的真叫人羡慕，他也为过早去世的许红军感到高兴。但真是天有不测风云，人有旦夕祸福，想不到国良出了这档子事。他清楚国良伤得不轻，若他要有个什么三长两短的，国良刚刚结婚的媳妇还这样年轻……这一家人可怎么过呀……

三十　绝望中的抗争

此时，京州日报社社长兼总编王华带着十多个部门主任及有关编辑、记者来看望许国良及其家属。他握着沈千秋的手说："你的儿子是为抢救一位农村老大爷而身负重伤的，我们对国良的受伤感到难过、痛惜，我们也感谢你培养出了这么品质高尚的好孩子。"

美女记者胡颖拥到已显身孕的莫君若面前拉着她的手劝道："我和国良是一块儿工作的同事。许国良真是一个难得的有为青年，他有着满腹的才华和旺盛的工作热情，他是一个敢于担当和责任心极强的记者。他今天做出的抢救他人生命的壮举是我们每个记者应该好好学习的。许国良经常跟我们提到你，他今天伤成这样我们也感到非常痛心。你千万要想开些，照顾好身体，就是不为自己也要为肚子里的孩子想想……"

莫君若流着止不住的泪水点点头说："谢谢你对国良这样的评价和对我们的关心，大姐谢谢你，我会按你说的去做的……"

王总编一行关切地问候了许国良的家人，隔着急救室的玻璃墙看了看仍然昏迷不醒的许国良，他们看到多个医学专家正在慎重地给许国良集体会诊……

过了一会儿，从重病急救室走出来两个穿着白大褂的资深医生，其中一人手拿病历单。

王总编等人急不可待地走上前问这两位医生说："许国良的伤情怎么样？还应该让我们报社配合做些什么？例如输血或医疗费方面的需要，我们一定积极配合……"

这位医生冷静地看了看王总编说："现在还不需要你们做什么，眼下最紧要的是赶快给病人做截肢手术。”王总编瞪大眼睛疑惑地说：“怎么还要截肢?”

“是的。”接着这位医生喊道，“谁是许国良的家属，请过来在病例书上签字。”

沈千秋和莫君若听到喊声，赶紧走到这位医生跟前，紧张地瞅着这位医生回答说：“我们是许国良的家属。”

“经专家多方慎重会诊，为保住伤者性命，急需做截肢手术，病人的左腿和右胳膊必须尽快做截肢处理。”这位医生说。

沈千秋一听儿子要被截肢，而且左腿和右胳膊都要截肢，顿时如晴天霹雳，几乎昏厥过去，站在旁边的高俊柱赶快把她搀扶到附近走廊的一排座椅上，高俊柱挨着沈千秋坐了下来说：“我说大妹子，你不要太难过。”

莫君若听到许国良要截肢的消息，浑身颤抖着难以站稳。她看到婆婆有高大伯照顾，就强支撑起浑身发软的身体来到医生面前哭着哀求说：“医生，你们想想办法保住我丈夫的腿和胳膊吧，因为他从事的是记者工作……不能没有腿呀！更不能没有胳膊呀!”

来看望许国良及其家属的京州日报的工作人员，听到许国良要被截肢，也难过而无奈地你一言我一语地小声议论着：“千万不能截肢，这可是一辈子的大事。”“他还那么年轻，今后的路还长着呢。”“如果他没有了腿与胳膊，今后还怎样生活？小许有才气，事业心又强，文章写得又好，若没有腿与胳膊今后怎样采访?”“不管怎么说一定要保住许记者的腿与胳膊，我们不能失去这样一个对党的新闻事业如此执着和忠诚的伙伴呀!”

旁边的王总编听着大家的议论接过话头对这位医生说：“医生同志，你听到我们记者编辑们的呼声了吗？这位许国良记者才刚当了两年的记者，但他发表了许多有分量的新闻报道，还获得过全省新闻大奖。正因为此，他成了京州日报最年轻的著名记者，请你们想想办法，无论花多少钱也要保住他的腿与胳膊。如果实在不行，最起码保住他的胳膊，他还可以采访写作。”

“这不是多少钱的问题，我们当医生的也理解你们病人家属及同事们、亲友们的心情，我们也确实想保住他的胳膊与腿，只是由于他左腿与右胳膊受伤耽误的时间太长，失血过多，加上其他方面的原因，如果不尽快截肢会有生命危险的。”

许国良的母亲沈千秋是个非常明白事理的人，她知道担当着救死扶伤使命的医生不会平白无故做出要让儿子截肢的决定。她冷静地调整了一下情绪，走上前对医生说："我知道你们这样做是为保我儿子的命的，你们也是迫不得已才做出这个决定的。我想最后再问一句，你们能不能只截肢左腿，保住我儿子的右胳膊？"

"我们也是经过医学专家反复研究才做出这个决定的。右胳膊也得截肢，不敢再耽误时间了，多浪费一分钟时间，病人就会多一分危险。"

"君若，你过来一下。"沈千秋叫过正在旁边哭泣的儿媳妇莫君若，"孩子，你刚才听到医生说的话了吗？再耽误一分钟，国良就多一分危险。刚才我和你高大伯在那儿坐着的时候，你高大伯也是劝我赶快签字。"

莫君若对婆婆说："妈，你决定吧，我是觉得没有了胳膊和腿太可怜了。"莫君若说完，眼泪依旧像小溪一样淌个不停。沈千秋瞅着一直哭泣不停的君若说："孩子，知道你心里委屈，但这也是没办法的事，国良是为抢救他人的生命而落下了残疾，他现在还昏迷不醒，只要能保住他的性命比啥都强……"

"妈，我没有意见，你快签字吧！"

"事到如此，只要国良能够活着。他没有了胳膊与腿，妈还有胳膊与腿呢。我要与你一同伺候他一辈子，只要妈妈还有一口气，就会和你一道照顾好国良的！"

"妈，有你这句话，我也不觉得委屈了。"

沈千秋拿过医生手里的病例单颤颤抖抖地签上了自己的名字。

许国良立刻又被转移到了手术室。好几个穿白大褂的医务人员在手术室进进出出忙碌地进行着截肢前的准备工作。王总编一行人都认为许国良的母亲是一位善良而坚强的母亲。

此时，京州日报来的人员还一直在病房外的走廊上的椅子上等候着，他们也都为许国良捏着一把汗，他们坚持要等许国良的手术做成功了再离开医院。

两个小时过去了，医生成功地给许国良做完了截肢手术。

王总编嘱咐沈千秋与莫君若婆媳俩好半天，才和报社来看望许国良的记者们一起离开了医院。

一天过去了，两天过去了，三天过去了……许国良仍然昏迷着没有醒过来。这已是第五天了，莫君若非常担心。她在国良的病床前哭诉着，埋怨着："国良，你怎么这么狠心呢？你忍心不要我们了吗？你就这样撇下我和你未出生的孩子不管吗？国良，我知道你放不下我和孩子，我们不能没有你呀！”

莫君若不时地在许国良的身旁重复着这些话。下午三点多时，莫君若又念叨着呼唤国良。过了一会儿，莫君若突然看到许国良左臂的中指动了一下，她怕自己看走眼，又紧盯细看，没有看错，果然左臂的中指又动了一下。这时她一扭头又看到国良的脸颊上淌下了几滴眼泪，君若非常高兴地叫道：“国良醒了，国良醒了。”又过了约五分钟时间，许国良慢慢地睁开了眼睛，他苏醒过来了。刚刚苏醒过来的许国良开口说道：“啊，君若，是……你吗……你啥时来的……我这是在哪里？”

“国良，你救人受伤了，你这是在医院里。”

“是有这么回事，我去……一个村采访……背一个大爷……推了他一下……就啥也不知道了。”许国良有气无力、结结巴巴地说道。

莫君若赶快拿起一块面包递到国良的嘴边说：“你输了几天液，都还没吃一口东西呢！你饿了吧？吃点面包吧！”

许国良下意识用右手来接面包时，伸了半天，也没有伸出手来，他往右手的位置一看，看不到手，也看不到胳膊，只看见了胳肢窝处一疙瘩白纱布，许国良“啊”了一声顿时吆喝着说：“我的胳……膊哪去了？”

莫君若解释说：“你受了重伤，为保住你的生命医生给你的右胳膊和左腿都截了肢。国良，你要想开点，保住性命比啥都强，我会照顾你一辈子的。”

“你说什么，我的左腿……也截了肢。”许国良说着泪水喷涌而出，“我是记者，没有了……腿，没有了……胳膊，我可怎么……采访与……写作呢？”许国良痛心地看着君若说：“截肢时你怎么不制止？”

“截肢才能保住你的生命，我和妈以及高大伯也是不得不同意的，为了保你的性命，妈才签了字。当时你们报社的王总编等十几个人也在场呢！”

“怎么我妈……和高大伯他们也都来啦。怎么王总编……他们也来看我了……”

“你受伤后，王总编带着人来过好几趟。你的住院费用都是他让报社来人交付的。”

“唉，我这一伤……可给报社添麻烦了。”

“你是救人英雄，你都这样了，怎么心里想的还是单位，还是别人？”君若强忍着悲痛说。

“你刚才说我……妈和高大伯也来了。”

"国良，你出了这么大的事他们怎能不来呢?"

"我妈和大伯他们……现在在哪里?"

"为了照顾你，妈和高俊柱大伯几天都没合眼了，我们几个人轮流值班照顾你，他们现在在报社安排的地方休息。"

"我现在成了这样……跟死了有啥区别呢?没有了左腿和右胳膊……我还不如……死了算了。"许国良心灰意懒地说。

"国良，你这样说太自私了。你想过我和妈吗?还有咱们未出生的孩子?你就是我们生活的希望，你要是对生活绝望了，我们还有什么活头?你一直是个坚强的人，怎么说这样的话，你知道我和妈该多伤心吗?你应该像保尔一样有钢铁般的意志，要坚强面对，不要被困难吓倒。"

"君若，你说得对。我不应该被困难吓倒，我会锻炼左手写字继续当一个好记者，我要为自己的理想、为母亲、为妻子和未出生的孩子活着。君若，谢谢你一直支持着我。"

病房门虚掩着，沈千秋和高俊柱走了进来。沈千秋看着儿子说："国良，你终于醒了，你知道妈有多担心你吗?你刚才说的话妈听到了，我知道我儿不是个慫包，是个坚强的孩子。"

"妈，高大伯，君若给我说了，为了我，你们操了太多的心。"

"儿呀，你是为救他人的生命成了这样，妈为你骄傲。你截了肢，失去了左腿和右臂，你感到痛苦和绝望都是正常的，妈能理解你。妈高兴的是君若的话能使你减轻痛苦，让你看到生活的希望。孩子，你好好活着就是妈的好儿子。"

高大伯说："国良是个坚强的孩子，从小到大从来没有被困难吓倒过。虽然现在成了这样，但你照样能活出个样子的。"

"妈、君若、高大伯，谢谢你们的开导。我虽然残疾了，但我不会向命运低头的，我要像贝多芬那样做一个扼住命运喉咙的人，像保尔那样有钢铁般的意志。为了理想，为了你们，为了未出生的孩子，我不会让你们失望的。"

"国良，你说得对。"莫君若发自内心地说。

许国良突然想到那天在武兴县青云乡采访该乡遭受特大暴风雨袭击，还未采写好新闻稿自己就出事了。现在他让君若到医院找了几张稿纸，他要以《武兴县青云乡遭受特大暴风雨袭击》为题写一篇新闻。由于他没有了右胳膊，也只有让莫君若代劳。他刚刚醒过来，话语表达能力还不甚清楚，但就这样，他为了把此篇稿件完成，结结巴巴地口述了好长时间，莫君若也在病床头记录了好长时间，遇到不清楚的地方再问问他，总算完成了此篇700余字的消息稿。写成了这篇稿件，他伸手要找那天采访时穿的衣服。君若知道他心里所想，就把那天洗衣服时从国良的口袋里掏出的一个小本子递给他，这就是他经常不忘带在身上的采访本。他摸到这个小本子后微笑了一下，仿佛说我掉到沟里竟然没有损坏这个采访本。他对一直守护在床边的莫君若说："我受伤前，还有……一篇新闻采访了……因受伤没写……现在你记录……我来口述……把这篇任务……完成。"

莫君若一听他还要写稿就有些恼火，心疼地埋怨道："你不要命了，眼看病得连话都说不清，还写什么稿呢？国良，休息吧，好点了再说。"

在病房一直陪伴着他的母亲与高大伯看到许国良为了工作、为了一篇已采访过而没有写成的新闻稿如此拼命，都流下了酸楚的泪水。

高俊柱心里暗暗地想：都病成这样了还不忘写稿，真是一个只有公心没有私心的人呀！他看许国良脸色苍白，这么虚弱，连说话都这么困难，就对许国良说："国良，听大伯一句劝，你都病成这样了，写一篇算了，这一篇就不要写了。你执意要写，可你话都说不清，你不嫌累，你媳妇帮你记录也非常费劲，她还有身孕呢。你现在快躺下来休息休息。等身体好些了再写也不迟嘛！"身旁的母亲也劝道："国良，听你高大伯的，赶快躺下休息休息，等过几天你身体好些了再写。"

许国良没再说什么，他不好意思看大家都这么劝他，也不好意思让有身孕的妻子再操劳，这才躺下休息了。

闻知许国良苏醒过来了，一直为许国良生命担忧的报社的同仁们悬着的心总算放了下来。王总编立刻带领几个编委及部门主任携带十几袋全脂奶粉和十多瓶水果罐头等食品赶到医院。他们来到许国良住的病房，莫君若、沈千秋及高大伯马上跟王总编他们打招呼。在病床上躺着还没有睡着的许国良，听到有人说话，抬眼一看正好看到了王总编他们，他马上挣扎着要坐起来。身旁的君若制止了他。他正要说话，王总编先开口说道："小许呀，你这次救人伤成这样，我们大家心里都很难过。但你的见义勇为又给咱们报社赢得了荣誉，我代表报社党委、编辑委员会感谢你！"

"王总编，不用……感谢我！我是个……人民信赖……的记者，人民的生命……受到威胁，我怎能……袖手旁观，当个怕死的……逃兵？我没给……报社丢脸，我是个……合格的记者！”

“小许，你说得对，你的行为符合你的做人原则。从过去你在报社写批评稿不怕打击报复，救助俄罗斯友人和一年多前在毛纺织厂那次救火中你烧了头发和缺失了眉毛，到此次你的救人壮举，一件件都摆在那里，彰显了你人格的魅力和高尚的道德情操，你让人肃然起敬，你是一名最优秀的记者！”说完大家都为许国良鼓起了掌。

许国良的眼睛顿时变得水亮，脸上现出自豪的神情。

王总编说到这里，用关心的眼神看了看许国良的家人接着说：“小许，你家是农村的也比较困难，你有什么要求尽管提出来。”

“王总编，谢谢你……对我的信任。王总编，我还真……有些事情有求……于你的。”

“国良，你不要担忧，你此次救人是因工受伤的，像你这么重的截肢伤情，一定能评上一等残疾的，国家可以每月按一等残废金发放……像你这种情况，可以休养，不用上班照发工资，还可以找个人护理，护理费由公家出。”

“王总编，我要求的……不是这些，我请求你……让我继续……当记者……”

“小许，你原来说的是这呀！你的身体都这样了，恐怕不能如愿。”

“当记者是……我的梦想，我不能离开……这个岗位，你再……给我次……机会吧？”

“不过那会受很多苦的。”

“我不怕。”

“唉，可你没有了右手，怎样写字呢？”

“我还有……左胳膊，假如连……左胳膊……也没了，我会用嘴……咬住笔杆写字。我有左手，我会练习……用左手写字，完成一篇篇……稿件的。请给我……机会吧！”许国良眼里噙着泪花说完了这段话。

王总编被许国良这段充满真情的话语感动了，心想：“多么纯洁的心灵呀！身体已如此残疾，还要求继续工作，面对这样的小伙子，我能忍心拒绝他吗？”王总编眼含热泪看着许国良说：“小许，我答应你，等你身体好后，到报社新闻研究室报到！”

许国良笑了，接着又抬眼看着王总编说："我还有……个要求，能否……让我再加上……一项职责。"

"小许，你说吧！"

"我现在是……残疾人了，报社的残疾人……报道工作……能不能分给我……一部分？"

"好呀，小许，报社的这项工作也交给你。"王总编和一同来看望许国良的同志们都流下了眼泪。

"谢谢王总编！"许国良开心地笑了笑说道。

王总编又关心地问了一些许国良身体方面的问题，并嘱咐许国良要正确面对病痛、安心养病，尽早返回报社工作。他还嘱咐莫君若及其家人要特别照顾好许国良的生活，有什么困难需要报社解决的，尽管跟他们说，他们会尽全力去办。待一切交代清楚后，王总编带领一块儿来的其他同志准备离开。许国良对王总编说："我写了篇消息，请你……带往报社。"说完，他让君若把那篇稿子递给王总编。王总编接过一看，写的是许国良出事地点所在地遭受特大暴风雨袭击的稿件，不解地问道："你这是啥时间写的？"

许国良回答说："醒过来第二天……写的，我口述，由我妻子……君若记录，总算写完了。"此时此刻王总编等一块儿来看望他的人更是百感交集，感动不已。许国良做完截肢手术后一直昏迷，神志不清，醒来后第二天就坚持忍着伤痛在妻子的帮助下写了这篇新闻稿，如此看来他对新闻事业是多么的痴迷和热爱！

事隔没几天的一个上午，许国良早早吃过了饭，就躺下睡了。到半上午时他感到心口疼，莫君若就给他揉了揉，他感觉好些了又躺下睡，过了一会儿又剧烈地疼痛起来，莫君若感觉到病情的严重性，就急忙叫来医生。几个医生马上检查，结果证实生命危在旦夕，已难以治愈。他们还是尽着医生职责全力地进行抢救，哪怕仅有万分之一的希望，也要拿出百分之百的努力去挽救。最后一位医生建议，家人要是有什么话，尽快交代交代，若错过时机就不可能再有这机会了！莫君若走上前去哭着抓住许国良的左手说："国良，我是君若，你跟我说说话吧。你不能睡去。"此时的许国良声音微弱，断断续续地对莫君若说："君若，我对不起你……你还年轻……你再找个……好人家……咱们的孩子……你要抚养……成人……将来还当记者……我妈呢？"此时正在儿子身边守候着的沈千秋听到儿子的轻声呼唤，马上将耳朵贴近儿子嘴巴，儿子的说话声越来越微弱了。她听到儿子说道："妈……我不能尽孝了……你要保重……我有一事相求……有个叫次仁旺泽……的藏族小伙……你要供他……上完大学……我保存的信件中……有他的地址……高大伯呢？"此时高俊柱也流着眼泪走到了许国良跟前，和沈千秋交换了位置，高俊柱用耳朵贴了上去，他听到许国良说道："大伯，我妈可怜呀……你要照……"许国良跟高大伯的话还没说完，头突然歪到了一边，断了气，那颗年轻的心脏永远地停止了跳动，时年26岁。

顿时，沈千秋撕心裂肺地喊叫着说："国良，我可怜的儿呀，你醒醒呀！你再看看妈一眼吧！……本来你有了工作，咱家的日子会越过越好的，想不到你这么年轻却离开了人世，让我这个白发人送你这个黑发人，妈好痛心呀！儿呀！你让妈以后可怎么活呢？"

莫君若也痛哭失声地说："国良，咱们恋爱了四年，我等了你四年才订了婚。订婚后又等了你两年咱们才结婚，咱俩才刚结婚几个月，我还怀着你的孩子，你就狠心地离开了。前段时间你还高兴地给咱们的孩子起了名字，可孩子还没有出生，就失去了疼他（她）爱他（她）的爸爸，孩子出生后我们的日子可怎么过呀！他（她）长大了哭着问我要爸爸我该怎么办呢……"

高俊柱大伯也难过地说："国良呀，你一走，留下你妈妈和媳妇咋过呀……"

许国良去世的消息传到他所在的京州日报社，王华总编辑等领导赶紧赶往医院。许国良的遗体被送往京州市火葬场。报社成立了许国良治丧领导小组，处理其丧葬事宜。连日来，京州日报全体人员都为许国良的过世感到难过。和他在一起接触比较多的工交部魏寒军主任痛心地说："一位才华横溢、执着追求的，一位甘愿为了他人献出生命的，一位品质高尚、敢于担当的，一位是非分明不怕打击报复的人就这样离我们而去了。昨天他还和我们在一条战线上工作，转眼间却撒手人寰，命赴黄泉。我们失去了一位人民的好记者。或许有人会怀疑我对一个刚刚从事新闻工作才两年的青年评价太高，感觉不合实际，那是因为你们太不了解他。我从来不是一个爱说大话、假话的人，从我和许国良的两年多接触中我总结的这几条，冠之于许国良身上是再恰当不过了。"

美女记者胡颖说："许国良是个才学、品质俱佳的青年，认识他是我们的幸运，失去他是一种永远的牵挂和遗憾!”

曾是许国良实习老师的张青华记者说：“失去许国良从哪个方面看都是我们的损失。”

王华总编辑为许国良送的挽联这样写着：“记者的榜样，永远的精神。”

美女记者胡颖饱含深情地写了一篇题为《一个记者的生死抉择》的通讯，报道了许国良舍己救人的动人事迹并从理想、道德追求，以及捍卫新闻正义等方面讴歌和报道了他平凡而又活得有价值的一生。

为抢救他人失去年轻而又宝贵生命的许国良被京州市人民政府追认为“革命烈士”。

许国良烈士的追悼会在京州市火化厂万安厅举行，追悼会由京州日报编委、工交部主任魏寒军主持，京州市委宣传部副部长、京州日报党委书记、社长兼总编辑王华做追悼词。

参加许国良记者追悼会的，有京州市市委书记、副书记，京州日报全体编辑记者，许国良家属以及他采访过的京州市一些厂矿企业、县委县政府、乡镇行政村等社会各界人士。许国良只是一个平凡的记者，可能是与他不怕打击报复敢于讲真话、真正关心老百姓的疾苦有关，再加上胡颖记者报道的有关他的通讯，除了和他打过交道的一些工矿企业的干部职工，一些素不相识的群众也赶来为这位“人民的好记者”送行。整个能容纳 700 人的万安厅里为他送行的人满满当当。

被许国良从水中救出的俄罗斯企业家巴西维奇从正在京州外语学院读研究生的女儿卡琳诺娃口中获知许国良去世的消息后，专程坐飞机从俄罗斯飞临京州市和女儿卡琳诺娃一起参加了许国良烈士的追悼会。

悼念大厅许国良的遗体安卧在一片鲜花翠柏之中。旁边张挂的挽幛和摆放的花圈上，一副副挽联表达着人们对许国良寄托的哀思与高度评价：“人民记者许国良同志一路走好”，“记者的榜样，永远的精神”，“见义勇为敢担当，赴汤蹈火真无私”，“生命诚可贵，品质价更高”……

这个悼念大厅的正上方悬挂着“人民记者许国良烈士追悼会”的大幅横额。

向人民记者许国良默哀三分钟后，参加追悼会的人们怀着十分沉痛的心情向许国良的遗体三鞠躬后依次缓缓地告别离去。

沈千秋、莫君若以及孟津老家、沈千秋陕西娘家来参加许国良追悼会的

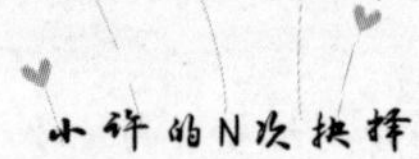

亲朋都沉浸在无比的悲痛之中，在追悼大厅里久久不愿离去。

还有一些参加完烈士许国良遗体告别仪式的人也迟迟不愿离开悼念大厅，想再多待一会，表达自己沉痛的哀思。

突然一位拄着拐杖的白发苍苍的老大爷扑通一声跪到许国良的遗体前哭诉不停："恩人呀，恩人呀，你还这么年轻……你是为救我而死的，你是为救我而死的呀！"这撕心裂肺哭喊着的大爷就是许国良在武兴县青云乡古项村挽救的孔大爷。此时此刻孔大爷捶胸顿足、痛哭流涕。在一旁止不住地流泪的沈千秋和莫君若以及邻居高俊柱赶快上前搀扶孔大爷，可搀了几次，孔大爷一直跪着，说什么也不肯起来。"你们不要搀我，我心里不好受。他这么年轻，却为了救我这个上了年纪、将要入土的老头命丧黄泉，我很痛心很难过……"孔大爷哭得上气不接下气的，脸憋得通红。沈千秋和莫君若赶快劝孔大爷说："你不要太过于自责了，国良泉下有知会知道你的心意的。你不要哭了，哭坏身体，国良会不高兴的。你身体好好的，他才能安心上路。"在她们的再三劝阻下，孔大爷总算离开了追悼大厅。

好不容易将孔大爷劝走，紧接着又有一拨人来到了许国良的遗体前。他们是受恩于许国良的柳宽子父女和卖浆面条的王师傅；还有市毛纺织厂的几名职工。这些人来到许国良的遗体前，或鞠躬或跪拜或默默地站立，他们用最虔诚的心来悼念英雄，寄托哀思。此时，火化厂的两名工作人员把许国良的遗体推向火化间。悼念大厅里许国良的至亲近朋都禁不住再次失声痛哭起来……

参加完许国良追悼会的巴西维奇父女，又来到了追悼大厅，想和恩人许国良做最后的告别，当他们看到许国良的遗体已不在追悼大厅时，就感到非常沮丧，他们把眼光投向正在痛哭的沈千秋和莫君若。高俊柱劝住了痛哭的沈千秋和莫君若，巴西维奇和卡琳诺娃走上前安慰她们。巴西维奇对许国良的母亲沈千秋说："谢谢你培养出了许国良这样优秀的儿子，当年若不是他救了我，我也不可能在这人世了。想不到我的救命恩人这么年轻就去世了……国良虽然去世了，你们要节哀，他会永远活在我们的心中。"

曾希望把自己的终生托付给许国良的俄罗斯美女卡琳诺娃，看到了眼前的莫君若心想："怪不得我当年追国良他不愿意呢？原来他的爱人这么漂亮、这么善良！"她对莫君若说："姐，你要想开些，你一定要挺住……"

次仁旺泽也再次来到悼念大厅，他想再看许大哥一眼，顺便问候一下许大哥的母亲沈千秋，向她说说自己的心里话。他要让这位母亲放心，虽然哥哥许国良去世了，今后她就是自己的亲娘。他要让她过上幸福的生活，并老有所养。

次仁旺泽看到沈千秋和两个外国人攀谈着，就感到很纳闷。心想："我许国良哥哥去世了，怎么还有外国人来悼念呢？"他准备走上去跟沈千秋说话，报社治丧领导小组的一个同志把沈千秋和莫君若叫去商量事情了。他只好和这两个外国人一块儿走出悼念大厅，至于说向阿妈表白自己的想法，也只有等到下午了。

走出悼念大厅，卡琳诺娃跟父亲巴西维奇告别，回学校去了。次仁旺泽和巴西维奇一路同行来到报社给他们安排的宾馆。

次仁旺泽对这个外国人感到很好奇，他很友好地："先生，你是俄罗斯人吧？"

"是的！"

"你也是来参加追悼会的？"

"是的。"

次仁旺泽吃了一惊，用疑惑的眼神看着巴西维奇说："你是俄罗斯友人，怎么会认识我哥哥许国良呢？"

巴西维奇瞪大了眼睛："啊！原来你是许国良先生的弟弟呀！"

"是的。"次仁旺泽答道。

巴西维奇又说："要不是许国良先生，我可能早就不在这个世界上了。那一年我和在京州上大学的女儿到京州市京通县的一个叫碧槐湾的公园游览，因照相时不慎落入一个水流湍急的大水塘中，生命危在旦夕，他冒着生命危险，把我从塘中救了上来……"巴西维奇眼圈红红的，接着说道，"我是俄罗斯的'钢铁大王'，有着亿万财富的身价。要不是许国良的全力相救，我真的就不能再享受现在这如此多姿多彩的生活了，就再也看不到湛蓝的天空中飘浮的朵朵白云……"

顿了一下，巴西维奇又说："想不到许国良先生出了这样的事，献出了他年轻而又宝贵的生命。我是通过正在京州外国语学院读研究生的女儿才得知这个消息的。于是我就坐飞机赶到京州，参加许国良先生的追悼会，想最后看一眼自己的救命恩人，寄托心中的哀思。"

次仁旺泽听完俄罗斯友人的叙述后说："啊！原来是这么回事！我还从来没有听他提起过这事呢，我的国良哥就是这样的人，明明做了好事，却像个闷葫芦似的从不向人提起。"

"是呀！许国良先生确实是个善良而又难得的好人！做了好事不留名，不让别人感谢。"说着，他又瞅了一眼次仁旺泽说，"你刚才说许国良是你大哥，可我看你穿的像是少数民族的服装，你看上去不像汉族人，你叫什么名字？"

"我穿的是藏服，因为我是藏族人，我叫次仁旺泽。"

"那么许国良先生怎么会是你大哥呢？"

"他是我的汉族哥哥。我原本是个孤儿，是许国良大哥伸出了援助之手，从初中到高中以至于到后来我上大学都是他资助我的。本来我不打算上高中了，可他劝我只要能考上就一定要上，因为知识才能改变命运，有了知识，将来才能成为有用之人。"次仁旺泽说到这里叹了口气说，"真想不到这么好的一个人，为了救助一个老大爷而献出了他年轻又宝贵的生命，我真的很伤心，一个好端端的人怎么说没就没了呢……"次仁旺泽与俄罗斯友人巴西维奇边说边来到下榻的宾馆，各自回了房间……

此次京州之行，次仁旺泽参加完许国良大哥的追悼会，准备返回他正在就读的厦门大学。他还有一个心愿未了，那就是见一见许国良的母亲沈千秋，向她表达一下此时此刻自己的心情。许国良的追悼会开完了，遗体也火化了，沈千秋正准备找这个叫次仁旺泽的藏族同胞，向他表达儿子的嘱托。她打算遵照儿子许国良的临终遗言，继续资助次仁旺泽上大学的费用。恰巧次仁旺泽来敲门。门开了，就沈千秋一人在屋内。次仁旺泽"扑通"一声跪下，对着沈千秋很虔诚地说："我是正上大学的藏族孩子次仁旺泽。许国良大哥从初中到现在一直资助我上学的费用，如今国良哥不在了，阿妈，今后我就是你的儿子。"

沈千秋先是一愣，顿时明白了。她马上弯腰拉着次仁旺泽的手说："孩子快起来！快起来！你可不要这样呀！次仁旺泽，我正准备去找你呢！你正好来了。"沈千秋端详着次仁旺泽的脸，继续说道，"我儿国良去世前给我说到了你，他让我继续资助你上大学！"

"阿妈，请允许我这样称呼你，也请你收下我这个儿子吧！阿妈，国良哥已经去世了，你自己都没有了依靠，我不能再叫你资助了。国良哥已经资助我那么多年我也会像我国良哥一样，通过课余时间打工赚钱养活自己的。”

“孩子，这是国良临终前交代我的，我一定要完成儿子的遗愿，按他说的去做!”

“阿妈，谢谢国良哥临终前还不忘资助我上学，也谢谢你能有继续资助我上学这个愿望！不过阿妈，我不会再让你资助我了。从国良哥身上我学到了很多东西，我也在学校勤工俭学，换取自己的生活费。我们学校也给我减免了部分学费，我完全能靠打工维持自己的生活，反而我应该好好地孝敬你才对。如今国良哥不在了，我是个学生暂时还不能实现孝敬你的愿望，但我会努力学习，等我毕业了我会让你过上幸福生活的!”次仁旺泽说完这一番话，就含泪告别沈千秋返回他就读的厦门大学。

次仁旺泽离开后，沈千秋、莫君若以及孟津与陕西老家来参加许国良追悼会的亲属们也都相继离开京州返回家乡去了。

根据沈千秋及莫君若的愿望，许国良被安葬在家乡牡丹市烈士陵园。

回到家乡的沈千秋第一件事就是实施儿子临终的遗愿。他从国良单位补发的一些费用中拿出 100 元钱寄给在厦门大学读书的次仁旺泽。接到钱后的次仁旺泽心里很不是滋味，他已经明确说过不让阿妈再继续资助自己了，自己现在已经有了生活能力，可阿妈怀着丧子之痛又给自己寄来了这么多钱。阿妈呀！看来你心意已定，我是无法阻止你对孩儿的一番心意了。说归说，次仁旺泽还是写了一封信劝阿妈沈千秋：“阿妈，下不为例，不要再给我寄钱了。”可是过了两个月后，次仁旺泽再次收到了沈千秋寄来的 100 元。

几个月过去了，许国良的爱人莫君若产下了一个男婴，她按丈夫生前给孩子起好的名字命名，希望儿子有才有智。莫君若喃喃地说：“国良，咱们的孩子出生了，按你给儿子起的名字就叫许才智。国良，你放心吧！我会把咱们的儿子养大成人，把他培养成大学生，也当一个新闻记者，让他成为社会的有用之才。”

次仁旺泽在阿妈沈千秋的继续资助下终于以优异的成绩大学毕业，被安排到西藏一家虫草科技有限公司工作。有了工资的次仁旺泽第一个月发了工资没忘记买了一套衣服给自己的汉族阿妈沈千秋寄去。

次仁旺泽在这家公司干了两年，这两年他没忘给自己的汉族阿妈邮寄些西藏的土特产及补品，逢年过节也没忘给自己的汉族阿妈邮寄些钱。尽管他的汉族阿妈也经常告诫他不要这样为自己花钱，但他还是乐此不疲，依旧如此地这样去做。次仁旺泽在给汉族阿妈沈千秋的信中这样写道："阿妈！你就是我的亲阿妈，能为阿妈尽孝是儿子应该做、乐意做的。"又两年过去了，次仁旺泽与一位美丽、善良的藏族姑娘喜结良缘，沈千秋不惜千里迢迢赶往西藏为一对新人祝福。

尾声　阿弟报恩与子承父业

结婚后，次仁旺泽在妻子的支持下辞去了工作，回老家创办了天鹰虫草科技有限公司，他大胆管理、治厂有方，加之他注重运用大学学到的管理知识，他创办的企业不断发展与壮大。十余年来，他创办的企业已经成为一家拥有 2000 多名员工，年创利润上亿元的大型科技有限公司。

身家过亿的次仁旺泽永远也忘不了那个大雪纷纷的上午，他蜷缩着身子在一个屋檐下向过往的行人乞讨。在他饥肠辘辘、浑身冻得瑟缩不堪时，正在上大学的汉族阿哥给他买了一碗饭和回家的车票；他永远也不会忘记是他的汉族阿哥让他重返校园，并一直资助他上到大学，甚至在汉族大哥弥留之际仍关心着他的学业和前途，托付自己的母亲继续资助他完成大学的学业。

他仿佛听到了国良哥那铿锵有力而又坚强的声音……

“次仁旺泽，你不能停止学业，你要继续上学，我会继续资助你的。”

“不，我不打算上了，我已经拖累了你这么多年，我不能为了学费问题再拖累你了……”

“次仁旺泽，听大哥的，你一定要上大学，你可知道，知识能够改变命运，你读的书越多，你离实现自己人生的远大目标就会越近……”

次仁旺泽想要了却一直纠结在自己内心多年的一个愿望……

他多次到拉萨烈士陵园考察，得到了当地政府官员的同意、批复，购买了二亩土地。

在一个花红柳绿、鸟语花香的季节里，在一个晴朗美好的日子，他推掉了所有的事务，登上了一架飞机，又辗转了两次车，终于到达了自己的汉族阿妈家里，他要把自己的一项重要决定告诉自己的汉族阿妈，以征得她老人家的同意。

沈千秋一看是次仁旺泽来了，急忙笑脸相迎：“儿呀，你怎么来了呀！”

身着一身崭新藏族服饰的次仁旺泽也激动地笑着迎了上去：“阿妈，你身体好吧？”

沈千秋笑容可掬地递过一杯茶水：“孩子，我身体很好，你大老远来，快喝杯茶吧！”

次仁旺泽急忙双手接过阿妈递过来的茶杯，喝了一口，郑重其事地说道：“阿妈，我有件事情已埋藏在心底很久了，为此，我一度寝食难安，它一直煎熬和折磨着我，我希望阿妈能成全我的这个愿望与请求。”

“孩子，你有啥尽管说吧！妈会答应你的。”沈千秋笑了笑回答说。

“阿妈，如果没有当初许大哥资助我继续上大学，我不能有知识和技能，也不可能打拼并创下今天如此辉煌的企业，更不会有我的今天。阿妈，我想在西藏拉萨的一个烈士陵园给许国良大哥重新修建一座烈士墓。一来便于带领自己的员工开展各种悼念活动；二来为增进藏族同胞对许国良大哥的了解，进一步加强汉藏一家亲的关系。”

沈千秋听到这里，抬眼望着次仁旺泽说：“我知道，你这样做有你的用意。我同意你为你大哥在拉萨再修一座墓……”

“我想在西藏在为许大哥再修建个墓穴，立个纪念碑，想分一部分许大哥的骨灰运往西藏，这样我们都能经常祭拜他。”次仁旺泽说。

“孩子，既然你对国良的感情这么深，你想怎么办就按你说的办吧。不过在西藏修建墓穴和立纪念碑，你要节省些钱不要浪费！另外你还要征求一下你嫂子君若的意见！”

次仁旺泽把在西藏重新修建许国良烈士墓的打算告诉了已担任县工商局副局长的莫君若。莫君若对次仁旺泽说：“这么多年过去了，你还记着你国良哥，难得你有这片心意，我感谢你还来不及呢，我哪有不同意之理呢？”

次仁旺泽又征得了地方民政部门的同意，将许国良的骨灰分去了一半，埋在了西藏拉萨新修的烈士墓中，这样许国良就有两处烈士墓了。新修的烈士墓前竖有一个墓碑，上面写着“烈士许国良记者之墓”。墓碑相对应的地方有一座大型的用汉白玉雕成的纪念碑，上面刻有许国良的生平和他救火、抢救俄罗斯友人、抢救老大爷生命以及他从事新闻记者工作的业绩……

次仁旺泽把汉族大哥许国良烈士的事迹纳入本公司传统教育理念之中，

从此每年清明节，次仁旺泽都要带着全公司中层以上干部来此悼念“许国良烈士”，以推动全公司的人文修养及全公司藏族同胞热爱祖国的信念。

每隔五年的清明节，他们都要开展一次较大规模的纪念活动，并将此活动长期坚持了下去。

除此之外，次仁旺泽还打算为恩人许国良的母亲，也是自己的汉族阿妈沈千秋，在其家乡的原址上盖一幢楼房。当次仁旺泽把这个想法给阿妈说了后，沈千秋坚决反对，她说：“你在拉萨烈士陵园给国良重建烈士墓，我同意了，已花去不少钱。住房的事说什么也不能再让你花钱了。”次仁旺泽跟阿妈说了多次，嘴皮都快说破了，阿妈就是不答应这件事，无奈次仁旺泽只有把此事搁浅下去。但他没有死心，一直寻找着报答的机会。

许国良几乎双目失明的姐姐许国红，后来嫁给了邻村一位从小患小儿麻痹症的小伙子，这位小伙子有着一手修表的手艺，在一个集镇上摆了个修表摊，他们的生活还过得去。几年后，许国红和丈夫添了一对活泼可爱的孩子。靠着丈夫修表的摊位也算能解决温饱，可他们家里住的只有两间泥坯房，看着孩子一天大似一天，真应该盖房子了，但他们无能为力。

次仁旺泽了解到这个情况后，马上出资给许国红家盖了一幢三间大瓦房，并镶了瓷砖，圈了院墙，盖起了大门楼，整个院子硬化成水泥地面。这宅院漂漂亮亮的，在全村可以说是数一数二的，吸引了村里及邻村许多人到此观看，到此观看的人没有不夸这所宅院漂亮的。每遇到人们夸耀时许国红及丈夫都笑得合不拢嘴：“说起这座漂亮的院子，还得感谢我的藏族弟弟次仁旺泽，这房子是他给我们盖的。”给许国红盖了这幢房子后，次仁旺泽才感到稍微有些宽心。

已是满头白发的沈千秋年龄越来越大，真该让她享些福了，这也是次仁旺泽一直考虑的问题，经过思考他在拉萨一处风景秀丽的地方购置了一套别墅，每年让阿妈沈千秋到这里来住上一段时间，对于他的这份心意，起初沈千秋是不愿意的，她不愿意因为自己而拖累次仁旺泽，然而面对次仁旺泽的再三请求，阿妈沈千秋无奈只好依了他这个尽孝心的愿望。沈千秋看次仁旺泽这么诚心，若再不答应就会辜负次仁旺泽对自己的一片孝心。于是，她就答应了次仁旺泽，每年到西藏拉萨住上个半年或几个月。一月又一月，一年又一年，次仁旺泽像亲生儿子一样对自己的汉族阿妈沈千秋尽着孝心。

许国良去世后，莫君若生下了她和许国良的孩子，那时她才 20 多岁，再找个好人家也是顺理成章的，为此她的婆婆沈千秋也多次劝她再找一人相伴，她的娘家妈也是这么个意思。她们劝她说："国良是个好孩子，我知道你对他的牵挂与痴情，可现在毕竟他已不在人世了，你还这么年轻，一辈子的路还长着呢，还是趁早找个伴儿吧，不要苦了自己！"每听到这些话她都微微一笑敷衍着打发过去。在她心里自有打算，"许国良是为救人去世的，他在我心中是个英雄，我不打算再找人家，我这一辈子嫁给他已经很满足和幸福了。虽然我们在一起生活的时间短，但我已知足了。我会好好地把孩子养大成人，让孩子将来也成为一名记者，对得起国良，对得起他对我的爱。"

莫君若悉心照顾着她和许国良的儿子许才智，才智也很听妈妈的话，学习刻苦认真。从小学到中学，他在班上学习成绩一直名列前茅，最后以优异的成绩考上了孟津县第一高级中学。上高中后的许才智更是孜孜以求、刻苦努力，终于在高考中以牡丹市全市第二名的优异成绩考上了北京大学新闻传媒学院，后来又考上了北大新闻传媒学院的研究生。

当年曾追求过许国良的俄罗斯美女卡琳诺娃，如今已是俄罗斯著名翻译家，她成家后有一个女儿叫秋丽莎，现在在中国北京大学留学上大一。卡琳诺娃一直有个心愿，她想让自己的女儿嫁给许国良的孩子许才智，她准备找机会来中国跟莫君若商量这件事……

刚从县工商局副局长位置上退居二线在家休息的莫君若，时常会拿出几张已经发黄的她和许国良的照片看着，喃喃地说："国良，咱们的儿子很争气，我也没有辜负你的临终嘱托，把他养大成人，让他学有所成。他现在已是北大新闻学院的研究生了，他在攻读研究生时还发表了许多学术论文和新闻佳作，据说有几个中央级新闻媒体都想让他到那里工作呢！"

莫君若把这几张已经发黄了的照片拿在手中仔细地看着说："国良，孩子给我打来了几次电话，征求我毕业后到哪家新闻媒体工作？国良，你是孩子的爸，我问你，你说孩子毕业后到哪个地方工作呢？"

照片上的许国良满脸幸福，一双眼睛笑得水亮，仿佛在说："君若，谢谢你对咱们孩子的教育和培养，你辛辛苦苦把他培养成了新闻人才，只要孩子能当记者，在哪里工作都行……"